双葉文庫
紅けむり
山本一力

JN210240

紅けむり

序章

寛政八（一七九六）年一月一日。

肥前国は、めずらしく国全体が晴れ渡った元日を迎えた。

海と山の、ふたつの土地を持つ肥前国である。海は晴れていても、山間の村は鈍色のどんよりとした空であったりすることが多い。

とりわけ盆地の『有田皿山』の冬場は、雲間から朝日が顔を出すのはめずらしい。雲ひとつなく、青空の見える元日を迎えて、皿山の住人は吉兆だと大喜びをした。

皿山の真ん中にある陶山神社では、晴天を喜んだひとたちが、朝日を背に浴びて石段を登っていた。

「よか正月ねー」

おろしたての綿入れを着た年配の女が、並んで石段を登る、隣家の農夫に話しかけた。

「晴れは続くやろか」

問われた農夫は足をとめて、朝日が勢いよく昇っている東の空を見詰めた。日焼けした顔に、元日の日が差している。

まぶしげに空を見回した農夫は、ふっと顔を曇らせた。

「うーかーなか」

ぼそりと農夫がつぶやいた。

うーかーなか、とは、土地の言葉で多くはない、長くは続かないという意味だ。

「こんなに晴れとるが、もたんとね」

農夫は空見に長けている。晴天がいっときのことだと聞かされて、女の顔から弾んだ色が失せた。

「とまらんで、歩かんね」

あとから石段を登る初詣客が、足をとめた女と農夫に尖った声を投げつけた。女が足を動かして、石段の人波がまた動き出した。

陶山神社は、鍋島藩本藩が統べる焼物の町、有田皿山の中央部に位置する、有田焼陶祖の神を祀る神社である。

創建は万治元（一六五八）年八月。

「有田皿山をおさめるのは代官である。わしのまつりごとを助けてくれる神明を、この地において帰一する八幡宮とせよ」

当時の有田皿山代官の命により、伊万里の八幡宮から分霊をいただき、有田皿山宗廟八幡宮の社名で建立された。

以来、寛政八年の今日まで百三十八年にわたり、有田焼の窯元や商人、有田皿山の住民をあまねく守護する神として、大事に祀られてきた。

陶山神社本殿は、長い石段を登った高台に構えられていた。晴れた日には、皿山だけではなく、はるか大村湾まで見渡すことができる。

眺めのよさでも、神社は皿山で一番だ。

それゆえ、土地の者は節季の変わり目、月次の行事、季節ごとの祭事など、一年を通じて陶山神社への参詣を怠らなかった。

なかでも一年の始まりを祝う初詣は賑やかで、皿山特製の磁器の御札が授けられた。初詣御札の評判は、藩内の隅々にまで聞こえている。元日には皿山住民のみならず、遠く武雄や嬉野などの温泉地からも、初詣客が陶山神社にお参りをした。

ただでさえ人波で埋まる初詣だが、寛政八年の元日は、とりわけ凄まじい人出となった。

わけはひとつ。

焼物景気が盛り返すようにとの祈願である。

前年の寛政七年に、オランダ東印度会社が事実上の終焉を迎えた。伊万里湊から出島経由で海外に出荷される有田焼（積み出し湊の名にちなみ、伊万里焼と呼ばれた）の取扱いは、オランダ東印度会社が一手に担ってきた。

そのオランダ東印度会社が閉じられたことは、有田皿山住民には大きな痛手となった。

年々、輸出される伊万里焼は減っていた。しかし数の減少と、取扱い会社の閉鎖とでは、焼物に携わる者が感ずる衝撃度合いは、まるで違う。

「このさき、どぎゃんなっとやろーか」

皿山の住人は、だれもが暗い心持ちを抱いて、盆地の厳しい冬を迎えた。

そんな寛政七年の師走に、ひとびとの声を弾ませる報せが江戸から届いた。

『来年春に手代ふたりを同道のうえ、仕入れ商談にうかがいたく存じます。

江戸日本橋駿河町　伊万里屋五郎兵衛』

この飛脚便を受け取ったのは、伊万里湊の焼物問屋大店、東島屋伊兵衛である。東島屋は、有田焼最大の特長『赤絵』の技法を職人に伝授した、東島徳左衛門の血筋の者が営む大手問屋だ。

オランダ東印度会社閉鎖で、伊万里も有田も威勢を失っていた。そんな矢先に、江戸の焼物問屋大店が手代を伴い、当主みずからが仕入れ商談に出向いてくるというのだ。

江戸からは、海路三百里余り（約千二百キロ）のあと、さらに陸路四十里（約百六十キロ）が待つ、気の遠くなる長旅である。途中には幾つも海の難所があり、手代を差し向けるだけでも大仕事だ。

その厳しい長旅を承知で、当主がみずから出向いてくるというのだ。よほどの商談に相違ないと、伊兵衛は胸のうちで喝采した。

すぐさま使いを有田皿山の出店に飛ばし、気落ちしていた皿山差配を喜ばせた。

差配はその日のうちに、何軒かの窯焼（登り窯の窯元）に吉報を耳打ちした。

「春には、江戸の焼物問屋が仕入れに来って」

よんにゅーで来って（多人数で来ると）、伊兵衛の報せには書かれてなかったことまで付け加えた。窯焼は出入りの薪屋に、さらに大げさに話をした。

江戸の焼物問屋が、束になって皿山に仕入れにくる。オランダ東印度会社の倍は仕入れるらしい。

うわさには、さらに尾ひれがついて広まった。だれもが、目一杯におのれの願望を話に加えたからである。

皿山のみなが胸いっぱいに望みを膨らませて、陶山神社の初詣に向かった。石段を登る参詣客は、こぞっていつもの倍、四文の賽銭をした。

景気のいい音が、賽銭箱のなかで響いた。

陶山神社の石段を下りきった先は、皿山代官所のある札の辻である。北に行けば伊万里湊で、南に山越えの道を七里（約二十八キロ）歩けば、温泉と色里の嬉野である。

伊万里に続く道からは、陶山神社を目指してひっきりなしに参詣客がやってきた。

羽織・袴の武家装束の者。

野良着に綿入れ姿の農夫。

厚手の半纏を着た手代風の者。

と、身なりはまちまちである。が、初詣に向かうことで、顔つきはだれもが引き締まっていた。

南の嬉野に通ずる道を行く者は、顔つきも身なりも大きく違った。股引に半纏の、職人姿がほとんどである。

「三日間、腰が抜くっごと遊ぼうで」

身体つきの大きな職人が言ったことを、周りを歩く六人の男が手を叩いて囃し立てた。同じような身なりの男が、幾つも固まりになって皿山の町を通り抜けている。

道幅三間（約五・四メートル）の狭い道の両側には、赤絵師の宿が軒を連ねていた。

元日の五ツ半（午前九時）で、どの宿も玄関先には門松が飾られている。南天の赤い実があしらわれた門松は、赤絵師ならではの飾りだ。松の深緑と、南天の実の赤が、朝日を浴びて色味を競い合っていた。

いつもなら、登り窯に使う薪を山積みにした荷馬車、石を運ぶもっこ担ぎの人足、それに仕上がった焼物を運ぶ車と人足とが、途切れることなく行き交う道である。

しかし正月三が日は、どの窯焼も仕事を休んだ。車も馬も通らない道は、三間幅しかなくても、充分に広い。

通りでは、初詣客の引き締まった顔と、遊びに向かう職人たちのゆるんだ顔とがすれ違った。

「江戸から問屋が束になってくれば、窯は休みなしだ。この三が日は、思いっきり骨休みをしてこい」

窯焼は藩の役人を相手に、日々談判を行っている。それゆえ、話し言葉には土地の訛りがなかった。

ひとりあたり銀百二十匁（二両）をもらった小遣いで、職人のふところはあたたかい。通りを歩きながらの話し声は、気づかぬうちに大きくなっていた。

赤絵師の宿は、屋根に本瓦を用いている。

二階の窓際には、どの赤絵師も絵付けの部屋を構えていた。絵付け仕事には、明かりがなにより大事である。閉じられた障子戸に、やわらかな初日が差していた。

屋根の本瓦も、日を浴びて艶々と輝いている。ところどころ、瓦が赤く染まって見えるのは、赤絵職人が余り水を屋根に振り撒くからだ。

赤い染みのある本瓦こそが、赤絵師のみに許された看板だった。


嬉野に向かう街道の外れには、三軒の薪屋が並んでいる。いずれも六間（約十・八メートル）間口の大店だ。どの店も、山で切り出した松を使い、巨大な松飾りを拵えている。

なかでも真ん中の山城屋の門松は、高さ一丈（約三メートル）もある、桁違いの大きさだった。

毎年、大きな門松を飾ることで山城屋は名を知られていた。が、今年ほどの物は、山城屋でも初めてである。若い松を何本も丸ごと使った門松は、倒れないように太い麻縄で、店の柱に縛りつけられていた。

松は大きいが、飾りは竹のみで赤味はない。藩が禁じているわけではないが、皿山一帯では、何によらず赤を使うのは赤絵師に限られていた。

山城屋の裏には、千坪の広大な薪置き場が構えられている。両隣も同業の薪屋だが、置き場の広さは二軒とも、せいぜい四百坪どまりだった。

元日の朝だというのに、山城屋はすでに薪割りを始めていた。納め先の窯焼は五軒だが、登り窯の数を合わせれば二十六を数えた。

薪に用いるのは、松が最上である。火付きが早く、脂（やに）を含んだ松は大きな炎が立つからだ。長さ八寸（約二十四センチ）で、一本の重さが七十匁（約二百六十グラム）の薪が、もっとも使いやすいと窯焚き職人は言う。山城屋の薪割り職人は、見事にこの大きさに松を切り割った。

刃先に指を軽く触れただけで、スパッと切れるほどに薪割りの刃が研がれている。やわらかい松は、薪割りの刃先が当たるだけで、小気味よくふたつに割れて飛んだ。

陽射しは強いが、真冬の元日である。一歩でも日陰に入ると、綿入れを通して寒気が食らいついてくる。

ところが薪割り職人たちは、上半身はさらし一枚の裸である。噴き出す汗が寒気に触れて、身体から湯気を立ち昇らせていた。

「あと五本割ったら、屠蘇（とそ）を祝うぞ」

今年三十歳を迎えた山城屋の跡取りが、周りの薪割り職人に声をかけた。

天明八（一七八八）年に二十二歳で江戸に出た健太郎（けんたろう）は、二十七歳になった寛政五年までの六年間を、日本橋で過ごした。
江戸で一番の薪炭大店、常盤屋伝兵衛方で薪造りの新しい技を学ぶためである。健太郎は薪割りの技とともに、連れ合いまで得て有田に戻ってきた。

江戸の六年間で、健太郎は江戸弁も身につけた。とは言っても、在所に帰ればいつの間にか江戸弁は忘れるものだ。

しかし健太郎は、連れ合いが江戸者である。日々の暮らしでも、違和感なしに江戸言葉を使っている。ゆえに、職人たちに指図する物言いも、きれいな江戸弁だった。

薪割り仕事は、有田の焼物同様に、それぞれの持ち場が決まった分業である。

山に植わった松を切り出す、杣。

山から運び出す、山出し人足。

定められた長さに松の丸太を切り分ける、挽き出し職人。

薪割りを振り下ろす、薪割り職人。

薪を二十本ずつの束に結わえる、縛り人足。

小さな薪屋は、薪割りと縛りのほかは、外の業者に請け負わせた。が、有田で一番の山城屋は、すべての職人を自前で抱えていた。

それだけに、得意先である窯焼の動向は、山城屋の商い内証に大きな影響を及ぼした。

元日早々、屠蘇を祝う前から薪割りに励んでいるのは、正月明けの納めという大量の注文が、窯焼から入っていたからだ。

「春には、江戸から大店のあるじ連中が、束になって有田に来るらしい」

女房を相手に、暮れから何度もこれを口にした。商いが膨らむ喜びに加えて、久々に江戸者に会えるのが、健太郎には楽しみだった。

寛政八年、有田皿山の元日。

遠からずやってくる『江戸者』への期待を、だれもが胸のうちで膨らませていた。

一

寛政七年大晦日の四ツ（午前十時）。江戸は朝から、雲のかけらも見えないほどに晴れ上がっていた。

日本橋駿河町は、道幅が十間（約十八メートル）もある大通りだ。しかし大晦日は朝早くから、正月支度の仕上げの買い物に追われる客で、広い通りが埋まった。

とりわけ駿河町の一角を占める越後屋は、息苦しくなるほどの賑わい方だった。

呉服の現金小売りで、越後屋は江戸中に名が通っている。季節にかかわりなく店先に張られる日よけのれんは、一枚が雨戸と同じ一間（約一・八メートル）の大きさがあった。

土間の隅に立つと、端が見えないほどに大きい。そのだだっ広い店の土間にも、座敷にも、大晦日は朝から客が絶えることはなかった。

彩りに富んだ晴れ着姿で、髪飾りや帯留め、草履や足袋にまで気遣った商家の娘。おつきの下女が抱え持つ袋物も、西陣織りである。

目一杯の化粧をして、鏝のあたった木綿物を着た長屋の女房。唇には紅をひき、髪結いも済ませているが、履物は駒下駄で紺足袋を履いている。そのちぐはぐさに、元日の着飾り用品を求める長屋女房の意気込みがあらわれていた。

地味ながらも、格の違いが感じられる黒物を着た武家の内室。供には下女と下男を従えており、下男は挟み箱を担いでいた。

客の顔は、申し合わせたようにほころんでいる。少しずつ江戸の景気が上向いていることで、来る年への夢をだれもが胸に抱いているからだろう。

越後屋の売り場は、三十間（約五十四メートル）間口である。駿河町をひとり占めにする大店が、奉公人総出で、押し寄せる客をさばいていた。

表通りから一本御城寄りに入ると、道幅がいきなり三間（約五・四メートル）にまで狭まった。

大通りに並んだ小売り屋もここには少なく、大晦日といえども買い物客はまばらである。しかし品物を運ぶ荷馬車、もっこを担いだ人夫たちが、狭い通りを行き交っていた。

表通りから見れば、越後屋の真裏が焼物大店の伊万里屋である。間口二十五間（約四十五メートル）の伊万里屋は、越後屋と肩を並べる大きさだ。

ともに桁違いの敷地を持つ大店だが、越後屋と伊万里屋とでは、店構えはまるで違った。

越後屋は呉服小売りで、ひっきりなしに客が来る。奉公人は手拭い一本の買い物客にも、あたまを下げるようにしつけられていた。

伊万里屋は肥前国有田の磁器、伊万里焼の大問屋である。屋号に示された通り、初代伊万里屋五郎兵衛は、伊万里が在所だ。初代が江戸に出て、いまの場所で店開きをしたのは、寛文元（一六六一）年五月である。

「越後屋さんが三十間間口だと自慢しても、創業はうちのほうがひと回りも古い」

伊万里屋代々の番頭は、これを口にして胸を張った。

越後屋創業は延宝元（一六七三）年で、干支は癸丑（みずのとうし）である。寛文元年も辛丑（かのとうし）で、ともに丑年の創業だった。

　初代五郎兵衛は表通りには店を構えずに、あえて通りから一本裏を選んだ。人通りの多い表通りよりも道幅の狭い裏通りのほうが、磁器の運搬どきには、ひとを気にしなくて済むからだ。

　伊万里屋は当主も奉公人も、店の前の狭い通りが表で、越後屋のある本通りは裏だと思っている。

「あいかわらず、表通りの越後屋さんはにぎやかですねえ」

　伊万里屋の仕来りを知らない者がうっかりした口をきくと、二度と茶のお代わりを出してもらえなくなった。

　越後屋と伊万里屋は、商う品がまるで違う。しかも片方は小売りで、伊万里屋は卸問屋だ。客がぶつかって取り合うことはなかったが、伊万里屋には自分たちが駿河町の元祖だとの自負がある。

　町内の肝煎衆も鳶のかしらも、伊万里屋とのやり取りには気を遣った。祭の寄進を募る奉加帳を回すときは、かならず伊万里屋に筆頭を頼んだ。伊万里屋頭取番頭は、店ののれんにかけて寄進を弾んだ。

「金十両　六代目伊万里屋五郎兵衛」

　奉加帳のあたまに十両と記されては、あとの者は一両、二両とは書けなくなる。伊万里屋が筆頭を務めたことで、駿河町の寄進は日本橋の他町を大きく上回った。

寛政七年大晦日の、八ツ半（午後三時）。伊万里屋の頭取番頭四之助が、年末のあいさつ回りから戻ってきた。

伊万里屋当主は代々『五郎兵衛』を襲名する。頭取番頭に就くと同時に、奉公人は当主よりも数がひとつ少ない『四之助』へと改名した。

「おかえりなさいまし」

土間に入ってきた四之助と、鍋島藩掛の番頭与五郎の姿を見て、奉公人たちが上がり框のそばに集まった。

伊万里屋の二十坪の土間には、荷造りさなかの磁器が重ねられていた。大皿、小皿に壺ものなど二十種類を超える焼物が、手代の手で藁に包まれている。

頭取番頭が帰ってきたことで、四番組手代がしらの誠吉が、手をとめて四之助のわきに進み出た。

「どうだ誠吉、日暮れまでには片づくか」

「おまかせください」

誠吉が、きっぱりとした物言いで請け合った。伊万里屋の手代四番組は、荷造りを受け持つ組である。誠吉をあたまに、十一人の手代が従事していた。

焼物を仕舞うには、ていねいな荷造りがなによりも求められる。伊万里屋の手代四番組は、だれもが藁の扱いに長けていた。組がしらの誠吉は、藁の目利きと、縄とむしろの編み方にも、図抜けた技量を持っている。

誠吉が迷いのない声で、夕暮れまでには仕上げますと言い切った。四之助はうなずきで、四番組の仕事をねぎらった。

日本橋大通りを照らす陽が、次第に西空へと移っていた。大晦日の日暮れまでに買い物を済ませようとして、ひとが群れをなして動いている。

「どこを見て歩いてやがんでえ」

「こんなせわしないときに、のんびり歩くんじゃねえ」

一刻も早く物を納めたい車力が、怒鳴り声でひとを蹴散らした。買い物袋を膨らませた長屋の女房が、慌ててわきに逃げた。

車力の半纏の背を、赤味を増した陽が照らしている。本石町（ほんこくちょう）の鐘が七ツ（午後四時）を撞（つ）き始めると、一段とひとと荷車の動きが慌ただしくなった。

表通りの喧騒とはかかわりなく、伊万里屋では静かにときが過ぎていた。店の大掃除は大晦日の前日に行うのが、伊万里屋創業以来の慣わしである。

元日を翌日に控えた大晦日は、だれもが気ぜわしさに押されて気配りが足りなくなる。伊万里屋は他の商家とは異なり、年越しの支度を一日早く済ませた。

大晦日には、蔵の品と帳面の突合わせのみを行った。四つの蔵には、膨大な数の品が納まっている。しかし五十人を数える手代が総出で取りかかれば、二刻（四時間）のうちには片づいた。

大晦日の棚卸を終えたあとは、四番組の手で焼物が梱包される。すべての品物を新しい藁で包み終えて蔵に納めれば、その年の御用納めだ。

誠吉たち十一人の手代は、真冬だというのに、厚手木綿の股引姿で汗を浮かべて荷造りを続けた。

駿河町に暮れ六ツ（午後六時）の鐘が響き渡ったとき、伊万里屋の店先はきれいに片づけられていた。土間にお神酒（みき）をまき、南北の隅には清めの塩が盛られた。

三刻（六時間）のちには、寛政八年を迎えることになる。六ツの鐘が鳴り終わる前に、下男、女中、小僧を含めた奉公人全員が、広い土間に顔を揃えた。

「今年もつつがなく、大晦日の暮れ六ツを聞くことができた。みんな、ご苦労でした」

伊万里屋六代目当主が、奉公人の一年の働きをねぎらった。宝暦七（一七五七）年、丁丑（ひのとうし）年生まれの六代目五郎兵衛は、三刻あとの除夜の鐘とともに不惑を迎える。

寛文元年に初代が伊万里屋を創業して以来、当主が不惑を迎える元日には、奉公人全員に祝儀のお年玉が配られる。一年を無事に過ごした安堵感と、一夜明ければもらえるお年玉への期待感とで、奉公人はだれもが気持ちを昂ぶらせていた。

そしてあるじのねぎらいの言葉を、いつもの年以上に上気した顔で受け止めた。五郎兵衛が口を閉じると、若手の手代が五合徳利に樽酒を注いだ。

大晦日を祝う、年越しの酒である。伊万里屋では新年の屠蘇に先駆けて、大晦日にも年越しの酒を振舞った。

「みんなに、行き渡っただろうね」

「いただいております」

四之助の問いに、奉公人が声を揃えた。

「それではみんな、この一年、ご苦労様でした」

四之助が一合枡を高々と差し上げたのち、角に口をつけた。祝い酒を、枡になみなみと注ぐのが伊万里屋の流儀だ。

酒は灘の下り酒、福千寿である。

喉を鳴らして、ひと息に呑み干す者。

ひと口ずつ、噛むように味わう者。

半分を一気に呑んだあと、ふうっと息を吐き出してから残りを干す者。

奉公人たちは、自分好みの呑み方で、祝い酒を干した。小僧たちには、灘酒の代わりに甘酒が振舞われている。

小僧がしらの金太郎は、おとなびた形で甘酒の注がれた枡の角を噛んだ。そして、ふうっと息を吐いた。

いつもは気難しい顔を崩さない女中がしらのおしまが、金太郎のさまを見て目元をくずした。

「一年、ありがとうございました」

空にした枡を手にして、奉公人があるじに礼を言った。そして、深々とあたまを下げた。

伊万里屋の土間では、寛政七年がひと足早く、つつがなく過ぎ行こうとしている。日本橋大通りでは、越後屋をはじめとする多くの商家が、いまだに店先を照らして商いを続けていた。

寛政八年元日。

宝暦七年生まれの六代目は、めでたく不惑の年を迎えた。六代目の不惑突入を祝うかのように、品川沖から力強い初日が昇っていた。

伊万里屋江戸店一階には、五十畳の売り場座敷がある。いつもは二畳から四畳ごとに衝立で仕切り、商いの掛け合いを行った。

店で催しごとがあるときは、衝立をすべて取り払い、五十畳の広間を拵えた。

寛政八年、元日の朝五ツ（午前八時）。座敷には箱膳が隙間なく並べられていた。

広間正面の真ん中には、伊万里屋江戸店当主が座るのが慣わしである。あるじの右側には、頭取番頭四之助がひとりで座った。

左側には二番番頭徳三郎、鍋島藩掛番頭与五郎、勘定番頭龍之助の順に座が定まっていた。

上座と向かい合う形で、手代総代の純助、一番組がしら籐吉、二番組がしら正助、三番組がしら伊助、四番組がしら誠吉が座した。

手代一番組は武家を受け持っており、かしら配下の手代は十人である。手代がしらの籐吉は、この正月で三十一歳。

二番組は日本橋と尾張町の大店を受け持っている。商家の数が多く、十五人の手代が配されていた。

かしらの正助は、籐吉同様に三十一で、奉公を始めて二十年目である。これも籐吉と同じだった。

三番組は大川を東に渡った、深川と本所の商家や料亭が得意先である。受け持ち区域が広くて、得意先も多い。伊助配下の手代は、二番組に次いで多い十二人を数えた。

伊助は籐吉、正助よりも二歳年下の二十九歳。十二の歳に丁稚奉公を始めた伊助は、今年で十七年目を迎えていた。

四番組は荷造りが役目の組だ。かしらの誠吉は三十歳。五尺三寸（約百六十一センチ）の引き締まった身体は、奉公開始以来、荷造りひと筋で鍛えられたものだ。配下についた十人の手代も、二の腕が大きく盛り上がっていた。

手代は総代と組がしらを含めて、総勢五十二名である。その手代の後ろには、小僧がしらの金太郎を含めて五人の小僧と、下男四人が横並びに座っている。

伊万里屋は創業後に初めて迎えた正月から、奉公人は小僧、下男にいたるまで全員が同じ祝い膳を囲むのを慣わしとしてきた。

五十畳の広い売り場座敷だが、奉公人が一堂に集まると手狭に見えた。それに加えて元日の朝はだれもが月代をあたり、髷の手入れをした。広間は、鬢付け油の甘い香りに満ちていた。

奉公人全員が座についたのを見定めて、手代総代の純助が真ん中に進み出た。

「奉公人全員、つつがなく座につかせていただきました」

純助が、響きのいい声で四之助に告げた。小さくうなずいてから、四之助が立ち上がった。奉公人の目が頭取番頭に集まった。

「今年は、旦那様が不惑を迎えられるめでたい年だ。そして十年ぶりに、旦那様と何人かの供が、伊万里をたずねる年でもある。みな、心して祝いの屠蘇をいただこう」

四之助が、あいさつの口火を切った。言い終わりを待って、六代目が立ち上がった。奉公人全員が、居住まいを正した。

「みなの働きで、去年も大きな商いを残すことができた。前の年よりも売り上げが増えているのは、伊万里へのなによりのみやげだ。今日は一日、存分に新年を祝ってもらおう」

五郎兵衛は朱塗りの盃を高々と持ち上げた。

「明けましておめでとう」

「おめでとうございます」

奉公人の唱和が、五十畳の広間に響き渡った。あるじが座ると、奉公人が膳の料理に箸をつけた。

小鯛の塩焼き。紅白のかまぼこ。くわいのきんとん。それに黒豆の甘煮と、ごまめの飴煮である。

茶碗には、小豆の赤飯がよそわれており、椀は鰹節でダシをとった雑煮だ。江戸の雑煮は細長い切り餅だが、伊万里屋は国許の慣わしを踏んだ丸餅を用いていた。

普段の膳には、甘味がほとんどなかった。元日の料理には、きんとん、黒豆、ごまめと、ふんだんに砂糖と水あめが使われている。

五人の小僧は、だれもがきんとんから食べ始めた。

「銀どん、黒豆ときんとんを取り替えっこしようか」

「おいらに、きんとんをくれるの？」

「そんなわけないだろ。おいらの黒豆と、銀どんのきんとんを取り替えるのさ」

「やだよ、そんなの……」

小僧が甲高い声を交わしている。元日だけは、小僧の声も大目に見てもらえた。

屠蘇を干し、小鯛の塩焼きに軽く箸をつけてから、五郎兵衛は広間を出た。奉公人が気兼ねなく祝い膳を楽しめるようにとの配慮だ。

あるじを追って、四之助も座を立った。座敷がいきなり賑やかになった。

膳の料理があらかたなくなったころ、四之助が戻ってきた。奉公人の箸が止まった。

「篠吉、誠吉」

頭取番頭に名を呼ばれた手代がしらふたりが、背筋を張って立ち上がった。

「奥に来なさい」

ふたりが、お仕着せの胸元を合わせ直した。座敷に吐息がこぼれ出た。

伊万里に供をするのは、篠吉と誠吉……。

手代たちがこぼした吐息が、それを語っていた。

二

寛政八年一月四日、四ツ（午後十時）。夜のきつい底冷えが、有田皿山一帯におおいかぶさっていた。

元日は晴天に恵まれた。二日からは、いつもの年同様の、重たい曇り空が戻ってきた。雲は一向に千切れず、皿山の空に居座った。

「今度の火消し奉行も下役も、みんながしょむつかしかと」

泉山（いずみやま）の番小屋に集まった面々が、互いに目を見交わして何度もうなずきあった。土地の言葉で、物事に厳しい者を『しょむつかしか』という。

皿山は窯の町であり、火の町だ。

冬場の空は朝から重たいが、町は乾いている。うっかり火の始末を怠ると、町が丸焼けになってしまう。火が日常、きわめて身近にあるだけに、皿山代官は季節を問わずに火事を恐れた。

ひとたび窯焚きが登り窯に火を入れると、幾昼夜にもわたって焚き続ける。町のいたるところに窯のある皿山は、火事と隣り合わせに暮らしているも同然だった。

「もうにゃ、出んば（そろそろ、出ないと）」

四ツの鐘が鳴り終わった。年長の吾助（ごすけ）が、火の用心の見回りに腰を上げろと促した。

「まーだ、五体（ごちゃー）（身体）の芯から冷えとっけん」

「おい（俺）もそーだ。もうちっとぬくまーだ、一町（約百九メートル）ももたんばい」

桶に張った火消し水が、半刻（一時間）のうちには凍りつく夜だ。夜回り連中の腰が重たいのも無理はなかった。

「そんなこと言うとるのがお役人に聞こえたら、また科料ばとらるっとばい」

吾助の口調がきつくなった。


火の用心をなにより重んずる藩は、二十七年前の明和六（一七六九）年三月に触書を出した。火事騒動の折に駆けつける、町ごとの火消し人夫数の割振りである。

泉山に割振られたのは十人で、各町のなかではもっとも大人数だった。

同年五月十三日の夜、泉山から四半里（約一キロ）離れた谷登から火が出た。泉山から火元までの間には、幾つも町や集落があった。

「よその火消しが、もう駆けつけとってばい」

泉山の火消し当番は、動きが鈍かった。間のわるいことに、当番を命じられていた人夫たちの窯は、どこも火が入ったばかりだった。

「わしらが行かんでも、なんとかなっくさい」

人夫たちはうなずきあった。雇い主の窯焼にとっても、いちばん人手のいるときだ。

「行かんでもよか」

窯焼が請け合い、泉山からはひとりも火消しには駆けつけなかった。

幸いにも、火事はさほどに燃え広がることなく鎮火した。

「速やかに出張ったそのほうらは、まことに殊勝である」

皿山代官所火消し奉行は、火事場に集まった人夫をねぎらった。が、どう数えても駆けつけた人数が少ない。奉行の顔色が変わった。

「札帳を持ってまいれ」

命じられた部下は、役所まで夜道を駆け戻って帳面を持参した。町ごとの、拠出人夫の数を一覧にした帳面である。

鎮火して安堵したのもつかの間、奉行は不興をあらわにしていた。人夫の集まり具合がよくないのは、部下の目配り不行き届きだ。

叱責を恐れた部下は、奉行に命じられる前に、町ごとの人夫駆けつけ具合を調べた。

「本幸平山（ほんこうひらやま）九人、中ノ原町（なかのはらまち）五人、赤絵町（あかえまち）四人、稗古場山（ひえこばやま）五人につきましては、いずれも全員が出張っております」

奉行に報告する下役は、暗闇のなかで顔つきをこわばらせた。

人夫駆けつけを命じられた町と集落は、全部で二十七あった。触書に従ったのは、わずかに四ヵ所だけである。残る二十三ヵ所は、定められた人数に満たないか、もしくは不参であった。

代官所のお膝元とも言える泉山地区は、あろうことか、ひとりも人夫が駆けつけてはいなかった。奉行は激怒した。

「ただちに庄屋と別当（家政事務を執る者の長）を召し出せ」

奉行の剣幕に恐れをなした部下たちは、またもや夜道を走り、庄屋たちを召し出しに散った。

盆地の五月は、すでに夏の暑さである。夜とはいえ、煙がくすぶる焼け跡には、火の熱気が残っていた。

しかし、役人に手ひどく脅された庄屋たちは、歳をもかえりみず、血相を変えて走ってきた。

到着したときには、ひたいの汗がかがり火だけの暗がりで光っていた。

「奉行の命に従わぬとは、我が殿よりの御下命に背く不埒な所業である」

ひれ伏した庄屋の頭上に、奉行は翌朝五ツ（午前八時）に代官所に出頭すべしとの沙汰を下した。

「そのほうらのありよう次第によっては、薪配給の儀も見直しをいたす」

奉行の沙汰を聞いて、庄屋たちは青ざめた。

皿山代官所役人とは、その日まで庄屋たちは良好な付き合いを保っていた。適宜、代官所に酒肴を差し入れして、役人の機嫌を損ねないようにと気遣った。

とりわけ気を配ったのが、薪の分配である。登り窯をつつがなく運営するには、燃料の薪が欠かせない。が、窯が増えるにつれて、近在の山林が乱伐された。

燃料の枯渇を案じた藩は、薪の分配を代官所直轄とした。伐採から薪割りまでの実務は、山城屋などの薪屋に委ねている。しかし売りさばき先は、代官所が差配した。

役人の匙加減ひとつで、窯の火が消えるのだ。窯焼を束ねる庄屋には、なににもまして薪の確保が求められた。

薪配給の実務は、火消し奉行の管轄ではない。とは言っても、相手は代官所奉行である。相手の機嫌を損ねたままでは、配給にどんな横槍をいれられるか分かったものではない。

庄屋は火事場に不参だった人夫全員を庄屋屋敷の裏庭に呼び集めた。ときは夜の四ツ（午後十時）近くである。夜空に雲はなく、十三夜の月が蒼い光で地べたを照らしていた。

「ふーけもんがっ（ばかものめがっ）」

六十に手が届く庄屋とも思えない大声で、人夫たちを一喝した。

「お奉行様は、おまえら全員を牢屋にぶちこむとお怒りだ。このまま詫びただけでは、お怒りは鎮まらん」

奉行が言いもしなかったことを、庄屋は大げさに話した。言い終わると、下男にかみそりを持ってこさせた。

「牢屋につながれるよりは、ましやろが」

庄屋は自分の手で、人夫全員の髷を切り落とした。

一夜明けた五月十四日、朝五ツ。庄屋は布袋に入った髷を、火消し奉行に差し出した。

「そのほうらの神妙なる振舞いに免じて、罪一等を減ずる」

奉行はいかめしい顔つきを変えなかったが、科料のみで許すと言い渡した。しかし科料は、半端な額ではなかった。

不参人夫ひとりにつき、奉行は銀三十匁の科料を科した。

登り窯で手間賃のもっとも高い職人は、窯焚きである。火が入ったあとでは、昼夜寝ずの番をして得る給金が、ひと月銀二十匁だ。下働きの人夫は、力自慢のかしら役でも月に十匁が皿山の相場だった。

科料は人夫の雇い主である窯焼が払った。泉山の人夫は十名である。銀三百匁を支払う羽目になった窯焼は、以後、半鐘が鳴るなり人夫の尻を蹴飛ばした。

去年（寛政七年）の夏に、代官所火消し奉行が替わった。前任者とは異なり、ことあるごとに『火消し稽古』と称して人夫に集合をかけた。

十二月に入るなり、夜回りの監視を厳しくした。抜き打ちで番小屋に顔を出しては、当番全員が顔を揃えているかを確かめた。

今夜は三が日過ぎの、今年初めての夜回りである。火の用心をきちんと務めているかを確かめるかのように、夜の凍えは厳しかった。


「おまえたち、ちゃーぎゃーぞ立たんかい（たいがいに腰をあげないか）」

動きのわるい火の用心仲間に焦れて、吾助が声を荒らげた、そのとき。

番小屋の戸口に人が立った。立て付けのよくない戸を、ガタガタと揺らしている。

「しっ……」

吾助が仲間を黙らせた。どの顔も引きつっているのは、代官所役人の見回りだと思ったからだ。

「いま開けますけん、待っておくんさい」

戸口に近寄った吾助が、内側から戸を開いた。綿入れを着込んだ色黒い男が、両手をこすり合わせながら立っていた。

「おまいは、太助(たすけ)か」

吾助が年に似合わぬ甲高い声をあげた。

「太助にちがいなかか」

「おまい、江戸に行っとったやろ」

番小屋の男たちが、口々に驚きの声を発した。戸口に立っていたのは、泉山の人夫のなかで図抜けた力持ちだと、だれもが一目置いていた太助である。

身の丈が六尺（約百八十二センチ）もあるが、目方は十八貫（約六十八キロ）と身体つきは引き締まっている。しかし二の腕の肉置き(ししおき)は凄く、こどもの太ももほどもありそうだった。

太助は去年の一月下旬に江戸に出た。蔵前の御米蔵で働く人夫から、荷物運びの技を学びたいというのが、江戸に出向いた理由である。なんの前触れもなしに、太助が番小屋にあらわれたのだ。吾助を含む全員が腰を抜かさんばかりに驚いた。

「いつ皿山に戻ったとね」

問いかけたのは善吉(ぜんきち)である。太助と善吉は、同じ窯焼に雇われていた。

「今日の夕暮れどきだ」

一年足らずの江戸暮らしでしかなかったのに、太助の物言いからは江戸の訛りが感じられた。

「それより吾助さん……」

番小屋に入った太助が、年長者を見ながら声をひそめた。

「陶山神社の石段わきで、妙な黒装束の武家を見た」

吾助を見下ろしながら、太助はさらに声音を低くした。あたかも、盗み聞きされるのを恐れているかのようだ。

「なんだ、おまいのしゃべり方は。たった一年江戸に行っただけで……」

吾助が話している口を、太助の大きな手のひらがふさいだ。そして番小屋の障子戸をわずかに開いた。

太助が口にした黒装束の集団が、月星の明かりのない闇のなかを、赤絵町に向かって走り過ぎて行った。

隙間から外を見たのは、太助と吾助だ。ふたりとも人夫で、夜目も遠目も利いた。

「吾助さんも見たよな」

「ああ……見たと」

いやなものを見たとでも言いたげに、吾助が言葉を吐き捨てた。

「あの連中がだれだか、知っとるとね」

太助の物言いが、土地の訛りに戻っていた。

「江戸の御公儀が放った、探りの衆だ」

「探りって……隠密のこととか？」

吾助が面倒くさそうにうなずいた。

「隠密が、こんな夜中になんばしよっとか。それよりなにより、姿ば見られよっとば、隠密でもなんでもなかとが」

太助の語調がきつくなっている。吾助が顔をしかめた。

「おらに食ってかかっても、しようなか」

「そうか……すまねえ、吾助さん」

江戸弁と、土地の訛りとが入り交じっている。それほどに太助は気を昂ぶらせていた。

「やつら、わざと姿を見せよるとよ」

善吉が話に割って入ってきた。

「有田のことば見張りよっと、役人にもおいたちにも見せよっとたい」

隠密たちは用もなしに、ただ夜の町を走り回るのだと善吉が話した。

「去年、オランダ東印度会社が商いを閉じてから、あの連中が皿山をうろつき始めた」

「代官所は知っとっとかい」

問われた善吉は、あたり前だという顔で太助を見た。

「代官所も隠密連中も、互いに分かり切ってやってるとよ」

善吉がふうっとため息をついた。

「いっちょん知らんやった……」

太助がぼそりとつぶやいた。

自分が江戸に出て行っていた間に、皿山が妙な具合になっていた。それを腹立たしく思っているかのようなつぶやきだった。

三

耳が千切れそうになるほどの凍えた川風が、永代橋を吹き渡っていた。

一月四日の夜六ツ半（午後七時）。永代橋を西から東に渡っている伊万里屋手代の伊助は、大きく盛り上がった橋の真ん中で立ち止まった。

真冬の夜といえども、永代橋は大川を渡る者で込み合った。が、今夜はほとんど人影がない。いきなり立ち止まった伊助に、文句をつける者もいなかった。

橋がすいているのは、今夜がまだ一月四日だからである。

江戸の商家の多くは、三が日明けの今日から新年の商いが動き始めた。二日に初荷をさばいてはいたが、それはご祝儀の色合いが濃いものだ。商いの本番は八日からである。

商家は動き始めたが、職人は七草を終えてから働き始めるのが慣わしだ。夕暮れどきから夜にかけての永代橋を東に渡る者は、その多くが仕事帰りの職人である。

とりわけ大工、石工、左官などの普請にかかわる職人は、永代橋を使って日本橋や京橋に通った。橋の東側に広がる深川一帯には、優に一万人を超える職人が暮らしていた。

そのほとんどの者が、まだ仕事休みである。夜の永代橋に人影が少ないのも当然だった。

立ち止まった伊助は、両手をこすり合わせた。橋の先には、門前仲町の明かりの群れが見えている。

富岡八幡宮の周りには、無数の小料理屋や縄のれんが立ち並んでいた。遠くに見える明かりは、それらの店からこぼれ出た光である。

ふうっと強い息を両手に吹きかけて、伊助は歩みを戻した。三番組の手代がしらである伊助は、深川の大店が得意先だ。

「仲町の野島屋様から、どうしてもとのお呼びでございますので」

二番番頭に断りを言って出てきたが、得意先からの呼び出しというのは偽りだった。まことのところは、二番組手代がしらの正助から呼び出しをかけられていた。

「折り入って相談ごとがある。今夜六ツ半過ぎに、山本町の『お多福』という小料理屋にきてくれ」

正助は相談ごとの中身がなにかは、ひとことも口にしなかった。伊助よりも二歳年上で、伊万里屋奉公では三年の先輩である。

五尺六寸（約百七十センチ）、十四貫六百匁（約五十五キロ）の正助は、荷造りを受け持つ四番組の誠吉よりも力持ちだ。話の中身が分からず、しかも番頭に偽りを言って夜に出かけるのだ。

呼び出しに応じることに、伊助は気乗りがしなかった。しかし常日頃から、正助にはなにかと助けを借りていたし、なにより自分よりも年長者である。

「分かりました」

気が進まないながらも、呼び出しに応じた。永代橋の真ん中で立ち止まったのは、行く手に門前仲町の明かりが見え始めたからだ。

あの明かりのなかに行くと、いいことにはならない……。

虫の知らせが大騒ぎしていた。さりとて、いまさら後戻りはできないと思った。正助に待ちぼうけを食わせたりしたら、どんな仕返しをされるか分からない。

この日まで、正助から腕力を振るわれたことはなかった。それどころか、目覚めたときと、朝夕二回の食事のあとでは、正助愛用のキセルで一服の相伴にあずかっている。伊助に対する物言いも、おおむね優しかった。

が、部下のしくじりに怒りを破裂させたときの正助は、目の焦点が定まらないほどにたけり狂った。

もしもあの目で迫られたら……。

それを思うと、伊助の重たい足が山本町へと向かった。

仲町の辻には、高い火の見やぐらが立っている。山本町は、やぐら下手前の路地を北に入った一帯である。深川を得意先に抱える伊助は、お多福がどこにあるかを知っていた。

路地の入口で大きな息を吐き出したあとは、肚を決めて一気に小料理屋へと向かった。足取りを速めすぎて、路地から出てくる半纏姿の男とぶつかった。

約束の六ツ半は、とうに過ぎた見当である。気が急いている伊助は、ぶつかった相手には構わずに路地を進もうとした。

「なんでえ、てめえ」

職人風の男は、伊助の前に回り込んで立ちふさがった。

「ぶつかっといてあいさつなしたあ、上等なことをやってくれるじゃねえか」

目が赤くて息が酒臭い。男の酔いは深そうである。相手になるのを億劫に思った伊助は、軽くあたまを下げて通り抜けようとした。男は伊助の羽織のたもとを摑んだ。

「ふざけんじゃねえ」

男がこぶしを振り上げたとき。お多福から、正助が路地に出てきた。酔った男に近寄り、振り上げられたこぶしを摑んだ。

「だれでえ、余計な……」

怒鳴りながら、男が振り返った。正助とまともに目が合った。

「あにいでやしたか」

男がいきなり鎮まった。

「おれの舎弟だ。騒いでねえで、とっとと失せろ」

正助に睨まれた男は、伊助にあたまを下げて路地から通りへと駆け出した。酔いが足元をふらつかせている。通りに出る手前で、地べたの石に躓いたようだ。たたらを踏んだあとで、前のめりに転んだ。

「安酒で酔いやがって」

正助は唾を吐くような物言いをしてから、伊助に目を合わせた。

「遅かったじゃねえか」

伊万里屋にいるときとは、しゃべり方も顔つきも別人である。啞然とした伊助は、言葉が出ず、呆けたような目で正助を見ていた。

「お多福はすぐそこだ。おれについてきねえ」

正助が着ているものは、伊助と同じ伊万里屋のお仕着せである。雪駄(せった)も店から支給されている、手代の履物だ。

しかし肩をそびやかして前を行く正助は、手代というよりも渡世人のようだ。

ふうっ……。

われに返った伊助は、大きなため息をついた。夜気に冷やされて、口の周りが白くなっていた。


お多福は、深川山本町の小料理屋である。

五坪の土間の真ん中には、長さ六尺(約一・八メートル)、幅三尺(約九十センチ)の杉板の卓が置かれていた。卓の周りには、やはり杉で拵えた腰掛が八脚並べられている。

店の板場と土間とは、高さ五尺(約一・五メートル)の白木の台で仕切られていた。台には、煮物、焼物、和え物が盛られた大皿が載っている。

大皿のわきには小皿が積み重ねられており、太い竹筒には丸箸が収まっていた。

「この店は、なにが売りなんでえ」

卓に座った客が、大声で肴を問うた。半纏ではなく綿入れを羽織っているが、物言いは明らかに職人のものだった。

「いわしの煮つけがおいしいわよ」

板場で燗つけをしているおきょうが、手をとめずに返事をした。

お多福には入れ込みの土間のほかに、六畳の小部屋がひとつある。その部屋に出す燗酒を急ぐおきょうは、一見客には大して愛想がよくなかった。

「正月早々から、いわしなんざ食いたかあねえやね。ほかにねえのかよ」

客が口を尖らせた。職人の多くは七草明けが仕事始めである。正月四日の六ツ半（午後七時）過ぎは、時分が半端である。土間には、ほかの客がいなかった。

燗つけの手をとめて、おきょうが肴の載っている台の手前に顔を出した。

「うちのいわしは、飛びっきりおいしいのよ。そう言わずに食べてごらんなさいよ」

「やなこった」

吐き捨てるように言われて気をわるくしたのか、おきょうの目つきが険しくなった。

「いわしは、かかあから飽きるほど食わされてんだ。もうちっと、気の利いたものはねえのかよ」

「だいこんとイカの煮つけがあるけど」

おきょうがぞんざいな物言いで応じた。

店に入ってくるなり、燗酒を注文していた客である。徳利に残った仕舞いの一杯を手酌で満たすと、盃を一気に呑み干した。

客と目をあわせたくないおきょうは、大皿のだいこんを菜箸でかきまぜた。

「でえこんもイカも、でえっきらいだ。妙なもんばかりを勧めるんじゃねえ」

ほかには客がいない。おきょうの物言いが気に食わないらしく、男は他人を気にすることなしに毒づいた。

眉墨で細く描いたおきょうの眉根が、ぴくりと動いた。

うりざね顔で鼻筋が通っており、唇はほどよく肉厚だ。眉は細く瞳は漆黒で、白粉(おしろい)を塗らずとも色白である。

その整った顔のおきょうの眉が、吊り上がり気味だ。美形なだけに、目にあらわれた苛立ちが際立った。

「なにか、気に入らないのかしら」

「おおいに気にいらねえさ」

盃を卓に叩きつけてから、男が立ち上がった。綿入れのたもとが、ゆらりと揺れた。

「客がひとりもいねえ不景気な店で、食いたくもねえもんばかり勧められたんだ。気に入らなくて当たりめえだろう」

「だったら帰ってちょうだい」

おきょうが切り口上に言い放った。

「頼まれても、いるもんかよ」

綿入れの下は、股引姿である。男はどんぶり（股引に縫いつけた小袋）に手を入れると、ひと摑みの銭を取り出した。

「呑んだのは一合だけだ。二十文払やあ、文句はねえだろうが」

二十枚を数えた男は、銭を肴の載った台に叩きつけた。調子が強く、小皿が揺れて小さな音を立てた。

座っていたときには分からなかったが、男は五尺八寸（約百七十六センチ）もある大柄だった。

毛深い男で、手の甲にまで毛が生えている。月代とあごの不精ひげも、うっとうしいほどに濃かった。

「二度と来るもんか」

おきょうを睨みつけてから、男はきびすを返した。大柄にもかかわらず、動きは俊敏だった。

「なにがお多福でえ。いんけつのほうが、よほどに似合ってらあ」

捨てゼリフを残して、店ののれんに手をかけた。

「待ちなさいよ」

おきょうの声が、空っぽの土間に響き渡った。低いかすれ声だが、通りがよかった。

「銭は払ったんだ。おれのほうには、こんな店には用はねえ」

「あんたにはなくても、こっちにはあるわよ」

板場から出たおきょうは、男に詰め寄った。

「舐めた真似をしてないで、徳利を返しなさい。うちのは安物じゃないんだから」

おきょうが右手を突き出した。背丈では八寸（約二十四センチ）近い差がある。おきょうを見下ろす男の顔には、あざけるような笑いが浮かんだ。

「なんのことでえ、徳利てえのは」

「あんたがさっきまで手にしていた、うちの徳利に決まってるじゃないの。見てみなさいよ、どこにもないでしょう」

おきょうが卓を指差した。男が叩きつけた盃しか卓にはなかった。

「ねえから、どうしたてえんだ」

「あんたの綿入れのたもとに入ってるでしょう。さっきから、たもとが揺れてるわよ」

「まずい酒を呑ませた上に、今度は言いがかりかよ」

付き合ってらんねえと言うなり、男はのれんをかきわけた。出ようとしたとき、外から押し戻された。

「やり取りの一部始終は聞いた」

「儀三郎（ぎさぶろう）さん……」

土間に立ったおきょうが、小声を漏らした。

「あんたの声は路地にも筒抜けだてえのに、あいつは助けにも出てこず、部屋にへえったままか」

「お仕着せを着ていますから」

得心顔になった儀三郎は、大柄な男と向き合った。五尺六寸（約百七十センチ）の儀三郎は、わずかに相手を見上げた。

「ねえさんが言った通りこの店のは、徳利も皿も盃も、そこいらの安物じゃねえ。素直にけえすなら、見なかったことにするぜ」

儀三郎が睨みつけた。男のあごに生えた無精ひげが、焦げそうになるほど強い目の光だ。上背でも肉置きでも、はるかに勝っている男が、背中を丸めて徳利を取り出した。

「おめえの口で詫びねえ」

言われた男は、小さな舌打ちをした。儀三郎の右膝が、男の股間を蹴り上げた。息を詰まらせて、男が土間に崩れ落ちた。

襟首を摑んだ儀三郎は、軽々と男を路地まで引きずり出した。

「次の蹴りに、加減はねえぜ」

男のうめき声に、路地の奥から聞こえる犬の遠吠えが重なった。

四

「こちらが儀三郎さんだ。肝の据わった代貸さんで、器量の大きさも、肚（はら）の括（くく）り方も、貸元よりも上だ」

伊助に顔つなぎする正助の物言いには、相手におもねる調子が色濃かった。

「おきょうさんが難儀をしているのに、部屋に座りっぱなしはねえぜ」

正助の追従には取り合わず、儀三郎がきつい口調で応じた。

「ですがあにい……」

「おめえは、おれの舎弟じゃねえ」

正助の口を押さえつけた。うろたえた正助は、座り直して儀三郎さんと呼び直した。

「飛び出すのは造作もなかったのですが、なにしろお仕着せを着ているものですから」

正助が、堅気の手代の物言いに戻っていた。

「お仕着せがまずけりゃあ、ふんどしで飛び出せばいい」

儀三郎が睨めつけた。言葉に詰まった正助が、畳に目を落とした。

「いつもは力自慢をしているおめえが、二寸ばかり相手が大男だと分かるなり、尻尾を巻いてやがっただろう」

儀三郎に決めつけられても、正助は黙ったままだ。隣に座った伊助は、信じられない思いで正助を横目に見た。

伊万里屋では、手代たちをひと睨みするだけで、自在に差配する男である。お多福の手前の路地で、正助が男を追い返したのを、伊助は見ていた。

その正助が、儀三郎の前では猫に睨まれた鼠のように、身動きもできなくなっていた。伊助が横目で見ているのを察しても、正助は目を伏せたままだった。

「てめえの女も守れねえようじゃあ、おめえとの付き合い方も違ってくるぜ」

儀三郎は、声を荒らげるでもなかった。が、口にする一語ずつが、正助にも、伊助の胸にも突き刺さった。

ふたりが同時に膝を揃え直したとき、おきょうが酒を運んできた。

「正さんは、あたしにもしものことがあったら、きっと助けに飛び出してくれましたよ」

儀三郎に酌をしながら、おきょうが場を取り成した。儀三郎はおきょうから徳利を受け取ると、正助に差し出した。

背筋を張った正助は、両手に持った盃で受けた。儀三郎は、隣の伊助にも酌をした。

「のっけからきついことを言ったのは、今夜が大事を控えた夜だからだ」

儀三郎は、正助と伊助を等分に見た。盃を手にしたふたりの顔が張り詰めた。

「うちらの稼業に、言いわけは通じねえ。能書きをたれてる間に、相手はおめえらの喉元に食らいつく。分かったら、返事の代わりに盃を空けろ」

正助が一気に呑み干した。

伊助も同じことをしようとした。

が、まだどんな話かを正助から聞かされる前に、儀三郎が小部屋に顔を出した。そして、いきなりきつい言葉を投げつけられたのだ。分かったら呑み干せと言われても、正助のように一気には盃が空けられなかった。

伊助の戸惑いを、儀三郎は見逃さなかった。

「おめえは伊助に、ことの次第をまだ話してねえのか」

「それはまだですが、いまそれを……」

またもや言いわけをしようとした正助は、儀三郎の目に射貫かれた。慌てて口を閉じたあと、まだですと短く答えた。

「おめえさんが得心していようが、していなかろうが、お多福の座敷に座っているのは間違いねえ。そうだな」

「さようでございます」

伊助は即座に返事をした。

「この座敷に座ったら、もう後戻りはできねえ。おめえに選べるのは、片棒を担いでゼニを手にするか、簀巻き（すまき）にされて大川に浮くかのどっちかだ」

おめえさんと呼んでいたのが、おめえと呼び捨てになっていた。

「そんなことを出し抜けに言われましても、てまえには……」

怯えきった伊助は、座ったままで後ずさりをした。

「いいから続きを言ってみろ」

儀三郎があごをしゃくった。

話そうとしたが、伊助は口のなかが渇ききって言葉が出ない。儀三郎が徳利を差し出した。

ひと口つけた伊助は、なんとか舌が回り始めた。

「手前は正助さんから、折り入っての話があるから山本町のお多福まで来るようにと……さように言われただけでございます」

「そう言われただけで、おめえはつらを出したんだ。それでいいじゃねえか」

「へっ？」

伊助の声が裏返っていた。

「中身も聞かずに、おめえはここまでやってきた」

「ですが、それは……」

儀三郎の目をまともに見て、伊助はあとの言葉を呑み込んだ。

「正助は、おめえの首に縄を巻いて引きずってきたわけじゃねえ。来いと言われただけで、おめえはここにいるんだ。いまさら、言われただけです、は通じねえぜ」

儀三郎は再度、ゼニ儲けか、簀巻きかを選べと迫った。伊助に選べる道は、ひとつしかなかった。

「聞き分けがよくて、なによりだ」

おきょうの酌を呑み干してから、儀三郎は首に下げた錦織りの薬袋（やくたい）を取り外した。口の紐をゆるめると、薬包（やくほう）をつまみ出した。

茶色い油紙の薬包である。油紙には、黒い丸薬のようなものが四粒包まれていた。

「鼠の糞に、イタチの小便を混ぜて固めた薬だ。ひと粒で、四、五日は腹下しが治まらねえ代物だ」

黒い丸薬は、手に触れただけで腹を下しそうないやな見てくれである。しかし、においはまるでしなかった。

「籐吉と誠吉てえ手代の汁にでも混ぜて、これを飲ませろ」

正助は何度もうなずいた。

伊助には、なぜそんなことをするのかが分からない。恐る恐るながらも、儀三郎にわけを問いかけた。

「おめえと正助とが、伊万里に行くために決まってるだろう」

「へっ……」

またもや伊助の声が裏返った。

酌をされた儀三郎が、ぐびっと音を立てて盃を干した。

五

皿山の火の用心夜回りは、十日に一度の割合で、町のこどもが受け持った。おとなが骨休めをするために、こどもに駄賃を払って回らせたのだ。

駄賃といっても、カネではない。近在の農家から番小屋に持ち込まれた芋である。

「とっつぁんにも五つ、六つはくれてやらんば、いかんよ」

芋を渡しながら、おとなはこどもだけで食べては駄目だと言い置いた。

ひとたび火が入った登り窯は、少なくとも三晩は窯焚きが火を絶やさない。焼き芋を焼く窯は、皿山のどこにでもあった。

「げんすけ爺さんが、一番うまかと」

「駄目だ、あの爺さんは。赤松ばっかりくべよるけん」

何人ものこどもが、巌助（げんすけ）の窯はだめだと口々に文句をつけた。

「はように焼けてよかばってん、火の強過ぎて、いっつも皮ば焦がしよっと」

こどもたちには、それぞれにお目当ての窯焚きがいた。

火の用心に回るのは、七歳から十歳までのこどもである。夜回りは、こども五人でひと組だ。

火の用心を始める前に、こどもたちは窯に芋を持ち込んだ。そして五ツ（午後八時）から半刻（一時間）回ったあとは、登り窯に駆け寄り、焼きあがった芋を楽しんだ。


一月七日は、寛政八年で初めてのこども夜回りである。

「今日の芋は、甘かと。窯焚きの養助（ようすけ）とっつぁんには、話してあっけん」

夕暮れ前に番小屋のおとなから、今夜の焼き芋は養助に頼めと指図を受けた。こどもたちは一旦宿に帰ったあと、六ツ半（午後七時）にふたたび小屋に集まった。

年初のこども夜回りということで、いつになく十歳のこどもばかりが集まった。年明け初めての焼き芋を食べたいがために、年下のこどもを年長者が追い出していた。

番小屋には、おとなはだれもいなかった。年長者だけの五人組と知って、留守番役は安心して呑みに出かけていた。

明かりはなく、細い月が放つ光は小屋のなかまでは届かない。五人揃って番小屋に入るなり、ひとりが芋のかごを蹴飛ばした。

「だいじな芋を蹴飛ばして、ふーけとらんか」

残りの四人から一斉に叱られて、蹴飛ばした子が半べそ顔になった。

「おまい、種火をもろうてこい」

罰としての種火もらいを言いつけられた。

おとなら、種火がなくても火付けはできた。しかし年長といえども、全員がまだ十歳のこどもだ。しかも明かりも火の気もない、冷え切った小屋である。

手早く火を熾し、明かりを得るには種火をもらうほかはなかった。

しかし番小屋からもっとも近い養助の窯でも、山道を五町（約五百五十メートル）も登った先である。

「ひとりで行くのは、おりゃ、いやだ」

種火もらいを言いつけられた亀吉は、泣きべそ顔でごねた。

「おまい、行かんてや」

同い年ながらも、こどもの身体つきは個々に違う。もっとも大柄でガキ大将の雄太が、こぶしを拵えて亀吉に迫った。亀吉は、五人のなかで一番背が低い。

「いま行くけん」

亀吉は番小屋から飛び出した。

山道を半分登ったところで、亀吉は立ち止まった。慌てて飛び出して、火桶を手にしていなかった。のみならず、芋も持ってはいなかった。

火の用心に出かける前に芋を預けておかなくては、終わったときに焼き芋をすぐには食べられない。

亀吉は山道の真ん中で、どうしたものかと悩んだ。が、いくらも間をおかずに山道を登り始めた。

厳冬の道は、石も地べたも凍っていた。身体も芯から冷え切っている。このまま番小屋に戻るよりは、養助の窯で身体を暖めたかった。

養助が番をする窯は、三室の小さな窯である。あと半町登った先には、六室の大窯が二基並んでいた。

窯焼き一家も、磁器造りの職人たちも、大窯のすぐわきに暮らしている。三室の窯場には、養助ひとりしかいなかった。

こどもだけで山道を下ろすのを、養助は案じた。しかし窯場を離れることはできない。

「道は凍っけん。足元に気をつけて、絶対に駆けてはいかんばい」

燃え盛る赤松の薪二本を火桶に移し、養助は亀吉を番小屋へと帰した。

燃える薪が、足元を赤く照らしている。明かりができて、亀吉は元気が出た。とはいえ、人気のない山道は、おとなでも不気味だ。

亀吉は養助の言いつけを守らずに、火桶を提げて駆け出した。

あと一町で下り道が終わる。そこまで駆けて、亀吉は転んだ。

火のついた薪二本が転がった。火力が強く、脂をたっぷり含んだ赤松である。カラカラに乾いた枯れ草に、薪の火が移った。あっという間に炎が立った。十歳の亀吉には、ただ立ち尽くすことしかできなかった。


「亀吉のやつ、なんばしよっとやろか」

火の気のない番小屋で、大柄な雄太が口を尖らせた。

「外に出てみんや」

小柄な了吉(りょうきち)に、雄太が右手を突き出した。手には、枯れた小枝が握られている。こどもは渋々、番小屋の腰高障子戸を開いた。

薄い障子紙一枚の戸だが、それでも凍えた夜気が忍び込むのを防いでいる。戸が開かれるなり、底冷えがなだれ込んだ。

「ふーけとらんか。戸を閉めろ」

雄太が了吉に怒鳴った。が、口を半開きにした了吉には聞こえていないようだ。

「了吉のあほたれ」

外に突っ立って、なにをやってるとね。

小声で文句を言いながら、雄太が障子戸に近寄った。

「山が燃えとっとばい……」

了吉が山道の方角を指差した。

「なんて」

機敏な動きで、雄太が外に飛び出した。

周りに明かりはない。山道のとば口から一町登ったあたりの火が、はっきりと見えた。

「亀吉になんか起きた」

火は亀吉のせいだと、雄太は即断した。同じ十歳のこどもでも、さすがはガキ大将である。状況判断は素早く、確かだった。

「おまいたちふたりは、赤絵町を叩き起こせ」

仲間ふたりに言いつけた雄太は、了吉を連れて山道へと駆けた。夜道は暗く、地べたはすでに凍っている。

柄の小さい了吉は足を滑らせ、前のめりに転んだ。凍えた小石は固い。了吉のひたいを切り裂いた。

生暖かい血が、ひたいから流れ出た。

「雄太、待って」

泣き声で呼びかけたが、雄太はすでに闇のなかを走っている。泣き虫で通っている了吉が、起き上がった。

皿山の住民は、こどもでも火事の怖さを身体の芯に叩き込まれている。ひたいの血を手で拭い、すぐさま雄太を追い始めた。

走り出してすぐに、またもや転んだ。痛みで息が詰まりそうになったが、了吉は起き上がった。そして、力一杯に駆けた。

枯れ草が燃え始めたとき、亀吉は身体が固まって動けなかった。炎が雑木に燃え移ろうとしたとき、こどもながらにわれに返った。

「盗人は首を斬られるだけばってん、火を出したら家中のもんがはりつけにさるっとぞ」

ことあるごとに、亀吉は父親から脅かされていた。

こどもでも容赦なく、はりつけ台に縛り付けられる。おやじもおかあも、ばあちゃんも。

火の怖さよりも、一家全員はりつけの恐怖のほうが勝っていた。

養助を呼びに山道を駆け上るにも、番小屋の仲間に助けを求めるにも、火の出た場所は離れすぎていた。呼びに行っている間に、火事は大きくなるに決まっている。

「もしも燃え出したら、布団ばおっかぶすとよ。そうすりゃあ、火の息が詰まる」

父親からいつも聞かされている、火消しの手段だ。しかし山道には、なにもなかった。血相を変えて周りの草むらを探している間にも、火は勢いを増している。

バチバチバチ……。

生木に食らいついた火が、不気味な音を立て始めた。火はまだ、雑木の根元あたりだ。が、すぐにも幹を伝って燃え上がるだろう。

亀吉は身に着けていた綿入れを脱いだ。木綿のあわせも脱いだ。父親が使い古したふんどし一本になった。

尋常なときなら、たちまち身体が凍えただろう。しかしいまは、目の前で山が燃え始めていた。

右手に綿入れ、左手にあわせを握り、燃え立つ炎に突進した。力を限りに、着ていたものを火に叩きつけた。

燃える枯れ草から、火の粉が飛び散った。亀吉の素肌に噛み付いてくる。十歳のこどもは痛みにも怯まず、火を叩き続けた。

このまま火事になったら、みんながはりつけにされる……。

その怖さが、亀吉を火消しに駆り立てた。

火勢はすでに、こどもの手には負えなくなっている。亀吉をあざわらうかのように、火が雑木の幹を上っていく。あたかも蛇の舌のように、火の先端が木の皮を舐めていた。

叩いても叩いても、火の勢いは衰えない。亀吉の両目から、涙があふれ出した。火勢の熱を浴びて、目がかすみそうになった。

それでも亀吉は、両手で火を叩き続けた。腕が抜けそうになったが、恐怖心が亀吉を駆り立てていた。

闇のなかを駆ける雄太の横から、黒尽くめの群れが飛び出した。ガキ大将だと言っても、所詮は十歳のこどもである。

なかのひとりとぶつかり、雄太は弾き飛ばされた。それほどに、黒装束の男たちは激しい勢いで駆けていた。

タッ、タッ、タッ、タッ。

調子の揃った足音が、闇の向こうから聞こえてくる。足音は、山道に向かっていた。

おやじが言ってる、おんみつだ。

隠密がなにを意味するのか、雄太は知らなかった。が、おとなの口ぶりから、近寄ってはいけない、怖い連中だと察していた。

ところが。

その隠密が、山道に向かっていた。弾き飛ばされたときの勢いから、雄太は群れの速さを感じ取った。

あのひとたちが、火消しをしてくれる。

なんの根拠もなかったが、皿山で育つこどもの本能がそれを教えた。火の手が上がっている山におとなが駆けるのは、火消しのほかには考えられなかった。

地べたに転んだまま、雄太はふうっと息を吐いた。闇の背後から、了吉のあえぎ声が聞こえてきた。

六

一月七日、五ツ半（午後九時）過ぎ。番小屋には、人が溢れ返っていた。

「まったくおまえたちは、どこまでふーけとっとか」

村の肝煎のひとりが、こどもたちの頬を張った。力を加減していない手で叩かれて、小柄な了吉は土間に倒れ込んだ。

さらに手を上げた肝煎の前に、雄太の父親が立った。

「肝煎さん、腹立ちは分かるけどよ。一発張れば、こどもも分かっとよ」

「その通りだがね」

了吉の母親おきねが、わきから加わった。

「あとはわしらが、よう言い聞かすっけん。そこまでで、勘弁してやっておくんさい」

肝煎に深々と辞儀をしたおきねは、番小屋のへっついに近寄った。火の用心当番たちの、湯茶沸かしの小さなかまどだ。

焚き口はふたつあり、ひとつは大鍋に湯が煮立っている。おきねはもうひとつの焚き口に載った、鍋のふたを取った。

鍋一杯に、葛湯ができている。調理道具など、なにもない小屋だ。おきねは水がめからひしゃくを取り出し、鍋の葛湯を湯呑みに注いだ。

「これ、飲め」

おきねは、こども五人に葛湯の入った湯呑みを手渡した。

「甘やかすじゃなか」

肝煎が眉をひそめた。おきねは取り合わない。大きなしくじりをしでかしたこどもたちだが、母親はこどもをかばうのが性(さが)だ。舌打ちをしつつも、肝煎はおきねをとめなかった。

隠密に弾き飛ばされた雄太は、綿入れの尻が濡れていた。

了吉は、ひたいに乾いた血がこびりついている。が、傷口は浅く、すでに血は止まっていた。

亀吉は素肌に焼け焦げだらけの綿入れをまとっていた。襟元が開いており、赤いただれが幾つも見える。火の粉を浴びてできた、やけど痕だ。

葛湯に口をつけながらも、まだ身体を震わせていた。寒さだけではなく、おのれのしくじりに怯えた震えだろう。

「いつまでも震えんで。しゃんとせんか」

亀吉の母親が、こどもをきつい調子で叱りつけた。強く叱ることで、周りの視線からこどもを守ろうとしているようだった。

赤絵町に駆けたふたりの子は、どこにも怪我はなく、綿入れもきれいだ。が、仲間が気になるらしい。葛湯を飲みつつ、目の様子は亀吉たちを気遣っていた。

「代官所のお役人に気づかれずに済んだのは、なによりだった」

肝煎の長老が、ぼそりとつぶやいた。周りの男衆が大きくうなずいた。

「おまいたちゃ、こっちゃんこい」

肝煎長老が、五人のこどもを呼び寄せた。人柄が練れており、物言いは穏やかだ。葛湯を飲み干したこどもは、肝煎の前に立った。

「もういっぺん、ことの始まりからわしに話してくれ」

遅れて番小屋に顔を出した長老は、こどもの話を聞いていなかった。五人は、だれもが長老に話すのをいやがった。

「亀吉、話さんば」

三人のこどもが、亀吉を長老の前に押し出そうとした。綿入れ一枚の亀吉は、一段と身体の震えを大きくして後退ろうとした。

「しゃんとせんか。このふーけもんが」

亀吉の母親が、思いっきりこどもの頬を張った。つい先ほど、肝煎に張られたのと同じ頬である。亀吉のほっぺたが真っ赤になった。

「おれに言わせて」

仲間が叱られるのを見かねたらしい。雄太が話をすると申し出た。長老は、静かにうなずいてこどもの口を促した。

「真っ黒な着物を着た五人のおとなが、分厚い布ばかぶせて火を消した」

雄太が口にした通り、隠密は五人いた。

なかの四人は、刺子になった幅三尺（約九十センチ）、長さ六尺（約一・八メートル）の分厚い布を一巻ずつ抱えていた。

こどもには知る由もなかったが、太い木綿糸で織った布には、石綿が挟み込まれていた。その火消し布を、隠密たちは木の幹に巻きつけた。

枯れ草は、燃えるに任せた。が、火の端に立ち、燃え広がりを食い止めた。

五人の隠密は、一滴の水も使わず、布だけで火を消した。こどもがゆっくりと、百を数えるほどの間の出来事だった。

雄太と了吉は、目を見開いて見入った。

素肌に火の粉が飛び散っても反応せず、亀吉は呆けたような顔で立ち尽くしていた。

「これに参れ」

隠密の首領格の男が、三人を呼び集めた。雄太と了吉は、すぐさま応じた。動かない亀吉を見て、雄太が腕をとって引き寄せた。

「火はけだものだ。扱いを誤ると、のどもとを食いちぎられる。心して取り扱え」

それだけ言うと、三人のこどもを追い払った。

「番小屋に戻りつくまで、断じて振り返ってはならぬ」

首領にきつく言われた三人は、闇の前方だけを見詰めて番小屋への道を駆けた。小屋まで半町のところで、赤絵町から駆けつけたおとなに出会った。

「山を見たら殺さるっぞ。向こうを向いて歩け」

駆け寄ったおとなを、雄太と了吉は番小屋まで押し戻した。

「なんだって隠密連中は、そんなところにおったとや」

長老に問われても、こどももおとなも答えられなかった。

「しかもさ、按配よく火消しの布なんてものを抱えとったとや。いったい、あの連中は、この皿山でなんばしよっとやろうか」

長老が目元をきつくした。

火を消し止めたあと、隠密はこどもをその場から追い払った。それも、振り返らずに立ち去れと、きつく言い置いてのことである。

おとなたちは、雄太の話の不気味さゆえに、てんでに顔つきを曇らせた。

亀吉は、相変わらず放心したような顔つきである。雄太と了吉は、互いに目を見交わした。おとなの手前、神妙な顔をしている。しかし目の奥には、強い輝きがひそんでいた。

おんみつ、すごかったと。

ふたりのこどもは、隠密の敏捷な動きを思い出しているようだった。

七

永代橋のなかほどで、先を歩いていた伊助がいきなり立ち止まった。あとを歩く正助がぶつかりそうになった。

「どうしたんだ、伊助……」

文句をつけようとした正助が、あとの言葉を呑み込んだ。怒りに燃えた伊助の両目は、橋の暗がりで尖った光を放っていた。

「ひどいじゃないですか、正助さん」

お仕着せ姿の伊助は、怒りを募らせながらも人目を気にしている。声は抑え気味だが、目の光までは隠し切れていない。

手代の剣呑な様子を見て、女がわきを足早に通り過ぎた。

「なにがひどいんだ」

「篠吉さんと誠吉さんのごはんに毒を混ぜるなど、あたしはまっぴらです」

橋の反対側では、職人風の男連れが物見高そうに見ていた。声は聞こえていないだろうが、様子が尋常ではないと感じたようだ。

ふうっと大きな息を吐いて、伊助は気持ちを落ち着かせた。ふたりを見ていた職人たちが、深川方面に歩き始めた。伊助は声を小さくして、文句の続きを始めた。

「どうしてもあたしを巻き込むというなら、帰り次第、二番番頭さんにあらましを話します。もう一度はっきり言わせてもらいますが、あたしは今度のことはきっぱりとお断りいたします」

「そうか……おまえがいやと言うなら、仕方がない」

いきどおる伊助が拍子抜けしたほどに、正助の返事はあっさりしていた。

今後一切、あたしからは口を利きませんからと言い置き、伊助はきびすを返した。相手を残して足早に歩き始めたとき、正助が背後から呼びかけた。

伊助は足を止めずに歩き続けた。

「おまえと歳が離れている妹は、まだ嫁入り前だったよな」

正助のささやきが、伊助の背中に突き刺さった。勢いを込めて振り返ると、正助がにやにやと笑っていた。

「なんのことですか」

「なんのこととは、なんのことだ」

「はぐらかさないでください。どうしていきなり、妹のことを口にしたんですか」

「別にわけはないさ」

伊助には取り合わず、正助は橋の欄干に寄りかかって大川に目を移した。真冬の川には一杯の船も出ていない。暗い川面から、凍えた風が吹き上がってきた。

両手をこすりつつ、正助が身体の向きを変えた。目の前に、伊助の顔があった。

「ずいぶんな剣幕だな。その顔を見たら、閻魔(えんま)様でも逃げ出すぜ」

軽い調子でいなす正助の胸倉を、伊助が右手で摑んだ。身体を軽く動かしただけで、正助は伊助の手を振りほどいた。

「おめえの腕じゃあ、おれには勝てねえ」

正助はお多福にいたとき同様の、崩れた物言いをした。振りほどいた手を摑むと、伊助を顔のすぐ近くまで引き寄せた。

「やりたくなけりゃあ、やめればいい。無理にやってくれとは言わねえ。頼みもしねえ」

正助の吐く息が酒臭い。伊助は思わず顔をそむけた。

「おめえのおふくろと妹が暮らす裏店がどこかも、妹がどんな器量かも、とうの昔に調べ済みだ」

伊助がそむけた顔を、正助は左手で押さえつけて向き直らせた。

「おめえのおふくろは、毎朝六ツ（午前六時）前には起きて飯の支度をする。近所の煮売りで買うのは、金時豆の甘煮と、厚揚げの煮付けだ」

言い当てられた伊助は、息を呑んだような顔になった。

「おめえより一回りも年下の妹は、通い大工の章太郎てえ若造と好き合う仲だ。どうでえ伊助、まだ聞きてえか」

怒る気力の萎えた伊助は、両目の光が濁っていた。

「儀三郎さんは、怖いひとだ。おめえの出方ひとつで、おふくろと妹はただじゃあ済まなくなるぜ」

正助が手を放した。

欄干に寄りかかった伊助は、ひどく吐いた。

大川を渡る凍えた夜風が、伊助の髷を揺らして吹き去った。

八

一月八日、明け六ツ（午前六時）。

いつもの朝と変わらず、日本橋本石町の『刻の鐘』が、一日の始まりを告げる鐘を撞き始めた。

撞き出しの三打は、ひとの気を集める『捨て鐘』である。これを耳にすると、江戸の住民の多くが耳をそばだてた。捨て鐘のあとに撞かれる数が、ときを告げるからだ。

とは言っても、夜明けのあとに鳴るのは、明け六ツに決まっている。ひとは捨て鐘の音で、六ツになったと察した。

前日の七日も、この日の朝も、六ツの撞かれ方に違いはない。しかし一月八日は、鐘とともに江戸の町がしゃきっと目を覚ました。

「いい按配に晴れてくれたじゃねえか」

「ちげえねえ。仕事始めからお天道さんを拝めるてえのは、なによりの縁起だぜ」

江戸の裏店のいたるところで、職人たちは同じあいさつを交わした。

八日からは、普請仕事の職人が一斉に働き始める。この朝のあいさつで、職人たちは仕事始めを互いに祝った。

真冬の凍てついた気配を突き破って、品川沖から力強い朝日が昇っている。日本橋、京橋、尾張町などの仕事場に向かう深川の職人は、永代橋を東から西に渡った。

朝日はまだ、空の根元あたりだ。低い空から、赤味の強い光が橋を照らしている。陽を浴びた職人の半纏が、濃紺色を際立たせた。

白帆を一杯に張った漁船が、永代橋をくぐり始めている。はしけに曳かれたいかだが、橋の真下で漁船とすれ違った。

「今年も、しっかりやんなせえ」

「おたくこそ、春から大漁だろうよ」

漁船の船頭といかだに乗った川並（かわなみ）（いかだ乗りの職人）が、互いに大きく手を振った。すれ違うたびに交わすあいさつだが、今朝は仕事始めの八日だ。手の振り方にも交わす声にも、威勢がこもっていた。

「きたよ、きたよ」

日本橋から駆けてきたこどもが、甲高い声で叫んだ。声を聞いて、北側の河岸に女のどよめきが起きた。

「おっかさん、もうすぐだよね」

強く手を握られたこどもが、母親に問いかけた。気のぼせした母親は返事をせず、日本橋北詰に見入った。

ほら貝の音を耳にするなり、河岸に並んだ女の群れがいきなり崩れた。

「走るから、はぐれるんじゃないよ」

言っている間にも、女たちは血相を変えて伊万里屋へと駆け出した。

「おまえがぐずぐずしてるから、遅れたじゃないか」

きつい調子で叱りつけた女は、こどもを引きずるようにして群れを追った。

女たちの身なりのほとんどが、木綿の長着に綿入れである。日本橋の通りには、似つかわしくない質素な身なりだ。

ざっと数えても、千人近い群れである。河岸を歩いていた羽織姿の者が、慌てて端によけた。

伊万里屋の店先では奉公人が総出で、女房連中を押しとどめていた。

「店先を固められますと、車が入れません」

「店の前をあけてください」

声を限りに言っても、殺気立った女たちは聞き入れない。小僧も手代も、大きなため息をついた。そのとき。

ほら貝の音が、伊万里屋前の通りに流れて、

「車が入れなければ、お配りすることができません」

「どうか店の前をあけてください」

「このままでは、皿配りを取りやめにすることになります」

伊万里屋一の力持ちである正助が、手代の前に出て声を張り上げた。

「ばか言わないでよ」

群れの前にいた女が、正助に嚙みついた。正助は顔色も変えず、同じことをもう一度大声で伝えた。

本当に取りやめになりそうだと察したらしい。群れが鎮まり、店先が広くなった。

俵に包まれた伊万里焼が、十台の大八車で運ばれてきた。車列の先頭でほら貝を吹いているのは、伊万里屋が雇った山伏である。

六尺の大男が吹くほら貝が、店前の小路に響き渡った。

ていねいに荷台に積み重ねられた俵には、江戸紫の大きな祝儀布がかぶせられている。荷車の後ろには、のぼりが立てられていた。

陽は小路の上にあった。日本橋本通りほどの道幅はないが、伊万里屋前の道には空をさえ

ぎるひさしがなかった。

『寛政八年　伊万里焼新柄入荷』

荷車ののぼりが、冬の陽を浴びている。堀から吹いてくる微風が、のぼりを軽くはためかせて流れ去った。

「霊巌島から初荷を届けにきました」

車力のかしらが、大声で口上を伝えた。伊万里屋頭取番頭の四之助は、顔つきを引き締めて口上を受けた。店先に群がった女房連中は、息を詰めて儀式を見守っている。

伊万里屋の新しい年が始まった。

六年前の寛政二（一七九〇）年一月八日、伊万里屋は新年の縁起担ぎに小皿を振舞った。あえて伊万里屋が景気づけをしたくなるほどに、この年の正月は江戸の町が威勢を失っていた。

前年九月十六日に、公儀は武家の借金棒引き命令の『棄捐令』を敷いた。

貸し金の帳消しを強いられたのは、大尽で知られた札差である。

「ざまあみろい、いい気味だぜ」

「これで連中も、金遣いを見せびらかすのはよしにするだろうよ」

棄捐令発布の当初、町民たちは公儀の仕置きに喝采した。帳消しにされたのは、百十八万両を超える、途方もない大金だ。

札差百九人で単純に均（なら）しても、一軒あたり一万九百両を棒引きにされた勘定である。

飛び切り腕のいい大工が、一年間ひたいに汗して稼いでも、手にする手間賃は十両どまり。

一万両を稼ぐには千年かかる。

それだけのカネを帳消しにされても、札差は潰れなかった。が、さすがの大尽たちも百九人全員が深手を負った。

札差は金遣いの蛇口を閉めた。たちまち、江戸の景気がわるくなった。いい気味だと手を叩いた職人たちの、仕事が激減した。

寛政元年の十二月は、連日氷が張る冷え込みとなった。雪も早く、師走の中旬に積もった雪は、大晦日まで解けずに残った。

「どうやって年を越せてえんだ」

ぼやいたのは、町人に限らなかった。

「頂戴しておりましたご注文が、軒並み取り消しとなりまして……」

寛政元年十二月二十八日の夜。伊万里屋あるじの居室では、頭取番頭四之助が顔を伏せて勘定帳を差し出した。

「こんなときこそ、日本橋に店を構える商人が見栄を張らなくてどうする」

伊万里屋五郎兵衛は、強い調子で番頭を督励した。そして新年早々、瓦版屋に引札を刷らせた。

『一月八日四ツより、初春縁起の伊万里焼小皿を謹呈いたします。ただし女人ひとりに一枚。

先着二百名様限り』

引札は江戸朱引内（品川高輪大木戸・四谷大木戸・板橋・千住・本所・深川の内側で、江戸御府内）に限って配布した。

伊万里屋がただで配ろうとしたのは、差し渡し五寸（直径約十五センチ）の小皿である。もともと両国の料亭から誂え注文を受けた二百枚だったが、札差が遊ばなくなり、棄捐令発布からわずか二ヵ月後に注文主の料亭は潰れた。

小皿といえども伊万里焼である。料亭へは一枚三百文で納める段取りだった。同じ大きさで、江戸に近い笠間の皿なら一枚二十文。

伊万里焼の値打ちは図抜けていた。

一月八日朝の五ツ（午前八時）には、伊万里屋前の小路が女で埋まった。引札は朱引内しか配らなかったのに、江戸中から女が押し寄せた。

よそ行きらしき物を着ているが、女のほとんどが裏店の女房たちだった。白粉のにおいと、こどもの泣き声で通りが埋まった。

胸算用をはるかに上回ったひとの群れを見て、五郎兵衛は二百枚を追加するように指図をした。しかし同じ品で数は揃わず、なかには茶碗や高価な湯呑みを小皿の代わりにもらえた者まで出た。

運賃込みの仕入れ値で、皿は一枚二百十文。これを全部で三百枚も配った。ほかに湯呑みや茶碗、小鉢が百個である。

瓦版の刷り賃、引札の配布代まで含めると、ざっと三十両に届く出費となった。が、そのおかげで一月八日の日本橋には、ひとの波が戻った。

「伊万里屋さんのおかげで、日本橋が息を吹き返した」

町の肝煎五人が、紋付袴の正装で五郎兵衛に礼を伝えにきた。予想外の出費となったものの、伊万里屋の見栄を得意先も称えた。

結果的には、五郎兵衛の決断は店の商いを大きく伸ばした。

「一年限りというわけにはいかない」

寛政二年の夏、五郎兵衛は伊万里に翌年正月八日に配る皿を五百枚発注した。一枚二百文で、都合二十五両である。破損を見越して、窯元は六百枚を暮れのうちに送ってきた。

荷受と荷造りは、伊万里屋手代四番組の受け持ちである。組がしらの誠吉は、四人の配下の者と一緒に、この正月縁起皿の仕分けをした。

破損は思いのほか少なく、寛政三年の正月には六百枚近い数を配った。

以来、新年八日の皿配りは、伊万里屋の正月行事となった。年を追うごとに、振舞いの数は増えている。

今年は予定数千枚、破損の予備が二百枚で、都合千二百枚の皿が暮れのうちに届いていた。

寛政二年から、五郎兵衛は八日の皿配りを『商い元日』と定めた。そしてこの日に、伊万里からの初荷を霊巌島の蔵から運ばせた。

荷は、毎年正月二日から七日までの間に江戸に届いた。天気と風向きによっては、到着に数日のずれはあった。それでも七草までには、霊巌島の蔵に収められた。蔵から伊万里屋まで運ぶのが、八日の朝四ツ（午前十時）である。到着に合わせて、五郎兵衛は皿配りを行った。初回の寛政二年が、上首尾に終わった縁起を担いでのことである。山伏のほら貝は、寛政三年から始めた。伊万里屋前の小路にひそむ邪気を追い払い、幸運を呼び込むためである。

八日に鳴り響くほら貝も、いまでは伊万里屋名物として界隈には知れ渡っていた。

皿配りは、四半刻（三十分）もかからなかった。押し寄せる女のあしらいで、これを終えたあとの奉公人は、へとへとにくたびれた。

「お弁当が届きました」

小僧が手代たちに声をかけて回った。

八日の昼には奉公人をねぎらって、日本橋辨松（べんまつ）の赤飯弁当が振舞われた。二段重ねの別誂えで、一段はごま塩がかかった赤飯である。

もう一段には、惣菜が詰まっていた。濃い味付けの、しいたけと野菜の合わせ煮。甘みを利かせた玉子焼き。それに金時豆の甘煮と、くわいのきんとんだ。

「これが食べられるなら、毎日お皿を配ってもいいね」

裏庭の陽だまりに腰をおろした小僧が、顔をほころばせた。

だれもが喜び顔で、辨松の弁当を口にした。が、伊助だけはむずかしい顔つきで、弁当の包みをほどいていなかった。

「泉水の向こうから、みんなが見てるぜ」

隣の庭石に腰をおろしている正助が、小声で伊助に話しかけた。

八日の弁当は、店のなかであれば好きな場所で食べることができる。伊助と正助は、庭石に並んで座っていた。

泉水の向こうには、同輩や配下の者が寄り集まって座っていた。正助と伊助のいる庭石のあたりは、日陰で寒い。ゆえに、周りにひとはいなかった。

「仲間が見ているから、どこがどうだと言うんですか」

伊助は、開き直った口調で食ってかかった。

「よくよく考えましたが、やはり正助さんの片棒を担ぐのは真っ平です」

おふくろと妹に手出しをしたりすれば、すぐさま頭取番頭に訴えると言葉を続けた。

「それはまた、威勢のいいことだ」

正助は平気な顔で、玉子焼きを口に運んだ。ゆっくりと味わってから、伊助に向き直った。

人目を気にして、顔は笑っていた。

「儀三郎さんが手なずけているのは、おれたちだけじゃない」

にやっと笑った正助の前歯には、玉子焼きのかけらがくっついていた。

「どういうことですか」

伊助はわれを忘れて声を大きくした。正助がわずかに目元をきつくした。

「伊万里屋には、ほかにも儀三郎さんから指図を受ける者がいるということさ。うっかりしたことを番頭さんに話したりしたら、おめえはその日のうちに大川に沈むぜ」

笑いながら言われただけに、余計に凄みがあった。

「今夜六ツ半（午後七時）過ぎに、山本町のお多福だ。遅れるんじゃねえぜ」

渡世人のような物言いを残して、正助は庭石から立ち上がった。

伊助の膝から、包みをほどいていないままの弁当がずり落ちた。

九

「だれと名を明かすわけにはいかねえが、正助の言った通りだ。おめえたちのほかにも、何人もいるぜ」

儀三郎は、顔つきも変えずに言い放った。

「ちょいとかんげえりゃあ、おめえと正助だけで、伊万里屋の品をどうこうできねえのは分かるだろうがよ」

おまえたちふたりは、それほどの大物じゃあねえと、儀三郎の目が語っていた。

徳利が空になっている。儀三郎がゆらゆらと揺らすと、すぐさま正助が立ち上がった。まるで儀三郎の手下のような動きである。

伊助が顔をしかめた。それを見て、儀三郎の表情が動いた。

「おめえはいまだに、薬を盛るのがいやだと言ってるらしいが……」

儀三郎が片膝を立てた。目には、けだもののような光が浮かんだ。

「おれはおめえに、頼んでまでやってもらうつもりはねえ。いやだてえなら、冬の大川にへえらせてやろう」

目の前の膳をずらして、儀三郎は立てていた片膝を伸ばして伊助をつついた。

「おめえひとりじゃあ、水も冷てえだろう。妹とおふくろも一緒につけてやろう」

抑えた物言いで凄まれて、伊助の舌が上あごにへばりついた。

「おい、正助」

「へいっ」

短く答えた正助は、燗酒を手にして戻ってきた。伊万里屋では力持ちで通っている正助だが、三下やっこのように振舞っていた。

「こんな野郎ひとりを操れねえようじゃあ、おめえも一緒に沈めるぜ」

「そんな……」

大柄な正助が本気で震えていた。

「沈むのがいやだてえなら、伊助が得心するように、ここでしっかり話してやれ」

徳利を手にして、儀三郎が立ち上がった。

「おれがけえってきたときに、まだぐずぐず言ってたら……ふたりとも簀巻きだ。大川も、今夜は冷えごろだろうよ」

脅し文句を残して、儀三郎は部屋から出た。店の土間には客がいない。手酌で始めたら、流し場から出てきたおきょうが隣に座った。

部屋から次第を見ていた正助は、目を吊り上げて伊助の前に座った。

「儀三郎というひとは、口先だけの脅しは言わない」

目は怒りに燃えているが、正助は手代の物言いに戻っていた。

「おまえが話を断ったら、おれも巻き添えを食う。おまえのおふくろと妹も同じだ。いまごろは、儀三郎さんの手下が、おふくろの宿を見張っているぞ」

おのれの命がかかっている正助は、伊助を説き伏せようとして懸命だった。

「儀三郎さんは汐見橋(しおみばし)の親分、いかずちの六蔵(ろくぞう)というひとの若い者がしらだ。六蔵親分は、賭場を仕切るかたわらで、うちの焼物を関八州に売りさばいておられる」

あるじを語るかのように、正助はていねいな物言いで六蔵の話を始めた。

伊万里屋の品物を、貸元がさばいている。考えも及ばない話をされて、伊助の口が半開きになっていた。

十

昨年の有田皿山は、正月早々から多くの者が浮き足立った。

「オランダ東印度会社が、買い付けをやめるかもしれんと」

「あほぬかせ。そんなこつ、ほんまなわけ、ありゃあせん」

窯焼きのひとりが気色ばんだ。が、話を聞き込んできた男は、渋い顔のまま話を続けた。

「伊万里の問屋が、ぽろっとわしに漏らしよった。あれは嘘ではなかとね」

正月半ばごろから、事態はうわさ通りに動き出した。

が、同じころの江戸には、まだオランダ東印度会社のうわさは届いてはいなかった。なにしろ伊万里から江戸までは、海路で二百五十里（千キロ）以上も隔たっているのだ。届くにも、それなりのときが入り用だった。

距離の隔たりに加えて、もうひとつ、江戸に聞こえていかないわけがあった。

オランダ東印度会社がいけないとの実態が漏れるのを、伊万里の商人が一丸となって防いでいたからである。

大事な交易先を失ったとなれば、大坂や江戸の問屋が伊万里焼を買い叩くのは目に見えていた。焼物の質はいささかも変わらなくても、行き場を失った商品は国内に活路を求めて溢れ始める。

そうなれば伊万里焼の希少さが薄れて、値崩れにつながるのだ。

「ものが壊れる始まりは、うわさからだ。大坂と江戸には、断じて知られてはならない」

問屋の寄合で、肝煎が強い口調で言い渡した。だれもがそれを受け止めて、奉公人の口をしっかりと閉じさせた。

深川汐見橋たもとを北に折れると、路地の突き当たりに汐見稲荷の赤い鳥居が見える。境内の広さは五十坪にも満たない、小さな稲荷社だ。

江戸には無数の稲荷社がある。しかし汐見稲荷が他と際立って違うのは、土地のてきや、いかずちの六蔵が自前で建立したことである。

汐見稲荷の縁日は、七のつく七日、十七日、二十七日の毎月三回だ。この日は九ツ（正午）から七ツ（午後四時）までの二刻に限り、汐見橋から稲荷までの小道に、五十を超える物売りが出た。

菓子、雑貨、古着、焼物、道具など、商う品は雑多である。六蔵は品の値づけを、他の縁日よりも一、二文安くした。それが評判で、小さな稲荷にもかかわらず、大川の西側からも客が集まってきた。


寛政七年二月。六蔵は稲荷を建立して足掛け十年目に入ったところで、江戸のだれよりも早く伊万里のうわさを耳にした。

「伊万里焼を海の向こうに一手に売りさばいていた、オランダ東印度会社というのを親分はご存知でやしょうか」

てきやが売りさばく品の買い付けで、諸国を回っている芳之助（よしのすけ）が、伊万里で聞き込んだ話を口にした。

「聞いたことはねえ。その会社てえのが、どうかしたのか」

「どうやら、いけなくなりそうなんでさ」

伊万里焼の問屋は、奉公人の口を固く閉じさせていた。しかし、それだけでうわさが漏れることを防げるわけがない。

芳之助が聞き込んだ相手は、オランダ東印度会社の船に食糧を納める農家の女房だった。

「オランダ東印度会社がもしも潰れたりすれば、途方もない数の伊万里焼が、行き場を失くします」

「そうなった日には、たちまちひどい値崩れを起こすてえわけか」

六蔵の鼻の両脇が、ぴくぴくっと引きつった。獲物を前にしたときの、六蔵のくせである。それをわきまえている芳之助は、口を閉じて目を天井に向けた。

「それでおめえは、伊万里とどんな話をつけてきたんでえ」

まさか手ぶらで帰ってきたわけではないだろうと、六蔵の目が迫っていた。

「どの伊万里の問屋も、値崩れを防ぐために、だぶついた焼物を叩き割っておりやす」

伊万里焼の評判を保つために、問屋はできのよくない皿や鉢は、出荷をせずに壊した。そうすることで、出回る品の質を守り、数を加減して高値を保っていたのだ。

オランダ東印度会社が買い付けていた焼物は、特級品と普及品の二種類である。数は圧倒的に普及品が多かった。

その膨大な数の普及品が、売り先を失くしてしまうのだ。さすがの問屋も叩き壊すに壊せず、あたまを抱えていた。

「伊万里の問屋連中は、様子を見ながら大坂や江戸に焼物を回す腹積もりらしいんでやすが、まだ定まってはおりやせん」

問屋の肚が決まっていないことを見て取った芳之助は、焼物を納める蔵の蔵番に近づいた。酒をおごり、武雄の色里に招待して相手を手の内に取り込んだ。

蔵番は、焼物蔵のすべてを任された番人である。実直さを買われて、番人には近在の農夫が雇われた。

負わされる責めは重たいが、給金は月に一貫文である。江戸の大工なら二日で稼ぎ出すカネだが、現金の実入りがない農夫には一貫文といえども貴重なカネだった。

呑み食いと色里通いを続けるなかで、芳之助は蔵番の仕事の中身を聞きだした。

破損した皿の始末は、すべて蔵番に任されていた。伊万里の農夫が焼物を横流しするなどとは、問屋は考えてもいなかったからだ。

いままでの蔵番なら、芳之助の甘言(かんげん)に乗ることはなかっただろう。しかしオランダ東印度会社が危ないとのうわさが流れていた。

蔵番の先行きがどうなるか分からない……。

不安を抱えていた蔵番は、芳之助のささやきに落とされた。

芳之助は蔵番に小判を見せつけて、小皿五俵分をひそかに仕入れた。

「皿は叩き壊したといって、どうとでも言い逃れすると蔵番が請け合いやした」

一俵に詰められた小皿は、二百枚。五俵で千枚である。芳之助は皿一枚二十文で、蔵番と話をまとめた。伊万里焼の小皿であれば、江戸なら安くても一枚二百文でさばける。

蔵番が手にしたカネは千枚で二十貫文、小判で五両だ。月の給金が一貫文の蔵番には、二十ヵ月分の大金である。

芳之助は伊万里の農家から粟、きび、豆などの雑穀十俵を買いつけた。そして小皿五俵をまぎれ込ませた。

湊の廻漕問屋には、蔵番が顔を利かせた。荷積みは蔵番が仕切り、芳之助はその荷と一緒に江戸に帰ってきた。

「いい仕事をしてくれた」

六蔵はすぐさま闇の伝手を通して、小皿を関八州の料亭などに売りさばいた。江戸からの横持ち代（配送料）込みで、一枚二百五十文の値をつけた。それでも千枚は、またたく間にさばけた。

皿の仕入れ代は四両。江戸までの廻漕代は雑穀込みで七両二分である。一枚二百五十文で売った代金が二百五十貫文、五十両だ。

仕入れ値との差し引きで、三十八両二分（一分は四分の一両）もの大儲けとなった。

六蔵は芳之助を伊万里に張り付かせることにした。同時に、江戸の荷受にも梃入れを図ろうと決めた。

「伊万里屋の手代に、しっかりとくさびを打ち込んでこい」

六蔵が儀三郎に指図を下した。

江戸の伊万里焼は、日本橋の伊万里屋がほぼひとり占めで扱っていた。儀三郎はしっかりとうなずき、六蔵の指図を受け止めた。

十一

寛政七年八月十六日の深川は、正午を過ぎても町の半分は眠っていた。

この日は藪入で、江戸の方々からひとが門前仲町に集まった。それを分かっていても、商店の多くは店を閉じていた。

前日の十五日が富岡八幡宮の本祭で、土地の者は神輿担ぎで力を使い果たした。三年に一度の本祭の翌日に店を開けているのは、藪入客を相手の一膳飯屋、甘味屋、それにまんじゅう屋、煎餅屋などに限られた。

富岡八幡宮本祭でおきょうと出会っていた正助は、陽が落ちてから仲町へと繰り出した。おきょうの店で軽く一杯やってから、大和町の色里に出向こう……。

胸算用を抱いて、山本町のお多福に入った。

「口開けに来てもらえるなんて、縁起がいいわ」

おきょうの上手な口に乗った正助は、つい長居をしてしまった。勧められるままに、徳利を三本からにした。おきょうは、店の提灯を引っ込めた。

「大和町に行かなくても、いいでしょう?」

女を知らなかった正助は、おきょうの手管に翻弄されつつ朝を迎えた。

儀三郎は仲町界隈の小料理屋、呑み屋に何人もの女を抱えていた。おきょうもそのひとりである。

儀三郎の頼みで正助を取り込んだのだ。

女を知らなかった正助は、おきょうにのめり込んだ。得意先回りの順路をやり繰りして、陽の高いうちからお多福に足を運んだ。おきょうも五回に一度は肌を許した。

大店の手代がしらといえども、給金は高が知れている。たちまちお多福通いのカネに詰まった。

「正助さんが好きなだけ遊びにこられるように、お小遣い稼ぎを思案したから」

三度目に肌を重ねる手前で、おきょうは正助の固いものを撫でながら話しかけた。

「なんだい、おきょう。そんな話はあとにしてくれ」

すっかり間夫気取りの正助は、こわばりをいじる手をおきょうの繁みへ這わせようとした。膝をきつく閉じ合わせたおきょうは、右手をいじる手を休めずに話を続けた。

「本郷の焼継屋さんは、あたしの縁続きなの。腕がいいから、割れた焼物でも新品みたいに作り直してくれるわよ」

焼継屋とは、割れた焼物にうわぐすりを塗って焼き直す、焼物の修繕屋である。

伊万里屋に届く荷の一割五分を破損品として計上していた。明らかな破損品は粉々に砕き、店は損金として仕入れ帳から抹消した。

割れ物の仕分けをするのは、誠吉をかしらとする手代四番組である。しかし荷が一度に届けられたときは、他の組も手伝いに入ることがあった。

とはいっても、外回りに追われる手代各組は、なかば嫌々の手伝いである。それを分かっている誠吉は、遠慮して手伝いを求めることは控えていた。

とりわけ勘定帳の〆と重なる月末の荷改めでは、四番組は夜鍋仕事を続けた。

「あたしは手があいている」

正助は、みずから手伝いを買って出た。誠吉も四番組の手代たちも、正助に深々とあたまを下げた。

これぞと思う品を手にしたとき、正助はわざと皿や鉢を壊した。焼継しやすいように大きく、である。

破損を誠吉に確かめさせた正助は裏口に回り、おきょうが用意した安物の焼物を叩き割った。そして伊万里焼を隠した。

十二月に入ると、儀三郎がお多福に顔を出した。

「いつもいい稼ぎをさせていただいて、ありがとうごぜえやす」

儀三郎は目一杯に正助を持ち上げた。

「お礼代わりというのもおかしいが、お多福は正助さんの店だと思って好きに使ってくだせえ。費えは一切、しんぺえはいりやせん」

儀三郎の底知れない様子に、正助は胸の奥底にざらつきを覚えた。さりとて、おきょうの肌は忘れられない。

危うさを覚えつつも、お多福通いがやめられなかった。

師走も押し詰まった二十六日。得意先回りを早々に終わらせた正助は、例によってお多福に出向いた。この日を逃すと、七草明けまではお多福に出向くことができないからだ。

それともうひとつ。師走に入って焼継屋に回した二枚の大皿の代金を、正助は受け取る段取りになっていた。

カネと色の両方をあてにして、正助はお多福に顔を出した。

「遅かったじゃないの、正さん。あたしなんか、待ち焦がれてほら……こんなになってるんだから……」

右手をいざなわれた正助は、潤いに触れて息遣いを荒くした。お仕着せを脱ぐ間ももどかしげに、おきょうの身体を布団に倒した。

おきょうは巧みに焦らしながらも、正助のこわばりを潤いの縁にあてた。いきりたった正助が、腰を突き出したそのとき。部屋のふすまが乱暴に開かれた。

「取り込みのさなかにすまねえが、ちょいと急ぎのわけがありやして」

断りもなく入り込んだ儀三郎は、それでも物言いはていねいだった。

「なんだ、あんたは。勝手に入ってくるとは、どういう了見だ」

相手が下手に出ていることで、正助はつい虚勢を張った。

「だからすまねえって、詫びてやすぜ」

儀三郎に睨みつけられた正助は、こわばりが呆気なく萎えた。急ぎ下帯をつけ、お仕着せを着て儀三郎と向き合った。

「年が明けるなり、おたくさんのお仲間に引き合わせてくだせえ」

「なんだ、それは」

おきょうの手前もあり、正助は気色ばんだ。儀三郎が仮面を脱いだ。

「おめえんところの手代をひとり、おれの前に連れてこいと、そう言ったのよ」

儀三郎の物言いと振舞いが、がらりと変わった。ひとたび本性を剝き出しにした儀三郎は、正助をこっぴどく脅しつけた。

「聞き分けのねえことを言うなら、おめえと一緒に伊万里屋に行くぜ」

焼継屋の次第を洗いざらいぶちまけたら、暮れの座興にはお誂えだと凄まれて、正助は身体の芯から震え上がった。

「おれの言う通りに動いている限りは、ここへの出入りは好きにしねえ。だがよう正助」

言葉を区切った儀三郎は、右手で正助の胸倉を摑んだ。さほどに力を込めてはいないのに、正助は息苦しくなった。

「こっちは伊万里にも、手の者を出している。おめえがしくじったら、でけえ銭があぶくになって消えちまうんだ。そうなったら、おめえには身体で始末をつけてもらうぜ」

これだけを言い置くと、儀三郎はお多福から出て行った。

「大丈夫、正さん……顔色が真っ青だけど」

裏で儀三郎と通じていることなどおくびにも出さず、おきょうは正助を案ずるふりを見せた。

「だれか気心の知れたお仲間を、うちに連れていらっしゃいな。正さんのためなら、あたしも精一杯にもてなしますから」

おきょうは正助に寄りかかった。首に手を回したあと、自分から正助の唇をもとめた。舌をからませつつ、手を下帯の膨らみに伸ばした。が、正助は鎮まったままだった。

十二

寛政八年一月八日、四ツ（午前十時）過ぎ。

山城屋跡取りの健太郎は、女房のおちえと連れ立って赤絵町の通りを歩いていた。夫婦そろって、陶山神社へのお参りを済ませた帰り道である。

今年で三十路を迎えた健太郎は、上背が五尺八寸（約百七十六センチ）もある堂々とした体軀である。おのれが先に立って薪割り職人に指図する顔は、真冬のいまでも日焼けしていた。

健太郎は松や杉の丸太を、毎日、人足と一緒に運んでいる。皿山一番の薪屋の跡取りでいながら、なまじの人足以上に肉置きがよかった。

「今日の昼過ぎには、武雄から丸太が届く」

「分かりました」

女房のおちえが、きれいな江戸弁で応えた。

健太郎よりも五歳年下のおちえは、女としては大柄である。五尺三寸（約百六十一センチ）のおちえが、髷を結って歯の高い下駄を履くと、雪駄履きの健太郎と肩を並べるほどの上背となった。

「この寒空のなかを、武雄から山越えでやってくる連中だ。うちに着いたころには、身体が冷え切っている」

「いまからなら、葛湯かお汁粉なら間に合わせられますが」

皿山の空気は、四ツを過ぎても凍てついている。おちえが口を開くと、吐く息が白くなった。

「丸太運びの連中は、そんなものは喜ばないと思うぞ」

健太郎が優しい口調で、おちえの思い違いを正した。

「丸太を運んでくるのは、こどもじゃないし、おまえの両親とも違う」

「あっ……」

きまりわるそうな顔になったおちえが、手を口元にあてた。

「そうだ、分かったか」

「はい」

並んで歩く健太郎を見つつ、おちえが小さくうなずいた。

「お燗をつければいいんですね」

「飛び切りの熱燗にしてやってくれ。燗酒の段取りは、おふくろにきけばいい」

「分かりました」

おちえの実家では、両親そろって下戸(げこ)だった。一月に身体を暖める食べ物といえば、汁粉か葛湯、もしくは薄い甘酒である。

江戸とは異なり、長崎・出島が近い皿山には潤沢に砂糖が出回っていた。江戸では薬種問屋が高値で売っていた砂糖だが、皿山では乾物屋で買えた。

砂糖がふんだんに使えることを、甘い味が好きなおちえは大いに喜んでいた。

江戸にいたときに何度も両親に会っていた健太郎も、そのことは知っている。おちえが甘いものしか思いつかなくても、無理もないと思っているようだ。

「ごめんなさい、いつまでたっても気がきかなくて……」

おちえの顔がうつむき加減になっている。健太郎が明るい声で話しかけて、おちえの気を軽くした。

「おくめさん、あいば見てみんさい」

通りを歩く健太郎とおちえを指差して、縄屋の店先で店の女が顔をしかめた。

「また朝っぱらから、山城屋の跡取りが女房ば連れて歩いとっとよ」

「江戸もんは、しょうがなかね」

おくめも目一杯に眉をひそめた。

「あふとんは、いつでん、きんぎもんどんばっかい着とらす」

おちえは絹物ばかり着ていると、土地の言葉で悪口を言っている。

おちえが着ているのは、地味な色味の織物である。しかし大柄なおちえが上手に着こなすと、土地の者にはぜいたくな絹物に見えるのだろう。

色白で上背(うわぜい)があるおちえは、ただ通りを歩いているだけでも目立った。

健太郎は女房が自慢で、なにかにつけて一緒に歩きたがる。そして江戸弁で言葉を交わしながら、手を握らんばかりの睦まじさを皿山の住人に見せつけると思われていた。

おちえにはなんの落ち度もないのに、土地の女どもは強いねたみを抱え持った。

冬の陽が、おちえの色白の顔に降り注いでいる。化粧は、唇に薄くひいた紅だけだ。が、その唇が、艶々と輝いている。

盆地の凍えた空気が、皿山の通りに満ちていた。話しながら歩く健太郎とおちえの周りだけは、凍てついた気配もゆるんでいるかのようだ。

縄屋の女たちが、凍りつきそうな目でふたりを見詰めていた。

武雄から、どれほどの量の丸太が届くのか。

朝の道々で健太郎はおちえに、内輪に話していた。

六年間の江戸暮らしから皿山に帰ったあと、この日が健太郎には初めての荷受けである。意図を持って内輪に話したのではなく、武雄からの丸太がどれほどになるかは、健太郎も忘れていたようだ。

一月八日、九ツ半（午後一時）。赤絵町の通りに、地鳴りのような重たい音が響き渡った。

「よんにゅうの荷馬車が来よっばい」

雑貨屋の店先で品物を見ていた客が、町に入ってくる荷馬車を指差した。あるじの顔色が変わった。

「店先に出しとる品物ば、そっくりなかになおさんばー」

小僧に言いつけて、通りに出していたほうきだの瓶だのたわしだのの品を、店のなかに取り込ませた。

山城屋が武雄から運ばせているのは、一丈（約三メートル）の長さに切り揃えた丸太三百本である。今年は松が三十本のみで、残りは全て杉だった。山から伐り出した丸太は、大きな木は二丈以上の長さがあった。それを運びやすいように、一丈に切り揃えていた。

武雄から皿山までの道中には、さほどにきつい山越えはなかった。さりとて平らな道ばかりではなく、狭くて曲がりくねった山道も越える。

丸太を運ぶ荷馬車は、山越えに合わせて短い台が拵えられていた。小回りが利くように、車輪も小さい。それゆえに、一台の荷馬車に積める丸太の数は限られた。

一台あたり、十本の丸太が限りである。三百本を運ぶには、山越えの荷馬車が三十台も入り用だった。

丸太運びを請負った武雄の業者は、町の荷馬車をかき集めた。

なにしろ、寛政八年の初荷である。一年の商いの安泰を願う業者は、縁起を担いで馬子には初春の祝儀衣装を着させた。

一本の丸太は、差し渡し一尺（約三十センチ）から一尺五寸（約四十五センチ）だ。それを三段に積み重ねて、一台の荷馬車が十本の松を運んでいた。

空気は凍えているが、上天気である。空のなかほどから降り注ぐ陽光が、先頭の積荷の松を照らしていた。

荷馬車の先頭では、祝儀半纏をまとった馬子が手綱を引いている。両脇と後方にひとりずつ配された人足は、積荷がゆるまないように見張っていた。

ときおり、人足たちは声を揃えて荷運び唄を歌った。歌の調子で、馬子に積荷の無事を伝えるのだ。

荷馬車が三十台。馬子が三十人に、見張りの人足が九十人である。通り過ぎるだけでも物音は大変なのに、人足たちはてんでに荷運び唄を歌っている。

皿山の町が大騒ぎになっていた。

「あの札には、なんて書いてあると?」

通りで荷馬車に見入っていたこどもが、荷馬車の後ろに立てられたのぼりの意味をたずねた。問われたこどもも、まだ漢字がうまく読めないらしい。

「丸太にさわるなと書いてあるとよ」

その場の思いつきを答えたが、問うたこどもは得心していない。

「それやー、うそじゃろ」

「うそなもんか。字も読めないおまえに、なにが分かっか」

こどもが言い争いを始めた。わきに立っていたおとなが、ふたりのあたまを強く押さえつけた。

「通りで喧嘩すんな」

「そいぎなんと書いてあっか、おやじが読んでくれ」

こどもは、のぼりの文字が気にかかって仕方がないようだ。のぼりは長さ六尺、幅二尺の白地木綿で作られていた。

墨の文字に重ねて、四角い印形のようなものが朱色で描かれている。こどもには、その印形がめずらしかったのだ。

「荷馬車の丸太は、藩のお役人が運んでよかと許しとる。それを知らせるのぼりたい」

山の木は、若木一本といえども勝手に伐るのはご法度である。父親の言ったことに、こどもふたりは得心して大きくうなずいた。

代官所の前に荷馬車が差しかかったのが、九ツ半だった。積荷が崩れないように、荷馬車はゆっくりと町を通り抜けて行く。

代官所から十町（約一・一キロ）離れた山城屋に着いたときには、九ツ半を四半刻（三十分）も過ぎていた。

山城屋の前では、当主と健太郎が前列に立ち、番頭・手代・職人たちがその後ろに並んでいた。

当主は紋付羽織の正装である。健太郎以下の者は、番頭手代を含めて、洗い立ての股引半纏姿で荷馬車を出迎えた。

店の土間に立ったおちえは、次々に到着する荷馬車の群れを見て、息を呑んでいた。

山城屋の薪置き場は、千坪の広さがある。しかし三十台の荷馬車が入ると、ほとんど空き地がなくなっていた。

冬の陽は、足早に空を移っている。

三百本の丸太がすべて置き場に積み重ねられたときには、陽はすでに西空に移っていた。

「寒い中の山越え、ほんとうにご苦労様でした」

大きな二合徳利を手にして、健太郎は馬子たちに酌をして回った。徳利も、馬子や人足たちが持っている盃も、もちろん伊万里焼である。

江戸には、大型の二合徳利はさほどに出回ってはいなかった。伊万里湊から江戸までの廻漕には、普通の一合徳利のほうが適していたからだ。

久々に大きな徳利を手にした健太郎は、酌の仕方がぎこちない。

「もっと、しっかり握らんか」

「女房の乳を揉むときは、若旦那もしっかり摑まんば」

酒が回った馬子たちは、口に遠慮がない。下品に軽口を叩かれても、健太郎は顔つきもかえず、笑みを返した。

「くれぐれも、馬子たちの機嫌を損ねることのないように」

酒盛りが始まる手前で、健太郎は父親からきつく申し渡されていたからだ。

あらかた木が伐り尽くされている皿山では、薪の元になる丸太は武雄もしくは嬉野に頼るほかはなかった。

山城屋が薪屋の名代として買い付けに出向くのは、ほとんどが武雄である。嬉野にも松林はあったが、多くは杉だった。

山床刈りの許認可は、山方役人の管掌事項である。年とともに山林の樹木、とりわけ燃料に適した松が減少していた。

藩内では武雄の山林のみが、唯一乱伐を免れていた。

慶安二（一六四九）年に、武雄支藩初代の山方役人として、大島田左衛門が就任した。伊万里焼の海外輸出が、黎明期を経て隆盛期を迎えつつあったころである。

田左衛門は、杣から山方役人に取り立てられた男である。

「山の木はひとたび伐れば、そののち育つまでには百年を要する。むやみに伐採しては、かならず先に禍根を残す」

山を知り尽くしている杣が出自の田左衛門は、一定数以上の伐採願いは、断固として却下した。

多くの窯焼は、武雄支藩山方役人との談判を嫌い、他の山の木を求めた。いまから百五十年近くも前である。当時はまだ、多くの山に樹木は茂っていた。

承応二（一六五三）年に、オランダ東印度会社はバタビア（インドネシア・ジャカルタのオランダ植民地時代の旧名）に向けて、伊万里焼の薬壺二千二百個を輸出した。

山城屋初代がいまの地に薪屋を創業したのも、この承応二年である。

山城屋は初代から今日まで、篤志郎を襲名している。初代篤志郎は、先を見通す才覚に長けていた。

薪の元となる山林は、すべて藩の管轄下にあった。

「役人相手に談判するには、公儀お膝元の江戸言葉を話すことが大事だ」

当時の皿山には、評判が高まりつつあった伊万里焼を求めて、江戸から多くの商人や職人が押しかけていた。その江戸者のなかから、篤志郎は若手の手代を店に招いた。

「なにとぞ、江戸言葉をお教えくださ い」

好きなだけ滞在できることと引き換えに、手代は山城屋当主と奉公人に江戸言葉を教授した。

この出会いをきっかけにした付き合いが続いたことで、後年、健太郎は江戸に学ぶことを果たせた。

山役人との談判には、篤志郎みずからが出向いた。そして各所の役人と話を進めるなかで、篤志郎は田左衛門の考え方に心底から同意した。

「てまえも商いを興すに際しましては、相応の備えをいたしました。乱伐が後の世にわざわいを残しますことは、大島様のおっしゃられる通りと存じます」

篤志郎は月に一度の割合で武雄に出向いた。一年続けたころには、武雄の温泉宿に田左衛門を招けるまでの間柄になっていた。

以来、今日まで、武雄の松は山城屋がほぼ一手に扱うことができていた。

暮れ六ツ（午後六時）から始まった酒盛りは、四ツ（午後十時）になっても続いた。

「まだ呑み足らんとよ」

「もう四ツを過ぎとっぱい」

「四ツがどうしたと。まだまだ、宵の口じゃなかよ」

馬子たちが帰ると言い出すまで、山城屋は酒を振舞い続けた。

「どうぞ親方。新しい燗酒がつきましたから」

馬子を束ねる寅蔵(とらぞう)に、健太郎が酌をした。六ツから二刻(四時間)も呑み続けていながら、寅蔵にはまるで乱れがない。

三十人の気難しい馬子と、気性の荒い九十人の人足を束ねる寅蔵は、器量も大きいが、呑む酒の量も桁違いだった。

寅蔵がひと声発すれば、それが小声であっても馬子も人足も、ぴたりと口を閉じる。

背丈が六尺(約百八十二センチ)、目方は二十一貫(約七十九キロ)もあるが、驚くほどに動きは敏捷である。

暴れ馬と向き合い、一歩もひかずに手綱を摑んで御した。それを見て以来、馬子たちは寅蔵があごをしゃくっただけで機敏に応じた。

土地の者には、江戸者である寅蔵の言葉遣いは乱暴に聞こえた。しかし物言いは歯切れがよく、しかも怒鳴ってもあとをひかずにカラリとしている。

そして相手を誉めるときには、言葉を惜しまず目一杯に誉めた。

大きな身体つきに、すっきりとした気性、それに小気味のよい江戸弁とが重なり合って、寅蔵の指図にはだれもが素直に従った。

四ツを過ぎた皿山の町に、火の用心の拍子木が流れてきた。馬子たちが、やっと重たい腰を上げ始めた。

馬子も人足も、今夜は皿山泊まりである。旅籠は、山城屋から二町ほど西に入った川沿いに立っている。馬と荷車は、薪置き場に預かることになっていた。

「若旦那には、えれえ造作をかけやした」

しっかりとした口調で、寅蔵が振舞い酒の礼を口にした。

「おかげで、今夜は気持ちよく寝られやす」

寅蔵があたまを下げたとき、拍子木が近くで鳴った。

「そういやあ……」

声の調子を低くして、健太郎に一歩だけ詰め寄った。

「このあいだ山火事になりそうだったときに、隠密の連中が消しとめたてえうわさを耳にしやしたが、若旦那は知ってやすかい」

健太郎は返事をしなかった。

しばらく見詰めていたが、健太郎には返事をする気がないと察したらしい。ふっと表情をゆるめた。

「どうやら隠密連中は、武雄の先まで山の様子を見回っているようですぜ」

それだけ言い置くと、寅蔵は馬子たちにあごをしゃくった。

全員が素早く立ち上がり、健太郎に深々とあたまを下げた。

寅蔵の力のほどを見せつけられて、健太郎は小さな吐息を漏らした。

火の用心の拍子木が、さらに近づいていた。

十三

四ツ（午後十時）を過ぎると、皿山の町は闇につつまれる。

焼物の町、皿山は、山に囲まれた盆地である。薪材の伐採で、山の随所が禿山にされた。

とはいえ、樹木はまだ茂っていた。

ひとたび火事になると、民家のみならず、大事な山の木々までをも焼失してしまう。火事をなにより恐れる皿山の住民は、四ツになると火を落とした。

「四ツでございい」

「火の用心、さっしゃりませえ」

凍てついた町に流れる四ツの夜回り声は、ひときわ高い。この声を合図に、ひとは火の始末を確かめた。

煮炊きや暖めに使う燃料だけではない。明かりに用いる菜種油や魚油などの灯も、格別の用がなければ四ツには落とすのだ。

夜回りの声が凍てついた町に流れると、深い闇が皿山の町に覆いかぶさった。

「支度が調いました」

野島健作（のじまけんさく）がいつも通りの物言いで、上司に伝えた。

「暫時、待っておれ」

小部屋のなかから下される吉岡勘兵衛の指示も、毎夜同じである。

「かしこまりました」

障子戸の前であたまを下げた健作は、先輩・同輩の三人が待つ大部屋へと戻った。

吉岡勘兵衛を頭領とする木下祥次郎、笹岡得衛、篠田兵三郎、野島健作の五人は、大目付配下で隠密御用を務める武家者だった。

隠密は、季節にも場所にもかかわりなく、人目を避けて探索に動くのが任務である。日ごろから、身体の鍛錬に怠りはなかった。

入り用とあれば素手で敵に立ち向かう。真冬といえども、指先の自由な動きを保つことは、なににも増しての大事だった。

懐炉は、必要に迫られて工夫した、手先を暖める器具である。錫で拵えた小さな容器に、火をつけた懐炉灰を封じ込める。これを懐中に収めておき、適宜、指先を暖めるのだ。

「御頭がどう言われようとも、おまえが御頭の備えを持っておれよ」

得衛が小さく、きっぱりとうなずいたとき、勘兵衛が大部屋に顔を出した。

「今夜の首尾は」

頭領に問われて、祥次郎が進み出た。

「山城屋には、武雄から大量の丸太が運び込まれております」

「それで?」

問いかける勘兵衛の声には、いつもの張りが薄い。頭領の様子を案じたのか、黒頭巾をかぶった四人が顔を引き締めた。

「山城屋の薪置き場には、荷馬車と馬とが留め置かれておりますゆえ、仕掛けるには好機と存じます」

「幾人が出向くのか」

勘兵衛の物言いは、祥次郎の思案を受け入れていた。

「わたしと野島が参ります」

祥次郎と健作が、両目に力を込めて勘兵衛を見た。

「よかろう。首尾よく成し遂げよ」

勘兵衛が許しを与えて、首尾が定まった。

健作が大部屋の板戸を開いた。真冬の寒気が、戸口から流れ込んできた。勘兵衛の肩が、わずかに震えた。

冬の夜空は変わりやすい。分厚い雲がかぶさった空には、月星の光はなかった。

五人の鍛え抜かれた目は、ふくろうの如く闇の先を見通している。足音も立てず、皿山代官屋敷の庭を駆け始めた。

凍えをはらんだ風が、庭木の葉を揺すっている。葉ずれのほかに、物音はなかった。

皿山代官屋敷は、敷地千坪と広大である。三方は一丈半（約四・五メートル）の高い塀で囲まれている。屋敷の背面には山が迫っており、敷地と山裾との間には、深さ四尋（約六メートル）、幅五間（約九メートル）の堀が設けられている。深くて広い堀が、塀の代わりを果たしていた。

代官所敷地内に起居する藩窯陶工は三十一名で、全員が抜きんでた陶芸技術を身につけていた。

技法流出防止のために、陶工には厳しい規則遵守が義務づけられたし、日々の暮らしに行動の制限も課された。それらを承知で、藩窯に雇われることに腕に覚えのある民窯の陶工は憧れた。俸給は高額で種々の課役免除があるうえ、苗字帯刀まで許されていたからだ。

その職人たちも、代官所の役人も、すでに眠りについていた。屋敷内で起きているのは、三名の不寝番だけである。

代官所が襲われたことは、開所以来、皆無である。ゆえに不寝番とは名ばかりで、三人とも壁に寄りかかって目を閉じていた。

気配を消すことに長けた武家者である。たとえ目覚めていたとしても、不寝番には察知することはできなかっただろう。

ましてや代官から直々に、公儀から差し向けられた隠密にはかかわりあうなと、指図をされていた。

五人が高さ一丈半の塀を乗り越えているときも、不寝番は居眠りを続けていた。

十四

空にかぶさっていた雲に、切れ間ができた。しかし八日の月は、まだ半分しかない。凍りついた地べたに注ぐ月光は、青くて頼りなかった。

山城屋の母屋の勝手口には、納屋に入りきらなかった二頭の馬がつながれていた。月の光の明るさは、ひとには足りなくても、馬には充分である。夜空から降ってきた光を感じた馬は、ぶるるっと鼻を鳴らした。

祥次郎と健作は身を隠す素振りも見せず、馬に近寄った。ひとの耳に足音は聞こえないが、馬は近寄るふたりの気配に気づいた。

祥次郎も健作も馬術には長けている。鞍（くら）のついていない裸馬でも、たてがみを摑んで乗りこなす技量を持っていた。

馬は、ひとが発する気配で技量と人柄とを見抜く。近寄るふたりからは、危害を加えられそうだとの悪意を感じなかったらしい。

健作が手を差し伸べると、白い息を吐きながら鼻を摺り寄せた。

健作は鼻面を撫でて、代官所から持参したにんじんを馬に差し出した。好物のにおいをかいだ馬は、小さく口を開いてにんじんを嚙んだ。

淡い月光が、馬の長い面を青白く照らし出した。にんじんを奥歯ですり潰しているのか、馬の口が忙しなく左右に動いている。

健作同様に、祥次郎も一頭の馬を手なずけていた。

互いに顔を見交わしたのちに、健作がふところから徳利を取り出した。入っているのは、上質の菜種油である。中身を勝手口の板戸の隙間に垂らした。

二頭の馬は、ふたりのすることには知らぬ顔である。健作は徳利の中身すべてを、戸の隙間と蝶番(ちょうつがい)に垂らし終えた。

祥次郎は小刀を戸の隙間に差込み、上下に動かした。カタッと小さな音がして、内側の木の鍵が外れた。

音が聞こえたらしく、馬がまた鼻を鳴らした。が、母屋の内側でひとの動く気配はしなかった。

板戸も蝶番も、油をたっぷり含んでいる。勝手口の戸は、内側に開く拵えである。健作は右手でそっと板戸を押した。

音も立てずに、戸は内側に開かれた。微風だが、風は広い薪置き場を吹き渡っている。

祥次郎は黒色木綿を両手に持って戸口に垂らし、風が吹き込むのを防いだ。

祥次郎を戸口に残して、健作は母屋に入った。

代官所には、皿山のおもだった商家や赤絵屋から、家屋の見取り図が差し出されている。代官の許しを得て、五人はそれらのすべてを見ていた。

入り用な見取り図は、わずか数軒である。が、代官所の役人に目当てを気づかれないように、すべての図を念入りに見ていた。

山城屋の造りは、厠(かわや)がどこにあるかまで、健作はあたまに刻み込んでいた。

勝手口から入ったあとは、迷わずに帳場に向かった。台所から店先の土間までは、幅半間（約九十センチ）の通路が拵えられている。

店に向かって通路の右手は、奉公人が食事をとる板の間である。丸太が届いた今夜、人夫たちが酒盛りをした場所である。

器はきれいに片づけられていたが、酒の残り香が漂っていた。

迷いのない歩みで、健作は店先の土間に出た。上がり框の先には、十六畳の商談場所が構えられている。

健作は足袋のまま、座敷に上がった。明かり取りの隙間も、用心灯もない座敷は、一寸先も見えない闇である。

健作は苦もなく帳場のわきに立った。

太い松の丸太柱が立っている。ふところから書状を取り出した健作は小柄を抜いた。

それを使う前に、懐炉で指先を暖めた。しっかりと突き立てるための備えだった。

柱のなかほどに、小柄で書状を突き刺した。

『不届者参上』

太筆書きの文字が、書状の真ん中に記されている。小柄が外れないことを確かめて、健作は帳場から離れた。

相変わらず、座敷も土間も通路も、闇のままである。が、健作は苦もなしに、闇のなかを歩いて戸口に戻った。

板戸を閉じたとき、わずかに物音がした。それを耳にしたのは、健作たちふたりと、馬だけだった。

一月九日の六ツ半（午前七時）過ぎ。

健太郎はおのれの居間で、釜焚き番杢兵衛と、差し向かいに座っていた。

真冬の朝日が庭に届いている。が、まだ光にぬくもりは含まれてはいない。底冷えのする居間には、小さな火鉢が置かれていた。

杢兵衛の膝元には、強い湯気が立ち昇る湯呑みが出されていた。

「それにつけても杢兵衛さんに見つけてもらえて、なによりだった……」

健太郎はしみじみと、同じことを三度も口にした。

「大旦那にも奉公人にも気づかれなかったてえのは、それだけおめえさんにツキがあるてえことだ」

健太郎とふたりで向き合ったときの杢兵衛は、遠慮のない物言いをする。江戸でともに暮らしたことの、心安さが出るのだろう。

健太郎はいやな顔をするでもなしに、杢兵衛の物言いを受けとめた。

「朝っぱらから、あれこれ思いめぐらせても仕方がねえだろうよ」

杢兵衛は、健太郎の手許の書状に目を落とした。

「そこに書いてある通りだとすりゃあ、今夜、連中はかならずもう一度顔を出すだろうからよ」

「杢兵衛さんは、これを残して帰ったのがどんな連中だと考えているんですか」

江戸で修業中だった当時、健太郎は仕事のことから暮らしの知恵まで、さまざまなことを李兵衛から教わった。江戸から皿山まで連れてきて、山城屋の釜焚きに雇っているいまでも、李兵衛にはていねいな言葉遣いをした。

「柱に突き立ててあったこの小柄は、見るからに値打ち物だ」

手に持った小柄を、李兵衛は健太郎に差し出した。

太刀の鞘に差し添えた小刀が、小柄である。健作が残して帰った小柄は、柄に銀の象嵌がほどこされた上物だった。

「こんな小柄を差してある太刀は、断じてなまくらじゃねえ。それを腰に差しているお武家も、相当の遣い手のはずだ」

小柄を惜しげもなく柱に刺して帰る武家なら、書状に書いたことは守るだろうと、李兵衛はそう判じた。

「書置きを柱に突き立ててけえったてえのは、好きなときにいつでも忍び込めるてえことを、若旦那か大旦那さんに見せつけようとしてのことだ」

「その通りでしょうね」

健太郎が沈んだ声で応じた。

「そんなに暗い顔をするこたあねえやね」

李兵衛が声の調子を明るくした。

「連中が山城屋に仇をなす気だったんなら、忍び込んだときにやらかしたはずだ」

きっぱりと言い切ってから、杢兵衛は湯呑みの茶をすすった。

山城屋で毎朝最初に目を覚ますのは、女中のおみつである。おみつは健太郎の連れ合いおちえと一緒に、江戸から皿山まで出てきた十八歳の娘である。

おみつは四畳半ながらも部屋をひとつあてがわれており、おもにおちえの世話をした。女中がつくほどに、おちえは山城屋で大事にされていた。

江戸に修業で出ていた健太郎は、嫁と一緒に、ふたりの江戸者を連れて帰ってきた。ひとりは釜焚きの杢兵衛で、もうひとりがおみつである。

まるで勝手の分からない皿山暮らしで、おちえが寂しい思いをしないようにとの、健太郎なりの心遣いだった。

一月九日の朝も、おみつはだれよりも早起きをしたつもりだった。山城屋で暮らし始めて以来、おみつは毎朝、夜明け前には起きた。まめに働くことで、一日も早く他の奉公人に受け入れてもらおうと思ったがゆえだ。

しかし九日の朝は違った。おみつよりも先に、釜焚きの杢兵衛が起き出していた。

前夜は馬子たちの酒盛りで、遅くまで内湯を沸かした。それゆえに、床につくのが真夜中過ぎになった。

今年で五十一歳の杢兵衛は、夜中に一度、小便に起きる。いつもは真夜中の八ツ半（午前三時）ごろだ。

しかし前夜は寝付いたのが遅かっただけに、九日は厠に立ったのが七ツ半（午前五時）過ぎになった。

山城屋の奉公人が使う厠は、台所から外に出た先の、薪置き場の手前である。夜明け前で板の間も土間も真っ暗だったが、毎日のことで杢兵衛は暗がりには目が慣れていた。

土間におりようとしたとき、柱に突き立てられた小柄が目にとまった。夜明け前の暗がりでも、小柄の刃の鈍い光を感じた。

近寄ると、書状が柱に突き刺さっていた。

五十一歳の今日まで、杢兵衛は幾つもの修羅場をくぐり抜けている。声を立てずに小柄を引き抜くと、念のために周りを見回した。

闇のなかに、だれかが潜んでいないかを確かめた。ひとの気配を感じなかった杢兵衛は、小柄と書状を手にして台所から外に出た。

空はまだ濃紺色だったが、東の空の根元がわずかに明るくなり始めていた。

『不届者参上』

書状には太い筆文字の上書きがされていた。大声を発したりすれば、山城屋が大騒動になる。書状と小柄をたもとに仕舞い、杢兵衛はなに食わぬ顔で小便をしはじめた。

年のせいゆえ、勢いがない。チョロチョロと出る長い小便の間、杢兵衛は思いをめぐらせた。

わざわざ山城屋に忍び込んでおきながら、物盗りもせずに引き上げている。書状の中身は分からないが、山城屋に遺恨を抱えたり、仇をなそうとする者の仕業ではない……。

そう判じた杢兵衛は、自室に戻って夜明けを待った。釜焚きの杢兵衛にも、四畳半の部屋があてがわれていた。

明け六ツ（午前六時）の鐘のあとで、杢兵衛は部屋を出ておみつに近寄った。江戸者同士ということもあり、また五十一歳と十八歳で親子ほどに年が開いていたことで、ふたりは常から心安く接していた。

「若旦那に話がしてえと、おちえさんにそう言ってくんねえ」

杢兵衛の物言いに、尋常ではないものを感じ取ったらしい。おみつはすぐさま、おちえに伝えた。

明け六ツを四半刻（三十分）過ぎたころ、杢兵衛は健太郎と差し向かいで話を始めた。


「あっ……」

小柄を手にしたままの健太郎が、声を漏らした。

「忍び込んだのは、夜の皿山を走り回っている隠密連中かもしれません」

「おれもそんなところじゃねえかと、見当をつけていたところだ」

目を見開いた健太郎の前で、杢兵衛は顔色も変えずに茶を飲んでいた。

十五

九日の夕飯が終わったところで、健太郎はおちえ・おみつ・杢兵衛の三人を居間に招き入れた。

山城屋の次代を継ぐ健太郎の居間は、畳も青々とした十六畳間である。床の間はないが、部屋の隅には書棚が造りつけになっていた。

座敷の真ん中には幅四尺（約一・二メートル）、長さ八尺（約二・四メートル）の大きな卓が置かれていた。客のもてなしに使うというよりも、商いの行く末を思案するときに、健太郎が書物などを置く卓である。

「いまから話すことは、親父にもおふくろにも、店のだれにも話してはいない。そのことを、しっかりとわきまえておいてくれ」

前置きを口にしてから、健太郎は柱に刺さっていた小柄と、きちんと折り畳んだ書状とを卓に載せた。

卓は欅の厚板で、きれいな柾目が通っている。『不届者参上』の筆文字は、柾目の美しさとは不釣合いに尖って見えた。

「ゆうべから今朝の七ツ半までの間に、だれかがうちに忍び込んでいた」

健太郎はおちえにも、今回の一件を話してはいなかった。女ふたりが息を呑んだ。

「これを柱に突き立てていった連中は、今夜もう一度うちに来ると思う」

杢兵衛と話したことを、健太郎はかいつまんでふたりに話した。江戸から見ず知らずの皿山に嫁いできたおちえも、付き従ってきたおみつも、並の女よりは気丈である。

が、未明の屋敷に忍び込んだ者が、大胆にも再びやってくると聞いて、こわばった顔を見交わした。

「そんな顔をされたら、この先の話がしにくい。もっと気を楽にして聞いてくれ」

おみつに笑いかけてから、健太郎は思案を話した。聞き終わったおみつは、顔から血の気が失せていた。

「おまえを危ない目に遭わせる気は、さらさらない。安心してくれ」

「わたしは到底、安心できません」

おみつではなく、おちえが健太郎に強い口調で逆らった。

「もしもおみつの身になにか起きたら、あなたはどうやって責めを負うのですか」

皿山に嫁いでからこの日まで、おちえは健太郎の指図に口答えしたことは、一度もなかった。いまは口調だけではなく、連れ合いを見る目つきも険しくなっていた。

健太郎がおみつに言い渡したのは、絵を描けという指図だった。

健太郎は台所外の薪置き場で、かがり火をしながら隠密を待ち構える気でいる。書状には、いつ、どこに連中が顔をあらわすかは一切書いていなかった。

しかし火の用心の夜回りが終わるまでは来ないだろうというのが、健太郎と杢兵衛の見立てである。

昨夜忍び込んだのは、台所の板戸からだったのは、調べてみて分かった。蝶番と、板戸の木口に、油がついていたからだ。

今夜も台所からだと、健太郎は判じた。

ゆえに台所につながる薪置き場の前で、かがり火をして待ち構える気になった。

その場所は、台所の納戸の隙間から覗き見をすることができる。かがり火の明かりで、相手の様子も浮かび上がって見えるだろう。

たとえ覆面をしてあらわれたとしても、身体つきや、人数を描きとめることはできる。

おみつはこども時分から絵心があり、町内の師匠について絵筆の稽古をした。しかし本格的に絵の道に進むには、大名家出入りの絵の師匠につかなければ、ものにはならない。

江戸には九人の名の通った絵師がいた。いずれも十万石超の大名家、もしくは御三家江戸屋敷に抱えられた名門である。

絵の道で身を立てようと思う者は、この九家のいずれかに弟子入りをする以外には、いかなる手立てもなかった。

おみつには、髪の毛一本の隙間もなしに、弟子入りの道は閉ざされていた。

それでも絵を描きたかったおみつは、日本橋青物町の広目（広告）屋に弟子入りして、看板描きの手伝いを始めた。

おちえは、その広目屋の娘である。

江戸で薪炭屋に修業奉公をしていた健太郎は、広目屋裏の平屋で杢兵衛と一緒に暮らしていた。平屋は、杢兵衛が借りていた借家である。皿山から出てきた健太郎の一本気な気性を気に入った杢兵衛は、健太郎を同居させた。

健太郎も杢兵衛も、同じ薪炭屋で働いていた。薪縛りと釜焚きの腕に抜きん出ていた杢兵衛は、通い奉公を許されていた。

健太郎とおちえが恋仲になったとき、広目屋のあるじにふたりの仲を認めさせたのは、杢兵衛である。

「健太郎の実家は、伊万里焼の窯元に赤松の薪を納める大店だ。人柄のよさは、一緒に暮らしているおれが請け合う」

渋る父親を説得できたのも、杢兵衛の助力があればこそだった。

修業を終えるのが間近に迫ったとき、健太郎は杢兵衛に皿山まで一緒に来てほしいと頼んだ。

「いずれわたしが山城屋を切り盛りする日が来ます。そのときには、ぜひとも力を貸してください」

おのれの後見人役も含んで、山城屋の釜焚きを頼み込んだ。江戸から皿山にひとりで嫁ぐおちえの、支えになってもらいたいとも付け加えた。

「だったらいっそのこと、おみつ坊も一緒に連れて行ったらどうでえ」

皿山で絵の修業を続ければいい。おちえの身の回りの世話役でそばにいれば、おちえも心強い。

杢兵衛の思案を、おみつはふたつ返事で受けた。おちえの父親も、おみつがそばについていてくれれば安心だと喜んだ。

おちえとおちえの両親、健太郎、杢兵衛の五人がかりで、おみつの両親を説き伏せた。

「おみつさんの身の上は、わたしがしっかりと責めを負います。どうぞご安心ください」

おちえのひとことで、両親と兄はおみつの皿山行きを受け入れた。

そんないきさつを思えば、おみつがたとえ台所の内側に身を隠しているとはいっても、危ないことを手伝わせるのは、おちえには断じて承知できなかった。


「大丈夫です、おちえさん」

おみつは、ぜひ似顔絵を描いてみたいと言い出した。

「そのひとたちの顔と様子とを見れば、危ないかどうかの察しはつきます。いけないと思ったときは、杢兵衛さんに板木を叩いてもらって、そのひとたちを追い払いましょう」

張り詰めたなかで似顔絵が描けたら、きっと絵の修業にもなりますから……。

おみつは強い調子で言い張り、おちえも渋々ながら承知した。

火の用心の声が流れてきたとき、健太郎はかがり火を始めた。

十六

「御頭は、どこまで山城屋にまことを話されるおつもりでしょうか」

身支度を終えた野島健作が、隠密頭の吉岡勘兵衛に問いかけた。

武家はむやみに、上司に問いを発したりはしない。が、銘々が命をかけて任務にあたる隠密にあっては、入り用と思ったことを問うのは許された。

健作はおのれの小柄を山城屋に残している。今夜の首尾次第では、談判の相手をその場で始末することも充分に考えられた。それゆえの、首領への問いだった。

「すべては相手の器量次第だ」

吉岡の答えは、いつも通りに簡潔だ。

「山城屋がどのような構え方をしているか、それを判じた上でということでございましょうか」

健作は、おのれが呑み込んでいることを口にして、吉岡に確かめた。

「頼むに足りるとの見極めがつけば、あらましを話したうえで、山城屋の助力を求める」

「山城屋に……でございますか」

思いがけない吉岡の言葉に、配下の四人が顔色を変えた。

「黒色火薬の一件生じた今となっては、一刻の猶予もならぬ。この広い藩内をわしら五人のみで探りを進めるのはむずかしい」

「さりとて……薪屋ごときに大事を明かすのは、いささかはばかられるかと存じます」

異を唱えたのは、最年長の木下である。残りの三人も、木下に同調していた。

「案ずることはない」

吉岡の目が冷たく光った。配下の四人の背筋が伸びた。

ことが終わったあとの始末のつけ方を、吉岡の両目が物語っていたからだ。

「ほかに問いたきことはあるか」

ござりませんと、四人が口を揃えた。

配下の者を順に見てから、吉岡が最初に駆け出した。

正月以来、日を追って寒さが厳しくなっていた。夜回りの声が消えて、四半刻が過ぎている。

九ツ（午前零時）には、まだ半刻（一時間）以上も間があったが、地べたはすでに固く凍っていた。

五人の隠密が履いているのは、猪の皮を底に用いた特製のわらじである。猪の固い毛は、凍った地べたでもしっかりと捉えた。

ふっ、ふっ……。

調子の揃った息遣いで、五人が凍てついた夜の皿山を駆けている。闇のなかに、吐いた息の白い濁りが浮かんでは消えた。

山城屋まで一町（約百十メートル）の橋の手前で、吉岡が足を止めた。健作を残し、三人が闇のなかに散った。

立っているだけで、足元からは凍えが身体にまとわりついてくる。健作は小刻みな足踏みをして、寒さを追い払った。

橋を渡り、右に折れれば山城屋の薪置き場へと通じる道である。荷馬車が乗り入れられるように、道幅は二間（約三・六メートル）もあった。

息を詰めて右に折れた吉岡が、動きを止めた。真後ろに健作がついた。

隠密ふたりが、ふうっと息を漏らした。

山城屋勝手口のわきでは、勢いよく二つのかがり火の炎が上がっていた。薪は火力の強い赤松である。

赤い光が、健太郎の顔を照らしていた。


月のない夜空を雲が流れていた。

かがり火の籠のなかでは、松が勢いよく燃えている。脂をたっぷり含んだ薪を、選り抜いて燃やしていた。

立っているだけで、凍えが身体にまとわりついてくる。健太郎は両手をかがり火にかざしながら、足踏みを繰り返した。足の血のめぐりを促して、敏捷な動きを保つためだ。

気が張っている健太郎は、短い息をはっ、はっと吐いた。闇のなかに、白く濁った塊（かたまり）が浮かぶ。夜気は凍てついていた。

いつまで待たせる気だ、あの連中は。

健太郎が、胸のうちでひとりごとをつぶやいたとき。

ウオオオン……。

赤絵町の米屋の飼い犬が、韻を長く引いて遠吠えをした。

健太郎が顔つきを引き締めた。

真夜中が近いことを、遠くの犬が教えているからだ。手をせわしなくこすり合わせ、足踏みを速くした。

米屋の飼い犬は皿山一番の大型犬で、雨が降っていようが雪模様だろうが、秋の野分の暴風が吹き荒れようが、真夜中が近くなると、一回だけ遠吠えをする。夜更かしをしていた者も、この声を聞くとさっさと床に就いた。

健太郎が顔つきを引き締めたのは、隠密連中が姿をあらわすとすれば、真夜中を過ぎてだと判じていたからだ。九ツ（午前零時）を回れば、夜回り小屋も明かりを落とす。

隠密たちは、夜回りや町の者に姿を見られることを、気にも留めていなかった。わざと人目につくように、夜の町を走っていると思いたくなるような振舞いである。

しかし山城屋への侵入は、人目を避けて行うはずだ。

夜空は曇っているが、一面に雲がかぶさっているわけではない。ところどころに雲の切れ間があり、星のまたたきも見えた。

そんな夜空を、雲が流れている。散っていた星が雲に隠されて、闇が深くなった。かがり火の赤い色が、ひときわ際立った。

十七

「かがり火を馬小屋に移せ」

健太郎に、闇から男のくぐもった声が指図を下した。驚いた健太郎は、びくっと背を引きつらせた。

覆面をかぶったまま、吉岡が話しかけた。

馬小屋は三十坪の広さがある。隠密五人と健太郎とが、馬小屋の戸口を入ったところで向かい合っていた。

隠密たちと健太郎の間には、かがり火の籠が置かれている。覆面に隠されて、顔の細部は分からない。しかし隠密であることは、黒装束と覆面が物語っていた。

馬小屋の奥には、荷馬車を引く馬が三頭つながれている。火から大きく離れているがゆえに、馬は格別に騒ぎはしなかった。

しかし小屋には藁だの枯れ草だのが、あたり一面に散らばっている。松のかがり火は火の粉を散らしはしない。それでも健太郎は、小屋に運び入れたかがり火が気になって仕方がなかった。

「火が気にかかるようだの」

吉岡は、配下の四人に目配せをした。四人は馬小屋の奥へと入った。

隠密が近寄っても、どの馬も騒がない。三頭とも、見知らぬ者の気配を感ずると、大きくいななく気性の荒い馬ばかりだ。

物には動じない釜焚きの杢兵衛ですら、馬小屋の三頭には近寄らない。

そんな三頭が、四人の隠密にはまるで気を昂ぶらせることがなかった。

飼葉桶（かいばおけ）を持ち去られてもおとなしいままの馬を見て、健太郎は隠密の底知れなさを強く感じた。

水場を教えもしなかったのに、四人の隠密は飼葉桶に水を汲み入れて戻ってきた。

「これでよかろうが。わしらは、火消しにも長けておる」

吉岡の物言いには、親しみの調子がこめられている。健太郎はなぜだろうといぶかしく思いつつも、水が備えられて安堵した。

「こんな値打ち物の小柄を刺しっ放しにして、物も盗らずに帰る盗人はいませんから」

健太郎は迷いのない物言いで応じてから、手にした小柄を吉岡に差し出した。吉岡ではなく、野島健作が小柄を受け取った。

「そのほうは、わしらと話すことに怯えてはおらぬようだの」

吉岡の物言いには、一段と親しみの調子が濃くなっている。健太郎は、吉岡に向かってうなずいた。

「そんなわけではありません。正味のところ、怖くて身体に震えが走っています」

健太郎は本気で身体をぶるるっと震わせた。

「命をとられる気遣いはないと分かっているからこそ、ここに立っていられるんです」

「なぜそう思うのか」

吉岡が語気を強めた。親しさが失せて、凄みが加わっている。が、健太郎は表情を変えなかった。

「うちに仇をなすつもりなら、ゆうべのうちに手出しをされたでしょう」

柱に刺さっていた小柄からは、殺気のようなものは感じられなかった……健太郎は、聞いたままを口にした。

武家が相手、それも気性の荒い馬を騒がせることもしないような、手練れの隠密が相手だ。半端なことを口にしても仕方がないと、判じてのことである。

「小柄から殺気を感じなかったとは、おもしろい物言いだ」

吉岡の語調が、元に戻っていた。

「ならば、手早く用向きを聞かせるゆえ、わしのわきに寄りなさい」

健太郎を呼び寄せた吉岡は、仔細を話し始めた。


オランダ東印度会社が出島から撤退したことで、鍋島藩は大打撃を受けた。藩の重要な収入源である伊万里焼の輸出が、消滅するという憂き目に遭ったからだ。

ところが売り先を失った伊万里焼なのに、一向にだぶついている気配がなかった。

「公儀の目を盗んで、藩は抜け荷（密貿易）に手を染めているのではないか」

現地に赴き実態調査をするようにと、大目付は配下の隠密に下知した。大目付の職務は諸国大名の動向監視であるからだ。

隠密衆を束ねる吉岡は当初、鍋島藩窯に疑いの目を向けた。藩窯謹製の焼物を、抜け荷に使っているのではないかと考えたのだ。

吉岡も含めた全員が伊賀者だった隠密たちは、焼物の実態には明るくなかった。

現地で調べを進めるなかで、藩窯謹製の焼物は将軍家および諸大名への献上に限られていることがわかった。

ならば民窯製の売り先を失った伊万里焼を、藩が抜け荷の品目としているのではと吉岡は考えた。

それらの品が、どこに隠されているのか。

出島との便船が発着する伊万里湊には、公儀の隠れ蓑としての廻漕問屋名越屋（なごしや）があった。湊を出る荷物船に不審な積み荷があれば、名越屋の目に留まる。

「妙な積み荷の動きも、湊の蔵に隠されただぶつきの焼物もございませぬ」

名越屋差配が断言したことで、吉岡は焼物の隠匿場所の探索を始めた。が、始めるなり大きな壁に突き当たった。

藩内の四百を超える地域に、数えきれぬ窯が存在していた。五人ですべてを調べるのは不可能だ。

あえて人目につく動きをすることで、敵の焦りを誘い出そうと考えた。この探索のさなかに、とんでもない産物が出島から持ち出されていることがわかった。

長崎街道途中の塩田（しおた）宿の廃屋納屋で、探索方のひとりが小型の樽を発見した。鉄製のタガが巻かれた樽は、一見しただけで舶来物と察せられた。

樽の上部にかぶせられたふたを取り除いたところ、黒色の粉が詰まっていた。色とにおい、サラサラとした手触りのいずれもが、粉は黒色火薬であることを示していた。

それでもまさかと思いつつ、隠密は一摘みの粉を火にくべた。

シュポッ！

鋭い音を発し、白煙を立ち上らせた。紛れもなく、粉は黒色火薬だった。

以後の探索方の動きが一変した大発見だった。

納屋の持ち主は潰れ（夜逃げ）て、いまの持ち主は不明だった。もともと街道から外れた辺鄙な場所の一軒農家で、集落の者とのかかわりもほとんどなかった。

なんらかの理由で塩田宿の廃屋納屋に置かれていた樽を、偶然にも探索方が発見した。

「本日以後、火薬探索も任務に加える」

吉岡の決断に配下の者は深くうなずいた。

「塩田宿の廃屋監視に一名を充てる」

吉岡は篠田兵三郎を指名した。納屋で発見したのが篠田だった。

「納屋は火薬の受け渡し場所に間違いあるまい」

かならず受け取りの者が姿を現す。持ち去られたあとでも、何らかの動きはある。

「納屋に近づいた者は捕らえずに泳がせよ」

一味の隠れ家まで、その者を泳がせて案内させよと命じた。

「御意のままに」

篠田は下知を受け止めた。

売り先を失った窯元が、黒色火薬の密売に手を染めた可能性は大きい。しかし隠密四人で皿山全域を見張ることは不可能だ。

「薪炭屋ならば窯元に対し、日々自在に出入りできる。実態を探るには最善の手先となろう」

吉岡は山城屋を使うことを決めた。

「手が足りないのは承知ですが、あまりに無謀ではござりませぬか」

笹岡が異議を唱えた。が、吉岡は聞き流した。

「黒色火薬の売り先は江戸、もしくは大坂に違いない。実態を突き止めるには、信頼に足る商人の手を借りるほかはない」

吉岡の決意を聞いたあとは、笹岡も二度と異議は唱えなかった。

隠密の新たな動きが始まった。

「わしらに知らせたいときは、いつなんどきでも構わぬ。この呼子を吹け」

吉岡は、黄楊で拵えた呼子を健太郎に持たせた。かがり火の赤い光の下でも、拵えの立派さが分かる上物である。

呼子には、徳川家『葵紋』が描かれていた。

「これを吹けば、どこにいようともすぐさまわしらが駆けつける」

健太郎の返事も聞かず、吉岡は呼子を押しつけた。

「そのほうを見込んでのことだ。御上の御用だと思い、つつがなく励め」

言い終えた吉岡の目配せを受けて、配下のひとりが、かがり火の籠を馬小屋から外に持ち出した。置いたのは、健太郎が待っていたのと同じ場所である。

健太郎をともなって、吉岡も馬小屋を出た。

「そのほうの器量を見込んだぞ」

思いも寄らない成り行きに、健太郎は言葉を失った。いつの間にか、四人の隠密は姿を消していた。

「抜かりなく似顔絵は描きとめたか」

からかうような口調で言い置くと、吉岡の姿も闇に溶けた。

ひとり残された健太郎は、呼子を握ったまま立ち尽くしていた。

十八

前日から重たかった空が、一月十日の未明には雪をこぼし始めた。ひとひらが細かい粉雪だが、地べたは凍てついている。

見る間に、広い通りには雪がかぶさった。

日本橋の商家は、どの店も明け六ツ（午前六時）の鐘で雨戸を開く。

「竹どん、通りを見てごらんよ」

一枚の戸を開いた商家の小僧が、目を丸くして仲間の小僧を呼び寄せた。

「うわあ……真っ白になってる」

「道理で布団から出たとき、寒かったわけだよね」

お仕着せに冬用の半纏を重ね着した小僧が、せわしなく手をこすり合わせた。ひとりの小僧は外に出て、表通りを見回した。

「雪がすごくて、日本橋が見えないよ」

わずかの間、外に出ただけの小僧のあたまに、うっすらと雪がかぶさっている。

「こんな降り方のままだと、雪かきが大変だなあ」

小僧がぼそりとつぶやいた。吐いた息が、たちまち白く濁るほどに凍えていた。

寛政八年の江戸の初雪は、四ツ（午前十時）を過ぎたころには、二寸（約六センチ）近くも積もった。

伊万里屋では、降りしきる雪のなかで朝から荷造りが続いていた。

本郷菊坂の料亭『花ぶさ』に、今年の初荷を届けるための梱包である。大皿が十枚に、大鉢、小鉢、小皿、魚皿、茶碗、湯呑みなど荷車三台分、都合二百三十七両もの大商いだ。

伊万里屋の初荷は、正月二日である。

が、菊坂の花ぶさは、毎年十一日が商い始めだ。それに合わせて、前日十日の納めが新年の縁起となっていた。

御城の正月行事が、ひと段落を迎えるのが一月十日だ。

菊坂の周りには、大身の大名屋敷と旗本屋敷が高い長屋塀を接している。武家の得意先が多い花ぶさは、毎年、一月十一日を商い始めとした。

その前日の今日が、伊万里焼の新しい器の納め日である。一回の納めで二百両を超えるのは、伊万里屋の得意先でもさほどに多くはなかった。

「これからが山場だ、一層の気を配って取りかかってくれ」

四番組がしらの誠吉が、顔を引き締めて指図を下した。

「分かりました」

十人の配下が、小気味のよい返事を揃えた。

「今日の昼には、初雪祝いが出るそうだよ」

荷造りの手伝いをしている小僧がしらの金太郎に、台所から出てきた仲間が耳打ちした。

「ほんとうかい？」

金太郎が甲高い声を上げた。

「なんだおまえは。店先で、妙な声を出したりするな」

誠吉は、眉を吊り上げて金太郎を叱りつけた。いつもは穏やかな誠吉にきつい声で叱られて、金太郎は詫びも言えずにうつむいた。

花ぶさへの納めは、八ツ半（午後三時）が定めである。花ぶさの女将は、縁起かつぎと易断にことのほか凝っていた。

「初荷がうちの玄関に入るのは、八ツ半の捨て鐘が鳴り終わったときに限ります」

それより早くても遅くても、女将は機嫌がわるくなる。鰹節を納めていた問屋は、女将の機嫌を損ねたばかりに、一年で四百両を超える商いを棒に振った。

四番組を率いる誠吉は、伊万里屋の荷造りと納めの差配を任されていた。

花ぶさに納める器の荷造りは、二日前から始めた。されども、梱包は荷車三台分である。しかもどの器も、選りすぐりの上物ばかりで、荷造りには気骨が折れた。

なんとか二台分の梱包は終えたが、残る一台には一枚十七両の大皿十枚が控えている。根を詰めて包んでも、まだ一刻（二時間）はかかりそうだ。

それゆえに気が張り詰めている。金太郎の声が癇に障ったのは無理もなかった。

「いつまでベソをかいているんだ」

しょげ返った金太郎に、さらにきつい声が誠吉から投げられた。

「突っ立ってないで、蔵から縄を二巻運んでこい」

「分かりました」

金太郎は気を取り直したらしく、威勢のいい返事をした。蔵に向かうには土間を通り抜けるよりも、玄関脇の勝手口から入ったほうが早い。

雪道を駆け出した金太郎に、誠吉が注意を与えた。言い終わる前に、金太郎は足を取られて尻餅をついた。

「気をつけろ」

まともに尻から落ちた金太郎を見て、誠吉は怪我を案じた。急ぎ足で駆け寄ろうとして、金太郎の脇で同じように転んだ。

きまりがわるくなった誠吉は、右手一杯に雪をすくうと金太郎の顔にぶつけた。

「だから気をつけろと言っただろうが」

叱りながらも、誠吉は笑った。

「すいません」

顔の雪を払いながら、金太郎も笑った。

わきを通りかかった犬が、ふたりを見たあと、塀の前で片足を上げた。

誠吉も金太郎も、慌てて立ち上がった。

伊万里屋では、毎年一月の初雪の日には、「初雪祝い」を催した。といっても、格別の宴会が持たれるわけではない。

甘味をたっぷりおごった汁粉と、ひとり三枚の磯辺巻、それに鰹節でダシをとった吸物が振舞われるだけだ。

それでも日常の昼飯が味噌汁に佃煮、漬物であることを思えば、大したご馳走である。とりわけ砂糖を利かせた汁粉は、小僧のみならず、手代も番頭も大いに喜んだ。

「今日は身体に甘いものをしっかりと取り込んで、精一杯によいお納めをしてきなさい」

二番番頭の徳三郎からねぎらいの言葉をもらい、四番組の全員が軽くあたまを下げた。

「花ぶさ様への道は、坂が多い。あいにくの空模様だが、大丈夫だろうね」

ねぎらいのあと、徳三郎はふっと顔を曇らせた。

本郷は坂の町である。天気のよいときでも、日本橋から菊坂までの道のりは骨が折れた。雨に降られると、道はたちまちぬかるみとなり、坂道では車輪が滑った。

今日は二寸以上も積もった雪である。徳三郎の心配も、もっともといえた。

「今日の車力は、本郷の坂を充分にわきまえた者ばかりです。ご心配かもしれませんが、どうぞてまえどもにお任せください」

誠吉は、きっぱりとした口調で請け合った。

荷車三台は、段取り通り九ツ半（午後一時）前に伊万里屋に横付けされた。車屋は、日本橋小網町の大和屋（やまとや）である。日本橋大店の横持ち（配送）を受け持つ大和屋は、夏場でも車力に薄手の半纏を着させた。

冬場は、綿の入った厚手の半纏に、濃紺の股引、綿入りの手袋がお仕着せである。雪が二寸も積もっていることで、車力はだれもが別誂えの藁沓（わらぐつ）を履いていた。沓底には、取り外しのできる猪の皮が取り付けられていた。

本石町が九ツ半の捨て鐘を打ち始めると、車力が梶棒を抱えた。荷車は車輪の差し渡しが三尺（直径約九十センチ）、荷台の長さが一間半（約二・七メートル）もある大型である。

一台の車に車力ひとりと、後押しがふたりである。

雪の坂道に備えて、大和屋は万全の布陣で臨んでいた。

誠吉が先頭に立ち、四番組の手代がひとりずつ、荷車の後ろについている。伊万里屋の手代たちは、濃紺の綿入り半纏を着て、深紅の襟巻きを巻いていた。

半纏には綿のほかに、濡れ除けの油紙が縫いこまれている。雪の日の外出用に、日本橋の道中用具屋『内山（うちやま）』で、別誂えさせた半纏である。

深紅の襟巻きにも、濡れ除けの熊の脂が染み込ませてあった。

誠吉を含めて四人の手代は、傘はささずに薄茶色の道中笠をかぶっている。

降りしきる雪のなかでも、手代四人の姿は際立って見えた。

「行ってまいります」

四人の手代が、見送りに出ていた徳三郎にあたまを下げた。小僧たちが大きく手を振り、いってらっしゃいませと、甲高い声を張り上げた。

その声に押されて、三台の荷車は伊万里屋前を出発した。

室町大通りを北に向かった一行は、本石町二丁目の辻を西に折れて、御堀端に出た。通りの南側には、金座の堅固な建物が控えている。正門には六尺棒を手にした門番が、降りしきる雪をものともしない顔で立っていた。

金座の辻を北に折れると、進む左手には大きな外堀が見えた。御城の松が、すっかり雪をかぶっている。

巨大な石垣の上部も舞い降る雪をかぶり、石と雪とがまだら模様を描いていた。

御堀伝いの道を鎌倉河岸まで進んだあとは、もう一度辻を北に折れた。行く手に町家があらわれて、ひとの行き交いが多くなった。

本郷に向かう道筋は幾つもあるが、誠吉はもっとも坂の少ない神田川沿いの道を選んだ。道のりは遠くなるが、大路が通っており、道は平らである。

車力と後押しは、息を合わせて雪道を進んだ。太い車輪は、二寸の雪をしっかりと踏みしめて軋み音も立てずに回った。

後押しのふたりは、押す力を巧みに加減し、車輪が空回りしないように気を配っていた。

神田川に架かる昌平橋（しょうへいばし）のたもとで、先導役の誠吉が立ち止まった。ここからが、上り坂の始まりである。

広い坂道の両側には、高さ二丈（約六メートル）もある、武家屋敷の長屋塀が連なっている。塀の下部には石垣が組まれており、上部には下級家臣の住む長屋が構えられていた。

大名屋敷はどこも警護の門番が立っており、うっかり近寄ると六尺棒を突きつけられたりする。

それを嫌い、町人の多くは大名坂を登らず、裏の狭い坂道を行き来した。

誠吉は、三台の荷車を先導している。たとえ大名屋敷の門番に誰何されようとも、大名坂を登るしかなかった。

「途中で立ち止まったりすると、なにかと面倒だ。ここは一気に登るぞ」

「がってんでさ」

車力たちも、大名屋敷の門番がうるさいのは身に染みている。誠吉に応える声には、威勢がこもっていた。

伊万里屋の手代には、藁沓の備えはない。四人とも、歯の高い杉の足駄を履いていた。

「先頭はおれが登る。おまえたちは、足元に気を払ってついてきてくれ」

三人の配下に言い置いてから、誠吉は坂道に一歩を踏み出した。

積もっている雪の深さは、平地と変わらない。しかし上り坂に積もった雪は、気を抜くとすぐさま足をすくおうとした。

身体を前のめりにして、誠吉は一歩ずつ大名坂を登った。

豊後府内藩松平家二万千二百石上屋敷と、越前大野藩土井家四万石上屋敷とが、坂を挟んで向かい合っている。両藩の門番にきつい目で睨まれながら、一行は坂道を登った。

松平家の長い塀が終わると、わずかに登りが楽になった。が、坂はまだまだ続いている。前方には、山城淀藩稲葉家上屋敷の、長くて高い塀が見え始めた。

稲葉家は十万二千石の大名で、屋敷の広さは七千坪を超えている。この屋敷を過ぎれば、駿河台の頂上で道はしばらく平らである。

七千坪の上屋敷は、塀の端から正門まで二町（約二百二十メートル）もの長さがある。塀は上り坂の途中から、ゆるやかに右に曲がっていた。

誠吉は人影のまるでない坂道を、足元に気遣いながら登った。坂はまだ登りが続いている。足を止めた誠吉は後ろを振り返り、あとに続く荷車の様子を確かめようとした。

いきなり、ゆるやかに曲がっている坂の先から、空の荷車があらわれた。車は、誠吉を目がけて突っ込んできた。

後ろを振り返っていた誠吉は、出し抜けに出てきた車に気づかなかった。登る途中の荷車の車力は、雪道に目を落としていた。後押しには、坂の上部は見えない。

誠吉を含めただれひとりとして、突進してきた荷車には気づかなかった。

ドスッといやな音を立てて、車は誠吉にぶつかった。梶棒に撥ねられて転んだ誠吉の足に、車輪がのしかかった。

車はそのまま坂を転がり、土井家の塀にぶつかった。

荷車を操っていたふたりは、車をその場に放り投げたまま、大名坂を逃げ去った。

伊万里屋の手代三人は、転びながらも誠吉に駆け寄った。

荷車の車力たちは坂の途中ゆえに、荷車から離れることができない。だれも、逃げたふたり組を追うことはできなかった。

車輪がのしかかった誠吉の右足は、折れた足首が逆向きになっていた。

十九

汐見橋を東に渡り、大横川沿いに北に半町（約五十五メートル）路地を入る。突き当たる手前の左手には、小さな稲荷社の祠（ほこら）が立っている。その向かいが、いかずちの六蔵の賭場だ。

敷地は二百坪と広く、裏庭は大横川に面している。六蔵は自前の船着場を、裏庭の下に構えていた。

「あの賭場で借金をしたら、ケツの毛までむしられる」

「簀巻きにされたのは、ひとりやふたりではないそうだ」

貸金の取り立てには、荒業をいとわない。その怖さで、六蔵は名前を売っていた。

ところが六蔵の宿には、小さいながらも泉水も築山もあった。庭の日当たりのよい場所には、盆栽の棚が構えられている。驚いたことに庭の隅には、茶室まで拵えていた。

「なかなかに、筋がよろしい」

月に一度は俳句の宗匠が、出稽古に出向いてくる。茶の湯も、深川では名の通った師匠につき、本寸法の稽古に励んでいた。

こわもてと粋人とが、背中合わせになった六蔵である。素直な顔で茶の湯の師匠と向き合うその背中には、極彩色の不動明王の彫り物を背負っていた。

「首尾よく運んだということか」

炭火の熾きた長火鉢に手をかざした六蔵は、目を細めて代貸の儀三郎に笑いかけた。

「これで誠吉は、夏を過ぎるまでは身動きがとれやせん」

「足だけで、ことを済ませただろうな」

「胸に梶棒がぶつかったようでやすが、命にかかわることはありやせん」

儀三郎が強い調子で言い切った。

「胸にぶつかっただと」

六蔵の顔から笑いが消えた。

「おれは足首だけを傷めろと、そう言ったはずだぜ」

「分かっておりやす」

「だとしたら儀三郎、胸がどうこうは余計だろう」

「ですが……」

「ですがは、いらねえ」

六蔵の声がかすれ気味で、小さくなった。儀三郎は背筋を張って、六蔵の声に耳を澄まし
た。声がかすれて小さくなったときは、怒りを腹に蓄えているときだ。

「伊万里屋は大店だ」

「へい」

「大店の奉公人から死人を出したら、目明かしではなしに、奉行所の同心が動き出す」

「へい」

燃え立つような目で見据えられて、儀三郎は口のなかが干上がった。舌がうまく動かず、へいと短く答えるのがやっとだった。

「分かっているなら、どうしてしくじった」

「しくじったわけじゃあ……」

渇いた口で、儀三郎はうっかり口答えをした。間をおかず、盃が儀三郎の胸元に飛んできた。投げる力を加減してはいるが、狙いは確かだ。盃は、心ノ臓にぶつかった。

「申しわけありやせん」

「なにが申しわけねえんだ」

「親分のお指図通りに事を運ぶことができねえで、しくじりやした」

「その通りだ」

六蔵の目から、怒りの光が消えた。

「荷車から、足がつくことはねえだろうな」

「佐賀町の廻漕問屋から、かっぱらった車でやす」

「だからどうした」

六蔵は謎かけするような目で、代貸を見ている。真正面からその目を受け止めた儀三郎は、思案をめぐらし、はっと気づいた。

「かっぱらった者も、車を転がしたふたりも、今日のうちに始末をつけやす」

「そのほうが、おめえのためだ」

長火鉢の引き出しから、六蔵は新しい盃を取り出した。目は儀三郎を見据えたまま、手酌で盃を満たした。

「おめえの最初の段取りだと、とうの昔に手代ふたりは一服盛られて寝込んでいたはずだ」

六蔵は、ぐびっと音をたてて盃を干した。

「いつまでたっても様子が変わらねえということで、いきなり段取りを変えた。おめえにはお誂え向きに、雪が降ったが……」

新たなしくじりを呼び込んだと、六蔵がかすれ声で決めつけた。

「残りの手代のケリをつけねえと、寝込むのは手代だけではなくなるだろうよ」

貸元が、右腕と頼む代貸を脅している。

六蔵の非情さが肌身に染みている儀三郎は、顔をこわばらせてうなずいた。

「あと三日だけ待ってやる」

六蔵が目元をゆるめた。

燃え立つ目で睨みつけられたほうが、まだましだ……儀三郎が、身体の芯から震えを覚えた笑いだった。

犬で試した薬を、すぐにも使わせる。

儀三郎は、震えつつも先の思案をめぐらせていた。

二十

小網町一丁目の角には、思案橋が架かっている。長さ十間（約十八メートル）の木橋だ。

この橋のたもとに、黒板塀で囲まれた七十坪の平屋が立っていた。

塀の内側から通りに向かって、二本の老松が長い枝を伸ばしている。三味線稽古の音が似合いそうな、見るからに粋筋風の家だ。

ところが格子戸の嵌まった玄関わきには、家のたたずまいとは似つかわしくない看板がさがっていた。

『骨接ぎ捻挫治療院　縄田松庵』

厚さ三寸（約九センチ）の杉板に無骨な筆文字で、ここが骨接ぎ治療院だと大書きされている。柔の達人でもある縄田松庵は、地元では手荒な治療をする名医として名が通っていた。

一月十一日、朝六ツ半（午前七時）。六畳の板の間では、伊万里屋の手代誠吉が腰掛に座って朝餉を摂っていた。

足首をさすりながら、誠吉は昨日の騒動を思い返した。

「お納めに遅れたりしたら、花ぶさ様の縁起に障る」

足首が折れた激痛に顔をゆがめながらも、誠吉は器の納めに向かうようにと言いつけた。

「荷の積み方を工夫すれば、一台の車を空にできやす」

大和屋の車力頭は、配下の車力と後押しにてきぱきと指図をした。そして積荷を移して、一台の荷車を空にした。

「うちの近所に、腕のいい骨接ぎの先生がおりやす。場所は車力が分かってやすんで、誠吉さんはすぐに医者に行ってくだせえ」

「いや、おれもこのまま……」

言いかけたが、激痛に襲われて誠吉は声が出なくなった。

「花ぶさ様へのお納めは、てまえたちで参ります。かしらは大和屋さんの車で、小網町に行ってください」

配下の手代に強く言われて、誠吉も折れた。このまま花ぶさに顔を出しても、怪我人が出向いたりしては、かえって縁起に障ると判じたからだ。

誠吉を乗せた車力は、怪我人に気遣いながらも雪道を小網町へと急いだ。車の後ろには、ひとりだけ後押しがついた。万にひとつも、誠吉が荷台から転がり落ちないための備えだ。

荷車は、半刻（一時間）もかからずに小網町に帰り着いた。

運良く、松庵は在宅だった。

「よくぞ痛みを我慢したのう」

足首の様子を見るなり、松庵は誠吉の胆力を誉めた。上背が五尺八寸（約百七十六センチ）もある大男で、禿頭は艶々と光っている。

大入道のような巨漢だが、手先は器用で、診察するときの患部への触れ方はやさしい。ところが手当てが始まると、太い腕で思いっきり足首を引っ張った。治療は、弟子四人が総がかりとなるほどの大事となった。どの弟子も、背丈は五尺六、七寸の大男揃いだ。

嚙み木をしっかり口にくわえて、誠吉は治療の痛みをこらえた。

「今日から三日は、ここに留まりなさい」

松庵は大和屋の車力を、伊万里屋に差し向けていた。誠吉の治療が終わる手前で、番頭が駆けつけた。

「大事なお納めの日に、粗相をしでかしてしまいました。花ぶさ様へは、無事にお納めがかないましたでしょうか」

「いまは、余計な心配をしなくてもいい」

番頭はきつい調子ながらも、心底から誠吉の容態を案じていた。

「足首を折っておるが、手遅れになる前に運ばれてきたでの。この者の骨は、まことに太くて丈夫だ。ふた月も養生すれば、元通りに歩けるじゃろう」

松庵が診立てを口にしているとき、花ぶさから手代たちが駆けつけてきた。

「とどこおりなく、お納めがかないました。どうぞ、ご安心ください」

配下の者から知らされるなり、誠吉は気を失ったかのように眠り込んだ。松庵の調合した眠り薬が効いたのだ。

誠吉は飲まず食わずで、翌朝まで熟睡した。目覚めたとき、松庵の弟子の辰三郎に抱えられて朝餉の膳についた。

昨日の昼から食べ物を口にしていなかった誠吉は、飯を二杯お代わりした。味噌汁も椀に二杯、大きな湯呑みに茶を三杯飲んで朝餉が終わった。

「もう一度眠ったほうがいいでしょう」

「そんな……寝てばかりいては、身体がなまってしまいますから」

「そんなことはありません。いまは寝るのが一番の養生だというのが、先生の言いつけですから」

辰三郎は、眠り薬を混ぜた飲み薬を誠吉に手渡した。

「いつになれば、歩けますか」

差し迫った声で、誠吉は問いかけた。伊万里への旅立ちを、目前に控えていたからだ。

「あなたさえしっかりと養生すれば、三月には歩けるでしょう」

「三月ですって」

誠吉の語尾が、大きく跳ね上がった。

「そんな先まで、あたしは歩けないんですか」

「ふた月で治れば、早いほうです」

辰三郎の言うことが、誠吉の耳には入っていないようだ。両手で顔をおおい、深いため息をついた。

「そのことは昨日のうちに、先生の口から番頭さんに伝えました。あなたは心配しないで、養生に努めてください」

辰三郎の手が、誠吉の肩に置かれた。返事をする気力も失せた誠吉は、もう一度深いため息をついた。

肩が落ちて、辰三郎の手が滑った。


その夜五ツ（午後八時）。伊万里屋五郎兵衛は、頭取番頭四之助と、自室で向き合っていた。

五郎兵衛の顔つきが、いつになく厳しい。火鉢で真っ赤に熾きた炭火が、あるじの険しい顔を照らし出していた。

「それで、なにか分かったことはあるか」

四之助は座り直して背筋を伸ばした。

「どれほど帳面を調べ直しましても、いささかの不備も見当たりませんでした。手代や小僧に問い質しましても、誠吉が恨みを買うような振舞いは、皆無でございました」

「そんなことは、最初から分かっていることだろう」

誠吉の生一本（きいっぽん）な気性が分かっている五郎兵衛は、いまさらいうなと言わんばかりである。

「そんな当たり前のことを調べろと、おまえに言いつけたわけではない」

あたまごなしに叱られて、四之助は唇を噛み締めた。その顔を見て、言い過ぎたと当主は気づいたようだ。

五郎兵衛は両手を火鉢にかざし、目から険しさを消した。

「恨みを買うはずのない誠吉が、なにゆえ狙い撃ちにされたのか、それを判ずるための材料をおまえに拾い集めてもらいたかった」

「お役に立てず、まことに申しわけございません」

「いや、充分に役に立ってくれた」

五郎兵衛は、穏やかな口調で番頭をねぎらった。

火鉢には、鉄瓶が載っていた。炭火が強いと、部屋が乾いてしまう。それを防ぐために、鉄瓶の湯気を立てているのだ。

五郎兵衛は鉄瓶の湯を急須に注いだ。熱湯を用いるため、茶の葉は玄米茶である。急須にたっぷりと湯を注いだら、香ばしい玄米の香りが立ち昇った。

「一杯、飲みなさい」

あるじに茶をいれられた四之助は、両手で湯呑みを受け取った。

「おまえが念入りに調べても、誠吉の落ち度は見つからなかった……そういうことだな」

「さようでございます」

「だとすれば、昨日の出来事で考えられるのは、ひとつしかない」

五郎兵衛は、胸のうちに考えを定めている。察することのできない四之助は、湯呑みを膝元に戻してあるじを見た。

「誠吉の身に、なにか変わったことは起きていないか」

「変わったことと申されますと」

問われた意味が分からない四之助は、思わずあるじの言葉をなぞった。

「暮れから昨日までのなかで、いつもの誠吉にはない、なにか変わったこととか、新しいことが生じてはいないか」

「新しいこと……」

思い当たる節がない四之助は、遠い目をしてあれこれと思案をめぐらせた。それでも、あるじの問いの答えにはたどり着けない。

「荷受もしっかりとこなしておりますし、間もなく伊万里に旅立つということで、四番組の者にはいままで以上に……」

ここまで言いかけて、番頭がふっと話をやめた。

「旦那様がおたずねのことは、この伊万里行きのことでございましょうか」

「その通りだ」

五郎兵衛は、湯呑みの玄米茶をすすった。

「だれであるかも、なぜなのかもまだ分からないが……誠吉を伊万里に旅立たせたくない者が、どこかにいる」

「行かせたくないがために、誠吉を傷つけたということでございましょうか」

「手代と大和屋さんの話から察するに、車はまっすぐ誠吉に向かって突っ込んできたようだ」

同じ話を聞き取っている四之助は、深いうなずきで応えた。

「もしも梶棒をぶつけていれば、誠吉の命にかかわることにもつながったはずだが、相手はそこまではやっていない」

「だとすればだ」

五郎兵衛は湯呑みを手にしたまま、番頭を近くに呼び寄せた。

「誠吉の命ではなく、最初から足を狙っていたとすれば、これを仕掛けてきた者の狙いはなんだ」

「誠吉を動けなくすること……でございましょうか」

五郎兵衛は小さくうなずいた。

「昨日から、あれこれとわたしなりに思案をした」

五郎兵衛は一段と声を低くした。四之助があるじに顔を寄せた。

「誠吉と一緒に伊万里に行くのはだれだ」

「籐吉でございます」

「籐吉と誠吉の仲は、おまえの目にはどう見えている」

「それは……すこぶるうまが合っていると存じますが」

「わたしもそう思うが、万にひとつということもある」

もしも、誠吉を行かせたくないと思ったのが籐吉だったとすれば、ひとを雇って怪我をさせるということも考えられる。

「勘違いをしなさんな」

五郎兵衛の物言いが、厳しいものに戻っていた。

「わたしは篠吉を疑っているのでは、断じてない。あくまでも、万にひとつと思ったに過ぎない」

篠吉から目を離さず、様子をしっかりと見定めるようにと、四之助に申し渡した。

「篠吉から目を離さなければ、もうひとつ、別の心配を防ぐことにもつながる」

「なんのことでございましょう」

四之助の声が甲高くなった。思いがけないことばかりを、五郎兵衛から聞かされているからだろう。

五郎兵衛は、番頭の声をたしなめてから続きを話した。

「もしも誠吉と篠吉のふたりとも、伊万里に行かせたくないとすれば、おまえならどういう振舞いに及ぶか……考えてみなさい」

「てまえが、でございますか」

またもや四之助が声を裏返した。あるじにきつい目で見詰められて、はっとしてうつむいた。あれこれ思案を続けても、実直な四之助には悪事は思いつけないらしい。

「てまえには、思いもよりません」

「それでこそ、おまえだ」

この夜初めて、五郎兵衛が正味で目元をゆるめた。

「焼継屋が、裏で大層な繁盛ぶりだというのは、おまえも知っているだろう」

「存じております。傷物の伊万里焼を、法外な高値で売りさばいていると聞き及んでおります」

「連中は焼継品のみならず、まがいものをも裏の伝手で流しているそうだ。七日の寄合で、それを耳打ちされた」

「てまえの耳には、まったく入っておりませんでした」

「わたしも七日までは知らなかった。おまえの落ち度でもなんでもない」

五郎兵衛に耳打ちしたのは、蔵前の焼物屋越前屋幸助である。五郎兵衛はこれまで何度も、越前屋の得意先に伊万里焼の大皿を回してやったことがある。

それを恩義に感じている越前屋は、出入りの土問屋の番頭から、伊万里焼のまがいものが出回っていると聞かされていた。

「越前屋さんが言うには、関八州の方々に粗悪な伊万里焼が出回っているそうだ」

「関八州とは、またずいぶん広い話でございますが」

「越前屋さんに話をしたのは、関八州を回る土問屋の番頭さんらしい」

手代は商用で方々を旅している。宿泊先の幾つもの旅籠で、商い柄、微妙に様子のおかしい赤絵の器に気づいた。

「ここいらに泊まる客は、伊万里焼というだけで目を丸くするでよ。二級品でも安けりゃあ、うちらは重宝するがね」

旅籠の女中はわるびれもせず、伊万里焼の偽物を使っていると認めた。

「旦那様は、その伊万里焼をご覧になりましたのでございますか」

「いや、それはない」

五郎兵衛の顔が引き締まった。

「見たことはないが、越前屋さんの話では、半端な数ではなさそうだ」

「しかし旦那様、だれがそのようなまがいものを」

「うちの者ではないと思いたいが……」

いないとは言い切れないと、五郎兵衛の顔が物語っていた。

「いやな話を聞いたあとに、昨日の騒動が持ち上がった」

「さようでございましたか」

四之助が黙り込んだ。五郎兵衛の話を聞いたことで、眠っていた四之助の知恵が音を立てて回り始めたようだ。

「てまえの目が節穴だと、白状するも同然でございますが……」

伊万里屋の奉公人がかかわっているかもしれないと、四之助は言葉を続けた。

「節穴だとすればわたしも同罪だが、なぜおまえはそう思うのだ」

「伊万里からの荷送りは、簡単なことではございません」

たとえ粗悪品とはいえ、伊万里焼の買付けと江戸までの廻漕は、伊万里屋の者が手を貸さない限り、成し遂げるのはむずかしい。もしもうちの奉公人なしで易々と果たせるようなら、伊万里屋ののれんの値打ちはない。

四之助はきっぱりと言い切った。伊万里屋頭取番頭としての、のれんに対する矜持が言わせた言葉である。

「誠吉が怪我をさせられてからは、わたしも同じことを思っていた。だからこそ、篠吉から目を離すなと言ったのだ」

「篠吉の身にも、危ういことが降りかかるかもしれないと……旦那様はそれを案じておいででございましょうか」

「まさしく、そのことだ」

五郎兵衛は筋道を立てて、考えをめぐらせていた。

このたび誠吉を襲わせた黒幕は、誠吉以外の者を伊万里に差し向けることが目的だと五郎兵衛は断じた。伊万里に向かう手代は、誠吉と篠吉である。怪我をさせられた誠吉は、黒幕の手先であるわけがない。

ならば篠吉はどうか。

もしも篠吉ひとりが悪事に手を染めているとすれば、誠吉は邪魔だ。ゆえに伊万里行きの邪魔立てをしようとして、このたびの所業に及んだことになる。

「誠吉が行けないとなったら、てまえだけではお役に立てそうにありません」

昨日の篠吉は、こう言ってひどく落ち込んでいた。では仲間がいて、その者と行きたいがための仕業ならば、どうするか。

　五郎兵衛に訊かれれば、仲間の名を挙げて、その者と一緒に行きたいと願い出るだろう。そう判じた五郎兵衛は、今朝早くにだれと行きたいかと籐吉に問うた。

「誠吉のほかには考えられません」

　返答を思い出して、五郎兵衛は籐吉も除外した。同時に、黒幕は籐吉の身にも危害を加える恐れがあると断じた。

「伊万里行きまで、幾らも日がない。遠からず、相手は尻尾を出すに違いない」

「うけたまわりました。籐吉を、かならず守らせていただきます」

「言うまでもないが、籐吉当人には気づかれなさんな」

　四之助はあごを引き締めた。その目は強い決意と、配下の手代を傷つけられた怒りとで、激しく燃え立っていた。

二十一

　山城屋は薪置き場の外れに、小さな庵を構えていた。現当主の篤志郎が三年前に普請した、皿山代官所役人を接待するための庵である。

　一月十一日、五ツ半（午後九時）。健太郎と杢兵衛は、庵の囲炉裏端に座っていた。

「ここに囲炉裏を構えるなどは、親仁様でなければ思いつけない趣向です」

　健太郎は、心底から父親の才覚に深い敬いを抱いていた。

「確かにそうだ」

手酌で猪口を満たしながら、杢兵衛はわずかなうなずきを見せた。

囲炉裏にくべられているのは、極上の固い炭である。強い火力は長持ちしても、火の粉はまったく飛ばさない。赤く熾きた炭火が、健太郎と杢兵衛の顔を照らしていた。


庵は十六畳ひと間だ。部屋の隅の、庭に近い場所に炉口四尺（約一・二メートル）四方の囲炉裏が切ってある。篤志郎が費えを惜しまずに普請した、山城屋自慢の囲炉裏だ。

屋敷内の土間や、床の一部を切って設けた炉が、いわゆる囲炉裏である。ところが篤志郎は囲炉裏造りの作法に従わず、あえて庵の畳を外して座敷の隅に普請した。

囲炉裏があれば温かい料理が出せるし、炉端に座れば身体もぬくもる。火に手をかざしながら談笑すれば、互いに気持ちがほぐれて正味の話ができる。

それが狙いで、篤志郎はあえて庵のなかに囲炉裏を構えたのだ。

炉端には、座り方の作法がある。

囲炉裏の奥正面は「横座」と呼ばれ、家長の座と決まっていた。横座から見て右隣は「客座」で、大事な客を座らせた。

客座の正面は「嬶座（かかざ）」だ。ここには煮炊きと給仕役の女中、もしくは内儀が座った。

家長の座の正面は、一番の末席で「木尻（きじり）」と呼ばれた。ここには下男や作男などの下働きの者が座った。木尻は土間に近く、背中が冷えるために、一番の下座とされたのだ。

篤志郎は囲炉裏の最上席横座と、次席の客座に代官所の役人を座らせた。そして当人は嬶座に座り、当主みずから給仕を務めた。

囲炉裏の真上には、火棚を吊っていた。役人を招く夜、篤志郎はこの火棚にスルメ、干物などを載せた。時折立ち上がってはそれらを取り出し、当主の手でひと焙りして役人に供した。

酒は自在鉤に吊るされた大型の鉄瓶で、燗つけをした。熱燗、ぬる燗とも、客の好み次第である。目の前で燗つけされることで、客は存分に好みの酒が楽しめた。

篤志郎が庵を普請したのも、座敷の隅に囲炉裏を切ったのも、すべては皿山代官所役人をもてなすためである。

皿山には小さな料亭が三軒ある。が、いずれの料亭も通りに面しており、出入りすると人目を惹いた。

役人は、なによりも人目にさらされることを嫌う。

「料亭などは、もってのほかだ。用があるならば、役所まで出向くがよかろう」

山城屋の手代や番頭が何度誘いをかけても、ほとんどは断られた。

皿山周辺の山は乱伐が続いて、多くが禿山に近かった。ゆえに樹木の伐採には、小さな立ち木一本を伐るにも役人の許可が入り用とされていた。

そんな土地で、山城屋は薪炭業を営んでいるのだ。家業を滑らかに運び、身代を少しでも大きくするには、代官所役人とのきつい談判が欠かせなかった。

さりとて、代官所に出向いて談判に臨むと、同輩・上役の耳目が気になるのか、役人は建前しか言わない。

「それはならぬ」

「そんな数の伐採など、認められるわけがなかろうが」

渋面を拵えた役人は、山城屋の願い出をことごとく拒んだ。

「うちに招くしかないだろう」

そう判じた篤志郎は、薪置き場の空き地を使って庵を普請した。そして役人との談判を滑らかに運ぶために、囲炉裏を構えた。

嬶座に座った当主が、みずから身体を動かして接待に当たるのだ。招かれた役人は、篤志郎の心遣いを多とし、山城屋の願い出を了承した。

座る場所が厳格に定められた囲炉裏であったがこそ、下座に座った篤志郎の恭順ぶりを役人は感じ取った。

囲炉裏を構えて三年。いまでは山城屋の庵に招かれることを、代官所役人の多くが心待ちにしていた。


「それで、あんたはどうするんだ」

猪口をキセルに持ち替えた杢兵衛は、炭火で煙草に火をつけた。一服吸った煙が、炭火の熱にあおられて、ゆらゆらと真上に立ち昇った。

自在鉤に吊るした鉄鍋が、ぐつぐつと音を立てている。酒肴代わりにといって、女中のおみつが用意した野菜と鶏肉のごった煮である。おみつは皿山に来てから、この料理を覚えた。ごぼう、人参、だいこん、こんにゃくを大切りにし、地鶏と一緒に味噌仕立てにして煮込んだ一品である。

ことのほか杢兵衛の好物だと分かっている健太郎は、伊万里焼の器によそった。

田舎料理に近いが、用いる器は伊万里焼である。ごった煮に高価な焼物が使えるのは、皿山ならではである。

健太郎は、たっぷり一味唐辛子を振ってから杢兵衛に差し出した。

「ありがてえ。小腹がすいてたところだ」

キセルを膝元に置いてから、器を受け取った。上下の歯が何本も抜けている杢兵衛は、固い物がうまく食べられない。が、おみつの拵えたごった煮は、鶏肉までも柔らかく煮込んである。

横座に座った健太郎は、杢兵衛が器を空にするまで話しかけなかった。

「あの娘の味付けは、てえしたもんだ」

ひとしきりおみつの料理の腕を誉めてから、杢兵衛は話に戻った。

「仔細を聞いてしまった以上は、もはや断ることはできないでしょう」

肚を括ったという声で杢兵衛に答えた。

「厳しい目が藩に注がれているのは、隠密衆の思い違いです。藩は断じて、伊万里焼を抜け荷に使うはずがありません」

伊万里焼の名を貶める行為に及ぶわけがないと、健太郎は確信を抱いていた。

「鍋島藩に対する隠密衆の思い違いを正すために、できる手伝いをします」

杢兵衛の知恵を借りたい健太郎は、組んでいたあぐらを正座に変えた。

「さしずめは、連中から預かった呼子を吹いて、この庵に呼び出すことだろうさ」

「庵に、ですか」

問われた杢兵衛が、にやりと笑った。

「おめえが横座に座って、隠密連中を客座と嬶座に座らせるのよ。隠密とおめえと、どっちがあるじかをおせえるには、囲炉裏はうってつけだぜ」

キセルを炉辺にぶつけると、ボコンと鈍い音がした。

「決意は受けとった」

くぐもった声が、天井裏から聞こえた。健太郎だけではなく、杢兵衛までが尻を浮かせて驚いた。

音も立てずに天井板が外されて、隠密ふたりが畳に飛び降りた。畳から天井までは、九尺（約二・七メートル）の高さがある。それなのに隠密は軽々と飛び降り、しかもわずかな物音も立てなかった。

隠密はかしらの吉岡勘兵衛と、野島健作である。呆気にとられた顔つきのふたりには構わず、吉岡は嬶座に、野島は木尻にこだわりなく座った。

「天井裏に長居をする羽目になった」

吉岡はあぐらを組んだあと、手早く覆面を脱いだ。木尻に座った野島も、黒覆面を脱ぎ捨てた。炭火の赤い光が、隠密ふたりの顔をくっきりと浮かび上がらせた。

「いささか、小腹が減っておる。鍋の料理を、ふたり分所望したいがの」

健太郎に話しかける、吉岡の目元がゆるんでいた。

二十二

寛政八年一月十二日。江戸の朝は雪模様で明けた。

「ごめんください」

奉公人の朝飯が終わった五ツ（午前八時）過ぎ。伊万里屋の店先に、三十見当の男が顔を出した。いつもの朝の五ツ過ぎは、通りを行き交うひとも、店をおとずれる客も増える時分だ。

しかしこの日は、夜明けからあいにくの雪である。ひとの出足は大きく遅れていた。客が顔を出さないがために、伊万里屋の奉公人は店先にはひとりもいなかった。

寒さがきつく、吹きさらしの土間には、小僧もいたくはなかったのだろう。

「ごめんください」

男の声が大きくなった。たまたま帳場から出てきた二番番頭の徳三郎が、客の声を聞きつけた。

「お寒いところでお待たせをして、申しわけございません」

徳三郎は、あたまを下げて詫びた。

「深川の野島屋から参りました、手代の与助と申します」

「この雪のなかを、深川から……」

徳三郎は強く手を叩いた。小僧がしらの金太郎が土間に飛び出してきた。

「お寒いなか、お客様をお待たせしてどうするんだ。すぐに熱い茶をいれなさい」

金太郎を叱ったあと、徳三郎は土間に下りた。男は手代には不釣合いな、鹿皮の合羽を羽織っていた。

「それで、わざわざお越しいただきました御用向きはなんでございましょう。よろしければ、座敷にお上がりください」

野島屋は深川門前仲町の米問屋で、伊万里屋の得意先である。土間での立ち話で済ませられる客ではなかった。

が、手代は座敷に上がるのを断った。

「てまえどものあるじが、折り入ってのお願いがあると申しておりまして……伊助さんにご一緒願いたくて出向いて参りました」

このまま、一緒に深川まで来てほしいというのが、手代の言い分だった。

「うけたまわりました。ただいま、伊助を呼び寄せます」

徳三郎が、ふたたび強く手を叩いた。顔を出したのは、またもや金太郎だった。

「お茶はどうした」

「いま、銀どんがいれています」

「なら、おまえでいい。すぐに伊助を呼んできなさい」

「へえぇい」

甲高い声で応えた金太郎は、履物を脱いで座敷に上がった。すぐにと徳三郎から言いつけられたが、そこはしつけの行き届いた大店の小僧である。脱いだ履物を揃えてから、音を立てずに座敷に上がった。

伊助は、大慌てで飛び出してきた。

三番組の手代がしらである伊助は、深川の大店を受け持っている。野島屋は、得意先のなかでも図抜けた大店だ。そこの手代が、雪模様のなかをたずねてきたのだ。

伊助が慌てたのも無理はなかった。

「お待たせいたしました」

土間に駆け下りた伊助は、野島屋の手代を見て青ざめた。

土間で待っていたのは、儀三郎だった。

「旦那様が、折り入っての頼みがあるとおっしゃっておいでてね。ご足労をかけるが、いまから深川まで一緒にきてもらいたい」

渡世人の儀三郎は髷を結い直して、身なりも堅気の奉公人に扮していた。言葉遣いも、お店者そのものである。

ただひとつ、鹿皮の合羽だけが奉公人らしくなかった。

「わざわざ、深川からお越しくださったんだ。すぐに支度を調えて、ご一緒しなさい」

「はい……」

伊助は歯切れのわるい返事をした。

「なんだ、伊助。ご一緒するのに、なにか障りでもあるのか」

「ただいま、帳面の仕分けをしているさなかでございますもので」

「そんなことは、だれかに任せるか、野島屋様から帰ってのちゃればいい」

儀三郎を野島屋の手代だと思い込んでいる徳三郎は、強い口調で伊助をたしなめた。

「ただいま、支度をして参ります」

観念したような顔つきで応えた伊助は、重たい足取りで座敷へと戻った。入れ替わりに、小僧が茶を運んできた。

「土間でお茶などは、作法にかないませんですが……どうぞお召し上がり下さい」

「いただきます」

徳三郎が差し出した湯呑みを、儀三郎は片手で受け取った。そして、湯気の立つ茶を一気にあおった。

小僧がいれたのは、上煎茶である。ほどよくぬるいが、それでも一気にあおるのは作法にもとる飲み方だ。

大店の手代は、たとえ気が急いていても、そんな茶の飲み方はしない。

徳三郎の目に、相手をいぶかしむような光が浮かんだ。が、身なりを調えた伊助が戻ってきたことで、目の光を消した。

伊助は薄い綿の入った、濃紺の刺子半纏を着ていた。雪の日の外出用のお仕着せである。襟元には、伊万里屋の屋号が白く染め抜かれていた。

「それでは行って参ります」

儀三郎のあとから、伊助は伊万里屋の土間を出た。後ろ姿は、野島屋の手代について歩くのをいやがっているかのようだ。

徳三郎は、ざらりとした違和感を覚えた。ふうっと漏らした吐息が、真っ白く濁った。

二十三

伊助が出て行ってから、四半刻（約三十分）が過ぎたころ。正助は外出の支度を調えて、二番番頭の前に進み出た。

「西川屋様と、うさぎ屋様から、お話を頂戴しておりますので」

徳三郎の前で、正助は偽りの得意先回りを告げた。

「もう少し、雪が小止みになってから出てはどうだ」

伊助が出かけたときよりも、雪の降り方は一段と強くなっている。西川屋もうさぎ屋も、日本橋とはいっても小網町の先である。堀沿いの雪道を歩くことを、徳三郎は案じていた。

「西川屋様には、四ツ（午前十時）までにおうかがいしますと……てまえのほうからお願いしたことでございますので」

「そうか」

それなら仕方がないと、徳三郎は正助の外出を許した。

「こんな空模様だ。二軒のご用が済んだら、まっすぐに帰ってきなさい」

「お言葉ではございますが、こんな日におうかがいすればこそ、どちら様もねぎらってくださいます」

いつも以上に商いがうまくまとまるかもしれないと、正助は食い下がった。熱心さに打たれたのか、徳三郎は感心したような目で正助を見た。

「見上げた心がけだ」

徳三郎は、紙入れから小粒銀三粒を取り出した。

「幾らも寒さしのぎにはならないだろうが、昼はこれで熱いうどんでも食べなさい」

「頂戴いたします」

辞儀をして小粒銀を受け取った正助は、急ぎ足で伊万里屋を出た。番頭から、余計な問いかけをされたくなかった。先に出た伊助のことも気がかりだった。

儀三郎が手代に化けて、伊万里屋に乗り込んできた。尋常なこととは思えない正助は、一刻も早く深川に行きたかった。

儀三郎と伊助が向かっている先は、お多福だと判じた。

正助があとを追うことを、儀三郎は織り込んでいるはずである。

伊万里屋を出た正助は、日本橋の北詰を東に折れた。堀沿いに歩けば、本船町である。御城につながる堀を、何杯もの水船が行き交っていた。

水船を漕ぐ船頭の蓑笠には、雪がたっぷりとかぶさっていた。雪空の下、むき出しの手で櫓を漕いでいる。

こんな日にまで、ご苦労なことだ。

水船の船頭を見て、正助は胸のうちでねぎらいをつぶやいた。と同時に、番頭に偽りを言って深川に出向くおのれに、後ろめたさを覚えた。気持ちが乱れて、歩みがふっとのろくなった。

「ぼんやり歩くんじゃねえ」

背後から、大八車の車力が尖った声を投げつけてきた。雪をもいとわず身体を使っているのは、水船の船頭だけではなかった。

あわてて道の端によけると、大八車はまたたく間に正助を抜き去った。本船町の先には、江戸橋が見えている。真ん中が大きく盛り上がった江戸橋は、降りしきる雪のなかでも、はっきりと橋の形が見えた。

江戸橋を通り過ぎれば、小網町である。番頭に西川屋とうさぎ屋に出向くと言った手前、まずは小網町に向かうほかはなかった。

正助は足元を気遣いつつ、歩みを速めた。堀に架かる橋を渡り、小網町の町木戸をくぐったときに四ツの鐘が流れてきた。

儀三郎たちは、すでにお多福に着いているかもしれない……そう思うと、正助は気が急いた。出向くのが遅れると、儀三郎から手ひどい仕打ちを受けかねないからだ。

半町（約五十五メートル）先に、西川屋が見えてきた。小網町で一番大きい雑穀問屋で、奉公人は小僧まで含めれば五十人を超える大店だ。堀には、自前の船着場も持っていた。

店の前では、五人の小僧が白い息を吐きながら雪かきをしている。正助は邪魔にならないように、堀沿いへと歩みを移した。

「なんだ、伊万里屋さんじゃないか」

小僧に雪かきを指図していた、西川屋の三番番頭五郎が声をかけてきた。正助の顧客のなかでも、西川屋は大得意先である。

外出の口実に使った得意先から呼びかけられたのだ。知らぬ顔もできず、正助は道の端で立ち止まった。

「雪かき、ご苦労様でございます」

「伊万里屋さんこそ、こんな雪だというのにお得意先回りかね」

「はい……」

得意先回りというなら、西川屋をはずすわけにはいかない。五郎の問いかけに、正助は言葉を濁した。

「なんだ、お得意先回りじゃないのかね」

「てまえどもの番頭から言いつかりまして、深川に向かう途中でございます」

「それはまた、ご苦労なことだ」

「お声をかけてくださいまして、ありがとう存じます」

それでは……とあたまを下げて、正助は立ち去ろうした。それを五郎が呼び止めた。

「いま、こども衆（小僧）に、葛湯を拵えたところだ。伊万里屋さんも一杯やっていきなさい」

寒いなかを急ぐ正助を、番頭は気遣った。大事な得意先から示された厚意である。先を急ぐからと断ることもできず、正助は西川屋に招き入れられた。

土間の台には、大きな火鉢が出されていた。来客の手をぬくめるための火鉢だが、あいにくの空模様で客の姿はなかった。

店が忙しければ、五郎も正助を引き止めたりはしなかっただろう。しかし今日は雪がひどく、客があらわれる気配はない。

火鉢わきの腰掛を勧めた五郎は、あれこれと四方山（よもやま）話を始めた。

胸のうちに苛立ちを覚えながらも、正助は五郎の話に付き合わざるを得なかった。葛湯を飲み干したときは、四半刻が過ぎていた。

「おかげさまで、すっかり暖まりました」

深い辞儀をして西川屋を出たときには、半町先がかすむほどに雪の降り方が激しくなっていた。

西川屋から二十歩離れた堀沿いで、正助は強い舌打ちをした。通りに人影はなく、舌打ちを聞き咎める者はいなかった。

霊巌島新堀を右手に見ながら、正助は永代橋西詰へと足を急がせた。早くお多福に行かねばと気持ちははやるが、人通りのほとんどない道は雪が深い。

前日までの雪は硬く凍りついており、その上に新雪がかぶさっている。気を抜いて歩くと、氷が足をすくいにかかった。

得意先回りの口実をもっともらしく見せるために、正助は六枚の皿を見本として風呂敷に包んでいた。

西川屋とうさぎ屋を口実にした正助は、一枚一分もする、高価な皿を持ち出していた。転んで割ったりすれば、一両半の損を店に与えることになる。番頭が弁償を求めることはないだろうが、心証がわるくなるのは目に見えていた。

荷物を気遣いつつ、雪道の歩みを急がせるのは相当に骨が折れる。何度も立ち止まっては、正助は深いため息をついた。

雪はさらに降り方を強めている。豊海橋（とよみばし）のたもとで立ち止まったときは、正助は高価な皿を持ち出したおのれに毒づいた。

どうせなら、もっと安物の皿を納める得意先を口にすればよかった……。

間抜けさ加減をののしっていたとき。

雪をついて、いきなり大八車があらわれた。車は空だが、後押しもついている。

大八車は、正助めがけて突っ込んできた。正助は慌てて飛びのいた。その拍子に、風呂敷包みを取り落とした。

「ばかやろう。通りにぼんやり突っ立ってるんじゃねえ」

後押しが怒鳴り声をぶつけてきた。正助の顔から血の気が引いた。

「ぶつかって怪我をしてもしらねえぜ」

後押しは捨てゼリフを残し、車と一緒に雪の彼方に消えた。

正助が青ざめたのは、六枚で一両半もする皿を取り落としたからだ。息の詰まったような顔で、風呂敷包みを拾い上げた。

幸いなことに、包みを落とした場所には、柔らかな新雪がたっぷりと積もっていた。手触りで、皿は無事だと分かった。が、正助は傘もささずに風呂敷包みを開いた。

一枚も割れていないと分かるなり、腰が砕けてしゃがみこんだ。

「手代さん、どうかしたかい」

紺色の半纏を着た職人風の男が、正助に話しかけてきた。

「なんでもありません」

口のなかが渇いてしまった正助は、急ぎ立ち上がると、もつれる舌で答えた。

「おめえさんと車とが、ぶつかったかと思ったぜ」

「ご心配をおかけしました」

「あいつらに、なにか恨まれるような覚えがあるのかい」

「えっ……」

問われたことのわけが分からず、正助は言葉を詰まらせた。

「あの車は、おめえさんにぶつけようとしてたみてえだからよう」

「恨まれるなど、滅相もございません」

「だったらいいんだが……とにかく、こんな空模様のなかだ。歩き方には、よほどに気をつけたがいいぜ」

職人が歩き去ったあとも、正助はその場から動けなかった。荒い息遣いを整えようともせずに、あれこれと思い返した。

つい今し方までは、通りに人影は皆無だった。それなのに、いきなり大八車があらわれた。のみならず、どこからあらわれたのか、半纏姿の男が目の前に立っていた。

なにか恨まれるような覚えがあるか……。

問われたときは、滅相もないと応えた。思いをめぐらせるなかで、ひとつのことに思い当たった。

あの大八車は、儀三郎が仕掛けたことではないのか。おととい誠吉が大怪我をしたのは、伊万里に行けなくするための、儀三郎の仕業に違いない。

いまの大八車も、通りかかった職人風の男も、儀三郎の仲間ではないのか。こんな人通りのない道に、都合よく大八車だの職人だのが、あらわれるはずがない……。

儀三郎の仕業に違いないと、正助は確信した。そして、いまの大八車は、言うことをきかなければ次はおまえだという脅しだと思い込んだ。

誠吉がどんな目に遭わされたのかを思い、正助はあらためて怯えた。

ことによると儀三郎は、誠吉を殺(あや)めようとしていたのではないか。足首を折っただけで済んだのは、運がよかったからだ。

正助は、心底からそう思い込んだ。いきなり、身体の芯から震えがきた。

途切れなく降る雪のなかで、しかも儀三郎のあずかり知らないことで、正助はひとり勝手に震え上がっていた。

二十四

正助がお多福に着いたのは、正午を大きく回っていた。店に入るなり、儀三郎から強い苛立ちに満ちた声が投げつけられた。

その声をさえぎるように、大柄な鳶がお多福の土間に立っていた。残りのふたりの鳶は、大男の後ろに立って儀三郎を睨みつけている。

路地に、強い風が流れ込んできた。お多福の土間に、粉雪が舞い込んだ。


お多福の土間には、四人掛けの卓も置かれている。客が込み合うときには、卓の間を詰めて置き直すこともあった。

「うわさには、何度も聞いたことがあったがよう。こんだけうまけりゃあ、評判になるのも無理はねえ」

大柄な鳶が、箸をつけた小鉢の味を誉めた。口にしたのは、茹でたネギを、甘味を加えた酢味噌で和えた『饅(ぬた)』である。

「これが食いたくて店に通う客がいるてえのも、箸をつけてみて得心したぜ」

「鉄蔵(てつぞう)さんに誉めていただけて、あたしも拵えた甲斐がありました」

おきょうが艶を含んだ笑顔で、大柄な鳶を見た。六尺男の鉄蔵は、黒江町の町内鳶、富五郎に仕える世話役である。

「お口の肥えた鉄蔵さんに、味を認めていただけたんですから……今日からは他のお客さんにも世話役のお名前を口にして、しっかりと自慢をさせていただきます」

「それほどのこたあねえが……」

おきょうを見詰めている鉄蔵の目尻が、いきなり下がった。

「おれの名めえが役に立つてえなら、使うのに遠慮はいらねえぜ」

「ありがとう存じます」

鉄蔵の卓のわきで、おきょうが深々とあたまを下げた。鉄蔵は目尻を下げたまま、おきょうの辞儀を受け止めた。

正助の背後からいきなり鉄蔵たち三人があらわれた。間の悪いときにと、儀三郎は胸の内で大きな舌打ちをした。が、追い返すこともできない。

おきょうに言いつけて、すぐさま三人分の酒肴を調えさせた。外は雪が舞っている。おきょうは酒を熱燗にした。

そして、しっかりと冷えた小鉢を添えた。鉄蔵が「うまい」を連発しているのは、おきょう自慢のネギの饅だ。あっという間に小鉢を平らげた鉄蔵は、お代わりが欲しいとおきょうに言いつけた。

「そんなに、この小鉢を気にいってくださったんですか」

ただいまお代わりをお持ちしますと伝えて、おきょうは流し場に向かった。鉄蔵に愛想よく答えた顔の両目には、きつい険が浮かんでいた。

お多福のネギ饅は、店の看板料理だ。つい先刻、鉄蔵がおのれの口で言った通り、これを口にしたくて通う客も少なくなかった。

さりとて、おきょうが拵える小鉢の数には限りがある。饅にお代わりをいうような無作法な客は、常連のなかにはいなかった。

ゆえに小鉢の代わりを言われたおきょうは、鉄蔵に背を向けるなり、両目にきつい険を浮かべた。

儀三郎はわきを向くと、ふうっと小さな吐息を漏らした。

二十五

八ツ（午後二時）の鐘が永代寺から流れてきたときも、鉄蔵はまだ盃を手にしていた。格別の肴を口にするでもなく、ひたすら酒を呑み続けている。

「こいつあ、いい酒だ。熱いのが喉をなめらかに滑り落ちるようだぜ」

雪模様は続いており、土間は凍えている。儀三郎の足元には、炭火の熾きた火鉢が出されていた。鉄蔵、岡治（おかじ）、土兵（つちへい）の三人は、ひっきりなしに呑む酒で、内側から身体を暖めている。

流し場と土間とを行ったり来たりしているおきょうは、燗つけのたびに身体は火の気に触れていた。

伊助と正助のふたりは、茶の一杯も口にはできず、しかも火の気のない土間の隅に座りっぱなしだった。

「いつまでここで、待たされることになるんでしょうか」

物言いはていねいだが、正助の声は大店の手代とも思えないほどに尖っていた。寒い土間で待たされ続けて、正助も伊助も気持ちがざらついていたからだ。

「世話役さんが、気持ちよく呑んでおられるところじゃねえか」

儀三郎は、きつい目で正助を睨めつけた。

「わきから無粋なことを言ってねえで、おとなしくそこに座ってろ」

正助以上に、儀三郎のほうが鉄蔵の長尻に苛立っていた。が、鉄蔵には文句を言えない。正助を怒鳴りつけたのは、苛立ちを吐き出す八つ当たりだった。

「そう言われましても、てまえも伊助も、七ツ（午後四時）までにはお店に戻らなければなりません」

怒鳴りつけられても、正助は退かなかった。

冬場の手代の外出は、七ツ戻りが商家の決め事である。それを過ぎると、にわかに日暮れが迫ってくる。

掛取り（集金）はもちろんのこと、注文取りだの納品だのでも、日暮れたあとは危うさがついて回る。真っ当な大店では、冬場は七ツを過ぎると奉公人の外出を固く禁じていた。

伊万里屋は、決め事にはことのほかうるさい店である。朝から雪模様の今日のような日は、番頭は外出している奉公人の身をずっと気遣っていた。もしも七ツを過ぎても帰らなかったら、ただちに奉公人の行方を捜し始めるに決まっていた。

正助も伊助も、店には嘘をついて出かけている。手代の身を案じた番頭が、もしも客先にひとを差し向けたりしたら……。

それを思うと、正助も伊助も尻が落ち着かないのだ。ゆえに儀三郎に怒鳴られても、正助は一歩も退かなかった。

「ここから伊万里屋までなら、半刻（一時間）もあれば帰り着けるだろうがよ」

「この雪模様ですから、半刻では不安が残ります」

正助が逆らうと、儀三郎は強い舌打ちをした。

「とっととけえんねえ。あとのことは、またつなぎをつける」

儀三郎は、ふたりに向かって言葉を吐き捨てた。強い目で正助と伊助を睨みつけていた。

二十六

正助と伊助は、重なり合うようにして伊万里屋に帰ってきた。

伊万里屋の店先には、二尺の軒が往来に向かって張り出していた。軒下の地べたは商家のものというのが、江戸の決め事である。強欲な商家のなかには、二十間（約三十六メートル）の間口一杯に、一間（約一・八メートル）もの軒を張り出しているところもあった。

軒下だけで、二十坪の地べたが増えることになる。さすがにここまであけすけなことをやれば、周りからは白い目で見られる羽目になった。

伊万里屋の二尺の軒は、雨除けとしてもほどよい。

「おかえんなさい」

小僧の声を聞きながら、正助と伊助は軒下に並んで雪を払った。

「ただいま戻って参りました」

伊助と正助は、並んで徳三郎の前に座った。手代の差配は、二番番頭徳三郎の役目である。

伊万里屋を出たのは、野島屋の奉公人と一緒に出かけた、伊助のほうが先である。

番頭に促されて、伊助は商談の首尾を話し始めた。

「赤絵の新柄小皿が入荷したときには、五十枚の新規のお誂えをいただけることになりました」

「それはなによりだが……」

徳三郎は、いぶかしげな目で伊助を見た。

「それだけの御用で、野島屋様は使いの者を差し向けられたのか」

「はあ……」

「なんだ、はあとは」

「ほかにも幾つかお話はいただきましたが、どれもまだ、定かなご注文ではございませんでした」

歯切れのわるい伊助の返事を聞きながら、徳三郎は得心のいかない顔つきになった。が、よもやこんな雪の日に、伊助が偽りを申し出て外出をしていたとは思ってもいなかった。

しかも野島屋は、奉公人まで差し向けてきたのだ。

「小皿五十枚といえども、確かな商いだ。雪の中、ご苦労さん」

ねぎらいの言葉を伝えて、番頭は伊助を下がらせた。

「おまえのほうはどうだ……たしか西川屋様と、うさぎ屋様におうかがいすると言っていたはずだが」

「その通りでございます」

正助は二軒の店で、それぞれ今秋の新柄についての引き合いがあったと話した。

「西川屋様では、差し渡し一尺五寸の大皿十枚がご入り用になるかもしれないとのことでございました」

「それは大したお誂えじゃないか」

徳三郎が顔つきをほころばせた。

差し渡しが一尺五寸の大皿ともなれば、品によっては一枚が二十両を超えることもある。安くても一枚五両をくだることはなかった。

「それで、柄についてのご注文はお聞きしたのか」

「桜か牡丹(ぼたん)がお好みだと、西川屋様はおっしゃっておいででございました」

「分かった。間もなく伊万里に発たれる旦那様に、柄のことはお伝えしておこう」

念入りにねぎらいの言葉をかけてから、正助も下がらせた。

ふたりの手代から聞き取った話を、徳三郎は帳面にまとめた。頭取番頭の四之助に伝えるためである。

正助の話には大いに得心したが、伊助から聞き取ったことには、いまひとつ合点がいかなかった。

伊万里屋が扱う赤絵の小皿は、高い品でも一枚銀二匁（約百六十七文）ぐらいの値だ。長屋暮らしの者が使う一枚六文の安物に比べれば、もちろん高価である。

しかし、あけすけなことを言えば、たかだか五十枚、銀百匁の注文でしかない。小判に直せば、二両にも届かない額だ。

そんな小さな注文のために、野島屋はわざわざ店の奉公人を、伊助の迎えに差し向けてきた。

深川の大店は、ずいぶん大仰なことをなさるもんだ……合点のいかない思いを抱えたまま、徳三郎は四之助の前に出た。

話を聞いている途中で、四之助の顔色が変わった。

「伊助を迎えにきた者は、まことに野島屋様の奉公人だったのか」

思いもよらないことを訊かれて、徳三郎はわけが分からず戸惑いの色を浮かべた。

「おまえにだけは話しておこう」

あるじから聞かされた誠吉の怪我にかかわる仔細を、四之助は徳三郎に話した。徳三郎の人柄については、絶対に間違いがないと確信できていたからだ。

「悪事を企んでいる者の手が、うちの奉公人にまで伸びているかもしれない」

迎えにきたのが、まことに野島屋の奉公人だったのか、それを訊かれたわけに得心がいった徳三郎は、ふっと顔つきを曇らせた。

「そういえば、迎えの男は鹿皮の合羽を着ておりました」

「鹿皮の合羽だと？」

皮の合羽は、渡世人のお仕着せも同然だと四之助は言い切った。

「頭取は、伊助が外の者と気脈を通じているとお考えでございましょうか」

「それは分からないが……尋常なことではないだろう」

四之助はとりあえず伊助のことはわきに置き、正助の次第を聞き取った。こんな雪の日に外出したことに、言いようのない引っかかりを覚えたからだ。

徳三郎は西川屋から大皿の引き合いがあったことを伝えた。黙って聞いていた四之助は、絵柄を聞くなり表情を大きく動かした。

「桜と牡丹だと……正助は間違いなくそう言ったのか」

「間違いございません」

徳三郎は、手許の帳面に目を落として確かめた。

「西川屋様のご当主は、なによりも牡丹がお嫌いだ。おまえだって、そんなことは知っているだろうが」

「あっ……」

徳三郎の口が半開きになった。

西川屋の内儀は、二年前の四月に急逝した。庭に咲いた牡丹を見ているうちに、心ノ臓に発作を生じ、その日のうちに逝去された。

牡丹が格別にわるさをしたわけではなかった。が、内儀の死を深く哀しんだ当主は、庭の牡丹をすべて取り除いた。

「雪のなかをすまないが、いまから野島屋様と西川屋様をおたずねしてくれ」

四之助の指図を受けた徳三郎は、雪道の支度を調えて店を出た。

白く凍えた町に、鉛色の空がおおいかぶさっている。足元を確かめつつ歩く徳三郎の後ろに、一匹の野良犬がついていた。

徳三郎がつけた下駄の歯の跡に、犬が小さな足跡を重ねた。

二十七

伊万里屋の二番番頭徳三郎は、日本橋北詰を堀に沿って東に折れた。まっすぐに歩き、正面に江戸橋が見えれば、そこが小網町の始まりである。

徳三郎は頭取番頭の四之助から、深川の野島屋と、小網町二丁目の西川屋を訪問するようにと指図をされていた。伊万里屋からの道順を考えれば、先に小網町に向かい、そのあとで深川に回るのが好都合だった。

しかし刻はすでに七ツ半（午後五時）の見当だ。空はいまにも暮れそうだし、相変わらず雪模様が続いていた。

先に遠くの深川から用を済ませるのが、刻と空模様を考えれば理にかなっている……徳三郎はそう思い定めた。

「もうじき、深川黒船橋への仕舞い船が出るよう」

小網町一丁目に差しかかったとき、船着場から船頭が声を張り上げた。徳三郎は、船着場へと足を急がせた。

履いているのは、雪道用の足駄である。歯が高く、うっかり駆けると転んでしまう。徳三郎は足元を気遣いながら船頭に近寄った。

舫われていたのは、屋根もなにもない粗末な猪牙舟だった。

「黒船橋に行くのは、この猪牙舟かね」

徳三郎はいぶかしげな顔つきで問いかけた。いつもなら、小網町と深川とを行き来するのは、屋根のついた大型船だったからだ。

「こんな天気だからよう。大きな船を出しても、乗るやつはいねえやね」

船頭は、仏頂面で応えた。

猪牙舟に乗っているのは、道具箱を膝元に置いた半纏姿の職人ひとりだけだ。船賃は小網町から黒船橋まで、ひとり十六文。かけそば一杯分と同じである。

このまま船を出したら、客は徳三郎と職人のふたりだけだ。船頭の実入りは、わずか三十二文。ふてくされたくなるのも、無理はなかった。

「そのさきの西川屋さんに、言伝をしてきたいんだ。船を出すのを、少しだけ待ってもらえないか」

「あっしはようがすが……」

ひとりでも船客が多ければ、船頭はありがたい。が、雪のなかで船出を待っている客は、早く船を出してほしいだろう。

「まことにご面倒をおかけしますが……」

徳三郎は船出が遅れるのをゆるしてほしいと頼んだ。

「いいてえことよ」

職人は、こころよく受け入れた。

「こんな天気だ、用があるのはお互いさまじゃねえか」

慌てることはねえよと、職人は気持ちのよい物言いで応じた。あたまを下げた徳三郎は、足を急がせて西川屋に向かった。

西川屋は、江戸でも指折りの雑穀問屋だ。雪模様の夕暮れどきでも、店先では何組もの客が西川屋の手代と商談を進めていた。

「いらっしゃいませ」

徳三郎は雪の外出に備えて、厚手の合羽を羽織っていた。合羽には屋号が描かれてはいない。西川屋の小僧は、徳三郎の顔を知らなかった。

「あたしは、日本橋伊万里屋の徳三郎と申しますが……」

徳三郎が名乗り始めたとき、三番番頭の五郎が通りかかった。

「伊万里屋さんじゃあないですか」

大店の番頭同士である。親しく口をきいたことはなくても、互いに相手の顔は見知っていた。

「どうされました、こんな雪の日に」

店の土間におりた五郎は、つっかけを履いて徳三郎に近寄った。

「昼間は手代の正助さんが顔を見せたし、いまは二番番頭さんが、わざわざ出向いてこられるとは……」

「正助は本日、おたくさまに顔を出しましたので?」

「あたしが会いましたが、それがなにか」

「さようでございましたか」

思いがけず、正助がまことに訪問していたことが判明した。が、なにか引っかかりを覚えた徳三郎は、五郎に一歩を詰めて声をひそめた。

「ただいまから、深川まで出向きます」

「この雪のなかを?」

難儀なことだと、五郎は相手をねぎらった。

「帰り道はもう乗合船がありませんので、五ツ(午後八時)を過ぎるかと思われますが、それから少しだけ、お付き合いいただけませんか」

徳三郎は、盃をあおる手まねを見せた。

「寒いときには、なによりです」

五郎はふたつ返事で応じた。

「それでは、のちほど」

徳三郎は息をきらして、船着場に戻った。

船頭はあたまから雪を浴びながら、猪牙舟の艫に腰をおろしていた。半纏姿の職人と向かい合わせになり、互いに煙草を吸っている。船頭が身にまとった蓑には、うっすらと雪がかぶさっていた。

堀に浮かんだ、一杯の猪牙舟。降り続く雪をものともせず、煙草を吸っているふたりの男。一服を吸うと、キセルの火皿が赤くなった。

厳冬の夕暮れどきの、墨絵のような眺めに、徳三郎は声をかけるのを忘れて見とれた。

野島屋は、深川から本所にかけての料亭や旅籠、出合い茶屋、遊郭、さらには神社や寺など、あらゆる先に米を納める米問屋の老舗である。自前の搗米（精米）所を五ヵ所も持っており、米の商いだけで一年に二万両を超えるといわれる大店だ。

他方では、武家を相手に金貸しを営んでいた。野島屋が求めたわけではない。取引のある武家から、ぜひにとせがまれて渋々ながらに始めた金貸し業である。

ところがいやいや始めた武家への貸付が、野島屋に大きな儲けをもたらした。

蔵前の札差同様、貸付元金に対して一年で一割八分の高利である。三十七家の御家人・旗本に貸付けたカネが、約一万二千両。貸金の利息だけで、一年に二千百六十両にも及ぶ大商いとなった。

奉公人は自前の車力まで加えれば二百人を超える、深川でも抜きん出た所帯の大きさを誇る商家である。店の間口は飛びぬけて大きいわけではないが、敷地内には十二番の米蔵があり、船着場まで構えていた。

野島屋は、得意先の接待や親類を招いての宴席では、伊万里焼の器を多く使った。高価な大皿、絵皿、鉢を百枚の桁で揃えている。柄の揃った伊万里焼を見せるのが、野島屋の見栄だった。

金貸しと米の売買の両方で、野島屋は大きな儲けを手にしている。儲けの一部、一年に千両の桁で、野島屋は伊万里焼を買い求めた。

そんな野島屋は、伊万里屋にとってはかけがえのない大得意先である。ゆえに大川を隔てた東側の深川ながら、伊万里屋は野島屋一軒のために三番組ひとつを割り当てていた。

徳三郎が野島屋に顔を出したのは、六ツ半（午後七時）に近いころである。五ツ（午後八時）まで店を開いている野島屋は、店先には景気づけの百目ろうそくが何本も灯されていた。

「ごめんくださいまし」

なにしろ、一年に千両を超える品物を買ってくれる大得意先である。徳三郎は、小僧に向かってもていねいな物言いをした。すぐさま、年かさの小僧が徳三郎に近寄ってきた。

「日本橋の伊万里屋と申します」

「毎度、お世話様でございます」

しつけの行き届いている小僧は、しっかりした受け応えをした。

「お手すきでしたら、喜之助さんにお取次ぎをいただきたいのですが」

喜之助は、野島屋の手代総代である。伊万里焼納めの窓口が喜之助だった。

「喜之助さんは、おとといから風邪をひいて臥せっていますが……三番番頭さんに、おつなぎしましょうか」

「喜之助さんが、お風邪を？」

いやな心持を抱いた徳三郎は、小僧に向かってなぞった。

「ちょっと待っててください」

徳三郎が止める間もなく、小僧は座敷に駆け上がった。ほどなくして戻ってきたときには、三番番頭の作之助が一緒だった。

「こんな雪のなかを、それもこんな日が暮れてから……」

いったいなにごとですかと、作之助がいぶかしげな顔で問いかけた。伊万里屋の勘定支払いは、作之助の決済である。ゆえに小僧は、作之助につないだのだ。

「先だっては、わざわざ足をお運びいただき、まことにありがとうございました」

徳三郎が言ったことを聞いて、作之助はさらに怪訝そうな顔つきになった。

「わざわざとは……茅場町のことですか」

「さようでございます」

「伊万里屋さんはそんなことを言うために、それこそ、わざわざこんな雪のなかを？」

作之助があきれ気味の顔を見せた。

伊万里屋は毎年十二月の二十日過ぎに、作之助と手代総代の喜之助を、茅場町の岡本に招いた。岡本は江戸でも名の通ったうなぎ屋の老舗である。

日ごろのひいきの礼として、この日はふたりを手厚くもてなした。もとより、野島屋頭取番頭のゆるしを得ての接待である。

喜之助が風邪で臥せっていると聞くなり、伊助は嘘をついていると断じた。おとといから寝ている手代総代が、わざわざ伊助を呼び出すわけがないからだ。

その刹那、徳三郎は今朝方店で見た、鹿皮の合羽を着た男を思い出した。野島屋からの使いだと称した男は、髷もきちんと手代風に結っていた。が、時折見せる油断のない目つきと、鹿皮の合羽を、徳三郎はざらりとした違和感を抱いて見た。

小僧が三番番頭を呼びに駆け上がったとき、徳三郎は伊助の嘘を確信した。

どうやって、この場を取り繕えばいいか。

考えていたさなかに、作之助が顔を出した。妙案が思いつかず、つい去年の暮れの礼を口にしてしまった。

「ほどなく、てまえどものあるじと手代二名が、伊万里に旅立ちます」

とっさに口をついて出た言葉だが、作之助は顔つきをあらためた。徳三郎は、ここを先途と話を進めた。

「戻ります折には、幾つも新柄を持ち帰ります。後日、あらためましてご注文を頂戴しに参上いたしたく、それをお伝えいたしたくてうかがいました」

「そうでしたか」

徳三郎の来訪のわけに、作之助も多少は得心がいったのだろう。

「しかしそんなことなら、なにもこんな雪の夜分に来ることもないでしょう」

「滅相もございませんことで」

言いわけを思いついたあとの徳三郎は、真顔になっていた。

「どちら様よりも早く、野島屋様にはそのことをお伝えするようにと、てまえどもの頭取がうるさく申しておりますもので」

「それで伊助さんではなしに、徳三郎さんがわざわざお見えになったということですか」

「さようでございます」

作之助は、履物をつっかけて土間におりた。

「伊万里屋さんのお気持ちは、しっかりと受け取らせていただきました」

凍えた雪道を帰るのに、このままではつらいだろうと言って、作之助は仲町の縄のれんをさそった。

「まことに、ありがたいことではございますが、あいにく……」

西川屋に早く行かなければと気が急く徳三郎は、深い辞儀をして誘いを断った。

「無理にとは言いませんがね」

気をわるくした様子の作之助に、さらに深い辞儀をしてから、徳三郎は雪道を小網町へと向かった。

二十八

徳三郎が小網町に戻ってきたのは、五ツ半（午後九時）が近いころだった。

西川屋は二十間（約三十六メートル）間口の大店である。板戸を閉じたあとの潜り戸は、間口の両端に構えられている。徳三郎は堀に近い南端の潜り戸を叩いた。

ドン、ドン、ドンと、三連打した。が、内側から一向に返事はなかった。雪が降り続いている五ツ半は、町がとうの昔に寝静まっていた。

小網町二丁目には西川屋のほかにも、鰹節問屋、乾物問屋、米問屋など、各種の問屋が軒を連ねている。いずれも二十間以上の間口を誇る、大店ばかりだ。

しかしどの商家も、堅く板戸を閉ざしていた。ひと筋の明かりも、通りに漏れてはいない。雪の積もった地べたが、闇のなかにぼんやりと浮かんでいた。

叩いても返事のない店先で、徳三郎はこの上も潜り戸を叩いたものかと思案した。五ツ半を過ぎてから、商家の戸を叩くのは尋常なことではない。とりわけ今夜のような雪降りの闇夜は、どこの店も眠りについているはずだった。

しかし徳三郎は、深川の野島屋に出向く前に、西川屋の三番番頭と五ツ過ぎに再度会うことを約束していた。西川屋は、伊万里屋にとっては大事な得意先である。

もしも五郎が、店の内で待っていたら。

それを思うと、徳三郎は相手が出てくるまで、続けて戸を叩くべきではないかとも考えた。誘ったのは五郎ではなく、徳三郎だったからだ。

たとえ断られるとしても、約束通り顔を出したことは知らせなければ……。

そう判じた徳三郎は、控えめな調子で潜り戸を叩いた。

「本日は、暮れ六ツには店仕舞いとなっております」

四度目の三連打で、ようやく内側から声がした。小僧ではなく手代の声だが、物言いは相当に尖っていた。

「ご用は明朝に願います」

手代はどちら様かとも問いかけず、一方的に明朝にしろと言い放った。

「日本橋伊万里屋の徳三郎と申します」

穏やかな口調で、徳三郎は名乗った。

「三番番頭さんに、おつなぎいただけませんでしょうか」

徳三郎はへりくだった物言いで、五郎に来訪を伝えてほしいと頼んだ。

「あいにくですが、三番番頭は体調を崩して臥せっております。ご用がございましたら、明朝、いま一度お出かけくださいい」

西川屋の手代には、潜り戸を開く気はなさそうだ。

「それでは伊万里屋の徳三郎が、お約束通りおうかがいしましたと、明朝にでも五郎さんにお伝えください」

「うけたまわりました」

愛想のない声で応じた手代は、さっさと土間を離れたようだ。ひとの気配がなくなった潜り戸の前で、徳三郎は合羽の胸元をしっかりと閉じ合わせた。

結局、西川屋の五郎とは話ができず仕舞いとなった。

夜道を歩く徳三郎にとっては幸いなことに、風はなかった。雪は降り続いているが吹き降りにはならず、まっすぐ地べたに落ちている。

徳三郎は、足駄で一歩ずつ気遣いながら雪道を歩いた。

深川の野島屋に、伊助は顔を出してはいなかった。

正助が西川屋に出向いたのはまことらしいが、果たしてどんな話なのか……。

徳三郎は重たい足取りで、一歩を踏み出した。凍り始めた雪が足駄に踏まれて、ガリッと音を立てた。

目の前に、本船町の大木戸が見えてきた。ここまで戻り着けば、あとはたとえ四ツ（午後十時）を過ぎても木戸番とは顔なじみである。盆暮れと両彼岸に、番太郎（木戸番）には、たっぷりと心づけをはずんでいる。

木戸が閉じたあとでも、潜り戸を通してもらうのに、わけはなかった。

やれやれだ……。

張り詰めていた気が、ふっと抜けた。その拍子に、凍りついた雪に足駄の歯をつるっとすくわれた。

尻餅をつき、提灯が吹っ飛んだ。

あいたあ……。

いい歳をした番頭が、こどものような声を漏らした。それを聞きつけたのか、番太郎の飼っている犬が、二度吠えた。

伊万里屋に徳三郎が帰り着いたのは、四ツを大きく過ぎていた。とはいえ、番頭が外出しているのは店のだれもが分かっている。

西川屋とは異なり、潜り戸の内側では小僧が寝ずの番をしていた。トン、トンと軽く二度叩くなり、すぐさま内側から潜り戸が開かれた。

「お帰りなさいまし」

小僧は潜り戸そばの土間に、真っ赤に火が熾きた火鉢を用意していた。番をする小僧の寒さよけでもあり、帰宅したときの徳三郎を暖めるためでもある。

徳三郎が土間に入るなり、小僧は火鉢から鉄瓶をおろして茶をいれた。熱々の焙じ茶である。

「頭取番頭さんが、お部屋でお待ちです」

「ご苦労さん。あとはしっかりと戸締りと、火の始末をしなさい」

小僧をねぎらった徳三郎は、たもとから四枚の銭を取り出した。

「ありがとうございます」

小僧が小躍りして喜んだ。徳三郎が小僧たちに人気があるのは、こうした細かな心遣いができるからなのだ。

焙じ茶を飲み干した徳三郎は、まっすぐに頭取番頭の居室に向かった。


「おまえの見立て通りだろう」

徳三郎から話を聞き終えた四之助は、小さな声でつぶやいた。

「だとすれば、いかがいたしましょう」

「とりあえずは、西川屋様に確かめるしか、手立てはない」

「うけたまわりました」

徳三郎は、両手を膝に載せて四之助の言ったことを受け止めた。

正助が商談で西川屋をたずねたというのも嘘だと、今や徳三郎は断じていた。

今日の夕方、西川屋の三番番頭と折よく出会ったとき、五郎は最初、徳三郎の来訪をいぶかしんだ。が、すぐさま、ひとりで早呑み込みをしたようだった。

大店の番頭は、時折なんの前触れもなしに得意先を回ることがあった。

「与助（よすけ）は、きちんと御役に立っておりますでしょうか」

「てまえどもの正太郎（しょうたろう）は、粗相なくおうかがいいたしておりますので？」

番頭は得意先の手代や番頭に、奉公人の仕事ぶりをたずねた。この聞き込みをもとに、給金の加減をしたり、組頭、総代、あるいは番頭への取立てを図ったりもした。

このことは大店であれば、どこもお互い様だとわきまえていた。たずねてきた番頭に問われれば、世辞はいわず、さりとてゆえなしにわるく言うこともせず、正味を聞かせた。

西川屋の五郎を、徳三郎は縄のれんに誘い出そうとした。ふたつ返事で受けた五郎は、徳三郎の用向きを、正助の吟味だと取り違えたのだ。店先では話せないことを、徳三郎が聞きたがっていると思ったのは明らかだった。

あのとき、日に二度も手代と番頭が顔を出したと言って、驚きはした。しかし五郎は、ひとことも商いについては触れなかった。

手代の吟味のことで、番頭がおとずれたと勘違いをしている五郎だ。もしも正助が商談で顔を出していたならば、すぐにそれに触れただろう。

相手がなにも口にしなかったのは、顔を出したのはまことであっても、正助がなにも商談をしなかったからだ。

「明日の早いうちに、てまえはもう一度西川屋様をおたずねいたします」

「そうしてくれ」

徳三郎の申し出を受け止めたあと、四之助は湯気を立ち昇らせている鉄瓶を、火鉢からおろした。急須に新しい茶の葉をいれて、熱々の湯を注いだ。

頭取番頭に茶を注がれた徳三郎は、両手で湯呑みを持った。

「手代がふたりもかかわっているとすれば、ことは相当に深刻だ」

もしも正助の話も嘘だったと分かったあとは、住吉町の目明かし、平吉(へいきち)の宿に回るようにと、四之助は徳三郎に指図をした。

「親分に助けをお願いすることは、すでに旦那様にはお許しをいただいている」

「うけたまわりました」

目明かしの助けを借りる……。

頭取番頭に返事をする徳三郎は、顔をこわばらせていた。


目明かし平吉の宿は、細道の突き当たりの平屋である。幅が一間（約一・八メートル）の道は、路地というには広い。

しかし職人が暮らす平屋が、軒を連ねた細道だ。未明の宿の前には雪をかぶった竹だの材木だのが立てかけられていた。なかには、大八車を玄関わきに出しっぱなしの宿もある。

道の両側の宿が、てんでに物を軒下に並べている。そのせいで、道幅は半間（約九十センチ）そこそこしかなかった。

昨夜遅くに尻餅をついた腰のあたりに、まだ痛みが残っているのだろう。徳三郎は凍った雪を足駄でこわごわ踏みながら、平吉の宿をおとずれた。

「親分がお待ちでさ。どうぞ上がってくんなせえ」

手下の仙太郎に招き上げられた徳三郎は、平吉の居間に入った。八畳間で、東側が小さな庭に面している。障子戸は開かれており、久しぶりに顔を出した陽が、庭に積もった雪を照り返らせていた。

「話のあらましは、四之助さんからもらった手紙で読ませてもらいやした」

西川屋に徳三郎が出向いている間に、四之助は小僧に手紙を持たせていた。徳三郎が五郎に確かめるのを待つまでもなく、四之助は正助の話も嘘だと断じていた。すでに誠吉が、大怪我をさせられている。当主とふたりの手代が、伊万里に旅立つ日も迫っていた。

得体の知れない相手が、もしも伊万里行きを邪魔立てしようとしているのであれば、もはやあれこれ考えているひまはない。

一刻も早く平吉の助けがほしくて、四之助はあらましを手紙で伝えていた。

「それで……西川屋の番頭さんの返事は、どうだったんで?」

徳三郎は顔つきを曇らせて、首を振った。

「やっぱり、そうでやしたか」

平吉は手下を部屋に呼び寄せた。仙太郎と徳蔵(とくぞう)のふたりが、徳三郎に並んで座った。

「今日からこいつらふたりを、伊万里屋さんに差し向けやす」

仙太郎も徳蔵も、ともに五尺七寸(約百七十三センチ)の大柄な男である。しかも真冬のいまでも顔は日焼けしたように黒い。とても大店の奉公人には見えなかった。

徳三郎が胸の内で思っていることを、平吉はすばやく察した。

「ふたりとも、わざとお店者にはめえねえようにさせてるんでさ」

仙太郎と徳蔵は、今日から伊万里屋で寝泊りをする。怪我をした誠吉の組の手助けのため、芳町(よしちょう)の千束屋(ちづかや)(奉公人の周旋屋(しゅうせんや))に急ぎ口入れをしてもらった。これが、表向きの口実である。

しかし伊万里屋に住み込みを始めるなり、仙太郎は伊助を、徳蔵は正助を見張る。それも、相手にはっきりと気づかれるように、あからさまにである。

おのれが見張られていると分かれば、伊助と正助はうろたえるに違いない。やがては、鹿皮の合羽を着ていた男に、なんらかのつなぎをつけようとするだろう。

伊助と正助がそうするように、目明かしの手下ふたりが追い詰める。

併せて他の裏切り者まであぶりだす。

これが、平吉の描いた絵図だった。

「誠吉さんに怪我をさせた手際を見ても、相手は玄人でさ。ここから先は、うちらに任せてくだせえ」

このうえ素人が動くと、ことが余計にこじれて面倒になる……平吉は遠慮のない物言いをした。

「徳三郎さんが深川と小網町に出向いているのも、ことによると一味はすでに見ていたのかもしれやせん」

徳三郎は慌てて後ろを振り返った。

「ここにいる分には平気でさ」

平吉が笑いかけた。

「知らねえ顔がへえってくれれば、路地の両側の宿がしっかり見てやすんでね」

平吉が請け合ったとき、女房が茶を運んできた。さほどに喉が渇いているわけではないのに、徳三郎には茶の美味さがじわりと染みた。

「よろしく頼みます」

仙太郎と徳蔵にあたまを下げられた徳三郎は、あわてて湯呑みを畳においた。平吉の飼い猫が、目を細くして徳三郎を見詰めた。

二十九

一月十四日も、凍えた朝を迎えた。しかし雪は降っておらず、前日同様に夜明けから朝日が顔をのぞかせた。

昨日も終日晴天が続き、新たな雪はまったく積もってはいない。しかし雪を解かすほどのぬくもりは、頼りない冬の日差しにはなかった。

伊万里屋前の雪の様子は、昨日の朝と代わり映えがしなかった。

明け六ツ（午前六時）を報せる『刻の鐘』が、本石町から流れ始めた。日本橋大通りの商家が、競い合って雨戸を開き始めた。

「今朝は戸開きと土間の掃除はおいらたちの番だからさ。銀どんと芳どんは、店の前の雪をきれいにどけろよ」

伊万里屋の小僧がしら金太郎が、朝の段取りを指図した。名指しをされた小僧ふたりが、寒さを感じて首をすくめた。

店先の雪は、カチカチに凍りついている。これを竹ぼうきと木のへらでどけるのは、店の土間の掃除に比べれば、数倍も難儀で力がいった。

土間の掃除と店先の掃除は、毎朝、小僧たちが交代で担った。十日ごとにくじ引きをして、偶数日と奇数日の交代を決めた。一月中旬の偶数日は、銀太と芳次が表掃除の当番だった。

「さっさと雪を片付けて、火鉢の炭火の支度を始めようよ」

銀太が先に表に出た。芳次もうなずき、竹ぼうきを手にした。

店の見栄として、冬場の伊万里屋は四六時中、火鉢に炭火を熾していた。

「どうぞ、存分におあたりください」

厳冬の時季は、ぬくもりがなによりのご馳走である。使う火鉢は、もちろん伊万里焼の上物だ。

「さすがに伊万里屋さんだ」

「炭火もそうだが、火鉢が値打ちだねえ」

来客は炭火に手をかざしつつ、商売物の火鉢を吟味した。冬場の火鉢に炭火をくべるのも、小僧の役目だ。表の掃除当番の組が、あたたかい炭火熾しをするのが決め事だった。

銀太が木のへら、芳次が竹ぼうきを手にして店先に出た。たちまち、耳たぶが真っ赤になった。

「寒くて、痛い」

芳次がしゃべると、口の周りが真っ白になった。

「冬が寒いのは当たり前だよ」

銀太も口の周りを白く濁らせて応じた。

「冬がぬるいと夏が寒くなるって、死んだじいちゃんが言ってた」

冬が寒ければ寒いほど、暑い夏がくる。季節がそれぞれその季節らしいことこそが、ひとが暮らしていく上には一番大事……銀太の祖父は、常からこれを孫に言い聞かせていた。

「だからさあ、芳どん」

「なんだよ」

銀太の言い分に得心のいかない芳次は、不満げな顔で応じた。口を開いた拍子に、竹ぼうきを取り落とした。凍えに食らいつかれた指先は、かじかんで動きがにぶいのだろう。

「そんなふくれっ面をしてないで、冬が寒いのをありがたがらなくちゃあ」

いまの寒さを乗り切ったら、春も夏も楽しくなるから……祖父の受け売りを言って、銀太は仲間を力づけた。

「ええじゃねえか、小僧」

背後からいきなり声をかけられて、小僧ふたりは背中を震わせて振り返った。五尺七寸（約百七十三センチ）の上背がある仙太郎と徳蔵が、銀太と芳次を見下ろしていた。

「朝から威勢がいいじゃねえか」

「小僧は、そうじゃなくちゃあいけねえ」

「おめえのじいちゃんがおせえてくれたことは、まったくその通りだぜ」

交互に小僧に話しかけてから、仙太郎と徳蔵は小僧からほうきとへらとを取り上げた。

「おれは仙太郎で、こっちは相棒の徳蔵てえんだ」

「よろしくな」

へらを手にした徳蔵が、ふたりの小僧に笑いかけた。わけが分からない銀太と芳次は、返事もできずに棒立ちになっていた。

「えっ？」

「おれたちは、今日からしばらくは伊万里屋さんにやっけえになるんだ」

仙太郎が口にしたことに、小僧ふたりが目を丸くした。

「四番組のかしらの誠吉さんが、足首に大怪我を負っただろうがよ」

「はい……」

銀太がいぶかしげな声で返事をした。

「おれと徳蔵は、誠吉さんが元通りになるまでの助っ人だ」

「よろしく頼むぜ」

明るい声で小僧に伝えてから、ふたりは店先の雪掃除を始めた。土間の片付けを進めていた金太郎も、店先に出てきた。

「すごいなあ、あのほうきの持ち方……」

仙太郎のほうきのさばき方を見て、金太郎が心底から敬いの声を漏らした。

一月十四日、朝の六ツ半（午前七時）過ぎ。仙太郎と徳蔵が、伊万里屋の奉公人たちを前にして、板の間に立っていた。

顔つなぎ役は、二番番頭の徳三郎である。

「今日からしばらくの間、仙太郎と徳蔵のふたりが四番組を手伝うことになった」

徳三郎は、誠吉の組の面々に目を向けた。荷造りが役目の四番組は、いずれも力自慢が揃っている。身体つきもそれなりに大柄だ。

ひと通りの顔つなぎをしてから、徳三郎は新顔ふたりを四番組のなかに座らせた。

「よろしくお願いしやす」

「徳蔵でやす」

伊万里屋では聞きなれない砕けた物言いで、ふたりは手代たちにあいさつをした。組がしらの誠吉は、足の治療のさなかでこの席には不参である。

四番組の手代たちは、新顔を値踏みするような顔で迎え入れた。人並以上に身体つきの大きな仙太郎と徳蔵だが、四番組に交じると違和感はなかった。

「それでは、朝餉を頂戴します」

手代総代、純助の発声である。

「いただきます」

奉公人たちが、声を揃えた。二番番頭が鷹揚にうなずき、朝餉が始まった。

新しい奉公人を迎えた朝は、赤飯で祝うのが伊万里屋の仕来りである。いつもの朝飯は、茶碗に盛られた麦交じりの飯、小鉢の佃煮、下男の権助(ごんすけ)が漬けた漬け物に、味噌汁が決まりだ。

奉公人の茶碗や小鉢も、伊万里焼を使っているが、飯も菜も質素だ。しかし新しい奉公人を迎えた朝は、膳が華やかになった。

飯は、あずきともち米がたっぷりと交ざった赤飯である。大釜で炊き上げた赤飯は、三杯まではお代わりが許された。

祝い膳の朝は、魚の干物が供された。この朝は、サバの干物である。ひとりあたり、豪勢に半身が出された。

伊万里屋出入りの魚屋は、脂ののった寒サバを一夜干しに仕上げていた。炭火で炙られた干物は、皮が美味そうに焦げている。破れた焦げ目からはみだした身には、たっぷりと寒の脂がまとわりついていた。

夕餉の膳でも、滅多に口にはできない寒サバの塩焼きである。手代・小僧のみならず、座に同席した徳三郎も目を細めて箸を動かしていた。

「江戸で一番の問屋だと聞いていたが、その評判に間違いはねえ」

「これだけの奉公人を抱えているんだ。てえした身代だぜ」

仙太郎と徳蔵は、他の奉公人にわざと聞こえるような声で話を交わした。

「ところで手代さんよう」

徳蔵は、年若い手代に目を合わせた。

「深川を受け持つのは三番組だと番頭さんから聞かされたが」

「そうです。その通りです」

手代はなにに答えるときでも、物言いは真面目そのものだった。

「三番組てえのは、ここのどこに座ってるんだい」

徳蔵は、ひときわ大きな声で問いかけた。箸を動かしている奉公人の何人もが、徳蔵に振り向いたほどの大声だった。

「あちらの、柱の向こうに座っているのが三番組のひとたちです」

「組がしらの伊助さんは？」

「柱に一番近いところに座っているひとですが、そこから見えますか」

「ああ……はっきりとめえたぜ」

徳蔵が得心顔を拵えた。強い目で伊助を見詰めていたら、気配を感じたのだろう。離れた席から、伊助が徳蔵のほうに振り向いた。

隔たりはあったが、ふたりの目が絡まりあった。徳蔵は相手がしっかりと気づくように、一段と目に力を込めた。

「あれが伊助さんだとよ」

徳蔵は隣に座った仙太郎に、声高に伝えた。仙太郎は大げさにうなずき、徳蔵と同じような目で伊助を見た。

ふたりから強い目で見られて、伊助は尻が落ち着かなくなったのだろう。離れていても、伊助が膝をもぞもぞと動かすさまを仙太郎は感じ取っていた。

「三番組はようく分かったが」

若い手代に話しかけるのが、徳蔵から仙太郎に替わっていた。

「お店の周りの、日本橋を受け持つ二番組てえのは、どこの席なんで」

立て続けに三番、二番と問われて、素直だった手代も、さすがに顔つきが変わった。

「すぐに分かると思います」

手代の口が重たくなっていた。

「そんなことを言わねえで、どれが二番組だか、おせえてくんねえな」

手代はもう教えないだろうと踏んでいた仙太郎は、ここを先途と大声を出した。もとより、番頭の徳三郎とは打ち合わせ済みの振舞いである。

奉公人たちの目が仙太郎に集まったが、番頭は止め立てをしなかった。

「そんな大声を出さなくても、いいじゃありませんか」

つい先刻までとは打って変わり、場の様子がとげとげしくなっている。新参者の仙太郎が、無遠慮な物言いを続けているからだ。

気配が変わったことに、若い手代はうろたえていた。

「だったら、おせえてくんねえな」

仙太郎は気配の変化にはお構いなく、問いを続けた。

「どこが二番組で、どのひとが組がしらの正助さんなんでえ」

「あの方です」

手代は小声で正助を指し示した。

燃え立つような目で、正助が仙太郎を見詰めていた。

「仙太郎さん、納戸から炭を出すのを手伝ってください」

「縄の巻き方を教えてもらえませんか」

仙太郎と徳蔵のもとには、ふたりが働き始めた十四日の午後から、ひっきりなしに小僧たちが寄ってきた。

「仙太郎さんたちは、こども（小僧）には大層な人気じゃないか」

「二番番頭さんが、お許しになったことだしねえ」

「うちの奉公人たちとは、物言いも振舞いも違うから。こどもたちは、めずらしくて仕方がないのさ」

小僧たちには、年長者への追従などは無縁である。仙太郎と徳蔵になついているのは、損得勘定抜きの、いわば本能によるものだった。

表向きの身分は、仙太郎と徳蔵は四番組の手代心得である。しかし店の内、店の外ともに、動きの自由を許されていた。奉公人としては、破格の扱いである。

どうして、あのふたりには勝手なことが許されるんだろう。たかが、四番組の荷造りの手伝い役なのに……。

奉公人のだれもが抱いた疑問には、うわさが答えた。

うわさの元をばら撒いたのは、下男の権助である。権助は、徳三郎の指図を受けて女中のおせんを手招きした。

「おっきな声では言えねえけんどよう」

「なにか分かったの？」

　仙太郎たちの素姓が知りたくてうずうずしていたおせんは、目を輝かして寄ってきた。

「どうやら、旦那様の隠し子だがね」

「そんなばかな」

　おせんの声が裏返った。

「おっきな声を出してはなんねって、あれほど言ったべさ」

　権助は女中の無用心な振舞いを叱った。しかしおせんは詫びもそこそこに、話の続きを聞かせろとせがんだ。

「二十五年以上も昔に、旦那様が吉原の女に産ませた子だそうだ」

「隠し子って、どっちの子がそうなの」

「どっちがじゃねえ。ふたりとも、旦那様が産ませた子だそうだ」

「道理で、おんなじ身体つきをしていると思ったわよ」

「おらから聞いたことは、口が裂けても言ってはなんねえど」

「まかせておいてよ。こう見えても、あたしの口は、はまぐりよりも堅いんだから」

　おせんは胸を叩いて請け合った。ところがこのはまぐりは、尻を炙られると、やすやすと口を開いた。

「あの新入りの奉公人ふたりは、いったいなんだというんだよ」

流し場に茶を飲みにきた手代は、おせんを相手に不満を口にした。

「好き勝手に煙草は吸うし、不意にいなくなるし……それでいて、小僧たちの頼みごとには、すぐに腰を上げるしさ」

あんな勝手を許すとは、番頭さんの気が知れないと手代は文句を重ねた。

「そんなこと言ったってさあ。あのひとたちは、身分が違うもの」

おせんは、みずから話の端緒を開いた。

「身分が違うって……おせんさんは、なにか知ってるのかい」

「いいや、なんにも知らないよ」

話したくてたまらないおせんは、息をとめて言葉を抑えた。おせんの口が軽いのは、手代も承知である。巧みに水を向けると、炙りもしないのに、はまぐりの口が音を立てて開いた。

「ここだけの話だと、約束できるかい」

散々にもったいをつけてから、おせんは権助から仕入れた話をぺろりとしゃべった。ただ話すだけではなく、おせんなりの尾ひれをつけた。

「ぜったいに、ほかのひとに話したらだめだからね」

「まかせといてくれ」

流し場で仕入れた話を、手代は持ち場に帰るなり仲間に耳打ちした。うわさは早足で駆け巡る。夕餉のときには、仙太郎が兄、徳蔵が弟で、ふたりは母親違いの兄弟だという話が出来上がっていた。

「おまえも、あのうわさは聞いただろう」

「四番組の男ふたりのことなら、何度も聞かされました」

底冷えのする堀端で、正助と伊助がささやき声を交わしていた。どれほど小さな声でも、息を吐くと口の周りが白く濁る。

傍目には、寒さに凍えた手代ふたりが、ぬくもりのある息を手に吹きかけているかに見えた。

「旦那様の隠し子だという割には、上品さがかけらもない」

「それもそうですし、なぜかあたしと正助さんのことを気にして、いろいろと嗅ぎ回っているみたいです」

「おれもそれを感じていたところだ」

店のことで様子が変わったときにはすぐに報せろと、儀三郎からきつい指図を受けていた。

当主の隠し子だというふたりが、いきなり店にあらわれた。誠吉の足が快復するまで、四番組を手伝うというのが、表向きの理由である。

しかしふたりは正助と伊助に、尋常ならざる気の向け方を示していた……。

「おおごとにならないうちに、儀三郎さんに報せるしかないだろう」

「それはそうですが、だれが報せに行くんですか」

正助は伊助を睨みつけた。伊助から、大きなため息が漏れた。口の周りが、ひときわ白く濁った。

三十

毎月十五日の伊万里屋は、先の商いをどう運ぶかを話し合う寄合を持った。始まるのは五ツ（午後八時）で、場所は売り場座敷の隅と決まっていた。

寄合を差配するのは、二番番頭の徳三郎である。徳三郎のわきには、手代総代の純助が控えていた。

一月中旬の夜は、まだ底冷えが厳しい。寒さが苦手の徳三郎は、差し渡し一尺五寸（直径約四十五センチ）の火鉢を自分の膝元に置いていた。

昼間の売り場座敷は、客と奉公人がひっきりなしに行き来している。手代たちが商談を進めるのは、月に一度の寄合に使うのと同じ五十畳の売り場座敷だ。

炭火の熾きた火鉢が五本あれば、広い座敷にも充分にぬくもりが行き渡る。

「伊万里屋さんは、火鉢が見事なのはもちろんだが、なかにいけられている炭がなんともいい」

「固く引き締まったこの炭は、いったいどちらから取り寄せておられるので」

火力の強い炭に、多くの客が驚いた。

「てまえどもの伊万里屋初代は、紀伊国田辺（たなべ）と深いかかわりがございまして」

客から問われた手代は、伊万里屋二番番頭が書いたあらましを聞かせ始めた。この話をすると、ほとんどの客が身を乗り出してきた。

「元禄の初めごろですので、すでに百年以上も昔になりますが……」

手代はかならずここで、ひと息はさんだ。相手に、今日までに過ぎ去った時の長さを、わきまえさせるためである。

「紀州田辺の備中屋長左衛門という炭屋さんが、有田の皿山に来られました。長左衛門さんは、桁違いに高い熱で焼いている登り窯に、いたく感心をされました」

「それはまた、どういうわけで?」

「高い熱で焼く伊万里焼は、薄くて固いからです。長左衛門さんはこの窯を用いれば、固くて丈夫な炭が焼けると考えたのでしょう。皿山の窯焼は、商い違いの炭屋さんに出し惜しみせずに窯の仕組みを教えました」

国に帰った長左衛門は、熊野特産の姥目樫を材料として、それまでにはなかった固くて火力の強い炭を拵えた。

いつしかひとは、備中屋長左衛門を詰めて『備長』と呼ぶようになった。

手代の話には、幾つも作り事が混じっていた。備長炭を江戸に広めたい備中屋の手代が、あれこれと思いついた筋立てである。

作り話ではあっても、備長炭の火力が強くて火持ちがよいことには間違いがない。そして炭は、伊万里焼の火鉢にいけると、まことによく似合ったのだ。

「これはいい。うちにも火鉢を二本と、その備長という炭を二俵、すぐにも納めてもらいたい」

大いに感心した客は伊万里焼の火鉢の新調とともに、炭の手配りも伊万里屋に頼んだ。備長を扱うようになってから、冬場の火鉢は三割も売り上げを伸ばしていた。

この商いの手法を思いついたのが、二番番頭の徳三郎である。徳三郎は手代の寄合の場で、備長炭と火鉢を組み合わせて売る商いを思いついた。

伊万里屋は毎月十五日の寄合に、重きを置いている。五ツから一刻の寄合には三張りの行灯と、百目ろうそくが灯された二台の燭台が座敷に用意された。

奉公人の寄合に百目ろうそくを灯すなどは、他の商家ではないことだ。いかに伊万里屋がこの寄合を大事にしているか、そのあかしといえた。

「それでは、寄合を始めます」

手代総代の純助が、始まりを告げた。手代がしらたちの膝元には、伊万里焼の湯呑みに注がれた焙じ茶と、日本橋塩瀬(しおせ)のまんじゅうが供されている。

番頭の徳三郎が、純助の告げを聞いて湯呑みを手にした。他の手代がしらたちも続いた。

「それではいつも通り、一番組の籐吉から仔細を話してもらいます」

名指しをされた籐吉は、手にした心覚えの帳面を開いた。一番組は、武家を得意先とする組である。

「二月の切米ご支給に合わせまして、須藤様、野田様など、六十一家のみなさまが皿、湯呑み、茶碗などのお誂えを下さります」

武家相手の商いは、この二月切米にいかに物を納めるかが勝負である。籐吉たち一番組は、正月明けから武家の屋敷をせっせとおとずれた。

その結果、御家人一家あたりに均して十四両、都合八百五十四両の商いが見込めるところまで、商いを伸ばしていた。

「それはまた、大きなお誂えをいただけたじゃないか」

徳三郎は目を細めて籐吉を見た。籐吉はわずかに胸を反らしたあと、すぐに神妙な顔つきに戻った。

「どちらさまも、このたび旦那様たちが伊万里に向かわれることをご存知でして」

「それはそうだろう」

徳三郎は、籐吉に応えながら茶をすすった。

「ことあるごとに、わたしもお得意様にはそうお伝えしている。どちらさまもそのことをご存知で当たり前だろう」

それがどうかしたかと、徳三郎が問うた。

「このたびのお誂えの品には、伊万里で仕入れられる新柄をみなさまが望んでおられますので」

籐吉はそれ以上は口にしなかった。しかし口は閉じていても、徳三郎を見詰める目は雄弁である。

八百両を超える大商いをしっかりとまとめるためには、自分が伊万里に行って新柄の目利きをしたい……。

二番番頭を見る目は、それを声高に語っていた。

「旦那様には、おまえの言い分を確かにお伝えしておく」

籐吉からの申し出を、徳三郎はこう結んだ。籐吉があたまを下げると、総代の純助は二番組、正助の名を呼んだ。

「てまえの組では西川屋様を始めとする、小網町のお得意先をこまめに回っております」

正助は七十三軒の得意先の誂えが、しめて三百二十両になると伝えた。

「しっかりとお得意先をお世話しなさい」

徳三郎はさしたる問いも発せず、正助とのやり取りを終わりにした。

「次は三番組、伊助が話をしてください」

「かしこまりました」

二十九歳の伊助は、手代がしらのなかでは最年少である。居住まいを正し、年長の手代がしらと総代の純助を見たあとで、伊助は徳三郎に目を合わせた。

「再来年の春の開業を目指して、深川十万坪の近くに、三軒の料亭が新築されるとの話をうかがいました」

ええっ……という声が、座敷に満ちた。

伊万里屋にとっては、料亭の新規開業はまたとない商いの好機である。手代がしらに限らず、奉公人のだれもが料亭や旅籠の普請のうわさには聞き耳を立てていた。

深川十万坪というのは、大川の東側である。日本橋の商家は、大川を渡った先のうわさにはおおむね疎かった。とはいえ、料亭が三軒も新規開業というのは、ただごとではない。そんな大きな話なのに、うわさを耳にした手代がしらは皆無だった。それゆえに、座敷には驚きの声が満ちた。

正助までも目を見開いて、伊助の顔を見詰めていた。

「伊助はその大きな話を、どちら様から仕入れたのだ」

「野島屋の手代さんです」

徳三郎の問いに、伊助は即答した。

深川の米は、野島屋がほぼ一手に扱っている。旅籠や料亭が新規開業するときには、どこよりも先に野島屋に相談するのが常だ。

ゆえに野島屋の手代には、さまざまな話が聞こえてきた。

「てまえは明日の昼過ぎにその手代さんにお会いいただき、詳しいことをうかがって参ります」

話の順番が後先になったが、明日の深川行きのお許しをいただきたい……伊助はこう話を結んだ。

「なによりの話じゃないか。ぜひにもお会いいただき、話の仔細をうかがってきなさい」

徳三郎はふたつ返事で受け入れた。

しきりに感心しているが、目元はいささかも緩んではいなかった。

伊助が話し終えたとき、正助は目の奥に、得心したような色を浮かべていた。しかし、伊助を見ようとはしなかった。

徳三郎は素知らぬ顔で、正助と伊助の様子を目の端に入れていた。

三十一

伊助が永代橋を東に渡り始めたのは、一月十六日の九ツ（正午）前だった。

晴天で、陽は高い空から降っていた。しかし江戸の町の方々に、雪はまだたっぷりと残っている。

雪の原を渡ったあと、大川の川面を流れてくる風は、触れた指先をちぎってしまいそうに凍えていた。薄手の襟巻きを巻いてはいるが、伊助の身体は冷え切っていた。

ところが橋を渡る伊助は、ふっと目元を緩めたりしている。ふところが温かいがゆえである。

受取りもいらないとは、信じられないほどに豪気な話じゃないか。

伊助がまたもや、にんまりとした。しかし凍えた唇の端は、こわばっていた。

ほんとうはもっと早く、伊万里屋を出たかった。ところが店を出ようとしたとき、二番番頭の徳三郎に呼び止められた。

「おまえに少々、話がある」

番頭の目を見て、伊助は動悸が速くなった。いつになく、徳三郎の顔つきが険しかったからだ。

ことによると、儀三郎との一件が露見したのか……。

胸の内に不安が大きく膨らんだ。

誠吉が大怪我をしてから、身体つきの大きな仙太郎と徳蔵のふたりが店に入り込んできた。旦那様の隠し子だとうわさを交わしているが、伊助は本気にしていなかった。

伊助はなんの確証もなしに、ふたりの男は自分と正助の見張りだと思った。

ところが徳三郎は、伊助が思ってもみなかった話を始めた。

「このたびのお話の仔細をしっかりとうかがえるように、野島屋さんの手代さんには……この小遣いをお渡ししなさい」

徳三郎は、なんと小判一枚を半紙に包んでいた。のみならず、手代と呑み食いする費えとして、一分金（四分の一両）一枚を伊助に手渡した。

「この先も、入り用とあればわたしに言いなさい。カネはいるだけ用意をする」

野島屋の手代に渡すカネも、ふたりの呑み食いに遣うカネも、どちらも受取りは無用だというのだ。

手代ふぜいが縄のれんで酒をやるなら、ひとり二百文も使えば充分だ。ふたりでも四百文である。

ところが徳三郎が用意したカネは、一分（千二百五十文）という大金だった。

「受取りも釣りも無用だ。伊万里屋の名に恥じないように、存分に遣ってきなさい」

唖然とした伊助は、言葉を失って番頭を見た。番頭の目の端には、まだ険しさが残っていた。

寒風に吹かれながら、伊助はふっと笑みを浮かべた。ふところには一両小判が一枚と、一分金が一枚納まっているからだ。

このどちらも、すべてを伊助は好きなように遣えるのだ。それを思うと、寒風に吹きさらされても顔つきがほころんだ。

十万坪に料亭ができるという話は、根も葉もない嘘だ。儀三郎に会うための、外出の口実として口にしたまでだった。

嘘であるがゆえに、再来年の春に普請されると、二年も先の話にしておいた。

今年の暮れごろに、あの話はむずかしそうだと徳三郎に申し出よう……伊助はそう思案をめぐらせていた。

散々に小言を食らうだろうが、暇を出されることはない。いまは先のことをくよくよ考えずに、儀三郎の指図を受ければいい。

一両一分という思いがけない大金を手にして、伊助はすっかり気持ちが浮かれていた。儀三郎との談判も、いまは億劫ではなくなっていた。

早くお多福に出向いて、温かいものでも拵えてもらおう。

ふところのカネが、伊助の足取りを力強いものに変えていた。

気持ちがふわふわと浮ついている伊助は、背後への気配りが留守になっている。仙太郎があとをつけているなどとは思いもせずに、軽い足取りで永代橋を渡っていた。

昼間のお多福はのれんを引っ込めて、店の戸をしっかりと閉じている。おきょうが仮眠をとるためである。

明け六ツ（午前六時）の鐘が鳴り終わると、おきょうは毎朝、日本橋の魚河岸まで出向いた。そして、自分の目で吟味した魚介と野菜を仕入れた。

安い値で美味い魚を食べさせるのが、おきょうの自慢である。そのための仕入れに手抜きはしなかった。

重たい品物は、心づけを払って河岸の小僧に届けてもらう。しかしたとえ雪の日でも、暴風の吹き荒れる朝でも、店を開くと決めれば魚河岸に出向き、自分の目で吟味した。

仕入れた品が河岸から届くのが、四ツ（午前十時）から四ツ半（午前十一時）の見当である。品物を受け取ったおきょうは、手早く下拵えをした。そして、一段落したあとで一刻（二時間）ほどの仮眠をとるのが毎日の決まりだった。

ゆえに正午過ぎのお多福は、いつも店の戸を閉じていた。それを分かっている伊助は、店のわきの勝手口から呼びかけた。

「あら……」

仮眠の途中だったのか、顔を出したときのおきょうは、髪がほつれていた。眠りを邪魔されたにもかかわらず、伊助を見たときにおきょうは笑みを浮かべた。

「どうしたの、いきなり」

「折り入って儀三郎さんに話があるのですが、ここにはいらっしゃいませんので」

「夕方には来るでしょうけど」

「夕方ですか……」

伊助の声と顔つきが曇った。

「伊助さん、お昼はまだでしょう」

「はい」

「なかにお入んなさい。なにか、見繕いますから」

伊助を迎え入れたおきょうが手早く調えた昼飯は、あさりの味噌汁と、ひと焙りしたいわしの味醂(みりん)干し、それに刻みネギを散らした厚焼き玉子だった。

「今日、伊助さんが来てくれるともっと早く分かっていたら、鍋の支度でもして待っていたのに……」

おきょうの物言いには、情がこもっていた。

「あたしも一緒にいただいていいわよね」

「もちろんですが……てまえのほうこそ、おきょうさんと一緒にいただいたりして、ご迷惑ではありませんか」

「そんな、他人行儀なことは言わないで」

おきょうがよそった飯は炊き立てで、強い湯気が立ち昇っていた。

「儀三郎さんは、どうせ七ツ（午後四時）を過ぎないと来ないんですから。伊助さんは、ゆっくりしていけるんでしょう」

「ええ……今日は大丈夫です」

「だったらせっかくのごはんですから、もっと楽にしてちょうだい」

おきょうの目が、濡れ濡れとして光った。


儀三郎がお多福にあらわれたのは、七ツ（午後四時）の鐘が鳴り始めたころだった。

儀三郎は、あたかもおのれの宿に帰ってきた亭主のような身のこなしで、腰掛に座った。

晴れてはいるが、夕暮れが迫った町は風が強くなっているようだ。儀三郎と一緒に、凍えた風も入ってきた。

儀三郎が腰掛に座るのを見定めてから、伊助は土間に顔を出した。お仕着せの胸元が、わずかに着崩れていた。

「なんでえ、おめえは」

伊助がお多福で待っているとは、思いもよらなかったのだろう。土間に出てきて向かい合わせに座った伊助を、儀三郎は険しい目つきで睨めつけた。

「どんなわけありかはしらねえが、おめえがここで待っていようとは思わなかったぜ」

「用があるときは、いつでもお多福に来いと常から言っているのは、儀三郎さんじゃありませんか」

伊助は強い口調で応じた。

「なんでえ、伊助」

儀三郎は、目つきをさらに尖らせた。

伊助の様子は、いつもとはまるで違っていた。儀三郎を前にしたときに見せる、おどおどとした怯えが影をひそめていた。物言いも、いつになく強い調子である。

それが気に障ったのだろう。儀三郎は、両目に力を込めて睨みつけた。

「おい、伊助」

「なんでしょう」

「おめえ、ここにはなんどきにつらを出したんでえ」

伊助はあごに手をあてて、考え込むような形になった。が、黙ったままである。

「訊かれたことに、とっとと答えろ」

焦れた儀三郎は、強い声をぶつけた。それでも伊助は黙ったままである。儀三郎が立ち上がろうとしたとき、おきょうが盆に茶を載せて運んできた。

「寒いなか、どうもお疲れさまです」

ふたりに茶を出して引っ込もうとしたおきょうを、儀三郎が呼び止めた。

「伊助は、いってえなんどきにつらを出したんでえ」

「九ツ（正午）前だったと思いますよ」

答えたおきょうは、さっさと流し場に戻って行った。

「九ツだとう」

儀三郎が甲高い声で、おきょうの答えをなぞり返した。こみ上げる怒りで、酒を呑んだような顔色になっていた。

「てめえ、伊助」

「なんでしょう」

伊助の返事には抑揚がなかった。

「おめえは九ツからいまのいままで、ずっとここに居ついていてやがったのか」

「ですから、儀三郎さんを待たせてもらっていたんです」

伊助は落ち着いた口調で答えたあと、炭箱に手を伸ばした。

土間には大きな火鉢が出されている。寒がりというわけでもないが、儀三郎は火鉢のぬくもりが好きだった。

毎日、七ツが近くなると、おきょうは火鉢に炭火を熾した。使っているのは、安い楢炭である。火つきはすこぶる早いが、炭がやわらかくて燃え尽きるのも早い。

伊助は炭をふたつ手づかみにして、火鉢にくべた。バチバチッと炭が爆ぜて、火の粉が儀三郎のほうに飛び散った。

「ばかやろう」

腰掛から飛びのいた儀三郎は、伊助を怒鳴りつけた。伊助は平気な顔で、さらにふたつの炭をくべた。

「儀三郎さんは炭火のぬくもりが好きだと、おきょうさんにうかがいましたから」

「なんだとう」

飛び散る火の粉を手で振り払いながら、儀三郎は伊助に詰め寄った。

「いつの間におめえは、そんなことをおきょうから聞き出したんでえ」

儀三郎の目の光に、粘り気が出ていた。この目になったときの儀三郎には、けだものが棲みついている。

おきょうからそれも聞かされていた伊助は、炭をくべる手をとめた。

「なにかおっしゃいましたか」

儀三郎の怒りには取り合わず、伊助はしれっとした顔つきで問いかけた。

「ふざけんじゃねえ」

儀三郎は右手を伊助に向けて突き出した。

「さっきからおとなしく聞いてりゃあ、あれこれと好き勝手なことを言いやがって」

顔を目一杯にゆがめた儀三郎は、伊助の着崩れした胸元に尖った目を向けた。

「九ツから二刻（四時間）もの間、てめえはここでなにをやってやがったんでえ」

「寝させてもらっていました」

伊助は平然とした顔つきで、胸元の崩れを合わせ直した。

「ふざけんじゃねえ」

我慢のきれた儀三郎は、伊助に殴りかかった。伊助は軽い動きで、儀三郎をかわした。

儀三郎は、あたまから伊助の腕力を見下してかかっていた。伊助はこともなげに儀三郎が突き出したこぶしから逃げた。

募る怒りで前後の見境がなくなった儀三郎は土間の腰掛を強く掴み、伊助に殴りかかろうとした。

両腕を高く持ち上げたことで、儀三郎の胸元に大きな隙ができた。渡世人だとか、喧嘩なれした町鳶を相手にするときなら、儀三郎もこんな隙だらけの形は拵えなかっただろう。

しかしいま相手にしているのは、大店の手代である。腰掛で殴りつけて、思い知らせてやろうと儀三郎は考えた。反撃してくるとか、おのれにできた隙を伊助が見抜くなどとは、思うことすらしなかった。

伊助はおとなしい男である。いさかいごとは苦手で、ひまなときには絵筆を使うのを得手にしていた。

しかし伊万里屋の奉公人は、手代がしらに就くと同時に、神田駿河台下の柔の道場に通うのが決まりごとだった。

伊万里屋が扱う商品は、いずれも高額である。手代がしらは六月と十二月の二度、得意先まで掛取りに出向くこともする。

もしものときの用心として、手代がしらたちは柔の術を身につけていた。とはいえ、いくら稽古を続けても、得手・不得手はある。

正助は腕力が強いだけに、柔の稽古をなめてかかった。伊助は逆で、おのれに腕力がないことを知っているがゆえに、真面目に稽古を続けた。

伊助は道場に通い始めてから、一度も、だれとも柔の立合いはしていない。が、休まずに続けた稽古は伊助も気づかぬうちに、身体に技を覚えこませていた。

儀三郎は頭上に振り上げた腰掛を、伊助めがけて叩きつけようとした。伊助は後退せず、一歩を踏み込んだ。

「相手から仕掛けられそうになったときは、逃げずに踏み込め。そうすれば、相手は一瞬、うろたえる」

いつも師範代に教えられていることを、伊助は守った。守ったというよりは、身体が勝手に応じたのだ。

いきなり胸元に飛び込まれて、儀三郎の動きが止まった。その一瞬の間合いを見逃さず、伊助はおのれのこぶしを儀三郎の鳩尾(みぞおち)に叩き込んだ。

うっ……。

息を詰まらせた儀三郎は、腰掛を持ったまま、土間に崩れ落ちた。土間の気配が動き、火鉢から火の粉が飛び散った。

儀三郎は、いつまで経っても荒い息遣いが治まらなかった。目つきも荒んだままである。

隙さえ見つけたら、向かい側に座った伊助に身体ごとぶつかりそうだった。

「そろそろ怒りを引っ込めてもらわないと、先の話ができません」

伊助は、ぞんざいな口調で話しかけた。儀三郎の目に、けだものが放つような荒々しい色が、またもや浮かんだ。

「儀三郎さんは、いま匕首をさらしに巻いているでしょう」

伊助はあごを突き出し気味にして、話を続けた。儀三郎の怒りをかきたてるのを、承知のうえの振舞いだった。

「あたしに襲いかかる気なら、いつでも構いません」

儀三郎は返事をせずに、強い目で見詰め続けた。

「上等じゃねえか」

「嘘だと思うなら、試してみますか」

伊助はわざと煽り立てた。儀三郎が歯軋りを始めた。おきょうが再び茶を運んできたのは、男ふたりが命のやり取りを始めそうになったときだった。

「ふたりとも、お茶でも飲んで落ち着いてくださいな」

「ありがとうございます」

伊助はことさら、他人行儀な礼をおきょうに伝えた。

おきょうもそれを察したらしい。伊助には目も向けずに、流し場に戻った。

仙太郎と徳蔵というふたりの男が、いきなり伊万里屋に住み込むことになった。どう考えてもあのふたりはおかしい。自分たちを見張っているとしか思えないと、伊助は感じたままを伝えた。

「あたしと正助とが、もしも儀三郎さんの話をすべて断ったりしたら、困るのはそちらでしょう」

「おい、伊助」

話の途中で、儀三郎は相手の口をさえぎった。目に宿された怒りの炎は、いささかも強さが衰えてはいなかった。

「さっきはおれに油断があった。まんまとおめえの一発を食らったが、あんなことは一度っきりだ」

「また、蒸し返すんですか」

伊助は穏やかな口調のままだが、肩を動かし、両手をだらりと垂らした。指先は固いこぶしに握っている。儀三郎の襲撃に対する、身構えだった。

伊助の構えを見て、儀三郎の目から怒りの光が消えた。代わりに浮かんだのは、ゆとりの色だった。

「いまは、やらねえさ」

儀三郎の唇がゆるみ、薄笑いが浮かんだ。

「出入りに命を賭けるのは渡世人で、お店者じゃねえ。そいつを忘れるなよ」

さきほどまでとは異なり、儀三郎も物静かな物言いに変わっていた。

「話の腰を折っちまったが、構わずに続けてくんねえ」

「えっ……?」

「えっ、じゃねえやね。おめえと正助が断ると、困るのはおれだと言ったようだが、その先を聞かせてくんねえな」

儀三郎が、すっかりいつもの調子を取り戻している。伊助にはわけが分からず、その激変ぶりが不気味に感じられた。

「どうしたよ、伊助。さっきまでの威勢が失せたようだぜ」

儀三郎は敏捷に動いた。

胸元のさらしに巻いた匕首を抜き、伊助に向かって突き出した。伊助は驚きのあまりに身体が固まり、匕首をよけられなかった。

儀三郎は、伊助の喉元で刃先を止めた。

「柔の稽古を続けてるようだが、てめえには命取りのくせがある。おめえはそれに気づいちゃあいねえらしいがよう」

伊助は身構えるときに、肩がぴくっと動き、手を固くこぶしに握るのがくせだ。喧嘩の玄人の儀三郎は、それを見抜いていた。

「おめえと正助が断ったら、だれが困ると言ったんでえ。もういっぺん、そこから話を聞かせてくんねえ」

匕首の刃先が、伊助の喉元で上下に揺れている。獲物に飛びかかろうとして鎌首をもたげた、まむしのような動きだった。

「おれの匕首は、めっぽう切れ味はいいがよう。おめえを始末するときは、この匕首は使わねえ。真っ赤に錆びた、なまくらのを引っ張り出してくる」

儀三郎は匕首の鞘で、伊助の頰をぴたぴたと叩いた。

「錆びた匕首は、うまく斬れねえ。何度もあんな刃を突き立てられたら、早くひと思いに殺してくれと、おめえはきっと泣きをいれるだろうぜ」

妙な了見をもう一度起こしたら、ほんとうに始末すると儀三郎は凄んだ。

「分かったら、しっかり返事を聞かせろ」

伊助は、口のなかが干上がっていた。答えたくても、舌がうまく回らない。怯えきった伊助の股間に、儀三郎は手を伸ばした。

「こんなに縮こまりやがって」

一物を摑んだ手に、力を込めた。

「ぎゃあっ」

伊助は悲鳴を上げて、顔をゆがめた。

三十二

江戸の町が雪におおわれていた、一月十五日。皿山山城屋の広大な薪置き場も、三寸（約九センチ）の雪をかぶっていた。

じっと立っていると、つま先に食らいついた凍えが身体に忍び込もうとする。それをきらった丸太運びの馬子たちは、左右の足をせわしなく動かしていた。

「あるところには、あるもんだ」

「ほんとうにそうだ」

目を見開いた健太郎は、わきに立つ杢兵衛の肩に手を載せた。五尺八寸（約百七十六センチ）の健太郎と五尺二寸（約百五十八センチ）の杢兵衛とでは、背丈に六寸（約十八センチ）の差がある。

何気なく肩に載せた手でも、遠目には健太郎が奉公人を押さえつけているように見えた。

「健太郎」

「はい」

「野沢屋の連中が、こっちを見てるからよ。もっと強く、おれの肩を押さえつけろ」

健太郎は、肩においた手に力を込めた。山城屋の奉公人はもとより、近所の者の目にも、健太郎と杢兵衛が親しげに映るのはうまくなかった。

人前では、あくまでも跡取りと奉公人でなければならない。健太郎が肩においた手に力を込めたのも、人目を気にしてのことだった。

「それにつけても、あのひとたちは大したもんだ」

「隠密の力てえのは、底知れねえ」

齢を重ねるなかで、杢兵衛は幾つも修羅場をくぐってきている。ゆえに、滅多なことでは驚かなくなっていた。

しかし隠密の力のほどを目の当たりにしたいまは、心底から驚いたのだろう。ひたいのしわが、くっきりと深く刻まれていた。

「昨日と今日の二日間で、荷馬車二十台分の松の丸太です。分かってはいても、あるところにはあるもんだと、ほんとうに驚いてしまいます」

「どんな手を使ったかは分からねえが、代官所の役人どもは、さぞかし飛び上がったことだろうよ」

杢兵衛のつぶやきに、健太郎が何度もうなずいた。

皿山の雪は、十四日の昼過ぎから降り始めた。赤松の丸太を満載した一台の荷馬車が山城屋の店先に着いたのは、雪が降り始めたころだった。

舞い降る雪を浴びて、馬が店先でいなないた。寒さが苦手な馬だったのか、いななきはひときわ大きかった。

荷馬車の横付けなど、まったく段取りにないことである。出し抜けに店先にあらわれた馬を見て、荷受を受け持つ手代が外に飛び出した。

「代官所から言われたとよ」

馬子は詳しいことは聞かされておらず、ただ山城屋の薪置き場に運べとだけ指図を受けていた。

「お代官所からなど、うちにはなんも知らせはきとらんが……ちょっとそこで、待っとらんね」

　帳場に向かった手代は、荷受帳面を手にして駆け戻ってきた。

「やっぱりうちは、なんも知らせは受けとらんとよ」

「そんなこと言われても、おりゃあ知らん」

　雪の寒さでかじかんだ手に、馬子は熱い息を吹きかけた。白く濁った息が、寒さのほどを示した。

「わしのあとにも、今日だけで八台の荷馬車がこっちに向かう段取りてばい」

「八台てやー？」

　声をひっくり返した手代は、土間に履物を脱ぎ散らかして座敷に駆け上がった。戻ってきたときには、番頭を伴っていた。

「久七から聞いたが、話がどうにも呑み込めんとよ。代官所からの荷馬車とは、いったいなんのことかね」

「なんじゃやね、この店は」

　馬子はあからさまに顔をしかめた。

「手代さんだけじゃのうて、番頭さんもこんな大荷物が着くことば、知らんやったと？」

「ああ、知らん」

　馬子の物言いに、気をわるくしたのだろう。番頭は奉公人を束ねるというおのれの身分も忘れて、ぞんざいに言い返した。

馬子は地べたに唾を吐いた。馬がまたもや、高い声でいなないた。

「代官所から言われたけん、わしらは前から受けとった仕事ば途中でやめて、こんな雪のなかを急いで運んできたとよ」

雪が舞う代官所の材木置き場から、馬子は馬を急かして運んできたのだ。ねぎらいも言わない手代と番頭の対応に、思いっきり腹を立てていた。

「ここでぐずぐず言わんで、はよう薪置き場に荷馬車ば入れさせんか」

馬子は白い息を吐き出しながら、番頭に詰め寄った。店先で始まった騒動に驚いた小僧が、薪置き場へと駆けた。

健太郎は身体の鍛錬ということで、朝から職人と一緒に薪割りを続けていた。

「分かった。おれが話を聞いてみる」

小僧に応えた健太郎は、刺子の長半纏を羽織った。半纏は、濃紺無地の刺子である。袖口・襟元・裾の三ヵ所に赤い筋の入った、別誂えの健太郎自慢の長半纏だ。

背丈五尺八寸、目方十六貫五百匁（約六十二キロ）の健太郎が着ると、ふくらはぎの中ほどまで、長半纏の裾が隠した。

履物は尻金を二つ打った雪駄である。地べたが乾いていれば、健太郎が歩くたびにチャリン、チャリンと音が立つ。しかしいまは、雪がかぶさり始めている。地べたは音の代わりに、雪駄の底の模様を鮮やかに描き出していた。

山城屋の薪置き場から、健太郎は店に続く道をゆっくりと歩いた。吐いた息が真っ白になって、健太郎の先へと流れている。小僧から聞き取った話をもとに、あれこれと思案しながら歩いた。

不意に、ひとつのことに思い当たった。

十一日の夜、健太郎と杢兵衛が庵の囲炉裏を囲んでいたとき。隠密のかしら吉岡勘兵衛と、配下の野島健作が天井裏から話しかけてきた。

二合の酒を呑み、小鉢に二度のお代わりをしたあとで、隠密ふたりは庵を出た。

「いずれ、わしらの力の一端を肌身に覚えることになろうて」

謎めいた言葉を残して、吉岡と野島は出て行った。あらわれたとき同様に、不意に姿が見えなくなった。

ことによると、隠密があのとき口にしたことかもしれない……。

思い当たった健太郎は、息もつがずに店先へと駆けた。

馬子の話は、小僧から聞かされたことをなぞっただけだった。それでも、およその事情を汲み取ることができた。

薪に用いる赤松は、代官所が厳重に管理している。代官所から三町離れた材木置き場は、一町歩（三千坪）の広さである。ここには常に一万本を超える赤松が、五十本ずつ山を築いていた。

いずれも、藩窯で用いる特級品の赤松である。いかなる手立てを講じたかは分からないが、いま山城屋に運ばれてきた赤松は、藩の材木置き場に野積みされた赤松だった。

たとえ一本の松を運び出すだけでも、代官の許可印がいる。その赤松が、荷馬車いっぱいに、二十本も積まれていた。

馬子は、全部で荷馬車二十台分、四百本の赤松が運ばれてくるはずだという。

「わけを呑み込んでくれたのなら、はよう、荷馬車を入れさせてもらうと」

健太郎の指図で、薪置き場の隅に二十本の赤松が下ろされた。

八ツ（午後二時）過ぎに、赤松の荷下ろしはすべて終わった。

「こんな寒いなか、ほんとうにご苦労様でした」

健太郎の女房おちえが先に立って、馬子たちをねぎらった。

小屋の真ん中には、四八（長さ八尺、幅四尺）の卓が二台置かれている。卓の両側には、長い腰掛も出されていた。

卓に載っているのは熱燗の徳利と、大皿に盛られた野菜と鶏肉の炊き合わせである。

「うまかー、ねえちゃん」

おちえの身分を知らない馬子は、ヒゲ面をほころばせて話しかけた。おちえは愛想よく笑い返した。

「どこの薪屋も赤松がねっから、音をあげてるのによ。ここは大したもんばい」

「代官所から、持ってけって言われたときは、腰が抜けるほどにたまげたばい」

馬子たちは、方々の国からこの地に流れてきたようだ。さまざまなお国訛りが、小屋のなかを飛び交った。

雪をかぶって真っ白になった赤松を見ながら、健太郎は隠密の力の程を感じていた。

三十三

伊助が永代橋の東詰に差しかかったのは、七ツ半（午後五時）を大きく過ぎたころだった。陽のあるうちは明るい青空だったのに、いまはすっかり暗い色味に変わっている。大路の端に立ち止まった伊助は、紙入れを探してふところに手を入れた。

橋の渡り賃は、ひとり四文。そのゼニを取り出そうとしたのだが、どれだけまさぐっても紙入れはなかった。

あっ……。

伊助から声が漏れた。おきょうに抜き取られたと思い、伊助の顔色が変わった。

思いもよらず、おきょうと肌を合わせることになった。床の中では、いろいろと甘い言葉をささやかれた。

伊助は後先を見失うほどに、気持ちを昂ぶらせた。何度もおきょうのなかで果ててしまい、ものを考えることが留守になった。

そんなふわふわした心持ちで、身づくろいをしたのだ。掛取りに出向いたわけでもなく、紙入れには大金も入ってはいない。

そんな財布を仕舞い忘れたとしても、不思議はなかった。

永代橋を目の前にして、伊助は大きなため息をついた。橋の渡り賃四文を、手元に持っていないからだ。

お多福まで取りに戻る気は、毛頭なかった。お多福に戻ったりしたら、儀三郎からさらにひどい仕打ちを受けかねない。それにも増して、おきょうの顔を見たくないと強く思った。

しかし、橋を渡るには四文がいる。たかが四文だが、いまの伊助は一文なしである。

橋につながる大路を、伊助はぼんやりと眺めた。永代橋の西詰からは、ひっきりなしにひとが歩いてきた。

多くは道具箱を肩に担いだり、分厚い布袋を提げた半纏姿の男たちだ。いずれも仕事を終えて、裏店に帰る職人たちだろう。

深川に向かうひとの波に途切れはなかったが、東から西に渡る者は大していなかった。大川を西に渡るのは、日本橋や京橋、尾張町などに用を抱えている者が多かった。

明け六ツ（午前六時）過ぎには、仕事場に向かう職人や、通いの奉公人が群れになって永代橋を西に渡った。が、日暮れ間近のいまは、ひとの流れは朝とは逆だった。

両国橋まで大回りをすれば、渡り賃を払わなくても、橋を渡ることはできる。しかし大川端を両国橋まで向かうだけで、半刻（一時間）近い遠回りになる。

すでに暮れ六ツ（午後六時）が近かった。

いまから真っ直ぐに日本橋まで帰っても、遅れたことの言いわけを番頭にしなければならない。

それを思っただけでも、気持ちがめげた。そのうえに両国橋まで遠回りをして、帰りが大きく遅れたりすれば……。

誠吉が大怪我を負わされて以来、番頭たちは奉公人の様子に目を光らせ始めた。しかも仙太郎と徳蔵という、得体のしれないふたりが店に入り込んできた。

思案に詰まった伊助は、橋番の親爺と掛け合うことにした。

伊助はお店者ならではの髷を結っているし、着ているものも大店のお仕着せだとひと目で分かる縦縞だ。

紙入れを忘れてきたから、日を改めて四文を届けると言えば……。

たかが四文のことだ、橋番も大目に見てくれるだろう。

幸いにも、東から西に渡る者はほとんどいなかった。番小屋の親爺も暇そうにしている。

掛け合うならいまだと判じた伊助は、小屋に向かって駆けた。

「まことに申し上げにくいのですが」

ていねいに話しかけたが、番小屋の親爺は返事もせず、きつい目で伊助を睨みつけた。

「うっかり紙入れを失くしてしまいまして、手元に一文のお足も持っておりません」

「だめだよ、一文なしは通さねえんだ」

親爺は股火鉢のまま、にべもない答え方をした。

「てまえは日本橋伊万里屋の手代で、伊助と申します」

名乗っているとき、橋を渡る四人連れが伊助の後ろに立った。小屋の前をふさいだ伊助に、男たちは顔をしかめた。

「あんた、邪魔だよ。どいてくんねえ」

橋番の親爺は、邪険な物言いで伊助をどけた。渡り賃を手渡した四人連れは、伊助にきつい目を投げてから橋を渡り始めた。

「ぐずぐず言ってる間に、両国橋まで行ったらどうだ。あすこなら、一文なしでも橋の真ん中を渡れるさ」

親爺はまるで取り合おうとはしない。

「かならず日を改めて払いにきますから、通してくれてもいいじゃないですか」

伊助の物言いがきつくなった。

「なんだい、あんた」

立ち上がった親爺は、小屋の外に顔を突き出した。

「文句があるなら、四文をここに出しねえ。ゼニがねえんなら、とっととよその橋まで回り道をしろ」

親爺が怒鳴り始めたとき、伊助は橋に向かって駆け出した。長さ百二十間（約二百十八メートル）もある橋だ。たかが四文のことで追いかけてはこないだろうと、伊助は考えた。

ところが親爺は追ってきた。

橋番小屋の外には、ザルが吊るしてある。渡り賃を受け取る橋番がいないときには、ザルに四文を投げ入れるのが決まりだ。

伊助を追って小屋がカラになっても、障りはないのだ。伊助とのやり取りで、親爺は意地になったのだろう。伊助よりもはるかに年長なのに、橋の真ん中まで至らないうちに追いついた。

親爺の背丈は、伊助と同じぐらいだ。前に回りこむなり、伊助の胸倉を掴んだ。

「ふてえ野郎だ、自身番に突き出してやる」

親爺が怒鳴った。深川に向かっていた職人たちが、たちまち野次馬の群れに変わった。

「ちょいと、どいてくんねえ」

人の輪をかき分けて、背の高い男が親爺と伊助の前に出てきた。

「おれが話をきくぜ」

伊助のあとをつけていた仙太郎である。手には十手を握っていた。

三十四

おみつが茶菓を運んだのは、四ツ（午前十時）の鐘の直後である。

「お茶を持ってまいりました」

ふすまの外側から声をかけると、健太郎が入りなさいと応じた。

「失礼いたします」

おみつは上煎茶と菓子皿を盆に載せて運んできていた。

歯切れのよい江戸弁。

きびきびとした立ち居振る舞い。

そして江戸者ならではの、いかにも垢抜けた顔立ち。

これらのことが重なり合って、来客にはすこぶる評判がよかった。

おみつがいれた上煎茶は、宇治から取り寄せたものである。純白の湯呑みには、上煎茶の薄緑色が色味も鮮やかに映えた。

菓子皿に載った干菓子は、加賀の諸江屋から江戸経由で送られてきた落雁である。

武家を含めてあらゆる来客に評判のいいおみつが、飛び切りの茶と、とっておきの干菓子を客の膝元に置いた。

ところが野沢屋松右衛門と杉庄甚兵衛のふたりは、おみつにも茶菓にも、一瞥もくれようとはしなかった。

座敷の剣呑な気配を察したおみつは、手早く茶菓を出して引き下がった。

「茶がはいりましたから、ここいらで一服してください」

「いや、茶なんぞはあとでいい」

野沢屋は険しい顔で健太郎を睨みつけてから、隣の甚兵衛に目を移した。

背筋を張った甚兵衛は、湯呑みには手もつけず、煙草盆を引き寄せた。

「いったいどんな手を使って、あれだけの赤松をあんたのところがひとり占めにしたのか、あたしと野沢屋さんの得心がいくように、しっかりと話してもらいたい」

きつい声音で言い置いたあと、甚兵衛はぎゅうぎゅうと音をさせて、キセルに刻み煙草を詰めた。

「得心のいく話をしてもらうのはもちろんだが、なぜこの場にご当主は出てこられないのかね」

野沢屋は、健太郎では不足だと言いたげだった。

「商い向きのことは、いまはわたしが差配いたしておりますので」

健太郎が穏やかな物言いで応ずると、野沢屋と杉庄のふたりは、あからさまに顔をしかめた。

「なんでもかんでも江戸帰りのあんたに任せたりするから、こんな不祥事を引き起こしてしまうんだ」

杉庄は強く吸った煙を、健太郎に向けて吐き出した。

「いくら杉庄さんの言われることでも、不祥事というのは聞き捨てなりません」

「何を江戸で学んできたか知らんが、あまり跳ねっ返りなことはせんほうがええ」

杉庄は健太郎などは相手にしないという調子で、次の一服を詰め始めた。

皿山の薪屋三軒は、いずれも皿山代官所とあれこれ談判をする。武家の公用語は、江戸表でも通用する、いわゆる江戸言葉である。

野沢屋も杉庄も皿山が在所だが、代官所と掛け合うために江戸言葉を習得していた。

「山城屋さん、あたしも野沢屋さんも口をはさまないから、得心のいく話を聞かせてもらいたい」

「うけたまわりました」

健太郎は居住まいを正してから、向かい側に座っているふたりを順に見た。話を始める前に、おみつのいれた茶に口をつけた。

松が運び込まれた顚末を思い返した杢兵衛は、この騒動も隠密の仕業ではないかとの見当を示した。

「なんのために、こんなことを」

「知れたことよ」

杢兵衛はいつもの通り、ずるずるっと音を立てて茶をすすった。

「おめえを信頼したという褒美だろう」

うまく呑み込めない健太郎は、杢兵衛に先を促した。

「どこもかしこも松がねえと文句を垂れているさなかに、これ見よがしに赤松が運び込まれてきた。それも、たっぷりと脂を含んだ極上の赤松ばかりだ」

よその薪屋には一本も回らず、山城屋だけに途方もない数の松が運び込まれてきたのだ。

「もしもこれが野沢屋か杉庄に届けられたとしたら、おめえはどうするよ」

「すぐさま相手にねじ込んで、わけを問い質し……あっ、そういうことか」

話している途中で、健太郎にも杢兵衛のつけている見当が呑み込めた。

「野沢屋さんと杉庄さんからねじ込まれたとき、おれがどうあのひとたちをあしらうか、それをどこかで見ているということですね」

杢兵衛は強くうなずいた。

「ことによったら、ここでおめえとおれが話していることも、盗み聞きしているかもしれねえぜ」

杢兵衛は皮肉な笑いを浮かべて、天井を見上げた。

首尾よく二軒をあしらったら、かならず隠密のほうからまた忍び寄ってくる。杢兵衛が口にした見当に、健太郎も心底から得心した。

「野沢屋と杉庄は、ふたり連れ立って直談判に押しかけてくるに決まっている」

そのときにどんな話をするか、健太郎と杢兵衛はひたいを寄せ合って思案を巡らせた。

ふたりが判じた通り、一月十六日の朝五ツ（午前八時）前に、野沢屋の手代がしらと杉庄の手代が揃って健太郎の前に顔を出した。

「てまえどものあるじが、折り入っての話をさせていただきたいと申しております」

「四ツ（午前十時）前にご足労くださるように、よろしくお伝えください」

手代たちは健太郎の返事を持ち帰った。野沢屋松右衛門と杉庄甚兵衛は、ふたり揃って四ツより四半刻も早く顔を出した。ふたりとも、五つ紋の正装であらわれた。

ことと次第によっては、その足で代官所に訴え出る腹積もりをしていた。

「このたび運び込まれた赤松は、すべて藩窯で使うものです」

「なんだね、それは」

野沢屋と杉庄が、揃っていぶかしげな声をあげた。

「藩窯で使う薪を、なぜにおたくに運び込んできたんだね」

「野沢屋さんの言う通りだ」

小柄な杉庄が、膝をにじらせて健太郎のほうに詰め寄った。

「藩窯には、あんたのところよりも広い薪置き場があるじゃないか。どこから松を運んできたのかはしらないが、藩窯と皿山とでは、まるで正反対の方角だ」

「言い逃れをするなら、もう少しましなわけを思いついたらどうだ」

野沢屋は、さげすむような目を健太郎に向けた。

「度の過ぎた無礼な口を続けるならば、わたしもいつまでも笑ってはいられません」

強い調子で言い切った健太郎は、まず野沢屋を強い目で見詰め返した。

「わたしが言い逃れをしているのか、それともまことの話をしているのかは、皿山の代官所に問い合わせれば、すぐに答えが分かることです」

健太郎は強く手を打った。間をおかずに、おみつが座敷に顔を出した。

「杢兵衛をここに呼んでくれ」

「かしこまりました」

おみつが下がると、入れ替わりに杢兵衛が顔を出した。

「いまから隣の野沢屋さんに行って、手代がしらの……名前はなんというかたですか」

健太郎に問われた野沢屋は、竹次（たけじ）だとすぐに答えた。

「杉庄さんから今朝方使いに見えたかたは、なんとおっしゃいますので」

「手代の新蔵だったはずだ」

杢兵衛は野沢屋と杉庄に出向き、ふたりを伴って戻ってきた。

「わたしは杢兵衛を出します」

健太郎は野沢屋と杉庄を等分に見た。

「野沢屋さんと杉庄さんは、ここにいらっしゃる手代さんたちを差し向ければよろしいでしょう」

「差し向けるとは、いったいどこに」

問うまでもなく、杉庄にも野沢屋にも答えは分かっていたのだろう。健太郎に問いかけた野沢屋の声音には、強いためらいの調子が含まれていた。

「いまさら、どこへはないでしょう」

健太郎は、ふたりを見る目に力をこめた。

「皿山の代官所に、決まっているじゃないですか。代官所のお役人直々に、うちに届いた赤松が本来は藩窯に送られるものであったかどうかを、そちらの手代さんたちに確かめてもらってください」

健太郎は、わざと声を荒らげた。

「もしもわたしの話に偽りがあれば、みなさんの目の前で、腹をかっさばいて詫びを言います。ですが野沢屋さん、まことだったときは、いったいどう落とし前をつけてくれますか」

荒らげていた声を引っ込めて、健太郎は問いかけた。その物言いが不気味だったのだろう。

野沢屋の顔から一気に血の気が引いていた。

「杉庄さんは、どうなさいますので」

返事に詰まった杉庄は、湯呑みの茶をすすった。すっかり冷えているが、宇治の上煎茶である。口にした杉庄は、茶の味に驚いた。

「ひとはだれしも、思い違いをおかすものです。おふたかたとも、これは思い違いだったということで収めていただけませんか」

健太郎が水を向けると、野沢屋は大きく安堵の色を浮かべてふうっと息を吐き出した。

三十五

囲炉裏にいけた炭が、鈍い赤色を見せながら燃えていた。

四ツ（午後十時）を過ぎている。遠くで夜回りの声が聞こえていた。

囲炉裏を囲んでいる健太郎と杢兵衛は、今夜は隠密が顔を出すと確信していた。とはいえ、それがなんどきになるかは分からない。

夜通し待つことになると思い、ふたりは囲炉裏の客間を選んだ。囲炉裏には火持ちのよい備長炭をたっぷりといけてあった。

「火の用心、さっしゃりましょううう……」

夜の凍えをついて、夜回りの声が近づいてきた。四ツを過ぎた皿山は、すでに町ごと寝静まっていた。

杢兵衛がずるるっと音を立てて、焙じ茶をすすった。その音が囲炉裏の客間に響き渡るほどに、真冬の深夜は静かだった。

「今日のおめえの掛け合いは、ことのほか肝が据わっていたぜ」

分厚い湯呑みを膝元に戻してから、杢兵衛は健太郎に目を移した。

「それにつけても、健太郎」

杢兵衛は健太郎のほうに上体を乗り出した。

「もしもあのときの、おめえの物言いを聞いたとしたら……中村座の役者も、裸足で逃げ出しただろうぜ」

伝法な口調で言い終わるなり、杢兵衛は目元をゆるめた。

囲炉裏の部屋にいるのは、健太郎と杢兵衛のふたりだけである。健太郎の女房おちえも、おみつも、すでに床についていた。

囲炉裏の周りに、他人の耳目はない。話し相手が山城屋の跡取り息子でも、杢兵衛の物言いに遠慮はなかった。

「杢兵衛さんの応じ方だって、役者顔負けでしたよ」

ふたりはゆるんだ顔を見交わした。

剣幕に恐れをなした野沢屋と杉庄は、健太郎の言い分を呑んで引き上げた。もしもふたりが引き上げずに、連れて行けと迫ったとしても、健太郎は気にもとめずに連れて行っただろう。隠密たちはかならず手配りをしていると、確信したがゆえである。

ふたりの膝元には、この日野沢屋と杉庄に振舞った諸江屋の落雁が出されていた。

ふたりとも大の上戸だが、夜の焙じ茶の茶請けには甘い物を好んだ。一日の疲れをゆっくりとほぐすには、酒よりも甘味のほうが効きそうに思えたからだ。

梅鉢の形の落雁を口に入れた杢兵衛は、わずかに両目に力を込めた。

「いま、ふっと思い出したんだが……」

杢兵衛があごに手をあてた。

「あの時の野島屋さんは、様子がおかしかったぜ」

杢兵衛が語尾を濁らせたとき、天井板が外された。例によって、わずかな物音も立つことはなかった。

三十六

「今夜は、ことのほか凍えるの」

隠密頭の吉岡勘兵衛が、炭火の真上で両手をこすり合わせた。

「焙じ茶と落雁しかありませんが」

「熱いものなら、ありがたい」

野島健作が、親しげな物言いで健太郎に応じた。目配せを受けた杢兵衛は、囲炉裏の隅に移って茶の支度を始めた。

山城屋囲炉裏の客間には、四人の隠密が顔を揃えていた。杢兵衛は手早く四人分の茶を用意した。朱塗りの菓子皿には、諸江屋の落雁が形よく盛られていた。

「これはまた、なかなかの味だの」

「気にいってもらえりゃあ、なによりでさ」

杢兵衛が笑いかけると、吉岡も目までゆるめた笑顔で応じた。

そしてゆっくりと茶を飲み干したあとで、身体を健太郎のほうに向けた。

配下の三人は湯呑みを戻して、音も立てずに立ち上がった。各自がふところに、菓子皿の落雁を仕舞っていた。

野島は天井の梁(はり)から垂らした綱を摑むと、十も数えないうちに天井裏へと戻った。

笹岡と木下は、土間に下りるなり闇のなかに溶けた。

配下の三人全員が、この客間の周囲に散って、部屋の警護についた。守るだけではなしに、他人の耳目が囲炉裏の間に向けられていないことを確かめているのだ。

ピッという短音が、天井裏で生じた。

ピッピッと二連の音が、土間の先の闇のなかで生じた。

どの音も、耳を澄ましていなければ気づかないほどに短く、そして調子が高かった。

三つの音を聞き取った吉岡は、息をひとつ吸い込んだ。


「吉岡様たちは、鍋島藩を取り潰すのが目的ではないのですね」

「無論だ」

きっぱりと言い切った吉岡の返事に、嘘はなかった。

「御上にあらせられては、大名諸家と親しく交わることこそが肝要での。一家たりとも、できれば取り潰さずに済むようにと願っておられる」

健太郎の目を見詰めて、吉岡は手伝ってほしいとあらためて、言葉を重ねた。

「このたびの大事をお引き受けすると決めてから、てまえは文字通り命がけです」

健太郎は目の光を消して吉岡を見た。眼光が消されているがゆえに、言葉の重みがより深くなっていた。

「てまえが我が身、我が身代を惜しまずに手伝えますよう、吉岡様に約束していただきたいことがひとつあります」

健太郎は、はっきりとした態度でひとつの条件を口にした。

このときまで吉岡は、おのれの目で健太郎の器量を吟味してきた。そのかたわらでは、皿山の地にあふれている健太郎の評判を拾い集めた。

評判は、決して芳しいものではなかった。

藩に恩義を感じていない、江戸かぶれの跳ね返りというのが、大方の評価なのだ。

吉岡の心の片隅には、健太郎に対する疑問があった。それゆえに健太郎が条件を出してきたときは、ついに本性をあらわすのかと、いささかの緊張を覚えた。

「なにが望みだ」

問いかけた吉岡は、静かな目で健太郎を見詰めた。健太郎は、背筋を張って吉岡の目を見た。ふたりの目が絡まりあった。

健太郎は小さな息を吐いてから、言葉を続けた。

「黒色火薬の黒幕がわかったら、鍋島藩を咎めることはしないと、この場で起請文を書いてください」

健太郎の物言いからは、いささかの気の迷いも感じられなかった。

「そのほうの望みというのは、いま口にしたことがすべてであるか」

「問われたことの意味が分かりません」

健太郎は駆け引きではなく、本心から吉岡の問いを理解しかねているようだ。

「茶をもう一杯、所望したい」

健太郎の問いには答えず、吉岡は茶をねだった。口調が大きく和らいでいた。

「なにゆえあってそのほうは、藩に咎めなしの起請文を欲しがるのか」

茶で落雁を流し込んだ吉岡は、顔つきを引き締めて問いかけた。

「そんな当たり前のことを、なぜだとあらためて問われることのほうが、てまえには分かりません」

健太郎は強い口調で言い返した。

「てまえどもが商いを続けられるのも、鍋島藩が安泰であればこそです」

健太郎は、話しているうちに気が昂ぶってきた。我知らずに身体を動かして、吉岡に詰め寄っていた。

「吉岡様の手伝いをすることで、もしも大恩ある藩に弓を引くことにつながったりしたら、おれはこの先皿山で商いを続けることができなくなります」

若いがゆえに、健太郎は熱い口調で話した。気が昂ぶったあまりに、公儀隠密の頭領に向かって、『おれ』と口走った。

「藩を咎めないという起請文を欲しがることが、そんなに奇妙なことですか」

健太郎は大きく息を吸い込み、そして吐き出した。

健太郎の言い分を黙って聞いていた吉岡は、湯呑みの茶を飲み干した。そののち、背筋を張って健太郎の目を見詰めた。

「そのほうの申したことは、しかと胸に収めたゆえ、案ずることはない」

起請文は書かないが、藩を咎めないという約束は守ると吉岡は請け合った。

「どうだ、健太郎。わしの言葉のみでは、得心がいかぬか」

名前で呼びかけられた健太郎は、畳に両手をついた。

「ありがたいお言葉です。しっかりと胸に刻みつけました」

「ならば、おもてをあげろ」

健太郎に顔をあげさせた吉岡は、心底からの笑みを浮かべた。


健太郎は帳場から、二冊の分厚い帳面を運び出してきた。

総勘定元帳と得意先別売掛台帳である。

「てまえどもは皿山とその周辺に、多数の得意先を抱えております」

得意先の多さは帳面の厚みに表れていた。皿山と周辺のおもだった窯元の動きは、二冊の台帳を精査すれば明らかになると、気負いのない声で請け合った。

「オランダ東印度会社との商いは、百年の長きにわたって続いていました。仕上がった製品のすべてを、あちらさんに納めている窯元も少なからずあります」

オランダ東印度会社が撤退したあとに不審な動きがあったとすれば、売掛台帳にかならず表れるはずだと、健太郎は考えていた。

「あの会社が出島から撤退してからは、どの窯元も商いが大きく細っています」

健太郎は膝元に置いた二冊の帳面を、吉岡のほうに押し出した。

「てまえの知る限りでは、お得意先のなかに奇妙な動きを見せている先は一軒もございませんが……」

健太郎はここで初めて、吉岡を見る両目の眼光を鋭くした。

「隠密衆が帳面をお調べになる目は、てまえども商人とは異なった見方をなさることでしょう」

存分に調べていただきたいと告げて、帳面に目を落とした。

「帳面は商人の命も同然であろう」

言葉を区切った吉岡から吐息が漏れた。

二冊の帳面を差し出した健太郎の本気ぶりを、吉岡は察したのだろう。

「この二冊、おろそかには扱わぬぞ」

吉岡が重たい口調で告げたとき、李兵衛が「健太郎……」と割って入ってきた。

武家を相手の会話に、許しもなく口を挟むのは不作法至極である。しかし吉岡は杢兵衛を咎めるどころか、目で先を促していた。

杢兵衛は居住まいを正すでもなく、言葉を続けた。

「野沢屋さんが代官所との間に揉め事を抱えているとか、なにか義理のわるい振舞いに及んだとかはあるのかい？」

「ないはずです」

即座に答えた健太郎の口調には、尖りが含まれていた。この場の成り行きにはかかわりのないことを言い出した杢兵衛を、咎めていたからだ。

健太郎の口調など気にもとめず、杢兵衛はキセルの雁首を把手に引っかけて、煙草盆を引き寄せた。

だれが相手であっても物怖じしないのは、杢兵衛の年の功だった。

「早とちりは禁物でやすが、野沢屋さんを洗ってみるのも手かもしれやせんぜ」

杢兵衛の吐き出した煙が、揺れながら立ち昇った。隠密たちが忍び込んできた天井板が、わずかにずれていた。

三十七

一月十七日、九ツ半（午後一時）過ぎ。

まだたっぷりと雪が残った大門通りを、いかずちの六蔵はひとりで歩いていた。

ふうっ……。

立ち止まった六蔵は、かじかんだ手に熱い息を吹きかけた。両手を強くこすり合わせなければ、指先が千切れんばかりに痛かった。

足には厚手の足袋を履いているが、地べたに積もった雪の凍えが、指先に食らいついてきた。

つま先を両手で強く揉むと、少しは指の痛みも和らぐかもしれない。

しかし雪道に人影が皆無とはいえ、ここは昼間の往来である。足袋を脱いで指先をこするなどは、男の見栄を売る貸元がおもてでなす振舞いではない。

六蔵は痛みをこらえて、また大門通りを歩き始めた。

たとえ雪が何寸も積もった道であっても、夜は賑やかな大路だ。本所や深川に暮らす者が、一夜の愉悦を求めて洲崎大門を目指すからだ。

しかし、日中は違った。

昼の天道にさらされた色里は、いわば化粧を落とした素顔の遊女である。夜の暗がりに隠れていた町の染みや汚れが、くっきりと浮き上がっているからだ。

伊助や正助を強面で脅す儀三郎も、六蔵の前では借りてきた猫も同然におとなしくなる。それほどに、六蔵の威勢は手下の者に染み透っていた。

そんな六蔵が、化粧の剝げた大門通りを歩いていた。後姿から威勢が感じられないのは、背中が丸くなっているからだ。雪道ゆえ、歩みが小刻みになっているのも、貫禄を殺いでいた。

きわめつけは、頬が赤くなっていることだろう。むごい指図も平然と下す六蔵だが、寒さにはことのほか弱かった。

赤く炭火が熾きた部屋を出て、凍てついたおもてに出ると、たちまち六蔵の頬が赤くなった。どれほど目に力をいれて強面を拵えても、こどものように頬を赤くした六蔵は凄みに欠けた。

そのことは、だれよりも六蔵当人が分かっている。それゆえ冬場の外出は、極力さけていた。

冬場の六蔵に用がある者は、他の土地の貸元といえども、深川・汐見橋にまで出向いてきた。

梅が咲くまで、六蔵は外出をしないと、だれもがわきまえていたからだ。

ところがいまは、ひとりで扇橋に向かっていた。六蔵といえども逆らえない相手から、きつい呼び出しを受けていたからだ。

「烽火(のろし)の御頭から、八ツ（午後二時）に顔を出すようにと言付かってめえりやした」

汐見橋の宿に使いの者が顔を出したのは、今朝の五ツ（午前八時）の鐘が鳴り始めた直後だった。

「うかがいやすとお伝えしてくれ」

「このたびは、貸元おひとりだけで扇橋にくるようにとのお達しでやす」

「それも呑み込んでおりやすと、御頭に伝えてもらおう」

重々しい声で返事をした。

「それでは八ツにお待ちいたしておりやす」

「手間をかけた」

低い声でねぎらったあと、六蔵は使いの者に駄賃を渡そうとした。一分金(四分の一両)一枚という、破格の駄賃である。

ところが若い者は受け取らなかった。

「刻限にお待ちいたしておりやす」

八ツに遅れるなと念押しをして、若い者は帰っていった。

渡世人が貸元から祝儀や駄賃を受け取らないというのは、よほどのわけがある場合に限られる。

いい話の呼び出しではないことを、祝儀を拒んだ使いの者が物語っていた。

一連のやり取りを思い返して、六蔵は深いため息をついた。怯えの気持ちがもたらしたため息だった。

若い者を使いに寄越した烽火の御頭とは、盗賊の首領、烽火の吉兵衛(きちべえ)のことである。

吉兵衛は小名木(おなぎ)川に架かった扇橋のたもとに五百坪の宿を構えていた。小名木川を東に進めば、公儀の中川船番所がある。四六時中、船番所の監視船が小名木川を行き来していた。

しかもこの川は、行徳の塩を江戸城に運ぶ重要な水路である。ゆえに公儀は川の両岸には大名の中屋敷・下屋敷を配して、小名木川の監視を大名にも求めた。

そんな警護の堅い土地に、吉兵衛はわざわざ宿を構えていた。

「役人連中は、船番所の目と鼻の先に、よもやわしが宿を構えているとは思わないだろう」

とはいえ警護の厳しい土地のど真ん中に、宿を構えるのだ。吉兵衛は役人の目をあざむくために、しっかりと知恵を使った。

小名木川沿いの砂村と大島村は、野菜の生産地である。吉兵衛は宿の前に、自前の船着場を設けた。そして近在野菜農家から、朝採りの青物を仕入れた。

仕入れた青物を本所と深川に売り歩くのは、吉兵衛の手下である。棒手振に扮した配下の者は、長屋のみならず、大店商家にも売り歩いた。

なにしろ、毎朝野菜農家が納めにくる採れたての青物だ。品物のよさでは日本橋青物市場に、一歩もひけをとらなかった。

その青物を、吉兵衛は相場よりも一割五分安値で売り歩かせた。

野菜売りの商いで、儲けを取る気はさらさらなかった。さりとてあまりに安値では、同業者の反感を買うし、世間からも胡散臭がられかねない。

一割五分の安値は、絶妙の値づけだった。

売値の安さとは逆に、野菜農家からの仕入れは、相場より五分も高く買った。

「日本橋まで行かずに済むし、高値で買ってくれるしでよう。ありがてえこった」

農家は競い合うようにして、野菜を納めにきた。

吉兵衛の宿の船着場には、ひっきりなしに川船が停まっていた。

野菜を納めにくる、農家の川船。

吉兵衛から仕入れる、仲買人のはしけ。

そして、本所に向かう棒手振たちを乗せた猪牙舟。

季節を問わずに船着場が賑わっている姿を、吉兵衛はわざと世間と役人に見せつけた。これを続けたことで、船着場に荷物船が舫われていても、いつしかだれも怪訝に思うことはなくなっていた。

吉兵衛は、野菜に紛れ込ませて、さまざまな盗品を他所に運び出した。金貨・銀貨の詰まった箱を運ぶこともあった。

ときにはわざと人目の多い朝方に、荷物やカネを運び出したりもした。が、だれからも咎められることはなかった。

吉兵衛の宿に向かう六蔵の足取りが重たいのは、用向きが分かっているからだ。

吉兵衛の使いは、朝の五ツきっかりに顔を出した。この刻限に顔を出す使いは、凶報しか運んでこない。

吉兵衛が吉報を運ばせるときは、四ツと決まっていた。

しかも六蔵に顔を出せという刻限が、八ツである。

「おれが八ツに来いと言ったときは、肚を括ってつらを出せ」

八ツに呼び出される用は、命のやりとりにかかわることが多かった。

五ツに顔を出した使いが、八ツに来いとの言伝を運んできたのだ。肝の太さを売り物にしている六蔵でも、湧き上がる怯えを抑え込むことはできなかった。

旧臘中旬に吉兵衛から呼び出しを受けたとき、六蔵は相手を甘く見ていた。

稼業柄、吉兵衛の名はもちろん知っていた。敵に回したら怖い男だとも聞いていた。しかし吉兵衛とじかにやり取りしたことがなかっただけに、怖い男との評判も「ただのうわさ」程度にしか捉えてはいなかった。

呼び出された理由にも思い当たることがなかっただけに、吉兵衛の前に出てもあぐらを組んでいた。

そんな六蔵に一瞥をくれたあと、吉兵衛は湯気を昇らせている鉄瓶から急須に湯を注ぎ入れた。すぐには湯呑みに注ぎ入れず、長火鉢の向かいに座した六蔵を見た。

「おめえが始めた伊万里からの回漕は、随分と景気がいいらしいな？」

吉兵衛は穏やかな物言いで問いかけた。

「いいてえほどじゃあねえんですが、まあ、ぼちぼちてえところで……」

ぞんざいな返事の途中で、吉兵衛は熱湯の詰まった急須を投げつけた。狙いは外れず、六蔵の胸元にぶつかった。

強い投げ方である。胸元に感じた痛さと熱湯の熱さが重なり、六蔵が声をあげた。その声を聞きつけて、吉兵衛配下の若い者ふたりが部屋に飛び込んできた。

ふたりは背後に回り、手慣れた動きで六蔵を縛りあげた。

着衣にしみついた熱湯が、六蔵の胸元を痛めつけていた。きつく身体を縛っている細縄も、肌に嚙みついている。

それでも六蔵は懸命に声を抑えた。最初に食らった急須の一撃で、つい声をあげたことを悔やんでいたのだ。

玄人がきつく縛り上げた縄には、寸分のゆるみもなかった。あぐらのまま、六蔵は身動きを封じられていた。

「おめえの返答次第では、このまま簀巻きにして大川に投げ込む。肚を括って答えろ」

長火鉢の前に座したまま吉兵衛は凄んだ。

「おめえを始末したところで、おれの稼業にはこれっぱかりの障りもねえ」

人差し指の腹を親指の爪で弾いた吉兵衛は、背後に控えた若い者にあごをしゃくった。

身体を縛っている縄が首に回され、ぐいっと引っ張られた。喉が潰れて息ができなくなった。

苦しくてもがこうとしても、別の男が身体を押さえつけている。もがくことすらできず、六蔵は息が詰まって気を失った。

柔術の心得のある若い者に活を入れられて、六蔵は息を吹き返した。目の前に中腰になった吉兵衛がいた。

赤い舌で唇を舐めている吉兵衛を目の前に見てしまい、六蔵から「うわっ」と甲高い声が飛び出した。

「返答次第では、もっと苦しむことになるぜ」

殺してくれと頼み込んだやつが、いままで八人いたと言う。

「九人目になるかどうかは、おめえ次第だ」

六蔵には逆らう気力など、かけらも残ってはいなかった。

「おれの言ったことがわかったか？」

「へえ……」

喉に縄が回ったままである。六蔵はかすれて潰れた声で返事をした。

「伊万里はおれの領分だ。今後はおれの指図なしには動かねえと、証文を書きねえ」

何事においても、証文を入れさせるのが吉兵衛の流儀だ。

せっかく手に入れた二級品伊万里焼の商いを差し出したうえ、さらに伊万里屋の手代を手なずけることまで約束させられた。

「証文に書いた文言を破ったときは、一命をもって償います」

末尾にはこれを書き、人差し指の腹に針を刺して滲み出た血で血判を捺した。

「おれの手元には、おめえが差し入れた証文があるぜ」

念押しされた証文のことを、六蔵は一日とて忘れたことはなかった。配下の儀三郎に命じて、伊万里屋の手代を取り込ませた。

しかし吉兵衛がなんの目的で伊万里屋の手代を欲しがっているのかが、いまひとつ六蔵の腑に落ちていなかった。

儀三郎も同様だったのだろう。荒事を仕掛けてまで落とした手代に、仕上げの段取りを施せぬままになっていた。

手代仕込みの仕上がりが大きく遅れていると、吉兵衛は怒りを募らせているに違いない。呼び出し方から漂う剣呑さを思うと、六蔵の足取りが重たくなっていた。


二町（約二百十八メートル）ほど先に、扇橋が見えてきた。

立ち止まった六蔵は、右手で頰を撫でた。凍えた頰は、さぞかし赤くなっているだろう。そんな頰をひとに見られるのが口惜しい六蔵は、両手で強く頰をこすった。

血の巡りがよくなり、頰にぬくもりが戻ってきた。

行くしかねえ。

六蔵は声に出してつぶやいた。

かつて吉兵衛から逃げおおせた者は、ひとりもいなかった。逃亡を図って追っ手に捕まったあとは、凄まじい拷問にかけられた末に、幾日も苦痛の続く手段で殺されるのだ。

凄惨な光景を思い出すたびに、身体の芯から震えを覚えた。

まだ、しくじりと決まったわけじゃねえ。

おのれに言い聞かせて、六蔵は扇橋に向かって一歩を踏み出した。

儀三郎のばかやろうが。

苛立ちをあらわにして、儀三郎の名前を吐き出した。雪道を歩いてきた野良犬が、六蔵をよけて通った。

吉兵衛の宿は、四百坪を青物の商いに使っており、母屋は建坪およそ五十坪の平屋である。

「御頭から言われておりやす」

約束の刻限に顔を出した六蔵を、若い者は土蔵のほうへと連れて行った。母屋に連なる形で普請されている土蔵は、壁土の厚みが一尺（約三十センチ）もある、本寸法の拵えだ。

「奥にへえってくだせえ」

若い者は土蔵の入口で立ち止まり、六蔵をひとりで奥へ入らせた。土蔵の奥には、土間から八尺（約二・四メートル）も高くなった座敷が構えられている。

蔵の戸口に立ったままの若い者は、座敷に上がれと六蔵を目で促した。

なぜ、こんなに座敷が高いのか、六蔵はそのわけを知っている。知っているがゆえに、上がるのをためらった。

「座敷で待てというのは、御頭の言いつけでやす」

若い者は、土蔵の土間よりも冷たい口調で、吉兵衛の指図を伝えた。

「分かった。座敷で待たせてもらおう」

口に出した返事は、嫌がるおのれに因果を含めるかのような口調になっていた。

粗末な拵えの杉の階段を、六蔵は一段ずつ足元を確かめながら上った。階段は、一段の高さが五寸（約十五センチ）である。六蔵が十五段を上り切ったのを見定めてから、土蔵の扉が閉じられた。

一尺の厚みの壁土のうえに、さらに二寸の漆喰を塗った土蔵の扉は、十貫（約三十八キロ）の重さがある。

ただでさえ重たい扉に、吉兵衛はわざと音が軋むように細工を加えていた。

ギイイッーーー。

地獄の釜のふたが開くような音を立てて、扉が閉じられた。座敷に上がった六蔵は、おもわず周囲を見回した。

いきなり、土蔵のなかを照らしていた四本の百目ろうそくがすべて消えた。その瞬間、四方から伸びてきた手に、六蔵は押さえつけられた。

うぐっと、六蔵は闇のなかでくぐもった声を漏らした。が、すぐに背後から猿轡（さるぐつわ）をかまされて、うめき声すら出せなくなった。

両側から伸びた屈強な手が、六蔵の両腕をきつく摑んでいる。身動きできない六蔵の首に、太い綱の輪がかけられた。

輪が絞られて、六蔵の首にぴたりと巻きついた。出し抜けに、明かりが灯された。

「久しぶりだな、いかずちの」

いつの間にか、吉兵衛が座敷の隅に座っていた。吉兵衛が小さくあごをしゃくると、首に綱を巻かれた六蔵が、座敷の真ん中に押し出された。

「座敷のことも、綱のことも、おまえには細々と言うことはないだろう」

吉兵衛が語尾を上げて問いかけた。六蔵は返事をしようとしたが、口が自由に動かない。

忙しなく首を上下に振って、分かっていると答えた。

一度口にしたことを守らないやつは、だれかれを問わずに容赦をしない……吉兵衛がこれを口にしたときでも、六蔵はまだ真のむごさを分かってはいなかった。

それゆえに、猿轡を外されるなり、口は勝手に詫びをしゃべった。

「約束が守れていねえことは、申しわけありやせんでした」

若い者が詫びを言うような口調で、うかつにも六蔵は勘弁してくだせえと続けた。

「おめえは組を差配する貸元だ。小僧のような詫びは聞きたくもねえ」

言っていることは乱暴だが、吉兵衛の口調は奇妙にも優しかった。

優しさはただごとではないと、このときようやく六蔵は察した。湧き上がる怯えで目のやり場を失った六蔵は、ついつい伏し目になった。

その刹那、吉兵衛は張り手を食らわせた。

パシッ。

響き渡った音が、張り手の強さをあらわしていた。

「おめえも貸元の端くれなら」

吉兵衛は、右手を六蔵のあごの下に突っ込んだ。乱暴に六蔵の顔を持ち上げると、自分の顔をくっつけた。

怯え切った六蔵の両目が、吉兵衛を見た。

「軽い詫びを言ってねえで、不始末のつぐないはおのれの身体でつけますぐれえのことを、きっぱりと言い切ってみろ」

吉兵衛から目配せを受けた男ふたりは太綱で六蔵を縛り上げると、土蔵の柱にぐるぐる巻きにした。

そのあとで、若い者五人が七輪を六蔵の周りに置き直した。真っ赤に炭火が熾きた七輪を、身体を取り囲む形に置かれたとき。

おれは身体を刻まれて、この炭火で焼き殺されるのか。

六蔵は正味でそれを思った。吉兵衛のむごさは、すでに身体が分かっていた。

しかし吉兵衛が仕掛けてきた拷問は、焼き殺されるよりもひどい仕打ちだった。

「炭火で死ぬのは、息苦しいだけじゃあねえ。息が詰まる前には天女があらわれて、身にまとった薄衣で、やさしく頬を撫でてくれるという話だ」

存分に、その心地よさを味わえばいい。惜しいことに、どれほど気持ちがよかったかを、おまえから聞き出すことはできないが。

そう言い残して土蔵から出て行ったときの、吉兵衛の顔。あの横顔を思い出すと、情けないことにいまでもふんどしを濡らした。

なにがあっても、黒色火薬を江戸に運び込ませる。上首尾に成し遂げれば、吉兵衛も見張りの目もゆるむだろう。そう思いながら気が遠くなった。

三十八

寛政八年一月の皿山は、例年よりも冷え込み方が厳しかった。

いつもの年であれば、正月も中旬を過ぎれば雪が舞うことは滅多になかった。ところがこの年の皿山は、一月十五日を過ぎても雪を思わせる重たい空が続いた。

明け六ツ（午前六時）を迎えても、空の端から端まで、ベタッと分厚い雲がかぶさった夜明けを迎えた。

「うわあ、凄い雪だこと……」

勝手口の杉戸を開くなり、おみつが思わず大声を発した。息が白く濁った。

周りにだれかいるわけではなかった。冬場の山城屋は、店を開くのは六ツ半（午前七時）である。

薪屋の奉公人は、手代といえども日中は力仕事からは逃げられない。仕事がきついだけに山城屋では、十一月から二月の間は開店を六ツ半に繰り下げていた。

奉公人が起き出すまでには、まだ四半刻は間があった。健太郎の内儀おちえは、昨日から身体の調子を崩して臥せっている。

凍えが居座った台所にも戸外にも、おみつ以外の人影はない。勝手口の戸を開いたら、三匹いる飼い犬の一匹、柴犬のごんがそばに寄ってきた。

あたまを撫でようとしたら、ごんはおみつの裾を強く噛んだ。

「だめよ、そんなことをしたら」

おみつが強く叱っても、ごんは噛んでいる裾を離そうとはしない。こんな聞き分けのない振舞いは、初めてだった。

「噛んだらだめって、言ってるでしょう」

おみつは声を荒らげた。それでもごんは放そうとはしない。しないどころか、おみつを戸外に引っ張り出そうとするかのように、一歩ずつ後ずさりを始めた。

「そうか、分かったっ」

おみつが声を弾ませた。

「おまえはあたしを、どこかに連れて行きたいのね？」

裾を噛んだままのごんに、やさしい声で話しかけた。ごんの口が、裾から離れた。

「どうすればいいの？」

ワン、ワンッ。

吠え声で応じたごんは、先に立っておみつの案内を始めた。

勝手口の外には、大きな納戸が普請されている。その日に使う米や、豆・キビなどの雑穀、それに味噌・醤油・塩などの調味料の樽や俵が仕舞われている納戸だ。

ごんに引っ張られなくても、ここには朝食の仕度で毎朝入る。それはごんも分かっているはずだ。なのになぜ、着物の裾を噛んでまでおみつを納戸に引っ張ってきたのか。

戸口に立ってみて、そのわけが分かった。

「あっ……」

小声を漏らしたおみつが、口元を押さえた。杉の板戸には、小柄が突き立てられていた。明け六ツの四半刻前が、おみつの起床どきである。起きたあとのおみつは、最初にへっついの火熾しをする。そして大釜に湯を沸かしたあとで、納戸に向かう。

それを知っている隠密が、ここまで出向き、小柄を突き立てて帰ったのだ。

野島の小柄だと分かり、おみつの頰が朱色に染まった。

八ツ（午後二時）下がり。皿山の町には、朝からの雪がまだしぶとく降り続いていた。鉛色の分厚い雲を突き抜けたぼんやりとした光が、雪を照らしている。地べたに五寸（約十五センチ）もかぶさった雪は、わずかな光でもまばゆく弾き返した。

石に腰をおろして煙草を吸っている杢兵衛は、しわの寄った顔をしかめた。風が吹いたことで雪の照り返しが目に入り、まぶしさを感じたからだ。

立て続けに吸った煙草に、杢兵衛はいささか飽きていた。吸い終わったキセルを、プッと強く吹いた。

火皿の吸殻が、雪のうえに飛んだ。

ブシュッと音を立てて、雪に穴があいた。

杢兵衛はキセルを煙草盆に戻した。大好きな煙草をたっぷり吸ったというのに、浮かない顔をしている。

どうしたものやら……。

李兵衛にしてはめずらしく、ひとりごとをつぶやいた。それほどに、李兵衛はおみつのことを案じていた。

あろうことか、おみつが隠密のひとりに心を寄せていた。おみつはそんなことは、ひとことも言わない。素振りのなかにも、かけらも見せなかった。

それゆえに、常に近くで見ているおちえも気づいていなかった。が、そこは練れている李兵衛のことだ。

「納戸の戸口に、野島様の小柄が突き立てられていましたから……今夜はまた、隠密の方々がお見えになりますよね」

李兵衛に話すときのおみつは、声が弾むのを隠し切れないでいた。

これまでにも李兵衛は、幾度もおみつの様子をいぶかしく思うことはあった。隠密との密談の折に、おみつは茶菓を調えたり、ときには囲炉裏に鍋物を吊るしたりの手伝いもした。

隠密のなかで、野島健作・篠田兵三郎・笹岡得衛の三人は、ともに二十九歳の同輩である。ゆえに山城屋での寄合が深夜から未明に及びそうなときは、なかのひとりは代官所に残った。万一の変事勃発に備えての、隠密頭吉岡勘兵衛が講じた措置だった。

寄合に野島が来ないと分かったときは、おみつは落胆したような吐息を漏らした。

まさかこの娘は、隠密に……。

あたまに浮かんだ思いを、李兵衛は強く打ち消した。

武家と町人の、身分違いを言うまでもない。公儀隠密に恋心を抱いたところで、思いは成就するわけがなかった。

一を聞いて五を察する聡明なおみつに、道理が分からないはずがない。そう思ったがゆえに、杢兵衛はあたまに浮かんだことを打ち消したのだ。

しかし今朝のおみつの様子を見て、杢兵衛は案じていたことは的を射ていたと確信した。

隠密が戸口に刺していった小柄を、おみつは野島のものだと言い切った。

小柄がだれのものであるのか、杢兵衛には皆目見当がつかなかった。

おみつと野島が、密会しているとは思えなかった。そんなひまを作り出すのは、おみつにも野島にも、できる相談ではなかった。

しかし、おみつが野島に強く惹かれているのは、もはや間違いないと断じていた。

このまま知らぬ顔を続けて、もしも野島とおみつが男女の間になったとしたら。

おみつがつらい目に遭うだけだ。

目配りに寸分の抜かりもない吉岡が、部下の動きに気づいていないわけがない。

吉岡は、野島の勝手を許しているのか。

さもなければ、吉岡の指図で野島はおみつに接触を図っているのか。

大事に至らぬ前に、どう芽を摘めばいいのかと、杢兵衛は思案をめぐらせた。

しかし、吉岡の指図でことが進んでいたならば、それを摘むのは隠密への敵対行為となる。

うかつには動けねえやね。

思案に詰まった杢兵衛は、盆に戻したキセルをまたもや手にしていた。

三十九

隠密五人は、五ツ半（午後九時）に囲炉裏の離れにあらわれた。が、屋根裏から忍び込むのではなく、戸を開いて入ってきた。

「いささか不手際が生じた」

吉岡の物言いが差し迫っていた。健太郎と杢兵衛は、囲炉裏の座から立ち上がり、土間に下りた。茶の支度を進めていたおみつの手が止まった。

「不手際とは、いったいなにが起きましたので？」

「雪がやんだ」

健太郎の問いには短く答えただけで、吉岡は目を杢兵衛に移した。

「そこの馬小屋につないである馬を、暫時、借用いたしたい」

こう切り出してから、吉岡は語調をいつも通りのものに戻した。

「これほど早くに雪がやむとは、見立てておらなんだ」

吉岡は抑揚をつけない物言いで、おのれの不明を口にした。

雪がやんだのは、五ツ半からほんのわずか手前だった。今夜遅くまで雪は降り続くと見立てていた吉岡は、五ツ半近くになってから代官所を出た。

雪が降り続いていれば、隠密たちの足跡はすぐに埋もれて消える。そう判じていただけに、格別の足跡消し策は考えていなかった。

代官所を出て二町（約二百十八メートル）ほど進んだところで、いきなり雪がやんだ。

「先を急ぐぞ」

吉岡の号令で、野島、篠田、木下、笹岡の四人は雪道を一気に駆けた。できる限り身を軽くして走り、雪に残る足跡を浅いものにした。

しかしいかに忍びの技に長けた隠密といえども、柔らかな雪の表面に足跡を残さずには走れない。

「火の用心が回り始める四ツ（午後十時）までには、なんとしてもこの周辺の足跡を消さねばならぬ」

不手際がなにを指していたのか、健太郎も杢兵衛も、はっきりと呑み込んでいた。

「野島に馬子の身なりをさせて、馬を引かせる。陶山神社までの道を馬とともに行き帰りすれば、ここにつながる足跡を消すことができる」

馬が入り用なのは、乗るためでも、モノを運ばせるためでもなかった。

馬子と馬とで雪道を行き来して、雪に残った隠密五人の足跡を消そうというのだ。

「そういうことなら、すぐにも蹄（ひづめ）の大きい馬を選りすぐって出しましょう」

健太郎は、馬の貸し出しを快諾した。

「もうひとつ、頼みがある」

おみつを野島と一緒に出してほしいと、吉岡は頼みを加えた。

「もしも土地の者に見咎められたとしても、おみつ殿が一緒ならば、なんとでも申し開きができる」

どれほど馬子の身なりをさせても、野島は武家である。動きを崩そうとしても、身についた所作は、容易には消せない。

もしも夜道で火の用心に出くわしたとき、野島ひとりではあらぬ疑いを抱かせかねない。おみつが一緒なら、野島を山城屋の新しい馬子だと言い張ることもできる。

「分かりました」

健太郎は、いささかのためらいもみせずに吉岡の頼みを引き受けた。

「吉岡様が言われた通りだ」

健太郎が目をあわせたときには、おみつはすでに茶をいれる支度を取りやめていた。

「寒いなかを出歩かせるのは気の毒だが、ことは一刻を急いでいる」

「分かっています」

おみつは力のこもった目で、健太郎を見詰め返していた。

「あたしのことなら平気です。皿山の寒さには、すっかり慣れましたから」

「すまぬの、おみつ殿」

隠密頭の吉岡が、商家の女中に詫びを言った。言われたおみつは、驚きで目を見開いた。

「野島様のお召し物を、母屋から運んで参ります」

吉岡に軽い辞儀をしたおみつは、母屋へと駆け戻った。野島の着替えを抱えて戻ってきたときには、上気したのか寒さゆえか、頬が朱に染まっていた。

「造作をかけました」

おみつから着替えを受け取った野島は、ただちに馬子に扮装した。身なりは馬子だが、所作にはまるで隙がない。

この身のこなしで馬子だと言い張るには、無理があった。

おみつは藁沓を履き、厚手の綿入れを羽織っていた。明るい赤地に、白の格子柄が染められている。暗い土間に立っていても、綿入れの色味と柄は見てとることができた。

「それでは」

「首尾よく、足跡を消して参れ」

吉岡は、いわずもがなの指図を与えて野島とおみつを送り出した。

「すまないが杢兵衛さん、茶をいれてもらえませんか」

「ああ……いいとも」

杢兵衛の返事はいつもとは異なり、湿り気味である。

吉岡は、強い目を杢兵衛に向けた。

杢兵衛も吉岡を見た。

五十一歳の杢兵衛と四十五歳の吉岡とが、互いの目で斬り結んでいるかのようだ。

その気配を、飼い犬のごんが感じ取ったらしい。

ウオオーーン……。

不安げな遠吠えが、長い尾を引いて皿山の町に響いている。はやくも夜気で凍り始めた雪が、ごんの遠吠えを弾き返した。

囲炉裏を構えた離れには、小さいながらも本寸法の流し場があった。客をもてなす料理を拵えるための、調理場である。

へっついは小型だが、焚き口は三つ構えられている。杢兵衛は真ん中の焚き口で、湯を沸かし始めた。

いそいそと野島と出て行ったおみつが、種火を熾していた。杢兵衛は焚きつけをかぶせて、火吹き竹で風を送った。

毎日、山城屋の風呂釜で、火熾しをしている杢兵衛である。風の送り方は絶妙で、たちまち焚きつけから炎が立った。

間をおかず、杢兵衛は薪の小割を炎にかぶせた。たっぷりと脂を含んだ、火付きのよい赤松の小割である。

バチバチバチッ。

赤松は音を立てて燃え始めた。

「そのまま、湯を沸かしながら聞きなさい。そのほうがへっついを見てさえいれば、わしが話をしていることには誰も気づかぬ」

真後ろに立った吉岡が、小声で話しかけてきた。周囲の気配には聡(さと)いはずの杢兵衛が、吉岡にはまるで気づいていなかった。

吉岡は、口を動かさずにモノをしゃべる技を身につけていた。わずかにくぐもったような口調だが、杢兵衛は明瞭に聞き取ることができた。

「野島とおみつの間柄に気づいておるのは、そのほうだけだ。構えてそのことは、口外無用といたせ」

おみつに仇をなすことは、断じてしない。それは太刀にかけて約束する。

そう言い置いて、吉岡は囲炉裏の座に戻って行った。

四十

杢兵衛がいれたのは、熱々の焙じ茶だった。茶請けには、伊万里焼の小皿に載せた大粒の梅干が添えられていた。

梅干は健太郎の父親篤志郎が、隣国の太宰府から取り寄せている逸品である。飲食にぜいたくを言わない篤志郎だが、ただひとつ、梅干には大きなこだわりを持っていた。

健太郎が授かった年の秋に、篤志郎は太宰府まで出かけた。長男を授かった御礼と、知恵ある跡取り息子として育つようにとの、息災祈願のためである。

その折に、天満宮参道の茶店で大粒の梅干を口にした。その美味さが忘れられず、以来、太宰府から樽ごと取り寄せていた。

杢兵衛が茶請けに出したのも、その梅干である。

梅干には、黒文字で拵えた楊枝が添えられていた。手にすれば、楊枝が放つほのかな香りが感ぜられた。

健太郎と隠密たちに茶を出す前に、杢兵衛はおのれの四畳半に戻った。その部屋から離れに持ち帰ったのが、黒文字の楊枝である。

二十代、三十代のころの杢兵衛は、江戸で世の中を斜めに横切って歩いていた。肩で風を切って往来を行き来したし、料理と女はもちろんだが、酒にも茶にもうるさかった。

「掻巻を羽織ったまま、部屋で明け六ツ（午前六時）の鐘を聞きながらよう。女がいれた宇治をすすり、紀州の梅干を黒文字でつっつく……これが男の見栄だぜ」

宇治だの駿河だのと、茶の美味さが分かってこそのしゃれ者。若い時分の杢兵衛は、こう言い放って仲間を見回した。

「おめえたちもいっぱしの口がきてえなら、一夜明けたあとの敵娼から黒文字つきの梅干を出してもらえる身になりねえ」

「なんでえ、そいつあ」

いぶかしげな顔で問う仲間に、杢兵衛はしたり顔で講釈を続けた。

「女が黒文字つきの梅干を出してくれるのは、あんただけがあたしの間夫（遊女が本気になった情夫）よと、想いをこっちに伝えてるのよ」

「ほんとうかい、そりゃあ」

「そんな話は、聞いたことがねえ」

仲間たちは口を尖らせて、杢兵衛の言い分を疑った。

「そいじゃあ訊くが、おめえたちのなかで、女にそうしてもらったやつはいるか」

仲間たちは口を閉じて顔を伏せた。

「おれに文句があるなら、そうされてから言いねえ」

きつい口調で言い置いてから、杢兵衛は話を続けた。

「梅干に添えられた黒文字は、あんたの言うことならなんでも呑み込みますと、女に成り代わってそう言ってるんだぜ」

そうだったのかと、話を聞き終わった仲間は杢兵衛にあたまを下げた。

黒文字はクスノキの仲間だが、高さは七尺（約二・一メートル）にもならない低い木だ。樹の皮は濃い緑色で、黒い斑点が散っている。その斑(まだら)模様を文字に見立てたところから、黒文字の名がついた。

黒文字は伐採されたあとも、強い香りを皮の内側に閉じ込めている。ゆえに小割を削って拵えた楊枝や箸は、芳しい香りを放った。

値は高かったが、札差などの大尽や、若い時分の杢兵衛のような見栄っ張り、それに遊郭などで大いに重宝された。

杢兵衛は一束五十本の黒文字を、十束も柳行李の底に仕舞い、江戸から皿山に持ち込んでいた。が、使う折がまったくないまま、今日に至っていた。

「茶をやってくだせえ」

あるじの健太郎の膝元に置いてから、隠密たちにも茶と梅干を供した。

吉岡は茶請けに添えた黒文字に、すぐさま気づいた。ふっと目元をゆるめたが、気づいたのは吉岡を見詰めていた杢兵衛だけだった。

「寒い夜は、焙じ茶の美味さを引き立ててくれます」

健太郎は、黒文字にこめられた意味を知るはずもなかった。茶と梅干の美味さを言い立てるのみの健太郎だったが、二杯目の茶を飲み干したあとで、野島とおみつがまだ戻ってきていないことに気づいた。

「ふたりが出ていって、かれこれ半刻が過ぎた」

さすがに、おみつの身が案じられたのだろう。心配そうな目を李兵衛に向けた。

「おみつはなにごとにも、目配りのできる娘だ。それに、腕の立つお武家さんがついていなさることだ」

案ずることはねえさと、李兵衛は軽い調子で応じた。

「そうは言うけど、李兵衛さん……」

おみつを案ずる言葉を、健太郎がさらに重ねようとしたとき、馬のいななきが聞こえた。

「だから、そう言っただろうがよ」

李兵衛が、しわのよった目元をゆるめた。健太郎の顔にも、安堵の色が浮かんだ。

離れに戻ってきたおみつは、手早く立ち働いて夜食を拵え始めた。味噌仕立ての猪汁である。

「いつの間に、そんな支度を手際よくすませていたんだ」

おみつの段取りのよさに、李兵衛があきれ気味の声を漏らした。おみつはわけありげな笑みを浮かべて、李兵衛を見た。

「そいつあ、さぞかし美味い猪汁になることだろうさ」

ひとりごとをおみつに聞かせてから、杢兵衛は囲炉裏の場に戻った。

「わしらの足跡は、もはや案ずることもない」

野島とおみつが曳いた馬が、雪道をめちゃくちゃに踏み荒らしていた。

「今夜までに分かったことを、笹岡が取りまとめて話す」

吉岡の目配せを受けて、笹岡が座り直した。話し始める前に、膝元の茶で口を湿らせた。

長い話になりそうだった。

「野沢屋はやはり、根深い難儀を抱え持っていました。探りの端緒を開いていただいた杢兵衛殿には、礼を言います」

両手を膝に置いた形で、笹岡は軽い会釈をした。武家が町人に示す、最上級の礼だった。

「野沢屋松右衛門には、若い時分に伊万里の地で産ませた息がおります」

「えっ……」

健太郎が息を詰まらせて驚いた。

「あのガチガチの堅物で通っている松右衛門さんに、ですか」

「ひとはだれしも、幾つも顔を持ち合わせておるものだ」

吉岡がわきから口を挟んだ。杢兵衛が小さくうなずくのを見てから、吉岡は部下に話の先を促した。

「野沢屋松右衛門は、先の正月で四十七になりました。伊万里にいる隠し子は、はや三十になっています」

隠し子の歳を聞いて、杢兵衛までが目を丸くした。

「松右衛門が十七だった年の、まさしく若気のいたりでできた男児です」

野沢屋には総領息子がいるが、歳はまだ十六。去年、元服式を執り行ったばかりの若者である。

隠し子は、総領息子より十四歳も年長ということになる。

「三十といえば、わたしと同い年です」

気を昂ぶらせた健太郎は、上体を囲炉裏のほうに乗り出していた。

「松右衛門さんの隠し子にそんな歳の男がいるとは、皿山のだれも知りませんし、にわかには信じられません」

「健太郎殿の言われる通り、隠し子陽太郎のことは、野沢屋内儀すら知らぬことです」

隠密の探りは、細部にまで目配りがなされていた。

陽太郎という名は、女郎がつけた。松右衛門十七歳の年の話だった。

「いまはうちで面倒を見るが、皿山に帰ったあとは、しっかりと世話をするように」

置屋の女将は、子を産んだ女郎以上にやり手だった。女郎と示し合わせて、皿山に帰ったあとの松右衛門から、子育ての費えをむしり続けた。

松右衛門が当主の座に就いたあとは、せびるカネの桁がひとつ大きくなった。

陽太郎の母親が病死したのは、いまから十五年前。陽太郎十五歳、松右衛門三十二歳の秋だった。

「ゼニば惜しむようなことしたら、皿山に乗り込むよ」

母親の血を濃くひいたのだろう。陽太郎は松右衛門を金づるとしか考えていなかった。

陽太郎は二十五歳になってから、しゃくなげ組に拾われた。組の名の響きはいいが、二級品の伊万里焼を江戸に送り出す一家だ。

仲仕の元締めといえども、このしゃくなげ組には一切、手出しができなかった。

「うちから聞いたとは、なにがあっても明かさないように願います」

笹岡に話を聞かせた者は、くどいほどに念押しをしてから先に進めた。

陽太郎が組に拾われたのは、皿山の野沢屋松右衛門が実父であると売り込んだからだ。

さすがに藩窯には、しゃくなげ組も手出しはしなかった。が、他の窯は幾つも組の誘いに乗っていた。

調べを進めるなかで、しゃくなげ組が塩田宿に足場を持っていることが判明した。

塩田の窯は水瓶にも使えるほどの、高さが三尺から四尺もある大壺を焼いていた。出島から輸出されたあとはオランダを基点として、ヨーロッパ各国の邸宅に向けて大壺は販売されていた。

格好の大きさの水汲み壺として、である。

窯元の近くを流れる塩田川は、島原湾に注いでいる。水運を使うことで、塩田宿は出島と繋がっていた。

しゃくなげ組は塩田の大壺を破格の安値で仕入れ、二十倍以上の高値でオランダ商館員に売りさばいていた。

塩田の窯元がしゃくなげ組に従わざるを得なかったのは、命綱である薪の供給を握られていたからだ。

「黒色火薬を差配している黒幕は、しゃくなげ組の半七なる男に相違ない」

吉岡は力強い口調で断じた。

仔細を聞かされ終えた健太郎は丹田に力をこめて、前歯で下唇を噛んでいた。

四十一

月半ばごろの二日間、野沢屋松右衛門は薪仕入れの商談で、伊万里湊に供もつけず、ひとりで出向いた。

一月中旬の四ツ（午前十時）過ぎ。野沢屋の薪割り場では、職人三人が茶を飲んで一服していた。

「旦那様は、もう戻ってらした？」

最年長の与作が、キセルに煙草を詰めながら問いかけた。

「昨日、戻ってこられただ。そんだよな、喜助よ」

喜助が、思案顔を拵えた。

「どうした、喜助。旦那様に、なんかあったとかい」

与作の吹かした煙が、真上にゆらゆらと立ち昇った。薪割り場は吹きさらしだが、今日は朝から上天気で風もなかった。

「昔の旦那様なら、夏でも冬でも、伊万里に出張ってくときは、なんだか足取りは弾んどったとよ」

「おまえの言う通りだが……それが、どうかしたとね」

与作と友吉に向けた喜助の目には、ふたりを咎めるような色が浮かんでいた。

「去年の夏ごろから、旦那様は伊万里に行くときの足取りが、重たそうに変わっとろうが」

「いっちょんわかっとらん。与作どんは？」

「わからん」

煙草を吹かし終えた与作は、火皿を喜助のほうに突き出した。

「なんで旦那様の足取りが重たそうに見えると。わけを聞かせてくれ」

強く迫られた喜助は、与作から目を外してふうっとため息をついた。そののち大きく息を吸い込んでから、与作に目を戻した。

「旦那様は伊万里のしゃくなげ組から、目をつけられているんだ」

「なんてぇ」

与作と友吉の顔色が変わった。

三人の薪割り職人は、いずれも松右衛門がじかに雇い入れていた。

野沢屋の番頭が半月ほど寝込んでいた時期に、三人は野沢屋への奉公が決まった。給金を定めたのも、薪割りの吟味をしたのも、当主の松右衛門である。

それだけに三人とも、松右衛門に対する感謝の思いは、他の奉公人や職人たち以上に強かった。

「いい加減な話じゃないか？」

与作がきつい目で問い質した。

「伊万里はおいの在所だ、あやふやな話なんかしねえよ」

正月に伊万里に帰った折に仕入れた話を、喜助はふたりの仲間に聞かせ始めた。

「しゃくなげ組がどんなわるさやってるかは、おめだちも覚えてるだろう」

与作と友吉が大きくうなずいた。

しゃくなげ組のあらましも、喜助がふたりに聞かせていた。

「あの陽太郎って隠し子は、とことんタチがわるくてよ。しゃくなげ組の手先ば買って出て、旦那様を脅しとっとよ」

与作、友吉、喜助のほかには、松右衛門の隠し子の一件を知っている奉公人はいない。

「しゃくなげ組は、どえらいことを仕掛ける気でおるんだ」

湊の仲仕と喜助は、伊万里で生まれ育った幼馴染である。正月に在所で酒を酌み交わしたとき、喜助はその仲仕頭からとんでもない話を聞き込んでいた。

毎月五日に、伊万里湊から江戸に向けて廻船が出航していた。積荷はもちろん、伊万里焼が大半である。他の積荷は、炭俵に詰められた楢炭だった。

楢炭は火付きがよくて、しかも安価であることから、江戸の長屋では重宝がられた。

しかし火付きがよい代わりに、燃え尽きるのも早かった。またうちわで風を送り込むと、七輪から凄まじい火の粉が飛び散った。飛び散る火の粉は、火事の元になる。

ゆえに長屋の女房連中は、楢炭の火熾しには、火の粉が飛び散らないように気遣った。

ところが伊万里から出荷される楢炭は、他の国の炭とは異なり、火の粉がほとんど出ないことが売り物だった。

「伊万里の炭は、火事の多い江戸にはなによりの品である」

公儀も伊万里の炭のよさを認めていた。幕府お膝元の江戸の火事には、公儀も常からあたまを痛めていたからだ。

速やかに江戸に廻漕されるべし。

伊万里の楢炭は、浦賀船番所の荷物改めもきわめて滑らかに運んだ。

しゃくなげ組貸元、しゃくなげの半七は、このことに目をつけた。今年で五十五歳になった半七は、十五から三十までの十五年間、江戸を渡り歩いた。

伊万里に帰ったのちに、くず伊万里を江戸で売りさばく仕事を思いついた。

「伊万里から楢炭の炭俵に詰めて、くず伊万里を送りやす。くずと言っても、色ムラがあるだけで傷物には見えない」

　半七は、烽火の吉兵衛にくず伊万里の売りさばきは大儲けできると売り込んだ。

「くず伊万里の送り出しに限らず、伊万里にかかわりのあることなら、なんでも任せてくだせえ」

　江戸で十五年の歳月を過ごした半七は、吉兵衛に大見得を切った。

　なんでも任せてくだせえ……。

　半七が口にしたことが、伊万里湊の深いところで、どえらい仕掛けとなって動き始めている。

　隠し子陽太郎とのかかわりで、野沢屋松右衛門も抜き差しならない羽目に陥っているみたいだ……。

　それ以上の次第は、仲仕頭の耳にも入っていないということだった。

「なんだか分からねえけんどよう。旦那様は、えらい苦労を背負い込んでいるにちげえね」

　旦那様が伊万里に出かける足取りは、地べたにくっついているかのように重たそうだったと、喜助は話を結んだ。

「わしらは旦那様にでっかい恩義があるでよう。なんでも手伝って、旦那様の難儀を軽くするとよ」

　喜助が口にしたとこに、与作も友吉もやるとと口を揃えた。

馬小屋のいななきで、屋根に積もった雪のかたまりがドサッと落ちた。

四十二

高さ八十丈（約二百四十メートル）の峠を越えれば、伊万里の湊町である。茶店に腰をおろした松右衛門は、目の前に開けた湊町と海をぼんやりと眺めていた。

八ツ（午後二時）下がりの陽が、伊万里の海を照らしている。冬の陽は、まともに浴びても汗ばむことはなかった。

しかし濃紺の海原を、キラキラと照り返らせる強さをはらんでいた。

ふうっ……。

焙じ茶をひと口すすった松右衛門は、まぶしげに目を細めた。

「待たせたな、親父」

いつの間にか陽太郎が背後に回っていた。いやいや待っていたがために、松右衛門は息子があらわれたことに気づかなかった。

「なにもこんなに、人目を惹く峠の茶店で落ち合うこともないだろうが」

人目を惹くと言ったものの、ふたりのほかに旅人はいなかった。

「仏頂面をすることもなかと」

これから行く先には、この茶店で落ち合うのが都合がいい……陽太郎は松右衛門の支度も待たず、茶店を出た。

「ここに置いたよ」

一文銭十二枚を縁台に残した松右衛門は、陽太郎から四半町（約二十七メートル）の隔たりをあけて峠を下り始めた。

峠道を四十丈（約百二十メートル）ほど下ったところで、陽太郎は山に分け入る枝道に入った。松右衛門はいぶかしげな顔つきで、枝道の手前で立ち止まった。

かつて何十回も、松右衛門はこの峠道を下って伊万里湊へと向かっていた。が、こんな枝道があったことには、まったく気づいていなかったからだ。

「突っ立ってないで、はいっとよ」

陽太郎に手招きされて、松右衛門は渋々ながらあとに続いた。

「ちょっと待っとれ」

陽太郎は枝道の入口を、木の枝を結わえた柵でふさいだ。自生している木と、見分けがつかなくなる細工を加えた柵である。

峠道を何度上り下りしても、この枝道に気づくはずがなかった。

「どこに向かう気だ、陽太郎」

問いかけても答えず、陽太郎はずんずんと山に入って行く。業腹な思いを抱えながらも、松右衛門は息子のあとを追った。

峠を下ったのと同じほど登ったとき、いきなり前が開けてきた。正面には伊万里の海が見えている。

茶店よりも、はるかに眺めがよかった。

「もうすぐよ」

陽太郎は登る足取りをゆるめた。

登り道の両側には高さ六尺（約一・八メートル）の柱が、三間（約五・四メートル）間隔で立っている。柱の先端には、桃色のぼんぼりが載っていた。

だれがこんなことを……。

松右衛門は足をとめて、周囲を見回した。一本の柱の根元から、別の細道が拵えられている。道の突き当たりには、萱葺き屋根の平屋が見えた。

「おい、陽太郎っ」

陽太郎の背中に、尖った声を投げつけた。

「そこのことは、あとで分かる。いまはもっと上に行くとよ」

言い終わるなり、陽太郎の姿が消えた。松右衛門は足を急がせて、あとを追った。

陽太郎が消えた場所には、別の平屋の玄関があった。

「おまえが来るのを、待っとったとよ」

肌色の長襦袢（ながじゅばん）だけを身に着けた女が、松右衛門に科（しな）をつくった。

山から吹き降りてきた風が、長襦袢の合わせ目にあたった。わずかな風を浴びただけで前がはだけるように、女は細帯をゆるく締めていたのだろう。

薄物がめくれて、女の太ももがあらわれた。

松右衛門の喉が鳴った。

四十三

「しゃくなげの半七親分が普請した、温泉つきの離れだ」

陽太郎と松右衛門は、露天風呂につかっていた。

わけが分からぬまま、松右衛門は薄物姿の女に着衣を脱がされた。背中を押されて外に出たら、露天風呂が設えられていた。

「親分は藩の役人連中を、ここに引っ張り込んでるよ。連中はすっかり親分に鼻毛ば抜かれて、いいなりたい」

両手ですくった湯を、陽太郎は勢いよくおのれの顔に浴びせた。

「わしになにをさせようとして、こんなことを仕掛けているんだ」

松右衛門は眉間にしわをよせた。が、そのしわは、湯の効能ですぐさまほぐれた。

一緒につかっている女が、湯のなかで股間に手を這わせていた。


ひとかどの商人なら、陽の高さでおよその刻の見当がつけられた。

わけても松右衛門は、薪炭屋の当主である。

山奥深くまで分け入ることの多い薪炭商人は、ことのほか刻の見極めには長けていた。

うっかり山に居続けると、時季によってはたちまち陽が落ちる。日暮れたのちの山では方角を見失いやすい。方角が分からないと、山奥に迷い込んでしまったりもする。

しかも夜の山は、獣の天下と化してしまうのだ。夜の山で道に迷った者は、獣の餌食となった。

日暮れまで、あとどれほど刻が残っているか。薪炭商人は、陽の高さに気を払うくせが身体に染み付いていた。

ところが。

松右衛門はうかつにも、陽が西空に移っていることに気づかなかった。

さりとて忘れていたわけではない。眠りこけて、刻をやり過ごしてしまったのだ。

女の手に気を許してしまい、身体を委ねた。露天風呂をともに過ごした女の手は、松右衛門に心地よさの限りを運んでいた。

果てたあと、松右衛門は深い眠りに落ちた。

薄物を身体にかぶせられただけである。それなのにあふれ出る湯が、真綿布団の代わりを果たした。芯まで届くぬくもりを、いで湯が松右衛門の身体に与えていた。

不意に強く吹き渡った風で、松右衛門は目覚めた。

「これはいかん」

半身を起こした松右衛門は、うろたえ気味に周囲を見回した。山の眺めが、大きく変わっていた。

鮮やかな緑色に見えていた山々が、いまはこげ茶色よりも濃い色に染まっている。松右衛門はその場に立ち上がり、空を見上げた。陽はすでに西空の根元にまで移っていた。

なんたることだ、もう七ツ半（午後五時）を過ぎておる。

大きな声のひとりごとがこぼれ出た。

風呂場には、陽太郎も女もいない。脱衣籠には、松右衛門の着衣も、振り分けの葛籠（つづら）も見当たらなかった。

葛籠には七両三分の路銀と、道中手形に印形が入っている。他国に出かけるわけではなくても、手形と印形を松右衛門は必携品としていた。

カネと手形は失くしても仕方がない。が、象牙の印形は悪用されると厄介だ。とりわけ、陽太郎のような者の手に渡ると、なにが起きるか知れたものではなかった。

「おい、陽太郎……どこだ、隠れてないで出てこい、陽太郎」

動転した松右衛門は、声を嗄（か）らして息子の名を呼んだ。返事の代わりに、頭上を舞っているトンビが啼（な）いた。

舌打ちをした松右衛門は、さらに大きな声で陽太郎の名を呼んだ。

一向に返事はなかった。

いきなり、ブルルッとひどい震えに襲われた。湯冷めして、身体の芯が悲鳴をあげているのだ。

知らぬ間に、身体中に鳥肌が立っていた。

松右衛門は激しく身体を震わせながら、湯船に飛び込んだ。ザザザッと音を立てて、湯があふれ出た。

湯のぬくもりで、鳥肌が消えた。

ふうっ。

大きな吐息のあと、松右衛門は両手にすくった湯を顔に浴びせた。湯で身体がぬくもると、うろたえが一気に退いた。

「なんだ、あのばかたれが」

気が落ち着いたことで、姿を消した息子に毒づくゆとりが生まれていた。

「ばかたれとは、おれのことか」

松右衛門の真後ろに、陽太郎が戻ってきていた。

「おまえは、いつからそこにいたんだ？」

「さっきからずっとだ。あんたがぶるぶる震えて湯に飛び込んだのも、しっかり見てたよ」

陽太郎はからかうような口調を、松右衛門に投げた。きまりがわるくなったのか、松右衛門は両手ですくった湯を、思いっきりおのれの顔に浴びせた。

トンビが、また啼いた。

四十四

陽太郎の道案内で、松右衛門は平屋に向かった。いつの間にか、小道両側のぼんぼりには明かりが入っている。

見上げた空は、すでに濃紺に塗り替えられていた。気の早い星が、空のあちこちで幾つもまたたいていた。

葛籠と着衣がないことで、松右衛門は深い苛立ちを覚えている。にもかかわらず、ぼんぼりの明かりと濃紺の空には、美しさすら感じていた。

陽太郎の案内で入った平屋には、二十畳の広間が設けられていた。三方の障子戸をすべて開けけば、伊万里湊が遠望できた。

暮れ六ツ（午後六時）を迎えようとしている町は、まばらに火が灯されている。

昼と夜とが、いままさにすれ違おうとしている湊町。山の中腹からは、格別の眺めとなっていた。

松右衛門も、つい見とれてしまった。

「いい眺めだろうが、親父」

陽太郎の声で、松右衛門はわれに返った。

「わしを気安く親父などと呼ぶな」

「そんなら、とっつぁんとでも呼ぼうか」

小ばかにしたセリフを吐いて、陽太郎は床の間の正面に座った。松右衛門に床の間を背負わせる礼儀は、持ち合わせているらしい。

険しい目つきのまま、松右衛門は床の間を背にして座った。正面の障子戸は開かれたままだった。

松右衛門が座ったのを見届けたかのように、膳が運ばれてきた。平屋の端には、調理場まで設けられていた。

「湯につかったあと、山で食う刺身は格別らしいよ。親父もしっかり食ってくれや」

伊万里の海でこの日の昼前に獲った、平目の薄造りだった。

刺身を美味く食わせる工夫なのだろう。

二十畳の広間には、八本の百目ろうそくが灯されていた。

半七が雇っている料理人の包丁さばきは、抜きん出ていた。唐草模様の縁取りに真っ赤なしゃくなげが描かれた伊万里焼の大皿が、薄造りの下に透けて見えていた。

「そんな顔ばしとらんで、美味か平目ば食べんさい」

陽太郎は燗酒の徳利を差し出した。徳利も盃も、もちろん伊万里焼である。松右衛門は渋い顔つきのまま、陽太郎の酌を受けた。

おのれの盃を手酌で満たしてから、陽太郎は伊万里焼の盃を掲げ持った。松右衛門は目を合わさず、盃の酒を乱暴に干した。

膳に戻したときは、ガタンッと音が立った。

「わしの葛籠はどこだ」

陽太郎を見据えたまま、きつい口調で問い質した。

「そんな目をしとると、せっかくの平目が乾いてしまう」

松右衛門のきつい目を気にもとめず、陽太郎は薄造りの皿に箸を伸ばした。敷き詰められた平目に箸を差し込み、何枚もの身を一気にすくい取った。

そのまま下地につけると、一気に頬張った。

「こうやって食うのが、いちばん美味かと」

「ばかか、おまえは」

松右衛門は言葉を吐き捨てた。

「まったくもって、おまえそのものの、下品のきわみな食べ方だ」

松右衛門は、相変わらず陽太郎を見ようともしなかった。

下品のきわみだと決めつけられて、陽太郎の顔から薄笑いが消えた。両目の端を吊り上げた顔で、松右衛門を睨みつけた。

「しゃくなげの親分からあんたにあてた、大事な言伝がある。耳の穴かっぽじって、よおく聞かんば」

上体を松右衛門のほうに乗り出した陽太郎は、目をしばたたかせた。気負ったときの、陽太郎のくせだった。

「野沢屋の名前で、江戸まで積荷を仕立ててもらいてえと、親分が言うとられる」

「どういうことだ、野沢屋の名前とは」

「そんなこと、訊かんと分からんと?」

陽太郎はあごを突き出した。

「余計なことは言わず、訊いたことに答えろ」

松右衛門も、目の両端が大きく吊り上がっている。膳の盃を取り上げると、陽太郎に投げつけんばかりに強く握った。

「だったら言うてやる。親分はひとに言えねえ荷物を、しっかりと江戸に送りたいのよ。野沢屋なら、廻漕問屋も粗末にはせんじゃろうで」

積荷はなにかと、松右衛門はきつく問い質した。陽太郎は真顔になった。

「黒色火薬じゃ」

松右衛門の手から、盃が落ちた。

野沢屋なら、どこの廻漕問屋でも文句なしで江戸への荷物を引き受ける。

黒色火薬四貫を、野沢屋の梱包で江戸に送り出してもらう……これが半七の指図だった。

「そんなことができるか」

松右衛門は言下に断った。

「できるとかできないとか、そんなことを親分は訊いてねって」

半七がやれと言えば、やるしかない。

もしも逆らったりすれば、野沢屋の身代にかかわる不祥事が明らかになってしまう。

「黒色火薬に野沢屋がかかわっていたと、皿山の代官所に投げ文される。半七親分は、やると言ったら、きっとやるとよ」

怒りで身体を震わせる松右衛門の目の前で、陽太郎は盃を干した。

くびっと喉を鳴らして流し込んだ。

松右衛門はぴんと張った背筋を、いささかもゆるめようとはしなかった。

「ほかのことなら、まだしも……」

底光りのする目で、陽太郎を睨みつけた。商家の当主ならではの、力のこもった目つきである。

「御禁制品を、こともあろうに江戸に送り出すなど、正気の沙汰ではない」

伊万里に限らず九州から江戸に向かう船は、厳しい吟味を浦賀船番所で受ける。いかに取調べがきついか、そのあらましを松右衛門は陽太郎に聞かせた。

「浦賀船番所には、格別の鍛え方をされた番犬が何匹も飼われておる。どこに隠そうとも、火薬のにおいは番犬が嗅ぎつける」

この場でおまえにわが身を切り刻まれようとも、断固断る……陽太郎を見据えて、松右衛門は拒んだ。

盃を手にしていた陽太郎の顔に、怯えの色が走った。

いきなり、松右衛門の背後から男の声がした。まったく気配を感じていなかった松右衛門は、目を見開いて振り返った。

「いうじゃねえか」

五尺七寸（約百七十三センチ）もある大柄な男が、ふすまの前に立っていた。

「野沢屋のあるじ直々の頼みだ。その通りにしてやろうじゃねえか」

半七の声は、地響きのような低さである。初めて耳にした松右衛門は、凄みに気おされたようだ。

目は見開いたままで、頬のあたりがこわばっていた。

「始めろ」

半七の指図を受けて、ふすまが大きく開かれた。五尺五寸（約百六十七センチ）はありそうな若い者五人が、畳を鳴らして座敷に入っていた。

なかのふたりが、松右衛門の両脇を抱えた。五尺三寸（約百六十一センチ）、十四貫（約五十三キロ）の松右衛門は、軽々と抱えあげられた。

荒縄を手にした禿頭の男が、松右衛門の着衣を荒っぽく剝がした。四十七歳の松右衛門には、歳相応の弛みが出ている。

「ざまあねえぜ」

松右衛門の身体つきにあざけりをくれてから、男はふんどしも容赦なく取り去った。

怯えと恥ずかしさとが、松右衛門の胸のうちで混ぜこぜになっている。その思いを、縮こまった一物が正直に表していた。

「できもしねえのに、口ばっかり威勢のいいことを言いやがって」

荒縄を手にした男は、江戸弁でののしった。松右衛門の目が、さらに大きく見開かれている。禿頭の男は松右衛門の身体を力任せに摑むなり、手早く荒縄で縛り上げた。

ひとを縛り慣れた男の仕事である。縄の先端を軽く引いたら、後ろ手に縛られた両手の手首が強く締まった。

うぐぐっ。

松右衛門からうめき声が漏れた。だらりと垂れさがっていたきんたまが、縮んで小さく丸まっている。

松右衛門の股間に一瞥をくれてから、半七が近寄ってきた。右手には、抜き身の匕首を握っていた。

「どこもまだ、おめえの身体を切り刻んじゃあいねえが……」

半七は若い者ふたりに、あごをしゃくった。男たちは、震えのとまらない松右衛門の両足を押さえつけた。半七の目が、不気味にゆるんだ。

五十五歳の半七は、松右衛門よりもはるかに歳を重ねている。が、真冬のいまでもあわせ一枚だけだ。

上背のある身体つきには、いささかの弛みもない。向き合ったふたりを見比べると、四十七歳の松右衛門が、五歳は老けて見えた。

「切られると、痛いぜ」

赤い舌で上唇を舐めてから、半七は松右衛門の足元にしゃがんだ。怯えきった松右衛門は、両膝が崩れかけている。

わきに立つ男ふたりが、力をこめて両側から腕を摑んだ。

その刹那、半七の匕首が左右に走った。

ぎゃあっ。

松右衛門から、いささかの我慢もない悲鳴が飛び出した。

右足親指の先から、血が滲み出ていた。が、半七は匕首を加減して走らせたのだ。傷口はさほどに深くはなかった。

松右衛門があげた悲鳴は、指先に感じた痛みゆえではなかった。匕首で指先を切られたという、その怯えが年甲斐もない悲鳴をあげさせていた。

「なんでえ、その声は」

立ち上がった半七は、匕首の腹で松右衛門の頬をぴたぴたと叩いた。

「たったあれだけのことで、おめえはまるで我慢がきかねえじゃねえか」

松右衛門の目には、怯えの色しか浮かんでいない。縄で縛り上げた禿頭の男が、また松右衛門に近寄ってきた。

半七は匕首で頬を叩き続けている。

松右衛門の目が、半七と禿頭男とを行き来した。

禿頭の男は目つきをゆるめるなり、こぶしに握った右手を松右衛門の鳩尾めがけて叩き込んだ。

ぼこんっと鈍い音がした。

息を詰まらせた松右衛門の膝が、がくっと崩れた。両脇の男ふたりが、手を放した。

松右衛門は、その場に崩れ落ちた。

正気に返るなり、松右衛門は寒さに襲いかかられた。

離れには、火鉢ひとつの火の気しかなかった。床机に腰をおろした半七と、若い者五人が火鉢を取り囲んでいる。

素っ裸のままで縛られている松右衛門には、炭火のぬくもりは届かなかった。

「ずいぶん寒そうじゃねえか」

半七の目配せを受けて、若い者ふたりが松右衛門を抱えあげた。

「松右衛門さんを、火のそばまで寄せてやんねえ」

「へいっ」

返事と同時に、若い者ふたりは松右衛門を火鉢のほうへ引きずった。

正気に返ったとはいえ、まだ松右衛門の足腰は抜けたままである。両腕を強く引っぱられても、松右衛門は立ち上がることができなかった。

「おめえの身体を暖めるめえに、見せておきてえものがある」

半七の右の眉が、わずかに上下に動いた。それだけの指図で、若い者は機敏に動いた。

閉じられていたふすまが開いたとき、松右衛門から短い声が漏れた。

熟れたざくろのようにただれた顔の陽太郎が、松右衛門同様に、畳の上を引きずられてきたからだ。

「もう少し役に立つかと思ってたが、田舎モンはどうにも動きがとろくていけねえ」

引きずられてきた陽太郎は、半七の前にうつぶせで放り投げられた。床机に座ったまま、半七は右足で陽太郎の背中を踏みつけた。

「おめえの隠し子だてえのが、この男のたったひとつの売り物だったが、まるで役には立たねえのがよく分かった」

半七は、炭火のなかに突っ込んであった火箸二本を手に取った。二本とも、先が真っ赤に焼けている。

「おいっ」

半七のひとことで、若い者は酒の注がれた盃を差し出した。

別の若い者は、陽太郎の右の手首を強く押さえつけた。

陽太郎の目に、強い怯えが走った。

半七は赤く焼けた火箸の一本を、差し出された盃につけた。

ブジュウッ。

火箸を突っ込まれた盃が、鋭い音を立てた。

「なかなかの焼け具合だ」

松右衛門を見据えたまま、半七は真っ赤に焼けた一本を陽太郎の手首に押しつけた。

ギャアアーーー。

悲鳴とともに、肉の焦げるにおいが火鉢の周りに漂った。

「おめえの血を分けた隠し子がよう。返事次第じゃあ、寒がってるおめえの代わりに、まだ熱い思いをするぜ」

火箸を炭火に突っ込んだ半七は、皮袋からひとつまみの黒色火薬を取り出した。

松右衛門に見せつけてから、赤く熾きた炭火に落とした。

鋭く破裂した火薬が、火鉢の灰を舞い上がらせた。

四十五

火薬の破裂具合を、よほど半七は気に入ったらしい。

「やろうを向こうにどかせろ」

陽太郎を火鉢から遠ざけて、またもや皮袋の中身をつまみ出した。

シュボッ……シュボッ……。

三度立て続けに、火鉢に黒い粉をくべた。

その都度、凄まじい勢いで灰神楽(はいかぐら)が立ち上がった。

半七の手下は、舞い上がった灰を手で追い払った。咳き込む者もいた。

火薬を火鉢にくべた半七も、降り落ちてきた灰を左手で払っていた。

火箸を陽太郎に押しつけることで、松右衛門を震え上がらせようとした。炭火にくべた黒色火薬は、脅しの仕上げだったのだ。

正気に返ったあと、松右衛門は寒さのあまりに身体を小刻みに震わせていた。脅しと荒事の両方を目の当たりにして、震え上がっているかのようだ。

火薬の灰神楽が、脅しのとどめになると半七は考えたようだ。三度目にくべた火薬は、とりわけ凄まじい勢いで灰を舞い上がらせた。

ところが……。

松右衛門はあたまから灰をかぶっても、いささかも動ずる素振りを見せなかった。

半七は尖った目を、松右衛門に投げつけた。

「灰を払う気力もなくなったのか、そこの旦那はよう」

身動きをしない松右衛門が、癇に障ったらしい。半七は炭火に差し込んでいた二本の火箸を手に持った。

鍛冶屋の炉から取り出した鉄のように、二本とも先は真っ赤に焼けている。

立ち上がった半七は、焼けた火箸を松右衛門の顔に近づけた。

松右衛門は目を見開いたまま、顔をそむけようともしなかった。

「なんでえ、おめえの顔つきは」

火箸を左手に持ち替えた半七は、右手で松右衛門の頬を引っ叩いた。

「隠し子の前で、いきなり勇ましいところを見せたくなったのか」

「なんとでも言いなさい」

松右衛門の口調には、老舗の当主ならではの風格が戻っていた。

「あんたに脅されて、へこへこ言うことを聞くぐれえなら、この場で殺されたほうがええ」

松右衛門はみずから上体を乗り出して、焼けた火箸に顔を押しつけようとした。

半七は慌てて火箸をどけた。

「ばかやろう」

手下にあごをしゃくり、松右衛門をその場に立たせた。

半七は松右衛門の一物に目を向けた。

きんたまは縮み上がっておらず、堂々と垂れ下がっている。それを見極めた半七は、ふんっと鼻を鳴らして松右衛門を元通りに座らせた。

「おめえがしっかりと肚を括ったのは、おれにも分かったぜ」

火鉢の前に戻った半七は、もう一度炭火のなかに火箸を突っ込み直した。

「さすがは、皿山でも名を知られた薪屋の旦那だ。肚の括り方は、たいしたもんだ」

正味で松右衛門を褒めた半七は、陽太郎の前へ移った。

焼け火箸を押しつけられた手首は、早くも水ぶくれをこしらえている。散々にいたぶられ続けている陽太郎は、半七に近寄られただけで顔つきも身体もこわばらせた。

「そんなにビクビクすることはねえぜ」

なにが始まろうとしているのか、陽太郎は察したようだ。怯えが、強い震えを陽太郎に引き起こした。

若い者ふたりが、力ずくで陽太郎を押さえつけようとした。陽太郎がもがくと、掴まれていた手首の水ぶくれが破れた。

ひどい痛みが走っているはずなのに、陽太郎は感じないらしい。それほどに、怯えのほうが勝っていた。

半七は火鉢から、焼けた火箸を取り出そうとした。が、焼けすぎていて、端も熱くて握れないようだ。

「おいっ」

鋭い声を投げつけられた手下は、棒立ちになった。なにをすればいいのか、察することができなかったようだ。

「濡れた雑巾がいるとよ」

陽太郎を押さえつけているひとりが、助け船を出した。

「へっ」

部屋から飛び出した男は、濡れたままの雑巾を手にして駆け戻ってきた。

「そのままじゃねえ。しっかり絞れ」

半七の口調は、錐の先のように尖っている。男はうろたえながら雑巾を絞り、半七に差し出した。

半七は黙って受け取り、雑巾で火箸の端をくるんだ。

ブシュッ。

鈍い音が、どれほど火箸が焼けているかを教えていた。

「いい焼き加減だぜ」

半七は陽太郎ではなく、松右衛門を見ながら舌なめずりをした。

松右衛門は目を見開いて、半七から目を逸らさなかった。

焼け火箸は松右衛門に押しつけるのかと、陽太郎は考えたらしい。もがきが止まった。

「勘違いするんじゃねえぜ」

陽太郎があたまに浮かべたことを、半七は見抜いていた。

「目当てはおめえだ」

火鉢から焼けた火箸を引き抜いた。

二本とも、溶けているかと思えるほどに赤く焼けていた。

「熱くて文句があるなら、おめえの親父に言いねえ」

火箸を握り、陽太郎のほうに歩を進めた。

「やめてくれえ」

まだ押しつけられてもいないのに、陽太郎は絶叫した。縮こまっていた一物から、小便が垂れた。

半七は足を撥ね上げて、小便をよけた。

「なんてえやろうだ」

半七の両目が、怒りで燃え上がっていた。

「おれはもう、どうなってもええ」

陽太郎の物言いが違っていた。震えるだけ震えたことで、逆に肝が据わったらしい。

「おれのどこにでも、その火箸ば押しつけてもええからよ」

腫れ上がってほとんどふさがった目を、半七に向けた。

「親父は勘弁してやってくれ」

陽太郎はもはや、いささかも震えてはいなかった。

「ご立派なことを言ってくれたじゃねえか」

怒りで半七の両目が吊り上がっている。火箸を雑巾でぐるぐる巻きにした半七は、すばやく陽太郎に近寄った。

なにも言わず、焼けた火箸を陽太郎の右腕に押しつけた。

ぐわっ……。

陽太郎から押し殺した声が漏れた。

座敷に肉の焦げるにおいが漂い出た。


陽太郎が情けない悲鳴をあげていたときも、怯え切って小便を漏らしたときも、松右衛門は様子を見ようとはしなかった。

松右衛門も、離れで拷問まがいのいたぶりを受けていた。うっかり露天風呂につかり、湯女の扱いに目尻を下げたむくいを、松右衛門は全身で受けていた。

陽太郎さえいなければ、こんな目に遭うこともなかった。

この日の顚末を思い返すほどに、陽太郎に対する怒りが湧き上がってきた。

半七に責められた陽太郎は、顔が熟れたざくろのように膨れて、裂けていた。が、その顔を、松右衛門はまともに見てはいなかった。

どれほどむごい目に遭わされようとも、それは自業自得だと、松右衛門は陽太郎を突き放していた。

たとえ自分の血が陽太郎の身体の内を流れていようとも、救いの手を差し伸べる気は毛頭なかった。

黒色火薬を伊万里湊から江戸に運び出せ。

これが半七の指図である。そんな脅しを受け入れることなど、松右衛門は思案の埒外のことだった。

「伊万里の薪炭なら、役人にばれることはねえ」

半七は自信たっぷりの口調で言い切った。

江戸湾に入ってきた船舶は、浦賀船番所で厳しい荷物改めを受けた。船番所は、海の関所だったからだ。

とはいえ、すべての船が厳しい吟味を受けるわけではなかった。

伊万里湊から江戸に向かう船の積荷は、多くが焼物と薪炭である。

伊万里湊の縄師たちは、荒縄・むしろ・藁を巧みに用いて、見事に焼物を梱包した。

江戸に向かう途中には、何ヵ所も海の難所がある。なかでも遠州灘は、一年を通じて白波が立っているきわめつけの難所だった。

江戸に向かう大型の樽廻船も、遠州灘では木の葉のように波にもてあそばれた。

「江戸で呑む灘酒が美味なのは、遠州灘で揺られるからだ」

千石積みの大型船でも、酒樽が船蔵を転がり回るほどに大揺れした。

伊万里から大坂経由で江戸に向かう弁財船は、樽廻船以上に揺れた。しかしどれほど前後左右に船が揺れても、伊万里湊の縄師が梱包した焼物は、滅多なことでは破損はしなかった。

「これは伊万里焼であるのか」

浦賀船番所の荷物改方役人は、伊万里焼の梱包だと分かれば吟味なしで通した。伊万里発の薪炭も同様である。梱包を開いたりしたら、包み直せる梱包職人が浦賀にはいなかったからだ。

半七はそこに目をつけていた。

「くず伊万里のなかに黒色火薬を交ぜておけば、役人の吟味もへっちゃらで通る」

松右衛門なら、江戸に向けて焼物や薪、炭を送り出しても、伊万里湊の廻漕問屋はいぶかしくは思わない。

「万にひとつ、運悪くばれても、そのときは知らぬ存ぜぬで、最後まですっとぼけりゃあいい」

半七はひたいがくっつくほどに、松右衛門に顔をくっつけた。

「皿山で野沢屋といやあ、藩窯の御用も務める薪屋だ。火薬なんぞにはかかわりがありませんと言い続けりゃあ、公儀だってあんたの言い分を信じるだろうよ」

半七は薄い唇を舐めた。

しかし半七も松右衛門も、もしもことが露見したときは、ただで済むとは思ってもいなかった。

公儀は野沢屋を厳しく責め立てると同時に、藩にもきつい詮議を加えるに違いない。

だれが、どこで拵えたのか。

老中差配の大目付が陣頭に立ち、徹底した下手人探しが行われるだろう。

黒色火薬を口実に、藩は改易の憂き目に遭うかもしれない。

そのことを思うと、松右衛門はたとえ半七にこの場で命を奪われても、脅しには応じないと決めていた。

ところが……。

いたぶられる陽太郎の様子を見たことで、松右衛門の気持ちは大きく揺らいだ。

腫れでまぶたのふさがった陽太郎は、しかし驚くほど気合に充ちた様子で、定かには見えない半七を見ていた。

いきなり気丈になった陽太郎に、半七は初めは戸惑っていた。

親父は勘弁してやってくれ……。

おのれではなしに、松右衛門の命乞いをした陽太郎に、半七は激怒した。息継ぎの間もおかず、陽太郎に近寄った。

焼け火箸が、陽太郎に押しつけられた。

陽太郎はいままでのような甲高い悲鳴はあげなかった。

「やめろ。あんたの言う通りにする」

陽太郎の代わりに、松右衛門が甲高い声を発していた。

四十六

翌日、暮れ六ツ（午後六時）過ぎ。

陽が沈むのを待ちかねていたかのように、夕闇が皿山の町におおいかぶさった。

凍てついた空には、すでに数多くの星が瞬いていた。しかし一月半ばのいまは、月の出は遅い。

月明かりのない夕闇は濃く、白い雪道ですらぼんやりとしか見えなかった。が、野沢屋の奉公人たちは、一刻も早く皿山の町が闇に溶け込むことを待ち望んでいた。

冬場の皿山は暮れ六ツを迎えるなり、どこの商家も雨戸を閉じた。それは薪炭屋とて、まったく同じである。

皿山の薪炭屋は暮れ六ツの鐘で、三軒とも戸締りを始めた。すっかり戸を閉めたあとの奉公人たちは板の間に集まり、晩飯を食べ始める。

これが冬場の暮れ六ツ過ぎの、薪炭屋の模様である。しかしこの日の野沢屋は、いささか様子が違っていた。

いつも通りに、暮れ六ツの鐘とともに店の雨戸はしっかりと閉じられた。この日の野沢屋は、同業の山城屋、杉庄に先駆けて雨戸を閉じた。

他店に先駆けての店仕舞いは、野沢屋番頭の指図があったからだ。

戸締りを終えたあとも、野沢屋の奉公人たちは気を張り詰めていた。

「しっかりと湯を沸かしなせ」

「客間は、うんとぬくもらせとかないかんとよ」

「おじやの炊き加減を、間違えないようにしとってや。溶き卵は三つ使うと」

「先生とお弟子さんに、お茶はちゃんと出しとうとね」

番頭や手代から細かな指図をされて、女中も小僧も、下男までもがきびきびと動き回っている。戸締りを終えた野沢屋の内側は、昼間以上のせわしなさだった。

「間もなく旦那様がお着きになる。支度はできとうとか？」

番頭が奉公人にむかって声を張り上げた。

この日の午後早く、伊万里からの書状をたずさえた者が店に駆け込んできた。が、その男の身なりは、飛脚とはまるで違っていた。

皿山と伊万里との間には、毎日四ツ（午前十時）、八ツ（午後二時）、七ツ（午後四時）の三度、飛脚が行き来をしていた。

伊万里の三度飛脚である。

小豆色の半纏、黒の股引、それに黄色の菅笠（すげがさ）が三度飛脚の装束だ。

「小豆色が走ってくるとよ」

「わきにどいて、先に行かさな面倒やと」

土地の者は、三度飛脚を小豆色と呼んだ。

大雨が降ろうが、雪道となろうが、三度飛脚は休むことをしない。野分で山の土砂が崩れ落ちたときでも、飛脚は伊万里と皿山の間を走りで結んだ。

しかしこの日に野沢屋に駆け込んできた飛脚は、鹿皮の防寒半纏を羽織っていた。

「番頭さんに取り次いでくだせえ」

鹿皮半纏の男は、江戸弁で土間にいた小僧に話しかけた。小僧は座敷に駆け上がり、間をおかずに番頭が店先に出てきた。

「てまえが富蔵ですが」

小僧から江戸弁の男だと聞かされていた富蔵は、いぶかしがりながらもていねいな物言いで応じた。皿山の薪炭屋に、江戸弁を話す客が来ることは稀だったからだ。

「野沢屋松右衛門さんからことづかった手紙を、届けにめえりやした」

この場ですぐに読むように。

松右衛門から番頭への言伝を、鹿皮の男は口にした。言われるままに、富蔵はその場で手紙の封を切った。

『大怪我をした者を連れて、今夜六ツ過ぎには山に戻る。すぐさま手当を施せるように、大川先生をお願いしておくこと。怪我の養生ができるように、客間を充分に炭火で暖めておくこと。滋養のつくおじやを調えておくこと』

この書状を運んだ男に、二分（二分の一両）の駄賃を払うようにと、手紙は結ばれていた。

富蔵は察しのいい男である。

松右衛門が、尋常ならざる痛手をこうむっていることを読み取った。

思案をめぐらせた富蔵は、機転のきく数人の手代を呼び寄せた。

大川総徳を迎えに行く者。

店の女中たちに指図をする者。

男手を集めて、すぐにも力仕事に取り掛かる段取りを講ずる者。

それぞれに指図を与えて、暮れ六ツに備えた。皿山に六ツの鐘が鳴り始めるなり、野沢屋は雨戸を閉じ始めた。山城屋と杉庄にいぶかしがられぬように、戸締りはいつも通りの動きになるようにと気遣った。

しかし雨戸を閉じたあとは、内側から鍵をかけた。使った錠前は五個。いつになく厳重な戸締りとなった。

小僧ふたりを、潜り戸ののぞき穴の見張りにつけた。杉の節をうまく活かしたのぞき穴は、外から見ても分からない。

目を押しつければ、外の様子をはっきりと見張ることができた。

いっときゆるんでいた寒さが、今日は朝からぶり返していた。道にかぶさった雪は、昼間の陽を浴びても一向に解ける気配がない。

陽が落ちたあとの皿山には、凍えが大きな顔をして居座っている。見張り小僧のそばには、炭が真っ赤に熾きた火鉢が置かれていた。

あるじの帰宅を見張る小僧ゆえに、特別に火鉢が許されていた。


「あっ……」

のぞき穴を見詰めていた小僧の勝太(しょうた)が、甲高い声を発した。

「駕籠(かご)が二挺(ちょう)、走ってきとる」

勝太が口にしたことを、もうひとりの小僧が富蔵に伝えた。急ぎ土間におりた富蔵は、のぞき穴に目を押しつけた。

はあん、ほう。はあん、ほう。

声を抑えてはいたが、駕籠舁き(かき)の息遣いが雨戸の内側にまで聞こえてきた。

「旦那様のお帰りぞ」

富蔵のひと声で、手代たちは店の勝手口へと駆けた。店の雨戸は閉じてあったし、潜り戸を使うのも禁物である。

うっかり潜り戸を開いたりすれば、地元のだれに見咎められるかもしれないからだ。

富蔵も急ぎ、勝手口に回った。

はあん、ほう……。

勝手口の前に、粗末な四つ手駕籠二挺が横付けされた。

「お待っとうさん」

垂れをめくりながら、駕籠舁きが到着を告げた。しゃべると、口の周りが真っ白に濁る。

今夜の皿山は、ことのほか冷え込みがきつかった。

四十七

野沢屋かかりつけの町医者大川総徳が店に駆けつけたのは、暮れ六ツから四半刻を経たころだ。

急を報せに向かった小僧が、陽太郎の容態をさぞかし大げさに伝えたのだろう。大川は弟子三人を引き連れていた。門弟は各自がそれぞれに、大小形の異なる薬箪笥を抱え持っていた。

潜り戸の前で医者を待っていた別の小僧は、医者が四人も駆けつけてきたことに、目を見開いて驚いた。

「この寒空の下で待っておったのか」

大川は小僧をねぎらった。

「奥の客間に寝かされとっと……」

寒さで舌がうまく回らないのだろう。小僧は、つっかえつつ告げた。夕闇のなかでも、口から出た湯気の白さがはっきりと見えた。

一段と冷え込みが厳しくなっている。降りやんでいた雪が、大川の往診どきにぶり返していた。

奥玄関には、松右衛門当人が大川を出迎えに立っていた。町医者ではあっても大川は、高名が国境を越えて他藩にまで聞こえている名医である。

往診に出向いた大川を当主が迎えるのは、当然の礼儀だった。

松右衛門が大川一行を案内したのは、庭に面した十二畳の客間だった。

華美を見せびらかす気はない。とはいえ皿山の野沢屋の客間なのだ。部屋の造作にも調度品にも、充分に気配りがなされていた。

欄間(らんま)には、透かし彫りが施されているし、畳表は遠く備前特産のイグサが使われていた。半年ごとに畳の表替えをしており、前回は去年の大晦日に終えていた。客間には、まだイグサの青い香りが強く漂っていた。

陽太郎は、客間の真ん中に寝かされていた。庭からの寒気を少しでも避けようとの配慮からである。

「明かりが足りぬ」

陽太郎の顔を見るなり、大川はろうそくの用意を言いつけた。部屋の明かりは、遠州行灯二張りのみだった。

「かしこまりました」

松右衛門は、百目ろうそく二本の用意を、同席している番頭に言いつけた。

大型の百目ろうそくは、十二畳間であれば一本でも充分である。二本のろうそくが、一本ずつ燭台に差されて運ばれてきた。

陽太郎の枕元が、まばゆいほどに明るくなった。

陽太郎の布団をめくる前に、大川は患者の顔を見詰めた。顔にあらわれている症状を念入りに見定めてから、布団をめくった。

陽太郎は着衣を替えず、伊万里から着てきたままで横たわっていた。よれよれになった唐桟(とうざん)は、胸元を大きくはだけていた。

「明かりをこれへ」

「はいっ」

応じた門弟のひとりが、燭台を大川のわきに近づけた。大川は傷口をいためぬように気遣いながら、陽太郎の着衣を肌からはがした。

「傷洗いを」

指図は短い。弟子は薬箪笥の引き出しから、五合徳利を取り出した。

中身がこぼれないように、きつい栓がされている。徳利の中身は、嬉野の蔵元に別誂えさせた焼酎である。

きわめて強い焼酎で、炎を近づければ燃え立つほどだ。大川は治療を始める前に、かならずこの焼酎で傷口を洗った。

「強く染みるだろうが、我慢いたせ」

陽太郎は、ほとんど聞き取れないほどに弱々しい声で応じた。

たっぷり焼酎を吸い込んだ綿が、陽太郎の傷口を洗い始めた。染みて、強い痛みが走ったのだろう。

ううっ……。

うめき声が、陽太郎の口から絞り出された。

「痛みを感ずるのは、生きているあかしだ。つらかろうが我慢をいたせ」

厳しいことを言っているが、大川の口調はやさしい。陽太郎が感じている激痛のほどを、大川は察しているのだろう。

傷口を洗い終わったときには、五合徳利一本がカラになった。それほどに、陽太郎の負った傷は広く、そして深かった。

大川が焼酎で洗っている間に、弟子ふたりは硬い手触りの布に軟膏を塗りつけていた。

ドクダミを擂り潰した、強いにおいが軟膏から漂い出た。

毒を止める、の意で名づけられたドクダミである。葉を擂り潰して傷口に塗れば、強い効き目があらわれるとされていた。

そのドクダミに数種類の薬草を加えた軟膏を、大川は独自に拵えていた。

やけどに特効のある軟膏である。

窯の町皿山では、ひっきりなしにやけどを負う者が出る。

門弟が布に塗っていたのは、何十人もの患者を治療しながら改良を重ねた、やけどの特効軟膏だった。

手当を終えた大川は、持参した吸呑みで眠り薬を服用させた。

「いまは深く眠ることが、快方に向かう最良の薬だ」

入り用な傷口の手当は、すべて終えた……。

松右衛門に宣した大川は、弟子のほうに振り返った。

「おまえたちは、先に帰ってよろしい」

指図を受けた門弟三人は、薬箪笥を手にして立ち上がった。

「おまえが玄関まで案内しなさい」

松右衛門は、後ろに控えていた番頭の富蔵に言いつけた。あるじの意を察した富蔵は、ただちに立ち上がった。

客間には大川、松右衛門、陽太郎の三人だけになった。

すでに薬の効き目があらわれ始めたのだろう。陽太郎は寝息を立てていた。

「やけども、身体中の打ち身も、尋常なものではない」

大川は松右衛門の顔を見詰めた。

「ご当主も無傷ではなさそうだが、この患者にくらべれば、さほどのことはない」

大川の目の光り方が強くなった。

「患者のやけどは、焼け火箸のようなものを押し付けられたとしか見えぬが、わたしの診立(みた)て違いかの？」

松右衛門を見据えた大川は、厳しい口調で問い質した。

松右衛門が黙したままでいると、庭でドサッと重たい音が立った。松枝にかぶさっていた雪に、新たな雪が重なってひときわ大きな音を立てて落ちたのだろう。

四十八

翌朝から陽太郎の看病は、松右衛門の内儀が買って出た。これには心底、松右衛門が驚いた。

「まさかおまえが……」

伊万里の女に産ませた隠し子である。

しかも、まだ年若いこどもならともかく、陽太郎は一人前だというにも、すでに年を重ね過ぎているぐらいだ。

そんな男が、こともあろうに生き死にの瀬戸際の状態で担ぎ込まれた。声を荒らげても当然だろうに、内儀のたかのはみずから看病を買って出た。

「まさかおまえが、陽太郎の看病を言い出すとは思わなかった」

「勘違いせんでください」

内儀の物言いは、外に積もっている雪よりも冷たかった。

「こんなこと、女中になど任せられるわけがなかとやろうに」

たかのがひとことを口にするたびに、寝間の気配が凍えを増した。

女中や奉公人に陽太郎の看病を任せたりすれば、かならずその話は外に漏れる。漏れた話はひとりで勝手に太りながら、尾ヒレをつけて飛ぶ勢いで広まるに決まっている。

瀕死の男が担ぎ込まれた……そんな話が皿山に広まったりしたら、野沢屋ののれんに大きな傷がつく。

そうなれば大事な跡取り息子が、しなくてもいい苦労をする羽目になる。背負わなくてもいい難儀を、担ぎ込まれた男のせいで背負うことにもなる。

それは断じて許せないと、たかのは冷たい口調で言い切った。

「ひとに任せんかったら、余計な話が漏れることもなかとやろう」

人助けで看病するつもりは毛頭ないと、たかのは凍えに満ちた言葉を続けた。

「ひとに知られんように気をつけるけん、あんたもしっかりすっとよ」

話が外に漏れないように幾重にも気をつけろと、たかのは松右衛門に念押しした。

「もしも、こんひとんことで、うちののれんに傷がつきそうやと思うたら、こげんなやつはうちが殺すとよ」

たかのの目に、強い光が宿された。物言いは相変わらず凍えているが、怒りに燃えた目の光は、陽太郎を炙り殺さんばかりの灼熱を帯びていた。


「たかのからは、目ば離さんようにしとけよ」

富蔵と向き合った松右衛門は、最初にこれを口にした。

できる限り、訛りを出さぬように気遣っている松右衛門である。土地の訛りを丸出しで話しているのは、それだけ胸の内が粟立っているからだ。

「分かりました」

富蔵は、ことさらに落ち着いた物言いで答えた。少しでも松右衛門の気を鎮めさせようと考えたのだろう。

「ふたつのことを、ここでおまえと確かめあっておきたい」

松右衛門が最初に口にしたのは、内儀のたかののことだった。

「あれは情のこわい女だ。陽太郎が野沢屋の障りになると判じたときは、ためらうことなく陽太郎の息の根をとめにかかる」

くれぐれも、客間の様子から目を離さないようにと、強く言い置いた。

「陽太郎がもしも妙な死に方をしたときには、相応の覚悟がいるぞと、わしはたかのに告げた。しかし、そんなことで怯むような女ではない」

腹を痛めたわが子に野沢屋を継がせるためには、なんでもするだろう。

その反面、障りになると判じたら、これもまたなんでもするに違いない。

たかのにひそむ怖さを知っているがゆえに、松右衛門は今日まで陽太郎の話はしないでいた。とはいえ、たかのが陽太郎の存在に気づいているかもしれないことは、松右衛門も昔から感じていた。

「見ぬモノ清し」である。

ことが明らかになったいまは、もはや互いに、きれいごとで取り繕うことはできない。

松右衛門自身もつい一昨日までは、陽太郎はタチのわるい与太者で、野沢屋ののれんに障る者だと考えていた。

半七からひどい拷問を受けながらも、陽太郎は土壇場ぎりぎりのところで、松右衛門をかばおうとして踏ん張った。

その姿を、松右衛門は目の当たりにした。

一度も感じたことのなかった陽太郎への情愛を、いまは覚えていた。

そんな気持ちをたかのに訴えたところで、伝わるわけはない。それは松右衛門も百も承知である。

陽太郎を野沢屋に迎え入れる気は、いまでもさらさらなかった。肉親の情愛と商いは別物であると、松右衛門はわきまえていた。

やけどが治り、身体の具合が元通りになったあとは、陽太郎を上方に逃がそうと松右衛門は考えていた。

もうひとつは、黒色火薬の取り扱いである。

「ひとまずは半七の話を受け入れて、江戸に向かう荷物船に積荷として載せるほかはないだろう」

その手はずは、松右衛門当人が組み立てると富蔵に告げた。

「旦那様には、断じてそんなことはさせられんとです」

富蔵は強い口調で松右衛門の言い分に逆らった。

「わしが動かんことには、しゃくなげ組も得心はせん」

手立てはわしが講じると、再度富蔵に言い置いた。

「船にもわしが乗るが、藤九郎を連れて行けるように、おまえが手配りをしてくれ」

「かしこまりました」

富蔵の顔つきが、わずかに明るくなった。

藤九郎は薪割り職人として、野沢屋で働いている。が、まことは匕首遣いと柔術の両方に長けた、野沢屋の用心棒である。

「旦那様」

差し迫った声を発した富蔵は、天井を指差した。

「なにごとだ、その声は」

番頭をたしなめようとした松右衛門が、息を詰まらせた。

ふたりが話し合っていたのは、陽太郎を寝かせている客間の隣の十畳間である。造りのいい客間で、天井板には柾目の美しい杉板が使われていた。

長さ一間半（約二・七メートル）、幅が一尺五寸（約四十五センチ）もある一枚板だ。その天井板が、何枚も張られた客間である。

一枚で二朱（八分の一両）もする天井板が、音も立てずにずらされた。

客間の天井は高い。畳からは、天井板一枚の長さと同じ一間半もあった。

ずらされた天井板の間から、一本の綱が垂らされた。綱の端は、天井裏に渡された太い梁に結わえられている。

口を半開きにした富蔵の目の前に、綱を伝って隠密ふたりが滑り降りてきた。

「そのほうが松右衛門であることは、承知しておる」

隠密は、松右衛門の前に詰め寄った。

「黒色火薬の仔細を聞かせよ」

隠密の気迫に満ちた声で、行灯の明かりが大きく揺れた。

四十九

隠密頭領吉岡勘兵衛は、聞き取りを始める前にみずからの名を明かした。供の篠田兵三郎も姓名を名乗った。

「わしの問いに答えるときは、そのほうの推測は一切無用だ」

富蔵に言いつけて、半紙と絵筆を運び込ませた。

始まった聞き取りは、すこぶる念入りだった。

「半七なる男の容貌を話せ」

松右衛門が答えた顔かたちを、篠田は絵筆で描き起こした。篠田の絵心は尋常なものではなかった。

「もう少し眉を太くして、唇を薄く描いてくだされ」

三度手を加えて仕上がった人相書きは、半七そのものだった。

半七から聞かされたことを、松右衛門は思い出せる限りに話をした。

吉岡の問いは鋭い。しかしただ厳しく鋭いだけではない。松右衛門が答えやすくなるように、すこぶる具体的な問い方を続けた。

「おまえが捕らわれた、離れの造りを図に描いてみろ」

筆を渡された松右衛門は、簡単な間取りを描いた。それを下絵にして、篠田が仕上げた。

吉岡に話しているうちに、松右衛門は離れの細部を思い出した。

篠田はいやな顔をみせず、絵を描き直した。

吉岡は同じことを少なくとも二度、松右衛門に話をさせた。

松右衛門の話をひと通り聞き終えたところで、吉岡は一杯の茶を所望した。

「これはまた、気がつきませなんだ」

松右衛門は富蔵に目配せをした。

隠密がいるのに、女中に茶をいれさせるわけにはいかない。立ち上がろうとした富蔵に、吉岡の目が向けられた。

「茶をいれるのは、そのほうの得意とするところだろう」

「えっ……」

富蔵の顔がこわばった。

富蔵は肝の据わった男である。半殺しの目に遭った陽太郎が駕籠で運び込まれたあとも、うろたえることなく松右衛門に付き従い、きびきびと動いていた。

吉岡と篠田が天井板をはずして降りてきたとき、富蔵の口は半開きになった。が、驚き声を発することはなかった。

その富蔵の顔つきが、ひどくこわばっていた。吉岡の発した言葉を聞いたがためだ。

茶をいれるのは、おまえは得意だろうと吉岡は言い当てた。思いつきや、当て推量ではないと、吉岡の口調から富蔵は思い知った。

驚いたのは松右衛門も同じだった。富蔵が水を汲みに立ったあとで、吉岡のほうに膝を詰めた。

酒よりも茶が好みの富蔵は、茶のいれ方にはうるさい。

「吉岡様は、てまえどもの番頭のことまで念入りにお調べでございましょうか」

「そのほうも含めて、奉公人すべての仔細を摑んである」

吉岡の目配せを受けた篠田は、女中ふたりとも嬉野村が在所であろうと言い当てた。

「わしらの目は、常におまえたちを見張っておる」

言われた松右衛門は、畳に両手をついていた。


松右衛門の話の中身と、肚の括りの両方に吉岡は得心したようだ。

「これからもまだ、幾つも難儀を越えてもらわねばならぬが……」

言葉の途中で口を閉じた吉岡は、松右衛門を見詰めた。松右衛門も見詰め返した。

相手の目の光を了とした吉岡は、自分の目の光を弱めた。

「鍋島藩と公儀の双方に、野沢屋が大きく貢献できることだ。より一層に、奮励努力してもらいたい」

口調はいささかも変わってはいない。しかし吉岡の流儀で、松右衛門をねぎらった。

皿山という小さな町の薪炭屋ながらも、松右衛門は商家の当主である。隠密頭領の心持ちを汲み取った松右衛門は、深いうなずきで応じた。

「江戸に向けての荷積みは、幾日の段取りになっておるのか」

「てまえどもが取引している廻漕問屋は、月に二度、五日と二十日が江戸向けの船出となっております」

半七と積荷の段取りを話し合ったときの仔細を、松右衛門は吉岡に聞かせた。吉岡は口をはさまず、仕舞いまで聞き取った。

「この面構えの者は……」

吉岡は篠田が仕上げた半七の似顔絵の眉と鼻筋、それに薄い唇を指し示した。

「火付けを得てとするものだ」

吉岡は、断じた。

「あれをこれへ」

「はっ」

上司の指図で、篠田はふところから笛を取り出した。ひとの耳には音の聞こえぬ犬笛である。

忍び込んだ野沢屋の間取りを、篠田は知り尽くしていた。富蔵を伴って迷いのない足取りで裏口に進むと、犬笛を吹き始めた。

まったく音は聞こえないが、篠田は強弱をつけて吹いた。音の強弱のみならず、音色の高低も加えていた。

吹き終えた篠田は、足踏みをして数を数え始めた。三百七十六まで数えたとき、二匹の小型の黒犬が篠田の足下に駆け寄ってきた。

夜の闇は深いが、地べたは雪におおわれている。闇のなかで、黒犬と雪が黒白を競い合っていた。

二匹は全力で駆けてきたのだろう。篠田の足下で、ハッ、ハッとせわしない息づかいを繰り返している。

「ご苦労であったの」

篠田は二匹の犬のあたまを、交互に撫でた。

クウン。

柄にない甘えた声を漏らして、篠田に鼻をこすりつけた。

裏口から土間に入ると、二匹の犬は闇に溶けて見えなくなった。


「旦那様……」

富蔵の手招きに応じて、松右衛門は座から立ち上がった。戻ってきたときには、厳冬のなかで顔を上気させていた。

「あの二匹は」

言いかけた松右衛門の口を、吉岡が押さえた。

「そのほうは、ことのほか犬を好んでおるであろうが」

「まことに、よき気性の二匹だと」

裏口に座っていた黒犬二匹を、松右衛門はひと目で気に入っていた。

松右衛門が手をさしのべると、二匹とも吠えもせず、撫でられるにまかせていた。松右衛門が犬好きであることを感じ取ったようだ。

「あの二匹を、この家の番犬とすればよい」

吉岡の言葉を聞いて、松右衛門の目元がゆるんだ。この夜、初めて松右衛門は笑みを見せた。

二匹の黒犬を、松右衛門は板の間まで連れてきていた。富蔵が手早く板の間に、藁を敷いていた。

「おとなしそうに見えますが、二匹とも内には勇敢さを秘めとるとでしょう」

昆布茶を飲み干した吉岡は、黒犬の素性を明かし始めた。

「二匹とも、川上犬での」

信州川上村の猟師が、狼と交配させて猟犬に仕立てた犬である。

耳はピンと立っており、体毛は黒い。丸い瞳も、くるっと巻いた尾も真っ黒だ。

「この二匹、名は鷲（わし）と鷹（たか）だ」

吉岡が小声で名を口にすると、二匹は素早い動きで頭領に顔を向けた。

「大声で呼ばずとも、耳はさとい」

つないだり、小屋にいれたりせず、庭に放し飼いにしておくようにと、吉岡は飼い方を指図した。

「野沢屋の奉公人に牙を剝かぬことは当然だが、吠えたてることもせぬ。放し飼いを案ずることはない」

鷲と鷹は、赤猫（火付け）に備えた番犬だと吉岡は続けた。

「犬の鼻は、ひとの百倍も鋭いというが、この鷲と鷹には、わしらが格別に赤猫退治の稽古をつけてある」

不審な火付けをなす者には、容赦なく飛びかかるように仕込まれていた。

「火付けをする者のにおいと挙動を、瞬時にこの二匹はかぎ分ける。赤猫をなす者には、吠えることもせず手首に食らいつくでの」

鷲と鷹は、江戸南町奉行所定町廻同心の配下に組み入れられていた。それほどに、赤猫退治には抜きん出ていたのだ。

鷲と鷹の話に区切りをつけた吉岡は、半七捕縛の段取りを詰め始めた。

「伊万里湊に万全の手配りを終えるには、丸二日が入り用だ」

隠密の呼び集めに、はやくも吉岡配下の者が動き始めていた。

「これより先は、すべてわしの差配に従い、動いてもらうぞ」

きつく念押しをしてから、吉岡は今後の手順の話を始めた。

「まずは廻漕問屋だが、このたびに限り名越屋半兵衛を使うことになる」

名越屋は、伊万里ではさほどに大きな廻漕問屋ではなかった。

「てまえどもは、一度も使ったことはありませんが」

「承知しておる」

馴染みの廻漕問屋には、名越屋から上手にわけを話すと吉岡は請け合った。

吉岡はひとことも口にはしないが、名越屋は公儀が陰で差配する廻漕問屋であることが察せられた。

吉岡はそんな極秘の仕組みを、松右衛門に明かしたも同然である。

川上犬も然りだが、吉岡は大事な秘密を松右衛門には隠す気がないようだ。

あけすけに秘密を明かしているのは、ことが終わったあとは、わしらを皆殺しにする気だからなのか……。

浮かんだ不安で、松右衛門の顔が曇った。

吉岡は気にもとめず、さらに話を続けた。

「伊万里湊に荷物船を呼び寄せるには七日が入り用だが、半七は二月四日の夜だと申しておる」

たとえ荒天に襲われたとしても、二月四日の船出であれば充分に支度はできる。吉岡はきっぱりと言い切った。

「船に載せた黒色火薬の始末には、いささかの障りも気がかりもないが……」

半七の扱い方には、充分な気配りが入り用だ……吉岡は目の光を強めた。

「船に積んだ火薬をいかに始末しようが、それではなにも片づいてはおらぬ。半七一味を捕らえることが、この事案の肝だ」

半七に不信感を抱かせぬよう、細心の気配りがいる……吉岡の言い分に、松右衛門も深くうなずいた。

しかしその顔には、いつかは皆殺しの目に遭うかもしれないという不安の色が消えずに残っていた。

「半七の賭場の見張りには、総勢十六人がつくことになる。いずれも手練れの者ゆえ、半七の仔細を、見逃すことはない」

二日後には、各地から呼び集められた隠密が半七一味の見張りを始める。

「半七は、そのほうの挙動を見張っていると書いておる。キツネよりも狡猾な男の言い分とあれば、それを額面通りに受け止めたほうがいい」

あまりに従順に半七の指図に従ったりしては、逆にあの男に疑いの念をいだかせると吉岡は判じた。

「明日より、数人の見張りを店の周囲に張りつけろ」

皿山には小川屋という桂庵（奉公人の周旋屋）があった。おもに窯焼が職人や人足の手配りを頼む先だが、商家の奉公人の周旋もしている。

「富蔵を小川屋に差し向けて、少なくとも三人の見張りを雇い入れなさい」

雇った見張りには目立つ色味の綿入れを着させて、店の周囲を見張らせよと吉岡は指図した。

「そのほうが素直には指図を受け入れぬだろうと、半七は読んでおる。ゆえに手下をこの町に差し向けているに相違ない」

半七の手下など、吉岡たちはすぐに見つけだすが、あえて手出しはせずに放置しておく。

「野沢屋が見張りを雇い入れたのを確かめるなり、手下は半七の元に報せに戻るだろう。そののち、赤猫を差し向けるはずだ」

赤猫は川上犬が退治をする。取り押さえたのちは、わざと小火騒ぎを起こす。半七の手下に、首尾良く赤猫が生じたことを見せるためである。

「半七が赤猫を差し向けるのは、新月の二月一日か二日の夜だ。そのほうは火付けに慌てふためき、二月四日に伊万里にかけつけろ」

そうすれば半七は松右衛門を信用する。

「半七は、安心して火薬の荷積みをそのほうに命ずるだろう」

小火はかならず消し止める。

案ずるには及ばぬと請け合ったのち、吉岡は懐中から油紙に包まれた丸薬と、貝殻に詰めた軟膏を取り出した。

「わしらが使う怪我の特効薬だ」

陽太郎に服用させ、傷口に塗ってやれと言い置き、吉岡は松右衛門に手渡した。

「おまえもわしを信じなさい。ことが成就したのちの鏖殺（皆殺し）などは、わしの刀にかけてもいたさぬ」

吉岡が両目をゆるめた。

松右衛門の顔が、たちまち晴れた。

五十

一月二十四日の江戸は、真冬の高い青空で明けた。

洲崎沖の低い空から朝日がさしている。職人の半纏の背中に、朝の光が当たっていた。

朝日の赤い光は、六蔵の宿の庭にも届いていた。

「三日のうちにこれが伊万里に届くように、押上村の酉蔵と談判してこい」

短い文がしたためられた半紙を、六蔵は儀三郎に手渡した。

「これが書いた通りに伊万里の半七に渡るように、酉蔵が書き起こした中身を確かめろ」

六蔵はあごをしゃくり、文面を読めと儀三郎に指図をした。

吉兵衛に痛めつけられた身体の方々が、まだ痛む。あごをしゃくったあと、六蔵は吐息を漏らした。痛みを我慢しているからだ。

儀三郎には、身体の痛みを見せることはできない。六蔵の見栄が、きつい痛みを内に押し込めていた。

「読ませてもらいやす」

神妙な物言いのあと、儀三郎は半紙の文面を読み始めた。

『二月二日までに荷積みをしなかったら、おまえもろとも組を叩き潰す。荷積みを済ませたら、船の名と江戸に着く日をしらせろ。六蔵』

半紙にはこれしか書かれていなかった。が、半七には充分に通じる内容だった。

「三日のうちにと、親分は言われたように思いやすが?」

六蔵は返事をせず、強い目を向けた。

「それがどうかしたか?」

六蔵の目は、そう質していた。

「江戸と伊万里は、三百里（約千二百キロ）は離れておりやす」

それだけの隔たりを、わずか三日でどうやって結ぶのか。いかに酉蔵といえども、そんな離れ技はできないのではないか。

儀三郎は、自分が思い浮かべた疑問を口にした。

六蔵の目の光が、一気に強まった。

「おめえの思案を聞きたいわけじゃねえ」

六蔵はにべもない口調で、儀三郎の言い分を撥ね付けた。

「益体もねえことをおれに聞かせている暇があったら、とっとと押上村に出向いてこい」

怒りに燃え立った六蔵の目が、儀三郎の喉元に食らいついた。

「へいっ」

儀三郎は思わず畳に手をついて、顔を伏せた。上げたままでは、六蔵に嚙み殺されそうな気がしたからだ。

親分には、いままで感じたことのねえ凄みが加わっている……。

顔を伏せた儀三郎が胸の内で思っていることを、六蔵はすっかり見抜いていた。

赤みの強い朝の光が、儀三郎が手をついた畳を照らしていた。

儀三郎は五ツ（午前八時）に萬年橋を出た乗合船で、押上村に向かっていた。『千里の酉蔵』の鳩小屋をたずねるためである。

　酉蔵は裏伝書鳩の江戸の元締めである。公儀の目を逃れるために、酉蔵は小山の中腹に鳩小屋を構えていた。鳩小屋では常に、三十羽の伝書鳩が飼われていた。

　小屋からもっとも近い人里は、押上村である。その村の東の外れから酉蔵の小屋までは、でこぼこの山道を二里半（約十キロ）も歩かなければならない。

　しかもその山道の随所に、酉蔵はまむしの好む湿った巣を拵えていた。うかつに小屋につながる山道に足を踏み入れると、シダや野草におおわれた山肌からまむしに襲いかかられることがあった。

「まむし山には、近寄らねえほうがいい」

　押上村の農夫たちは、酉蔵が暮らしている小山を「まむし山」と呼んで忌み嫌っていた。むごいことを眉ひとつ動かさずにしてのける儀三郎だが、蛇は大の苦手である。毒の強いまむしは、嫌いを通り越して怖がっていた。

　三角形の鎌首を見ると、身体中に鳥肌が立った。そんな儀三郎の蛇嫌いを承知のうえで、六蔵は酉蔵のもとに儀三郎を差し向けた。

　酉蔵のもとに出入りできる六蔵の配下は、儀三郎ただひとりだったからだ。

「吉兵衛一家の若い者が、おめえのあとをつけるかもしれねえ」

　そうだとしても、酉蔵の鳩小屋まで引っ張って行っても構わねえ……いぶかしい思いを抱きながらも、儀三郎は六蔵の指図に従った。

酉蔵と自在に談判できるというのが、いままでの六蔵の大きな売りのひとつだった。

押上村に向かうために、儀三郎は乗合船に乗った。六蔵が言った通り、吉兵衛配下とおぼしき者が同じ乗合船に乗ってきた。

あとをつけているのを、わざと儀三郎に見せつけているかのようだった。

船に揺られながら、儀三郎は思案を巡らせた。そして、ひとつの考えに行き着いた。

酉蔵のもとに自分を差し向けていることを、六蔵は吉兵衛に分からせたいのだと、儀三郎は察した。

なにがあっても三日のうちに、伊万里の半七に文書を届けさせろ。

これが六蔵の指図である。酉蔵が引き受けるように、費えに糸目はつけるなときつく言われていた。

吉兵衛からなにを請け負っているのか、儀三郎は知らなかった。六蔵からきつく言われていたのは、伊万里屋の手代を手なずけて、くず伊万里を大量に江戸に廻漕させろということだった。

しかし六蔵がいま焦っているのは、くず伊万里の到着が遅れるからではない。吉兵衛から、儀三郎もまだ聞かされていない大事を請け負っているのだ。

段取りが上手く運んでいないことで、吉兵衛から身体に訊かれる羽目になった。ゆえにいまは、儀三郎がすぐさま酉蔵のもとに出向いたことを吉兵衛に伝えようとしている。

身体に受けた脅しを正味で受け止めていると、吉兵衛に伝えたいがためなのだ……。

船の揺れが、知恵をめぐらせることを按配よく手伝っていた。いままで気づかなかったことに、深い得心がいった。

そういうことなら、吉兵衛一家の若い者を抱き込んでやろう……儀三郎は、肚のうちで舌なめずりをした。

押上村の桟橋が、すぐ先に見えていた。

五十一

千里の酉蔵が暮らしているのは、宿というよりは小屋だった。

赤土を敷き詰めただけの土間には、いわゆる敲き土のような乾いた硬さがない。酉蔵と向き合って座っていると、腰掛けの脚が赤土に沈みそうに思えた。

屋根は藁葺きで、もちろん天井板など張ってはいない。剝き出しの梁も、梁と呼ぶには細すぎた。

しかしこんな粗末な造りなのに、野分が吹こうが地震に揺さぶられようが、倒れたり潰れたりしたことは一度もなかった。

儀三郎と話を始める前に、酉蔵は入口の戸を大きく開いた。外の明かりを内に取り込むためである。

どれほど大きく戸を開いていても、話を立ち聞きされる恐れはない。小山の裾から登ってくる山道には、忍者返しのような仕掛けが張り巡らされていたからだ。

「なんとしても三日のうちに、伊万里にこの文を届けて欲しいと……六蔵はそう言っておりやす」

儀三郎は三日のうちにと、もう一度日限を繰り返した。

西蔵の両眉が眉間のほうに寄った。

「あんた、ウマを引っ張ってきたな」

吉兵衛配下の若い者のことである。西蔵には言い逃れやごまかしは通用しないと、儀三郎はわきまえていた。

「押上村の船着き場におりたとき、様子のおかしいのが後ろにいるのは分かってやした」

「どういう素性の男だ？」

「うちの六蔵の親筋にあたる、吉兵衛親分の配下でやす」

儀三郎は正直に答えた。

「どうして六蔵の親筋が、あんたのあとをつけたりするんだ」

「分かりません」

儀三郎は即座に返事をした。わけを知らないのは、まことだったからだ。

西蔵は儀三郎の返事を受け入れた。

「追い返してもいいな？」

「もちろんでさ」

入口の梁から垂れている、太い綱を西蔵が引いたら……。

「ギャアッ」

「ヒエエッ」

小屋につながる山道から、男ふたりの悲鳴が上がった。

「百匹のまむしが、溝の隠し戸から一度に這い出したんだ。あれぐらいの声を上げても当然だろう」

酉蔵は話すときに、ほとんどまばたきをしない。それが酉蔵の底知れなさを倍加させていた。

「話を続けてくれ」

小さな卓を挟んで、酉蔵は儀三郎と向き合った。赤土のうえを、三匹の蜈蚣(むかで)が連なって這っている。

儀三郎は顔色を変えぬように気遣いつつ、足をわきにどけた。

「六蔵が伊万里に届けたいのは、この文です」

儀三郎は六蔵がみずからしたためた文を、酉蔵に示した。

伝書鳩は、脚に錫の缶を結わえて飛ぶ。缶に詰められるのは、大きさが小さく、そして軽い紙に限られていた。

酉蔵は送り主が書き上げた文書を、缶に収まる紙に極細の筆で書き直した。

長さ五寸(約十五センチ)、幅一寸(約三センチ)が、缶に丸めて収められる薄紙の寸法だ。

伝書鳩が飛ぶのは、晴天に限られたわけではない。

野分のようなひどい暴風の折には、鳩を放つのは見合わせた。が、少々の雨なら構わずに飛ばした。

錫の缶の口は、蠟で密封した。しかし雨水の浸入を防ぐことはできない。

濡れてもいいように、文字を書いた紙には柿の渋を薄く塗った。西蔵特製の渋である。

西蔵が文書の中身を口外することは断じてない。それをしないことが、西蔵の売りだったからだ。

西蔵に限らず、諸国の主要城下町や湊町、門前町に張り巡らされている伝書鳩の中継ぎ地の者も、もちろん口は堅かった。

「この通りを書けばいいんだな?」

「へい」

西蔵の念押しに、儀三郎はきっぱりとした口調で応じた。

五十二

「天気は西のほうから、急ぎ足で崩れてきている」

西蔵は前置きもなしにこれを口にした。

「しかも崩れ方が激しいため、鳩は長くは飛べない」

西蔵の物言いには、隙がなかった。

「気負ったことを言っても仕方がないが、わしは千里の西蔵だ」

西蔵は儀三郎の目を見据えた。背筋は真っ直ぐに伸びていた。

「伊万里まで三日で届けろというなら、その通りに請け負ってもいいが……届け賃は、いつもの倍以上になる」

西蔵は倍以上とは幾らになるかを明かさなかった。儀三郎の返答を待っているのだ。

「なにがあっても三日で届けろと、あっしはそれだけを言いつかっておりやす」

費えが幾らになろうが構わないと、儀三郎は強い口調で答えた。

「ただしあっしは、駄賃目当てのガキの使いじゃあねえんでさ」

儀三郎も負けずに背筋を伸ばした。

「西蔵さんの言い値を払ってもいいと、六蔵からは任されておりやす。とはいえ西蔵さん、どうして費えがいつもの倍以上になるのか、得心がいくようにわけを聞かせてくだせえ」

宿に帰ったあと、六蔵を得心させないことには自分が仕置きを食らう……儀三郎は正直に話した。

西蔵には半端な見栄など通用しないことを、儀三郎は思い知らされていた。

「もっともな言い分だ」

いま江戸は上天気だが、今日の七ツ（午後四時）には雨が降り始める。天気は晴れも雨も、西から東へと移る。鳩はすでに崩れている西空に向かって飛ぶのだと、西蔵は続けた。

「この先の数日は、天気の崩れ方がひどい。上天気なら八十里（約三百二十キロ）は平気で飛ぶが、待ち構えている空模様のなかでは五十里（約二百キロ）刻みで飛ばさなければ鳩がもたない」

しかも伊万里までの道筋の多くには、強い向かい風が吹いている。その悪天候のなかを三日で結ぶには、雨に強い鳩を使い、確かな中継ぎ場所を選んで飛ばすほかはない。

言い終えた酉蔵は、鳩小屋から大型の一羽を取り出してきた。

酉蔵の手に、鳩は万全の信頼を寄せているのだろう。クルルとすらも鳴かなかった。

「雨鳩は、向かい風だろうが大粒の雨のなかだろうが、構わずに飛んで行く。さりとてわしらが存分に稽古をつけた鳩といえども、飛べるのは昼間だけだ」

酉蔵は雨鳩を小屋に戻してから、半紙と矢立を手にして戻ってきた。

「伊万里までの道筋は、すでに決めてある」

第一日　江戸～下田湊～清水湊～浜松
第二日　浜松～伊良湖岬～新宮～播州赤穂～徳島
第三日　徳島～足摺岬～佐伯～由布院～熊本～伊万里
酉蔵は伝書鳩の飛ぶ道筋と、中継ぎ場所を記した。

「いずれの中継ぎ場所にも、雨鳩がいる」

江戸と伊万里を三日で結ぶには、この手段しかないと酉蔵は断言した。

記された中継ぎ場所の多くは、儀三郎の知らない土地である。が、酉蔵の言い分に偽りがあるとは思えなかった。

「お願いしやす」

儀三郎は費えも聞かずにあたまを下げた。

「二十五両だ」

酉蔵が口にした額は、儀三郎が預かってきた金包みの全額だった。これを払ったあとは、小粒銀がひと粒しか残らない。

それでも儀三郎は頼み込んだ。六蔵の注文は、これでこなすことができた。

酉蔵は几帳面な男である。差し出された二十五両を一枚ずつ数えたあと、六蔵に宛てて受取を書いた。

さほどに間をおかず、脚に錫缶を結わえつけた雨鳩が飛び立った。

「押上村の船着き場で、名物の鯉でも食ってけえりねえ」

別れ際、酉蔵は一分金（四分の一両）二枚を儀三郎に握らせた。

雨鳩は早くも、品川沖の上空に差しかかっていた。

五十三

もう一月も月末が近いというのに、今年の皿山はまだ雪が降ったりやんだりを繰り返していた。

半七が野沢屋に顔を出した、一月二十八日の四ツ（午前十時）過ぎ。空は晴れていたが、前日までの雪が町に白塗りを重ねていた。

「ご当主の松右衛門さんにつないでもらいてえんだが」

臙脂色の合羽を着たまま、半七は小僧に用向きを告げた。半七の背後には、同じ色味の合羽を着た武家が立っていた。

通りも商家も雪に埋もれている。そんな町の眺めを背にして、派手な色味の合羽を羽織った男が当主につなげと告げた。

連れの武家は、隙のない身構えで雪のなかに立っている。

「ちょっとそこに待っとうて」

慌てふためいた小僧は、履き物を脱ぎ散らかしたまま座敷に駆け上がった。戻ってきたときには、番頭の富蔵が一緒だった。

「てまえどものあるじに御用だとうかがいましたが？」

富蔵は野沢屋の番頭だと身分を明かした。

「番頭さんなら、松右衛門さんからおれのことを聞いちゃあいねえかい？」

半七は合羽の前をはだけた。帯に差した脇差しの鮫鞘（さめざや）が番頭に見えるように、身体の向きを変えた。

「伊万里の半七さまでございますね」

「分かってくれりゃあ、なによりだ」

半七は店先で合羽を脱いだ。雪が三寸も積もっているというのに、合羽の下は縞柄のあわせ一枚だけだった。

「座敷に上がらせてもらうぜ」

富蔵の返事も待たず、半七は武家と一緒に店に入った。半七も武家も、履き物は藁沓である。

「ただいま、お湯を」

富蔵はたらいに張った湯の支度を小僧に言いつけた。冬場の来客には、座敷に上がる前に湯で足を暖めてもらうのが野沢屋の仕来りだった。

「そいつあ、無用だ」

沓を脱いだ半七も武家も、分厚い足袋を履いていた。つま先は詰め物でぷくりと膨らんでいる。

ふたりの身なりを見て、富蔵はあらためて気を引き締めた。

「着衣はたとえあわせ一枚であっても、足元と指先さえ暖めておけば、雪道を歩いても凍えることはない」

足袋の先には唐辛子を詰める。

懐炉を懐中に忍ばせて、適宜指先を暖める。

これが雪中を行く心得だと、つい先日、富蔵は隠密から教わったばかりだった。

連れの武家の知恵に違いない……。

商談の客間へと案内しながら、富蔵は気を引き締めた。

松右衛門が商談部屋に顔を出したのは、富蔵が焙じ茶を供し終えてからだった。

「お待たせしました」は口にせず、半七の向かい側に座した。松右衛門のわきには富蔵が控えていた。

「番頭さんは、今度の一件を呑み込んでいるてえことかい?」

半七は粘り着くような目で、松右衛門を見た。松右衛門は背筋を張り、わずかにうなずいた。

「まさかあんたが、みずから顔を出すとは思わなかった」

松右衛門は言葉を吐き捨てた。半七相手には、短い言葉すら交わすのがいやでたまらなかったからだ。

「このカラっ茶みてえに、愛想のない物言いだぜ」

半七は棘のある言葉で応じてから、上体を前に乗り出した。

「こうして出張ってきたのは、あれこれおめえさんを脅している暇がなくなったからだ」

半七の語調がガラリと変わった。

「一月は明日の二十九日で仕舞いだ」

今年の一月は二十九日限りである。商談部屋の壁に掛けられた日めくり暦も、一月は残り一枚となっていた。

「八卦見(はっけみ)が言うには、二月二日は戊(つちのえ)の寅で、江戸への旅立ちにはすこぶる日がいいてえ見立てだ」

うまい具合に、その日は江戸に向けての弁財船が出る段取りだと、半七は続けた。

「おめえさんが使ってる、伊万里の廻漕問屋はどこなんでえ」

強い口調で詰め寄られた松右衛門は、ひと息おいて名越屋の名を明かした。

「だったら野沢屋さんよう」

半七の目つきが、獲物を前にした猫のように細く鋭くなった。

「二月二日に、なにがあっても江戸に向けて荷物を送り出してもらうぜ」

「急に言われても無理だ」

松右衛門は撥ねつけた。半七の目がさらに細くなった。

「おれは二月二日と決めたんだ。できるのできねえのを、掛け合いにきたわけじゃねえ」

半七は武家に目配せをした。立ち上がった武家は、商談部屋の間仕切りになっているふすまの前に立った。

息を整えたあと鯉口を切り、大上段に構えた太刀を振り下ろした。閉じ合わされていたふすま二枚とも、真っぷたつに斬り裂かれて崩れ落ちた。

「もういっぺんできねえと言ったら、今度は身体がふたつになるぜ」

半七は、明るい口調で凄んだ。

武家は抜刀したまま、ふすまを背にして仁王立ちになっている。

「二月二日だぜ」

「分かった……」

松右衛門は苦々しげな物言いで応じた。

「なんでえ、その物言いは」

半七が目配せをすると、武家は富蔵に近寄った。

「立て」

武家の声は低くて野太い。商いの指図では豪腕ぶりを示す富蔵だが、背筋を震わせて動けなかった。

「二月二日の一件、うけたまわりました」

松右衛門は両手を膝に置き、落ち着いた声で答えた。

武家は太刀を鞘に収めた。

富蔵は肩を落として吐息を漏らした。

五十四

「よくぞ首尾よく、あの疑り深い半七を仕留めたの」

松右衛門から顚末を聞き終えた吉岡は、正味の物言いで褒めた。

「ならず者に雇われてはいても、あの者はほどほどの遣い手であった」

配下の者が野沢屋を見張っていたとは、吉岡は明かさなかった。しかし松右衛門の肚の括り具合については大いに褒めた。

「抜刀した者の前で、廻漕問屋は名越屋にすると持ちかけるのは、並の器量でしてのけることではない」

半七はまむしのように疑り深く、そして用心深い男だ。ところがその半七が、廻漕問屋に名越屋を使うことは、文句を言わずに受け入れた。

そう仕向けた松右衛門の気合いを、吉岡は褒めた。

松右衛門は尻がもぞもぞと痒くなった。

半七との談判は、吉岡に褒められるような首尾ではなかったと思っていたからだ。

半七は武家に指図をして、富蔵を脅しにかかった。松右衛門の気が張っていたのも、そこまでだった。

またしても半七は、松右衛門当人ではなく、代わりの者をいたぶりにかかろうとした。

前回は陽太郎を半殺しの目に遭わせた。

半七は野沢屋に乗り込んできてまでも、また同じ手を使おうとした。今度は番頭の富蔵を脅しにかかった。

武家が本気で富蔵を斬るとは思わなかった。そんなことをしたら大騒動になり、目的を果たせないからだ。

しかしふすま斬りを目の当たりにした富蔵は、身体の芯から震え上がった。

陽太郎を連れて帰った松右衛門に、文句ひとつ言わず尽くしている番頭だ。震え上がっている富蔵を、それ以上の怖い目に遭わせるのは忍びなかった。

名越屋の名を口にしたのは、あらかじめ吉岡と取り決めていたことである。

そんな廻漕問屋は使えないと、渋る半七に、首尾良く名越屋を認めさせたわけではない。成り行きでそうなっただけのことだ。

吉岡はしかし、談判の息遣いを褒めた。

半七が連れてきた武家の技量にも、吉岡は言い及んだ。ということは、どこかで武家の脅しを見ていたに違いない。

松右衛門が名越屋を言い出したときのいきさつも、吉岡は承知しているはずだ。

隠密頭領の話に調子を合わせようと、松右衛門は胸の内で決めた。

「先にも話したことだが、名越屋は公儀の支配下にある廻漕問屋だ。半七がなにを企んでいようとも、あの店に誘い込みさえすれば我が手で始末できる」

顔つきも物言いも、松右衛門には吉岡は本気としか思えなかった。

半七に名越屋を認めさせたのは、まこと手柄だったのかもしれない……松右衛門も、いまはそう感ずるようになっていた。

五十五

一月二十八日夕刻から、隠密頭の吉岡勘兵衛はふたつの大事な談合を持った。

最初は山城屋健太郎との談判である。

八ツ半（午後三時）に、健太郎は皿山代官所をおとずれた。薪材の伐採願いで、健太郎は代官所を何度もおとずれている。

まだ明るいうちに代官所に入る健太郎を見ても、土地の者がいぶかしく思うことはなかった。

代官所には五戸の離れが普請されていた。いずれも他人の耳目を封ずる工夫がなされた離れである。

そのなかの一戸に、健太郎は招き入れられていた。

代官所にて吉岡との談判に臨む気になったのは、隠密頭領の人柄を信じたからである。

隠密頭領吉岡も配下の者も、大義を負っての任務遂行こそ第一と考えていた。

深夜の皿山は闇が深い。

隅々まで監視のために走り抜けるには、夜目遠目が利かねばならない。

敏捷な動きも欠かせない。

隠密であり続けるには、日々の技量鍛錬・身体鍛錬が不可欠だった。

難儀に遭遇したときは慌てず騒がず、敵と真正面から斬り結ばねばならない。

我が身の安寧よりも任務遂行を重んずる覚悟を持ち続ける……これが隠密なのだ。

「いまの世の安泰を保つために、わしらは身を挺して働いておる」

吉岡たちの真摯な生き方に、健太郎は深い感銘を受けた。

「江戸は遥かな彼方だ。船路では苦労もかけるだろうが、畢竟それもお国安泰を願ってのことだ。我慢をしてくれ」

世の安泰を保つのが一番の大事だと説いたあとで、吉岡は秘事を明かした。

吉岡の指示で、隠密たちは黒色火薬の足跡を徹底して追及した。その結果、出所は長崎・

出島に相違なしと断ずるに至った。

「こともあろうに、出島とは……」

吉岡の物言いから、あの歯切れの良さが薄まっていた。長崎は天領地で、幕府直轄である。大目付配下の隠密といえども、勝手な動きはできない土地だった。

黒色火薬の出所が出島だったとすれば、探索にはきつい縛りが生ずる。

隠密が隠れ蓑とする表仕（公儀上級官吏）の鑑札を提示すれば、諸藩役所への出入りは自在にできた。が、出島への出入りには長崎奉行の許可が必要だった。

禁制品の黒色火薬探索などと言おうものなら、奉行所を挙げての大騒ぎになるのは必至だ。

極秘裏に進めてきた皿山と伊万里の一件も、すべて長崎奉行の知るところとなるだろう。

それだけは避けたい吉岡には、いま一番の敵は（身内のはずの）長崎奉行所だった。

身動きを制約された吉岡に、ひとつだけ幸いなことがあった。出島の通詞（オランダ語通訳）中島新兵衛と、配下のひとり木下祥次郎とが昵懇の間柄だったことだ。

中島を通じて、隠密衆は出島の仔細を知ることがかなった。

黒色火薬の製造元は清だが、出島から持ち出しているのはオランダ商館員と組んだ通詞の仕業だった。

「通詞たちは出島の出入りに際し、持ち物改めも身体改めもされません」

小袋に詰めて持ち出せる火薬は、格好の密輸品となっていた。一定数量に達したところで樽に詰め替えて、塩田宿の廃屋に運んでいた。

オランダ商館員が通詞経由で商家に輸入品を転売することは、私貿易として公認されていた。が、品目は厳しく限定されていた。

黒色火薬が出島から流れ出していたと知った中島は、表情を険しくした。

「もしも長崎奉行所の知るところとなったら、根本から私貿易制度が崩壊します」

断じて許すまじと憤った中島の働きで、火薬密輸に手を染めている通詞が判明した。が、吉岡の指示で手出しはしなかった。

「泳がせておけば、黒幕が判明する」

吉岡の判断通り、伊万里のしゃくなげ組が密輸の黒幕だと判明した。

商館員と通詞には、一切構わずにいた。伊万里のしゃくなげ組を殲滅(せんめつ)する段取りだと聞かされれば、商館員も通詞も震え上がり、以後は手を引くであろうとの判断からだ。

殲滅の詳細は中島が伊万里から流れてきたうわさとして当該通詞に聞かせた。

長崎奉行所には知られずに解決できた。


「半七なる男は江戸の渡世人と通じておった」

「えっ……」

察しのいい健太郎の顔つきが変わった。

「だとしたら吉岡様、まさか火薬が江戸に……」

差し迫った物言いをした健太郎に、吉岡は引き締まった表情でうなずいた。

「まさにそのことだ」

半七が送り出す段取りの黒色火薬を、江戸の渡世人が待ち受けていた。

「その者たちの手に渡れば、将軍家お膝元の江戸で取り返しのつかぬ事態を惹起いたすは必定だ」

江戸の渡世人始末こそ、火急の案件だった。

「公儀の便船武州丸にて、黒色火薬を品川まで運ぶ手筈となった」

吉岡の眼光が鋭さを増した。

「おまえも荷主として武州丸に乗船いたし、江戸に向かってもらうぞ」

頼みではなく指図だった。しかも吉岡は健太郎内儀のおちえ、江戸者女中のおみつも同行するようにと指示した。

「てまえはともかく、ふたりはお断りします」

強い口調で指示を拒んだ健太郎は、吉岡の両目を見詰めた。

「おちえ、おみつのふたりまで危うい目に遭わせるなど、沙汰の限りです」

どう言われようが、この指図は承服できないと語気を強めた。

「おまえは内儀にどこまで話しておるのか？」

吉岡は眼光を消した表情で応じた。

「あらましは聞かせています」

硬い口調で答えた。隠密手伝いは山城屋身代にかかわる大事である。吉岡から許しは得ていたこともあり、おちえと杢兵衛にはあらましを聞かせていた。

商いの舵取り役の番頭には、折を見て話す考えだった。番頭より先に杢兵衛に話したのは、修羅場をくぐってきた年長者の知恵をあてにしたからだ。

おちえに話したことに、吉岡は得心顔を見せた。

「ならば健太郎、内儀に問うてみよ」

変わらず静かな口調で吉岡は告げた。

「おまえを心底信じておればこそ、江戸の暮らしを捨てて僻地の皿山に嫁いできたおちえ殿だ」

鍋島藩の安寧を一に願って隠密手伝いを続けているおまえを、ひとりで江戸に行かせはせぬだろうと、吉岡は推察していた。

「女中のおみつも江戸に行きたいと感じているはずだ。おちえ殿同様、当人に問うてみよ」

健太郎が気づいていないおみつの気持ちの動きを、吉岡は察しているかに聞こえた。

「内儀と女中がそばにおればこそ、船旅のきつさも多少なりとも和むであろう」

静かな物言いを変えぬまま、話を終えた。

吉岡は見事におちえの気性を言い当てていた。

突然に江戸行きを言い出したなら、おちえはわけを訊ねるに違いない。おちえに嘘は通じない。

江戸に向かうまことの理由を知ったあとでは、かならず一緒に行くと言うだろう。

「一大事を見事成し遂げるためにも、おまえへの、おちえ殿の助力は欠かせない。女中のおみつが同行することで、おちえ殿も大きに安心を得る」

吉岡は両目に力を込めて健太郎を見た。

「力を貸してくれ」

あたまこそ下げなかったが、健太郎を頼りにしていると口調で深く告げていた。

健太郎が委細を呑み込んだと判じた吉岡は、顔つきを引き締めて別の話を始めた。

「江戸に着いたのちは、御城に詰める御庭番に後事を委ねることになる」

「えっ……?」

驚き顔になった健太郎に、吉岡は表情をゆるめた。心配無用と顔つきが告げていた。

「御城詰めの御庭番は、人格・見識・武術技量のすべてにおいて抜きんでた者ばかりだ。安心して指図に従えばよい」

頭領の言い分に得心した健太郎は、詰めの談判のために代官所まで出向いてきていた。

「伊万里湊の出帆は二月二日である」

離れで向き合ったときの吉岡は、頭領の物言いになっていた。

「そのほうの妻女および供の者には、期日までに抜かりなき旅支度を調えさせよ」

「うけたまわりました」

健太郎の返答も格式張っていた。

健太郎を帰したあと、吉岡は皿山代官所庶務主事と面談した。

「いかに公儀御用の遂行とはいえ、代官所には多大なる尽力と我慢をいただいた」

吉岡は、はっきりとした言葉で礼を伝えた。

公儀隠密から礼を伝えられた庶務主事は、上気して顔を赤らめた。

まさか吉岡が、これほどはっきりと礼を口にするとは思ってもみなかったのだろう。

我が物顔ともいうべき態度で、吉岡たちは代官所の出入りを行った。しかも正門を使うことは稀で、ほとんどは高い塀を乗り越えての出入りだった。

「こんな所業を見せつけられても、藩は公儀になにひとつ申し入れもできんとか」

代官所役人の多くは、怒りを胸の内にたぎらせた。怒りの矛先は、隠密との談判当事者である庶務主事に向けられた。

吉岡の謝辞を受けたいま、庶務主事は長らく抱え持っていた腹立ちを消した。

黒色火薬にかかわる首謀者が、半七だと断定できた。こののちは伊万里湊にて、半七一味を殲滅することだ。面談を終えたあと、吉岡は配下の四人を離れに集めた。

「これより伊万里湊に向かい、名越屋に任務の場を移す」

移動を知らされた四人は、銘々が無言でうなずいた。

「移ったのちは、明日より半七の宿の見張りを始める。万全を期するがために、名越屋の手の者も配下に組み入れる」

代官所を出るに際し、吉岡は四人にこの先の展開を伝えた。

「半七率いる一味の者全員を、名越屋の敷地内におびき入れるまでは、いかなる手出しも無用だ」

半七は生け捕りにすると、吉岡は告げた。

「江戸の何者が黒色火薬を手にいれようとしているのか、突き止めねばならぬ」

その者を知っているのは半七ただひとりだと、吉岡は断じていた。

狡猾で疑り深い半七が、江戸の注文主の名をうかつに漏らすはずがない。

長かったこの地での任務も終幕が近づいていた。それは隠密全員が感じていることだ。

「この先の仕上げが肝要だ。伊万里に移ったあとは、一層の働きを頼むぞ」

滅多なことでは頼むなどと言わない吉岡である。配下の四人とも、顔を強く引き締めてうなずいた。

一月二十八日、暮れ六ツ（午後六時）過ぎ。吉岡は配下の隠密、野島健作・篠田兵三郎・笹岡得衛・木下祥次郎の四人全員を引き連れて、代官所を出た。

正門から堂々と出て行った。

五十六

寛政八年一月は、二十九日が尽日となる小の月だ。伊万里屋では毎月の尽日五ツ（午後八時）から、商いの月締め寄合が催された。

六代目伊万里屋五郎兵衛は、商いの舵取りすべてを頭取番頭四之助に任せている。ゆえに伊万里屋の商いにかかわる日々の寄合も、四之助に差配をあずけていた。

月に一度だけ、尽日に開かれる月締め寄合には五郎兵衛も加わった。当月の動きと、翌月以降の段取りを確かめ合う、大事な寄合だからだ。

夕餉を終えたあとの寄合には、当主・頭取番頭四之助・二番番頭徳三郎・鍋島藩掛番頭与五郎の四人が顔を揃えた。

鍋島藩江戸上屋敷は、伊万里屋にとってどこよりも大事な出入り先である。伊万里屋は鍋島屋敷との商いのみを担う、鍋島藩掛番頭と手代を配していた。

寄合の場には伊万里屋に長らく伝わる火鉢が出されていた。鍋島藩窯で焼かれた逸品で、伊万里屋の家宝に等しい火鉢だ。

寄合の場に置かれた火鉢には、季節を問わず炭火がいけられた。ときに寄合は一刻（二時間）以上の長丁場になることもある。火鉢の五徳には大型の鉄瓶が載っており、常に湯気を吐いていた。

頃合いを見計らい、鉄瓶の湯で茶をいれるのは二番番頭の役目と決まっていた。

「ひと息いれていただきましょう」

徳三郎が当主・頭取番頭の順に茶を供した。当主の好みに合わせた、強い湯気の立ち上っている焙じ茶である。

いつもなら茶には甘味が添えられた。が、今夜は五郎兵衛の言いつけで、供されたのは焙じ茶だけだった。

いつも通り徳三郎のいれた茶が行き渡ったのを見極めて、五郎兵衛が口を開いた。

「伊万里行きが目前となったいま、おまえたちに重々申し渡しておくことがある」

頭取番頭を始めとし、順に各自の目を見てから話を続けた。

「寛文元年の創業以来、寛政八年の今日に至る百三十五年のなかで」

過ぎた歳月の重さを受け止めている口ぶりで、五郎兵衛は先へと進めた。

「わたしの代で、伊万里屋に目明かしを呼び入れる不祥事を惹起してしまった」

責めを負うべきは六代目当主たる自分であると、背筋を張ったままで告げた。

「親仁様、祖父様を始めとする伊万里屋先祖五代に、何のかんばせあって、三途の川の彼岸で、まみえることができようか」

五郎兵衛は唇を嚙んだ。番頭三人も吐く息を止めた。

「かくなる上は平吉親分に手配りを託して、奉行所お役人様に面談を賜るよう願い出る」

三人の番頭を見る五郎兵衛の両目に、力がこもった。

「伊万里屋に手を伸ばしてきた渡世人を、このまま放置していては、どこで鍋島様に火の粉が降りかかるやもしれない」

五郎兵衛は声の調子を張って与五郎を見た。与五郎の顔つきが、さらに引き締まった。

「この先は奉行所の手に委ねて、悪党を根こそぎ成敗していただく」

奉行所の調べが細部にまで及び、たとえ伊万里屋が手傷を負うことになろうとも、渡世人一味は完膚(かんぷ)なきまでに成敗してもらう。

「伊万里焼を騙る粗悪品、焼継品などが世に流れ出したとあっては、伊万里の窯元にもまた、顔向けできなくなる」

一味を根絶やしにすることは……。

五郎兵衛の物言いが強くなった。

「手代が悪事にかかわりを持ってしまった、伊万里屋が負うべき責めである」

五郎兵衛は静かながら、きっぱりとした口調で言い切った。

「次の伊万里行きの船出までには、短い日数しかない。されども奉行所が動けば、かならず決着する」

伊万里焼への世間の信頼を守り通すことこそ、伊万里屋に課せられた使命である……五郎兵衛に見詰められた番頭三人は、丹田に力を込めて強くうなずいた。

「伊万里屋の行く末は奉行所のご判断次第だが、我が命を賭してでも奉行所と掛け合うと決心した」

お沙汰が下るまでは、覚悟をもって平常通りの商いに励んでくれと、五郎兵衛は言葉を結んだ。

「てまえどもの命も、ぜひにも旦那様と一蓮托生とさせてください」

四之助が言い、徳三郎と与五郎が揺るぎのない目で五郎兵衛を見詰めていた。

伊万里屋が堅固無比なるいわおとなった。

五十七

一月二十九日、暮れ六ツ（午後六時）どき。伊万里湊に流れる刻の鐘を合図に、名越屋は戸締まりを始めた。

陽が落ちるなり、伊万里湊には赤い灯りがあちこちに灯される。仲仕や船乗りを相手にする、一膳飯屋と縄のれんの提灯だ。

藩が定めたわけではないが、これらの店は申し合わせたように赤い提灯を軒下に吊り下げていた。

「夜の伊万里湊には、ぽつぽつと赤い提灯が灯ってるでよ。海から見たときは、灯り屋の灯よりも赤提灯のほうが頼り甲斐があるように見えるとね」

船乗りが口々に言う通り、日暮れたあとの伊万里湊には赤い灯火が多かった。

十一月から二月までの名越屋の商いは、朝の五ツ（午前八時）から暮れ六ツまでだ。縄のれんに足を急がせる仲仕たちは、戸締まりを進める名越屋の前を通り過ぎた。

名越屋には小僧がいなかった。

が、廻漕問屋のなかには、小僧を置かない店もめずらしくはない。

「今日も一日、お疲れさんでしたの」

店先を通り過ぎる仲仕や船乗りに、戸締まりを進める名越屋の手代は愛想よくあいさつを投げかけた。

「おまえたちも、はよう店ば閉めて、一杯呑みに行くがよか」

手代から声をかけられた者は、決まり文句を打ち返した。が、それが言葉だけなのは、言うほうも言われたほうも分かっている。

「声ばかけてもろて、ありがとさんです」

名越屋の手代は愛想よく返事をして、戸締まりを続けた。

すっかり雨戸を閉じ終えると、手代の顔つきが引き締まった。

「三番桟橋に、渡世人の見張りがひとりおりました」

「四番桟橋わきの高台からも、ひとりが見張っておりました」

告げる男たちの身なりは手代のままだ。が、帳場に座った番頭に向けた顔からは、商い向きの愛想のよさは消えていた。

「ほかに変わったことはなかったか?」

番頭は大福帳を開いたまま、手代たちに問いかけた。

「ありません」

ありませんの声が、十一人の手代から返された。

「全員、帳場前に集まれ」

番頭の指図で、十三人の手代が土間から帳場へ駆け上がった。

飯炊きなどの雑用をこなす者たちも、仕事の手をとめて座敷に出てきた。

「本日ただいまより二月二日まで、名越屋の差配を吉岡殿に委ねる」

座敷を埋めた全員に番頭は告げた。

名越屋の奉公人は番頭を含めて二十三人で、全員が鎮西探題（ちんぜいたんだい）の流れを汲む武家である。

伊万里は外洋につながる湊だ。監視の目をゆるめると、抜け荷や密入国者がはびこるのは目に見えている。

さりとてその監視を鍋島藩に任せることは、大いにはばかられた。公儀は鍋島藩には信をおいてはいなかったからだ。

鎮西探題は、かつて鎌倉幕府が博多に置いた統治組織である。九州全域と、壱岐・対馬二島のまつりごとと警備、裁判を受け持っていた。

公儀はこの組織に属していた末裔を、秘密裏に召し抱えた。そして九州の要所に差し向け、その土地に見合った稼業を営ませた。

さまざまな商いを営むことで、土地に馴染んだ。商いは格好の正体隠しとなった。

名越屋もそのひとつである。

番頭に就いているのは、高木右近。吉岡勘兵衛と同格だった。

伊万里湊の監視は、本来ならば高木組の任務である。しかしこのたびは、火薬にかかわりが深い捕物だった。

火薬にかかわる監視から捕縛、成敗までのすべては、御庭番任務と定められていた。

「吉岡殿……」

高木から指揮杖を渡された吉岡は、座敷を埋めた高木組の前に座った。吉岡配下の四人は、高木組の背後に控えていた。

「二日後には一味を捕縛し、当初の予定通り江戸に向けての船出もしなければならぬ」

吉岡は座敷を埋めた顔を見回した。だれもが目に力を込めて、吉岡を見つめ返した。

「格段の成果を挙げられるよう、人心を一にして力を貸していただきたい」

吉岡は高木組の面々にあたまを下げた。

公儀御庭番頭領が、辞を低くした。のみならず、軽くとはいえあたままで下げたのだ。

「持てる力を惜しまずに出し切り、万全の態勢で対処いたします」

高木組の面々は、畳に両手をついて応えた。

半七成敗が動き始めた。

五十八

しゃくなげの半七一家が名越屋に向けて歩き始めたのは、二月二日の六ツ半（午前七時）前だった。

空は高く晴れ上がっており、雲の居場所はなさそうだ。降り注ぐ朝の陽差しには、たっぷりと春の気配が含まれていた。

今年は春のおとずれが遅かった。が、ひとたびおとずれたあとの春は駆け足だ。

半七の宿から名越屋に向かう道に、朝の光が降り注いでいる。地べたの草は緑色が濃く、すっかり春化粧を済ませていた。

「あんたが暮らす皿山とことじゃあ、春の気配がまるっきり違うぜ」

江戸に向けて黒色火薬を運び出す朝である。

半七の口調は軽かった。

「あんたのところじゃあ、いまだに冬が居座ってるんだろう?」

わずか数日前に、半七は用心棒の出川を従えて皿山を訪れた。あの日の皿山は、まさにまだ冬が我が物顔で居座っていた。

「もっとも、冬がいつまでも居着いてくれてればこそ、あんたの商いもますます繁盛てえことだろうよ」

半七がどれほど話しかけても、松右衛門は相槌ひとつ打たない。それでも半七は機嫌を損ねた様子は見せなかった。

半七のわきの出川は、つかず離れずの間合いを保って歩いている。両手をだらりと垂らしているが、この姿勢が流儀なのだろう。

異変を感じるなり素早く立ち回るであろうことは、隙のない足取りからも察しがついた。

廻漕問屋が軒を連ねる伊万里湊は、朝はゆっくりと明ける町だ。

江戸では明け六ツの鐘とともに、多くの商家は店の雨戸を開き始めた。伊万里湊では、江戸より半刻遅く六ツ半に商い始めをする店が多かった。

「おいっ」

先頭を歩く半七は、振り返って配下の者を見た。

「橋に差し掛かるが、抜かるんじゃねえぜ」

「へいっ」

大八車を引く若い者の返事が揃った。

荷車には五十俵の楢炭が山積みになっていた。そのなかの一俵には、江戸に送り出す黒色火薬が隠されていた。

江戸には炭焼きがいない。が、百万を超える者が暮らす江戸は、一日で桁違いの量の薪炭を使う。

産地よりも高値で売れる江戸を目指して、諸国から炭と薪が廻漕された。

江戸とは海路遠く離れた伊万里からも、特産の焼物と一緒に薪炭が送り出された。

野沢屋は皿山のみならず、伊万里湊でも名の通った薪炭屋である。野沢屋が炭俵を江戸に送り出したとしても、積み荷を疑う廻漕問屋は皆無だった。

半七たちは伊万里大橋につながる上り坂に差し掛かった。長い橋を渡った先が、廻漕問屋の群れる湊町だ。

先を歩く半七が、またも後ろを振り返った。

「橋が見えてきたぜ」

上り坂に差し掛かるなり、若い者に注意を与えた。荒事には慣れているが、荷車引きには不慣れな面々である。

それを案じて半七は二度も振り返ったのだ。もしも橋の真ん中で炭俵の山を崩したりしたら、どんな厄介ごとを引き起こすか知れたものではない。

「抜かるなよ」

半七は小声で念押しをした。

名越屋まで四半町（約二十七メートル）の場所で、出川が歩みを止めた。

「どうかしやしたかい？」

問いかける半七には答えず、出川は松右衛門を見据えた。

「名越屋を使うというのは、あんたの言い分だったな？」

あいまいな返事を許さない、きつい口調である。

「それがどうかしましたので」

松右衛門は丹田に力を込めて、こう答えた。懸命に両足を地べたに押しつけた。

「少しでも妙な気配があったときは、あんたを斬り捨てる」

言い置くなり、出川が先に立って名越屋へと歩き始めた。

半七は松右衛門をひと睨みしてから、出川のあとを追った。

荷車は軋み音を立てて半七に続いた。

しんがりについた松右衛門は、一歩ずつ踏みしめながら名越屋へ向かっていた。


名越屋差配役の高木右近は、背筋を丸め気味にして帳場に座していた。あまり背筋を伸ばしては、廻漕問屋の頭取番頭には見えないからだ。

四ツ（午前十時）を過ぎた帳場には、二番番頭と手代がしらが高木の前に座していた。いずれも高木配下の隠密である。

番頭と手代がしらが帳場で話しているさまは、傍目にもなんら不都合はなかった。

「半七の警護役は、店の手前で足を止めました。察しのいい男です」

大福帳を開いた二番番頭役は、前日の商いを告げるかのような身振りで出川の様子を差配に報告した。

「おまえからは、なにかあるか?」

高木は手代がしら役の配下に問うた。

「出川は、野沢屋をわきに立たせて歩いております」

手代がしらは算盤の珠(たま)を、わざと大きな音でパチパチ音が立つように弾いた。

「なにか異変を察知したときには、ただちに野沢屋を斬り捨てる構えです」

「腕の立つ男であるのは間違いない。当然、おのれを守る備えに抜かりはなかろう」

高木は半紙に指図をしたためた。

『吹き矢をふたり、店先が狙える場所に配置いたせ』

受け取った二番番頭は、大きくうなずいた。

「ただちに、そのように手配りをさせていただきます」

頭取番頭に深い辞儀をするさまは、見事に二番番頭になり切っていた。

高木は手代がしらには帳面を手渡した。

『売掛元帳』

厚紙の表紙には、分かりやすい文字で帳面の名が記されていた。

謀(はかりごと)は、密なるをもってよしとする。

高木は細部の細部まで、名越屋の偽装に目を配っていた。

「仕留めるのは警護役の出川ひとりでよし。出川が落ちれば、他の者は崩れる。構えて出川の仕留めをし損じるな」

手代がしらへの指図は、小筆が使われていた。

半七は生け捕りにしろと、末尾に書き添えられていた。

『仕留めるのは出川ひとり』の部分は、朱色で囲われている。まさしく頭取から手代がしらへの商い指図の体裁となっていた。

「すぐさま、取りかからせていただきます」

帳場を辞した手代がしらは、売り場座敷の一隅に配下を呼び集めた。だれひとり、うかつな目を通りに向けたりはしなかった。

が、土間で立ち働いている手代たちは、通りと店の内とを半々に見ていた。廻漕問屋の手代が通りを気にしていても、なんらおかしいことはない。

半七の息遣いを感じられるほどに、一味は名越屋に近寄ってきた。とはいえ、まだ店の外である。

「いらっしゃいませ」

土間にいた手代が、揉み手を拵えて半七に愛想のいい声を投げた。

吹き矢ふたりは、すでに売り場座敷の物陰に配置されていた。

名越屋の裏木戸あたりから店先に向かって歩いてきた野良犬が、店の前で立ち止まった。

なにを思ったのか、日除けのれんの一枚に小便をひっかけ始めた。

土間にいた手代のひとりは、鈍くさい動きで犬に近寄った。

「うちののれんに、なんばしよっとか」

手代は犬に毒づいた。が、手出しをしようとはしない。犬を怖がっているらしい。

野良犬は手代を見下した。まるで舐めたような顔を手代に向け、ウウッと低い声で凄んでから通り過ぎた。

「なんだね、あいつは」

ぶつくさ毒づく手代の前に、半七が立った。

この間抜けがと言わぬばかりの目で、半七は手代を見た。

犬はしかし、野良犬ではなかった。

隠密の手で稽古をつけられた、忍犬である。名越屋に近寄ってくる半七との間合いを計り、高木配下の者が通りに放ったのだ。

犬を使った芝居は、用心深い出川までも見事に欺いた。

犬と手代のやり取りを見て、出川はふっと気を緩めた。その一瞬を狙い、トリカブトと青酸の毒を塗った吹き矢が、二方向から出川めがけて放たれた。

一本は肩に刺さった。が、これは首筋を狙った矢の外れだった。

もう一本は出川のまぶたに突き刺さった。この一本も、出川の目を狙って飛んだ矢である。

二本とも的を外した。

が、身体から外れることはなく、肩とまぶたに刺さった。

「うっ」

顔に激痛を覚えた出川は、身体をふたつに折りながらも太刀を抜いた。

その刹那、座敷にいた手代八人が、一気に土間に飛び降りた。

ひとりは松右衛門を抱え込み、土間に伏せた。立っていては他の隠密の動きの邪魔になるからだ。

出川にはふたりの手代が飛びかかった。

ひとりは長さ五寸(約十五センチ)の鍼(はり)を握っている。鍼の先には吹き矢と同じ毒が塗られていた。

太刀を振り上げようとした出川に、もうひとりが飛びかかった。素手で猛牛をねじ伏せる怪力武家である。

飛びつくなり、羽交い締めにした。

背後に回ったもうひとりが、首筋の急所に鍼を深く突き刺した。

吹き矢の毒がすでに回っていた出川である。太刀を抜いて振り上げようとしたのは、最後に残った気力のなせる業だったのだろう。

羽交い締めにされたときも、首筋に鍼を突き立てられたときも、もはや命は残っていないに等しかった。

出川は断じてし損じるなと、高木は厳命していた。仕留めにかかったふたりは、高木の指図に従い、確かな仕留めを成し遂げた。

匕首遣いに長けている半七だが、高木配下の者とは技量がまるで違う。

匕首を振り回す間もなく、ふたりに取り押さえられた。

その他の半七の手下どもには、道具を使うまでもなかった。

鳩尾を狙い定めて叩き込んだこぶし。

きんたま目がけての、したたかな蹴り。

手下は呆気なく片付けられた。

通りを行き交う者がだれも気づかぬうちに、半七一味は立っている者がいなくなった。

片づいたのを察したのだろう。名越屋の周りを歩いていた忍犬が土間に戻ってきた。

ウワンッ。

ひと吠えは、手際のいい襲撃を褒めているかのようだった。

五十九

半七の手下たちは、ひとまとめに名越屋の納屋に放り込まれた。納屋とはいえ頑丈な揚屋造りだ。

皿山代官所から護送された武家を暫時勾留する揚屋として、名越屋の納屋は使われることもあった。

いまは囚われている武家はいない。

「沙汰があるまで、おとなしくしておれ」

息を吹き返した半七の手下どもは、命があったことに安堵顔を見交わした。

出川がどのように斃されたか、その一部始終を全員が見ていたからだ。

しかしこの男たちは、遠からず過酷な下働きとして飯場に送られることになる。

男たちの顔に浮かんだ安堵の色を、揚屋当番の手代はあわれみを帯びた目で見た。

半七の拷問役二番番頭大田次郎の目には、憐憫の光などは皆無だった。

二番番頭を務めているときの大田は、ひとと話すときには商人ならではの如才なさを示した。

しかし番頭の仮面の下に、大田は拷問の達人という本性を隠し持っていた。

「大田には、わしも一歩及ばぬわ」

冷酷な判断をいとわぬ高木右近ですら、顔をそむけるような拷問を大田はやり遂げた。

その大田が半七と向き合っていた。

「そのほうは野沢屋の息子陽太郎を、手ひどくいたぶったそうだの」

大田はわざと舌で唇を舐めて見せた。

いかにも拷問が好きだと言わぬばかりの仕草である。

後ろ手に縛り上げられた半七は、大田の物言いを聞くなり背筋を震わせ始めた。

「わしはまだおまえに、なにひとつ手出しをしてはおらぬぞ」

大田は息がかかるほどに、半七に顔を近づけた。商人のような柔和さと抜け目のなさが入り混じった両目の光り方である。

その柔和さが、いまは凄みを感じさせた。

「おまえが陽太郎と野沢屋にいかなる仕置きをしでかしたかは、松右衛門からしかと聞き取ってある」

大田はさらに目元をゆるめた。

「江戸の取引相手は誰だ。素直に白状いたせば手荒な真似はせぬ」

武士に二言はない……大田は口調を厳しく変えて言い切った。

「あれこれ寄り道をするのであれば、おまえが陽太郎になした以上に身体に詰問する」

大田が目配せをすると、芯まで赤く焼けた鏝を手代髷を結った配下の者が手渡した。

「わしは拷問の玄人だぞ、半七」

軽い口調で言った大田は、半七の背後に回った。きつく縛り上げられた右手の人差し指に、軽く鏝をくっつけた。

「ぎゃああっ」

半七が漏らした悲鳴は、揚屋の手下にも聞こえた。

安堵の気配が揚屋から吹き飛んだ。

ガチャンッ。

頑丈な鋳物の錠前は大きな音を立てた。

その音で半七は正気に戻った。

たちまち指先と内股、脇腹の三ヵ所が同時に激痛を訴え始めた。

六十

扉に耳を押しつけた半七は、外の気配を探った。物音がまったく聞こえず、ひとの気配も感じられなかった。扉には錠前がかかっており、押してもびくとも動きはしない。

ふうっ。

うっかり吐息を漏らした半七は、脇腹の激しい痛みに顔を歪めた。が、声は漏らさなかった。

まさにあの男は拷問の玄人だ……。

大田を思い浮かべると、気持ちが萎えた。

拷問の玄人が、さらにおれをいたぶろうとしている。どんな手立てを使ってでも、知りたいことをおれから聞き出す気だろうと、半七は観念した。

連中が聞き出したいのは、江戸の取引相手であることも半七には分かった。

ならばあの連中は、公儀の隠密……突き当たった答えに、またまた吐息が漏れた。

もはやなにひとつ、望みは持てないと分かったからだ。

あたまのなかが混乱して、連中が素性を明かしたかどうかも分からなくなった。たとえ素性を名乗ってはいなくても、これほど大掛かりで手際がいいのは、隠密のほかには考えられなかった。

おれをこうして休ませているのは……。

半七は懸命に知恵を絞り、なぜなのだと思案を巡らせた。

さらにひどい目に遭わせるための、これは中休みに違いないと半七は得心した。

みずからの手で、これまで何十人ものいたぶりを為してきた。なにより効き目があったのは、一度わざと手をゆるめてから再びいたぶりに戻ることだった。

いまが中休みだからこそ、わざわざ薄い布団までかぶせたに違いない。

布団は身体をぬくめると同時に、傷口に触れて痛みを倍に感じさせる効き目まである。

思えば思うほど、半七には大田の手強さが分かった。

おれの寿命は尽きた。

半七は、はっきりとそれを悟った。

いまひと思いに死ななければ、散々にいたぶられた挙げ句に殺される。

死ぬのは怖いが、生きているほうがさらに怖い……半七は生まれて初めて、死ぬほうが楽だと思った。

いつなんどき、連中が戻ってくるか知れたものではなかった。

半七は右の奥歯を取り外した。

「あんたの稼業では、死ぬほうが生きるよりも楽だと思える場に、かならず行き合わせることがある」

気負いのない物言いで、出川は楽に死ぬ毒薬を隠し持つようにと勧めた。

「もはやこれまでと覚悟を決めたのちは、一刻も早く確かに死ぬのが肝要だ」

相手の目を盗み、隠し持った毒薬を噛む。

これがなにより確かな手段だと、出川は毒薬の隠し方を伝授した。

青酸を蠟に包み、奥歯の形をした木型のなかに納める。

もはやこれまでと決めたときは、その木型を取り外し、蠟を反対側の奥歯で強く噛む。

「青酸は猛毒だ。噛めば三十を数えるまでもなく死ぬことができる」

毒薬を隠し持っておけば、それが御守りになるというのが出川の言い分だった。

散々にむごい仕打ちをひとに為しておきながら、半七は死ぬのが怖かった。

生きているより死ぬほうが楽。

そんなことはあるはずがない。死ぬ怖さを思えば、生きるほうが楽に決まっている。

半七はこう考えた。が、御守りになると強く勧められて、奥歯に木型を嵌めて毒を隠し持つことにした。

いまそれは御守りではなく、まことの役に立とうとしていた。

木型から蠟を取り出した半七は、戸惑うことなく奥歯で噛んだ。

十三まで数えたところで、気が遠くなった。

あんたの言い分は合ってたぜ。

先に逝った出川に、半七は笑みを浮かべて話しかけていた。

六十一

二月二日の夕刻七ツ（午後四時）を四半刻ほど過ぎたころ。

「あんたは……」

名越屋の座敷に入ってきた健太郎を見て、松右衛門は息を呑んであとの言葉が出なくなった。

「思いがけないところでお会いしました」

応じたのは山城屋健太郎である。しかし健太郎の口調には、さほどの驚きの調子は含まれてはいなかった。

名越屋では松右衛門が待っていると、あらかじめ耳打ちされていたからだ。

座敷にいたのは松右衛門だけである。ほかの名越屋奉公人は、だれもが納屋で忙しく立ち働いているさなかである。

半七たちを取り押さえたあとの名越屋は、雨戸を閉じて外に向かっては今日の店仕舞いを告げていた。

座敷の火鉢には炭がいけられており、五徳には鉄瓶がのっていた。大型の鉄瓶で、たっぷりと湯が入っている。

万にひとつの外敵の襲撃に備えて、名越屋は常に火鉢には炭火を熾し、五徳には大型の鉄瓶を載せていた。

湯が煮えたぎっている鉄瓶も、たっぷり熾された炭火も大事な武器となるからだ。

強い炭火で焙られ続けてきた鉄瓶からは、威勢のいい湯気が噴き上がっていた。

「山城屋さんにも、御公儀の手は伸びていたということか」

「いえ、違います」

健太郎は松右衛門の言葉に異を唱えた。

「違うとは？」

得心のいかない松右衛門は、眉間に深いしわを刻んで問いかけた。

「御公儀の手が伸びてきたのは、うちのほうが先です」

隠密の手がどちらに先に伸びてきたのか。

これをあやふやにしたまま、話を先に進めることはできないと判じたのだろう。

健太郎は背筋を張って座り直した。

二月に入ったとはいえ、まだまだ寒い。しかもふたりが向き合っている座敷は、建家の真ん中である。外から差し込む光も届かず、部屋は薄暗い。

その暗さが、寒さを募らせていた。

「あとさきを野沢屋さんと競い合う気は毛頭ありませんが、このたびのことの起こりはうちからですので」

健太郎はここまでのあらましを、松右衛門に聞かせた。仔細を話してもいいと、吉岡勘兵衛から許しを得ていたからだ。

「そういう次第だったのか……」

健太郎が話し終わったとき、松右衛門は得心のつぶやきを漏らした。

「わたしのほうにも、いろいろとことが起きましてなあ」

口を開いた松右衛門は、隠し子陽太郎のことも、いささかも省かずに聞かせた。互いの話を突き合わせることで、より深く分かり合えると考えてのことだった。

一部始終を聞き終えた健太郎から、深いため息が漏れた。

「それで半七は、いまはどこに？」

「納屋でしょう」

松右衛門は右手で、名越屋の納屋の場所を指し示した。名越屋のだれも、松右衛門には納屋で生じたことを話してはいなかった。

「そこで隠密の責めに？」

「そんなところでしょうな」

答えた松右衛門の口調には、半七へのいささかの同情も含まれてはいなかった。

もっとも半七がどんな責めに遭わされているのか、松右衛門は詳しくは知らない。

知らないが名越屋が拷問の手練れであることは、松右衛門にも察しがついていた。

風が流れ込んできたわけでも、新たな炭をくべたわけでもない。しかし火鉢の炭が、バチバチッと爆ぜた。

六十二

二月の日暮れは足早である。七ツ（午後四時）を過ぎたあとの西日は、駆け足で沈み始めた。

伊万里湊でなによりも目立たないのは、俵を運ぶ荷車である。

伊万里焼を廻漕するには、藁で包むのがもっとも壊れを防いでくれた。焼物は大きさや種類を問わず藁で幾重にも包み、そののち俵に収めた。

大坂の大坂湊は、伊万里湊の十倍以上の大きさがあると言われていた。

「大坂湊の岸壁はよう、うちらの湊の何倍もなげえで、端が見えんとよ」

「蔵の数もそうだがね。あの湊に立ち並ぶ蔵の数は、伊万里の十倍はあると」

大坂に何度も出向いたことのある船乗りは、大坂湊がいかに大きいかを声高に話した。

しかしひと通り話し終わったあとは、伊万里自慢を始めた。

「湊のおっきなことでは、大坂湊にはかなわんけんど、負けてはいないもんもここにはあるとね」

荷車の数では負けてないと、船乗りは続けた。負けていないどころか、俵を運ぶ荷車では、伊万里湊のほうが勝っていると。

「こんだけの俵を船に積み込む湊は、諸国のなかでも伊万里が一番たい」

船乗りの言い分に、荷車引きの車力は大きく顔をほころばせた。

それほどに、伊万里湊には俵を積んだ荷車が多かった。

湊町が暮れ始めた、二月二日の七ツ半（午後五時）どき。

二俵を荷台に載せた荷車が、名越屋の裏木戸近くの板塀際に停められた。

荷台の大きさに比べて、たかだか二俵の積み荷はあまりにも少なかった。しかしそれを不審に思う者は、この湊町にはひとりもいなかった。

伊万里焼は高値の品物である。俵一俵のなかには、卸値でも二百両も三百両もする焼物が詰められているのもめずらしくはない。

たとえ一俵でも、車力と後押しが組む荷車を誂えるのは、ここではごく当たり前のことだった。

名越屋の板塀際に停まった荷車には、車力ひとりに後押しふたりがついていた。三人とも、湊では大店の車屋たのやの半纏を羽織っていた。

小豆色の生地に白く屋号を染め抜いた半纏である。暮れ始めた伊万里湊でも、この半纏を着ていればだれかに見咎められる恐れは皆無だ。

荷車を停めた三人は、ひと固まりになって煙草の仕度を始めた。

荷車を停めた車夫たちが、ひと休みに一服を楽しむ……これもまた、湊町のどこででも見られる光景である。

足早に暮れていく湊町だ。廻漕問屋の奉公人も荷造り屋の職人も、ひとの動きに気を払うことはない。

陽が沈む前に、ひたすらおのれの仕事仕舞いを進めていた。

「火い貸してくれや」

「いいよ、つけな」

三人の車夫のうち、ふたりが火の貸し借りを始めた。残るひとりもキセルを手に持っているが、煙草は詰めていなかった。

「周りにはだれもいねえ」

「板塀の上にも目はねえ」

火の貸し借りを続けながら、ふたりは油断のない目を周囲に走らせていた。

「やるぞ」

身なりは車夫だが、交わす言葉は紛れもなく渡世人の物言いである。

「目は大丈夫だ」

ふたりの車夫は、もう一度、周囲に監視の目がないことを告げた。

キセルを手に持っていた車夫は、煙草入れのふたを開けた。

煙草ではなしに、黒色火薬が詰まっていた。

六十三

名越屋は二匹の犬を飼っていた。

一匹は黒毛の川上犬、高丸（たかまる）だ。オオカミが先祖だとされる川上犬は、不審者と判ずるなり敵の手首めがけて飛びかかる。

しかも左右どちらが利き腕であるかを、相手の動きから瞬時に見抜くように訓練されていた。

「高丸に十俵二人扶持の手当がつくのも当然であろう」

高木右近は犬好きで知られた頭領である。名越屋に配された二匹とも、高木が藩重役と直談判の末に飼うことを認めさせていた。

それだけに高丸が不審者の手首をちぎらんばかりに食らいついたと知るなり、大きな目を細めて喜んだ。

もう一匹も川上犬で、菊丸と名付けられていた。しかし同じ川上犬でも、菊丸には薄い灰色の毛が生えていた。

見映えも違うが、役目も違う。

菊丸には、高丸とはまるで違う訓練がほどこされていた。においの番犬としての稽古である。

公儀も藩も、なによりも火薬流通を案じていた。

鉄砲が武器としていかに優れているかは、剣術指南役といえどもわきまえていた。

鉄砲に威力を与える源は火薬だ。

火薬さえなければ、鉄砲が何百丁あろうとも恐れることはない。ゆえに公儀は、火薬流通につながる動きには、ことのほか気を張って見張りを続けた。

それは諸藩とて同じである。

もしも藩内から火薬流通のあかしが見つかれば、直ちに改易の憂き目に遭った。

「火薬製造がきつい法度であるのを、よもや失念されていたわけではござるまいの」

大目付に火薬密造のあかしを突きつけられたときは、たとえ五十万石超の大身大名であろうとも抗弁はかなわなかった。

火薬密造を防ぐのは、藩安泰の一番の大事とされていた。

名越屋差配を任されていた高木は、菊丸をにおい番犬に、とりわけ火薬を見つける番犬として訓練していた。


二月二日、七ツ半（午後五時）過ぎ。

半七配下の拷問は、拍子抜けするほどたやすく終わった。

江戸弁好きだった半七におもねるように、配下の者たちもひたすら言葉遣いを稽古した。が、江戸から遠く離れた伊万里湊で習う江戸弁は、なんとも中途半端である。

「知ってることはもう、なにひとつ隠しちゃあいねえです」

「親分はいっつもひとりで外に出向きましたで」

江戸弁とはかけ離れた言葉遣いを、配下の者たちは口にした。

出川が斃されたのを目の当たりにし、さらには半七の悲鳴をも耳にしていた配下の者たちである。

拷問を恐れるあまりに、問われる前に競い合って白状に及んだ。

しかし中途半端な江戸弁で話すことには、ほとんど得るものはなかった。

「半七の宿には何もありませんでした」

急襲から戻った野島が伝えた、まさにそのとき。

ワンワンワン、ワンワンワン。

いきなり菊丸が吠え始めた。

半鐘の三連打を思わせる、甲高い三連の吠え方である。

「続け」

立ち上がった高木は、太刀を右手に摑んでいた。高木のあとを五人の配下が、それぞれ太刀を手にして追った。

菊丸の三連吠えは、火薬のにおいを感じたときの合図である。しかも火薬は、半町以内にあると三連吠えは告げていた。

菊丸の鼻は、ひとの数百倍のにおい嗅ぎ分けの能力を持っている。

日々の稽古でも、菊丸は火薬の嗅ぎ当てに百発百中の成果を示していた。

納屋から飛び出した高木たちを見ても、菊丸は耳を立てて三連吠えを続けた。

高木たち六人は、二手に分かれて板塀の外に飛び出した。

「ピイイ」

高木に従ったひとりが、呼び子を吹いた。不審者を見つけた合図である。

反対方角に駆けていた三人は、きびすを返して高木のほうに駆け戻り始めた。

グワアアンッ。

凄まじい破裂が生じたとき、間のわるいことに三人は荷車の近くを駆けていた。

名越屋を丸ごと吹き飛ばせるほどの火薬が、一気に爆発したのだ。

高木のもとへ駆けていた三人とも、荷車と一緒に吹き飛ばされた。

なかのひとりは爆発した瞬間に、荷車のすぐ近くにいた。爆発の衝撃をまともに浴びて、身体はバラバラにちぎられた。

太刀を握ったままの右手が、地べたに落ちた。

六十四

店仕舞いにはまだ早い七ツ半過ぎだが、通りは暮れ始めていた。

廻漕問屋をおとずれる客は、この時分にはもはや皆無である。通りのどの廻漕問屋も商家も、すでに雨戸を半分閉じていた。

名越屋向かい側の廻漕問屋は、冬から春にかけては七ツ半で店仕舞いである。杉の雨戸は、早くもしっかりと閉じられていた。

グワワアン。

轟音を発して火薬が爆発するなり、問屋の潜り戸から手代が飛び出した。

「なんの起きたと？」

血相を変えた手代のあとには、小僧ひとりがついていた。

「うわあっ」

小僧が甲高い悲鳴をあげた。

「どうした」

手代に問われた小僧は、名越屋のわきを指さした。

「なんも見えんと」

手代は声を荒らげた。鳥目気味の手代には、暗がりで起きていることが見えなかったのだ。

「名越屋の番頭さんたちが」

小僧が口を開いたとき、高木は太刀を振り下ろしていた。

「ぐわっ」

くぐもった声を漏らして、車力に扮した賊のひとりが斬り倒された。

きつい法度破りを承知で、黒色火薬に手を染めている連中である。覚悟はできていたのか、高木に斬られても悲鳴を発することはなかった。

ただならぬ気配は、鳥目の手代にも伝わったようだ。

「斬り合いになっていると?」

「名越屋の番頭さんが、車力みたいな男を斬ってます」

小僧が甲高い声で説明しているとき、二発目の火薬が破裂した。

ボンッ。

二発目はさほどの音を立てなかった。

最初の一発で、すべてを吹き飛ばす手筈だったのだ。二発目の破裂は、賊にとっても予想外だったらしい。

小さな破裂音を聞いて、賊の動きが乱れた。

高木の太刀が、うろたえ気味の賊を斃した。

残るひとりは、配下の者が仕留めにかかっていた。

同僚三人が、火薬破裂の餌食にされたのだ。内に湧き上がった怒りは、凄まじかった。

大上段に構えた太刀は、車力の首筋めがけて振り下ろされた。

車力は太刀を防ごうとして、脇差しを構えた。

しゃくなげ組の残党は名越屋を母屋もろとも吹き飛ばして、半七を取り返す気だったのだ。

構えた脇差しはしかし、太刀の敵ではなかった。

バキンッ。

鈍い音を発するなり、脇差しの刃は折れて吹っ飛んだ。

備前長船（びぜんおさふね）で鍛造された太刀は、車力の首を断ち切り落とした。

首を失った車力は身体の重心がとれなくなり、仰向けに倒れた。

「御頭……」

首を刎（は）ねた男は、高木に駆け寄ろうとした。

「わしよりも、あの者たちを」

高木は吹き飛ばされた荷車を指さした。

「ただいま」

三人は太刀の血糊を拭う間も惜しんで、破裂で吹き飛ばされた三人のそばに駆け寄った。

納屋に詰めていた武家が、外に飛び出していた。なかのふたりは、五十匁ろうそくの灯された龕灯（がんどう）を手にしていた。

ろうそくの光を浴びて、破裂の凄まじさがくっきりと浮かび上がった。

さいわいとも言うべきか。

身体をバラバラに吹き飛ばされたのは、ひとりだけだった。

「手向け（たむ）はあとだ。後始末を急げ」

大田の指図で、名越屋の奉公人たちは後始末を急いだ。

吠えるのをやめた菊丸は、鼻を鳴らした。

爆死した三人を悼（いた）むかのようだった。

六十五

二月二日暮れ六ツ過ぎ。

すっかり暮れた名越屋前の大通りは、野次馬と役人が埋め尽くしていた。

圧倒的に数が多かったのは、もちろん野次馬である。

「背中にくっつくなって」

「おれに言わんで、後ろから押すやつらに怒鳴れよ」

一升枡を山盛りにしても、入りきらなくて溢れ落ちている小豆……その描き方がもっとも近いほどの野次馬が、名越屋の店先にひしめき合っていた。

「押すなばかり言ってないで、もう一歩おめが前に出んば」

「だめだ、お役人が縄さ張っとらすけん」

名越屋の店先から二間（約三・六メートル）の場所に、六尺棒を手にした代官所中間（ちゅうげん）が荒縄を張っていた。後ろから押された者が縄に身体を触れるたびに、中間は六尺棒を地べたに叩きつけて睨んだ。

しかし効き目は薄かった。

伊万里湊の住人全員が押しかけてきたかと思えるほどの、凄まじい野次馬の数だった。

「なにのあったとか」

前に出ることのできない連中は、互いに様子を知ろうとして話を交わした。

「名越屋の奉公人が隠し持っとった破裂薬が、なんかのはずみでドカンといったとよ」

野良着に手拭いで頬被りをした農夫が、聞き込んだうわさを口にした。

「そら違うぞ」

前垂れにお仕着せ姿の奉公人が、強い口調で打ち消した。

「名越屋の奉公人には、なんも落ち度はない話だがね」

「ほんとか、それは。分かったようなこと、言うでなか」

農夫は強い口調で食ってかかった。

周りの野次馬たちは、ふたりのやり取りに耳をそばだてた。

「うそでない。大けがした手代のひとりが、うちに飛び込んできて一部始終を話してくれたけん」

名越屋の向かい側の商家が、あたしの奉公先だから……お仕着せ姿の男は、いぶかしがる農夫の口を強い口調で封じた。

「名越屋は今日が一年に二度の支払い日だそうで。船主やら窯場やら薪屋やらに、何百両ものカネを払う段取りだったんだとよ。それがあかしに、わざわざ皿山から山城屋と野沢屋の主人ふたりが名越屋に出張ってきとるがね」

　薪炭屋二軒の名は、伊万里湊でも広く通っていた。

　多くの薪が、伊万里湊から山越えで皿山に運ばれている。その荷運びに従事している者も、野次馬に含まれていたのだろう。

　手代が語る話に、何人もがうなずいた。

「名越屋の支払い日が今日だと、盗賊はどこかで聞き込んだらしい。脅しに使う破裂薬をたんまり持って押し込んだとよ」

　ところが名越屋は奉公人も番頭も気が強く、盗賊の脅しには屈しなかった。業を煮やした盗賊は、脅すつもりで破裂させた。

　が、加減を間違えて、持ち込んだ火薬がすべて破裂した。

「そんなわけで、火薬の近くにいた盗賊はみんな吹っ飛んだらしいけど、名越屋の奉公人にも何人も大けがを負った者が出たとよ」

　破裂薬は持つのも使うのも、重大な法度破りである。

「すぐさま藩のお役人が繰り出してきてよ。押し入られた名越屋の奉公人までが、まるで咎人みたいに詮議されてるそうだ」

　大けがを負っている者の手当も後回しにして、役人は調べを先に進めている。

　あれでは奉公人たちが可哀そうだ……。

　手代の言葉に、役人嫌いの野次馬たちは大きくうなずいた。

話のきっかけを作った農夫も、わけ知り顔で顚末を話した手代も、ともに高木配下の武家である。

名越屋の正体を隠し続けるために。

黒色火薬の騒動の辻褄合わせをするために。

ふたりは野次馬が得心する作り話を、声を潜めて聞かせたのだ。

高木の配下は、見事に役目を果たした。

店先を埋めた野次馬たちは、名越屋の奉公人の安否を気遣った。

そして六尺棒を地べたに叩きつけている中間や役人に、きつい目を向けていた。

六十六

「夜はまだまだ冷えますのう」

松右衛門はみずからの手で、火鉢に炭を継ぎ足した。

夜が更けたいまでも、店の表にはまだ野次馬が残っていた。とはいえ出張ってきた役人の働きぶりは敏捷で、次第に騒動は収まりつつあった。

店の奥まった八畳間には、炭火の爆ぜる音が響くほどに静けさが戻っていた。

「明日からは長旅ですなあ」

「たしかに長旅です……」

健太郎の返事は歯切れがわるかった。

公儀が仕立てた江戸行きの一杯は、大坂湊と清水に立ち寄るだけだ。その寄港も水・食料・薪炭を補給するだけで、一泊もしない。

寄港を繰り返したり、湊の係留が長引くことで、公儀隠密仕立ての船だと露見する恐れが増大する。

二度だけの短い寄港は、露見を防ぐための用心なのだ。

ゆえに天保山に立ち寄るときも、健太郎・おちえ・おみつの三人は船倉から動くでないぞと言い渡されていた。

地べたを踏み、身体を伸ばすことすら許されないという船旅なのだ。

段取り通りに船が走ったとしても、十一日もかかる。その間、一歩も陸地を踏むことができないかもしれない旅路を思えば、健太郎の返事が歯切れわるいのも無理はなかった。

「しかしまあ、ものは考えようでしてのう」

バチバチバチッ。

松右衛門が話している途中で、足した炭が大きな音を立てて爆ぜた。

ふうっ。

健太郎から大きな吐息が漏れた。それをからかうかのように、またもバチバチッと強く爆ぜた。

松右衛門は火の粉を手で払いのけてから、話を続けた。

「いまの時期の江戸に向かう船は、大波にもまれて先行きが危ういというのが通り相場じゃが、ご公儀の船なら難破を案ずることもなかろうて」

健太郎の抱え持つ屈託を取り除くような物言いを、松右衛門は続けた。

「そう言われてみれば……」

返事の途中で、健太郎は一段と大きな吐息を漏らした。


隠密が仕立てた武州丸は、五百石積みの弁財船である。当初の段取りでは、二月二日の今日が船出の日と定まっていた。

しかし半七一味との騒動もまだ収まらぬうちに、しゃくなげ組の残党による襲撃が起きた。

不測の事態発生に備えて、鍋島藩は常に名越屋を監視下においていた。

爆発から間を置かず、藩の役人と中間が名越屋に駆けつけた。そして手際よく、野次馬の追い払いを始めた。

高木も即座に配下の者を野次馬の群れのなかに放ち、辻褄合わせを命じた。

迅速な動きが幸いして、名越屋の正体が露見することは防げた。

それでも火薬の大爆発で、残党を生け捕りにすることはかなわなかった。

後始末のために、本来は武州丸で江戸に向かうはずだった吉岡組全員が伊万里に残ることになった。

武州丸には高木配下のなかから、船旅を得手とする者三人が新たに選ばれた。

その者たちの旅支度を調えるために、船出は翌朝まで延ばされた。

健太郎にしてみれば、まったく初顔の三人と江戸に向かうことが出し抜けに決まったのだ。

半七一味の襲撃と大爆発。

見知らぬ隠密たちとの船旅。

続け様に起きた異変は、どれも大きい。健太郎がため息をつきたくなる気持ちも、松右衛門には分からぬでもなかった。

「幸い、明日の船出も晴れですろう」

松右衛門は言葉に威勢を込めた。

炭火がひときわ大きな音で爆ぜた。


船出はすでに一日遅れていた。もはや、これ以上の遅れを出すことはできない。

武州丸の船出支度は力自慢の仲仕十人で、六ツ半（午前七時）から始まった。まだ一刻（二時間）しか過ぎていないのに、仲仕たちのほとんどが手すきとなっていた。

五百石の弁財船なら、三十人の仲仕を集めても半日仕事となるのが相場だったが……。

「なんとも、あっけなく終わったもんだ」

「あっけねえもなんも、積み込んだのは水と薪と炭のほかには、食いもんばかりだ」

力自慢の仲仕たちは、拍子抜けしたような物言いを交わした。が、不満げではない。

「たったこんだけの荷積みでよう。出面（日当）十匁（約八百三十文）ももらうのは、気が引けるとよ」

「まったくだ」

仲仕たちは燃え盛る焚き火に手をかざし、神妙な顔でうなずきあった。

伊万里湊の仲仕は、出面銀八匁が相場である。まさにそれは出面で、明け六ツ（午前六時）から七ツ（午後四時）まで、働きづめての手間賃だ。

武州丸はわずか一刻の仕事に、相場よりも高い十匁の手間賃を用意した。いかに船出を急いでいたかを、破格に高い手間賃が示していた。

「荷積みをすべて終えました」

由之助は出帆準備が仕上がったと、小声で船頭に告げた。

「わかった」

船頭の善治郎も、小声で応えた。

由之助は武州丸の親父（差配役）だ。荒波を越えて疾走する船上では、なによりも声の大きいことが求められた。

甲板の端まで、親父の指図声が届くことが大事だからだ。

船頭に欠かせないのも、親父同様に声の大きいことだった。

ところが出帆準備の仕上げを告げる親父も、それを受けた船頭も、ともに小声を交わした。

「船乗りとも思えないような、小さな声ね」

出帆支度の進み具合を見ていたおちえは、わきに立っている健太郎に問いかけた。いぶかしげな物言いだが、どこか声は弾んでいる。

江戸に向かえることの嬉しさを、おちえは隠しきれずにいた。

「船出の支度を手伝っている土地の水夫(かこ)たちに、江戸の訛りを聞かれたくないからだ」

「聞かれたくないって、どういうこと？」

いまのおちえの口調は、はっきりと健太郎の言い分をいぶかしんでいた。

「ここで話すのはまずい」

「どうしてまずいの？」

得心のいかないおちえは、声の調子を高くした。

健太郎は船の下で焚き火を囲んでいる仲仕衆を、目で示した。

「おれたちの話が風に乗って、あの連中に届くからだ」

声をひそめた健太郎は、おちえを伴って、船倉におりた。

五百石積みの弁財船だが、積み荷は皆無に近い。ガランとした船倉の隅で、健太郎は女房と向き合った。

健太郎が女房に話す様子を、反対側の隅に立った武州丸の水夫が見詰めていた。


五百石積みの武州丸は、船頭を含む七人の船乗りで操船された。全員が御船奉行配下の役人から、厳しい吟味を受けたのちに雇われた船乗りだ。

「そのほうが得手とする技はなにか」

吟味役は操船の技のほどを細かに質した。訊くだけではなく、公儀御用船に乗せて実際の技も確かめた。

が、技以上に役人たちが重んじたのは、当人が江戸者であることだった。

「そのほうの家系は、何代まで江戸暮らしをさかのぼることができるのか」

江戸者であることを役人が重んじたのは、秘密保持のためである。

武州丸の母港は、江戸品川である。乗船当番中の船乗りは、品川湊で起居した。

二ヵ月の当番ののちは、一ヵ月の非番で帰宅が許された。しかしいつなんどき、火急の呼び出しがあるやもしれない。

乗船召集がかかった当日夜には船出するのも、御用船ではめずらしくなかった。

迅速な船出を成し遂げるためにも、御用船の船乗りは江戸者に限られた。

江戸者に限ったわけは、もうひとつある。

公儀役人が船乗りの家族を監視するにも、江戸者なら都合がいいからだ。

「任務で知り得たことは、一言たりとも口外無用と心得よ」

任務の中身を他所で漏らしたときは、家族にも咎めが及ぶ……これをわきまえさせるためにも、役人が家族や縁者を監視できる江戸者に限られた。

何代もさかのぼることができずとも、少なくとも両親のいずれかが江戸者であること。これが雇い入れの条件である。ゆえに船乗り当人は江戸弁をしゃべった。

公儀御用船が立ち寄る湊に限りはない。任務とあれば、諸国どこの湊にでも出向いた。

立ち寄り湊で水や食料などの荷積みを手伝うのは、地元の仲仕である。

「船乗り全員が江戸者であることを仲仕に察知されては、任務を遂行するにおいて障りが出る」

御船奉行はこう考えた。

船乗りはおのれの技を高く買ってくれる船頭を求めて、諸国の湊をめぐった。ゆえにどの弁財船でも、船の内では諸国の訛りが飛び交うのを常とした。

船乗りが江戸訛りしか話さない船は、どこの湊でも真っ先に仲仕が船の素性を怪しんだ。

「土地の仲仕に、江戸訛りを聞かれぬ気遣いが入り用である」

武州丸に限らず御用船の船乗りは、だれもが湊にいる間は小声を交わした。

健太郎は今朝の出帆に先立ち、吉岡の計らいで武州丸の船乗りに顔つなぎをされた。その折に、船乗り全員が江戸者であることのわけを聞かされていた。

船頭や親父が、なぜ小声で話すのか。

わけを聞き終えたおちえは、得心顔を健太郎に向けた。

「船旅の間、ずっと江戸弁が聞けるのね」

おちえは再び声を弾ませた。

五ツ半（午前九時）を過ぎて、陽は勢いを増して空を上っていた。

二月初旬の朝の陽は、たっぷりと橙（だいだい）色を含んでいる。赤味を帯びた陽光が、船倉に差し込んでいた。

六十七

半七一味の生き残りの詮議は、吉岡が途中から引き取った。

半七に対する大田の拷問の凄まじさを、一味は骨身に染みて分かっていた。

「おら、なんも知らねっから」

大田に問われても、一味のだれもが身体を震わせるだけだった。

「詮議に手間をかける暇は、もはや一刻たりともない」

詮議を引き取った吉岡は、緩急を使い分けて詮議を進めた。ゆるい物言いで問い質したとき、一味の口がパックリと開いた。

「江戸の押上村ちゅうところと、親分は伝書鳩を使ってやり取りしてたで」

訊き出した伝書鳩飼いの小屋を、吉岡は配下を連れて急襲した。

「口を割らぬならそれでもよいが、首は胴から切り離されたも同然だぞ」

吉岡の目配せを受けた野島健作は、わざと音を立てて鯉口を切った。

「胴を離れた首は、ものこそ言わぬがだらしなく口を開く。おまえがいま閉じていても、無駄なことだ」

半七は命果てる前に、この鳩小屋のことを洗いざらい白状した、半七に義理立てするのは大きな勘違いだと、吉岡は迫った。

「太刀で刎ねられるときは、骨が断ち切られる音がする。鳩の鳴き声ではなくその音が、おまえのこの世の聞き納めだの」

相手を哀れむように、吉岡は大きなため息をついた。

ふうっ……。

このため息が、伝書鳩飼いの口を開いた。

「速達鳩なら、江戸とここを三日で結びますだ」

半七が鳩を飛ばした先は、江戸押上村の千里の酉蔵。

酉蔵はいかずちの六蔵に伝書をつないだ。

六蔵は烽火の吉兵衛に、受け取った文書を届けていた……。

仕組みを聞き取った吉岡は、鳩飼いに仕込みの文書をしたためさせた。

「黒色火薬は弁財船武州丸で江戸に運ばれる。二月三日に伊万里湊を出た船は、二月十三日に品川沖に着く。萬年橋で待て」

吉岡は指図しただけで筆をとらなかった。筆遣いが違えば、酉蔵が見破る恐れがあると案じたからだ。

いつもの筆遣いでしたためられた文書は、速達鳩の脚に結わえられた。

春まだき空に鳩が舞い上がったのは、武州丸が伊万里湊を離れた刻限だった。

六十八

二月十二日、朝の五ツ（午前八時）。武州丸は清水湊に入港しようとしていた。

江戸品川沖到着予定は二月十三日。

これが伊万里湊を出帆したときの予定である。清水湊への十二日朝の入港は、当初の予定よりも丸一日遅れていた。

清水湊は年貢米の集散地だ。湊の東岸には、五千坪を超える広大な公儀米置き場が構えられていた。

江戸・蔵前の米蔵には清水湊からのみならず、諸国からの年貢米が送り込まれた。

米の廻漕船は品川沖に錨を打ち、大型のはしけに米を積み替えた。

大川はその名の通り川幅が百二十間（約二百十八メートル）もある幅広い流れだ。水深も深いところでは六尋（約九メートル）以上もあった。

大型の弁財船でもらくらく行き来できる川だ。が、あいにく大川には何橋も橋が架けられていた。

弁財船は橋をくぐれない。そこで米は大型のはしけに積み替えられた。

十万俵を仕舞うという米蔵が立ち並んでいる蔵前河岸である。一番から九番までの桟橋が、櫛の歯のように並んでいた。

両国橋から見る米蔵と桟橋の眺めは、江戸名所のひとつだった。

そんな蔵前には及ばないまでも、清水湊の米蔵と桟橋もまた、見事な眺めである。

巴川西岸には、年貢米を仕舞う蔵が一番から三十番まで並んでいた。

甲州の幕府直轄地で収穫された米の大半は、この清水湊公儀米蔵に集められた。三十番までの蔵には、常時千俵に届く年貢米が納められていた。

米蔵の背後には富士山が見えた。二月の富士山は、六合目近くまで雪化粧である。

年貢米の米蔵は造りが堅固で、屋根は本瓦葺きだ。快晴の空から降り注ぐ陽光を浴びて、本瓦はキラキラと照り輝いている。

その眩さは、背後の富士山にまで跳ね返っているかに見えた。

米蔵の南の端には、平屋建ての廻漕問屋が店を構えていた。

『平松屋弥次郎兵衛商店』

分厚い杉板に、屋号が彫られている。その看板も、二月中旬の陽が照らしていた。

平松屋は平屋の母屋のほかに、蔵を三蔵備えていた。

「てまえどもは、江戸の室町と尾張町の大店がお得意先でございますので」

蔵には駿河国特産物が仕舞われているというのが、平松屋奉公人の世間に向かっての言い分だった。

が、この廻漕問屋の正味は伊万里の名越屋同様、諸国に散っている公儀隠密の中継ぎ所だった。

二月十二日四ツ過ぎ。船乗りたちが花町に散っていたとき、平松屋の蔵には武州丸の船頭と親父、それに隠密たちが詰めていた。

一行の向かい側には平松屋の奉公人がいた。

平松屋の手代がしら、四賀泰三があらましを話し始めた。四賀は鳩掛である。

「武州丸の品川到着は幾日となりますか?」

四賀はていねいな物言いで船頭に問うた。身分は四賀のほうが、船頭の善治郎よりはるかに格上だ。

しかし武州丸では船頭が主である。

「清水湊を出たあとの段取りを、こんな具合に組み立てております」

善治郎の物言いも、いつになくていねいだった。親父役の由之助以外は、全員が武家だからだろう。

目配せを受けた由之助は、四つに折り畳んでいた半紙を開いた。

『二月十二日　下田湊泊

二月十三日　下田湊明け六ツ立ち、浦賀船番所四ツ着、四ツ半立ち

二月十三日　暮れ六ツ前品川湊着』

半紙を見た四賀は、得心のいかない顔で善治郎を見た。

「下田湊の明け六ツ立ちは、荷主の山城屋がいれば障りはないでしょうが」

下田から浦賀まで、二刻（四時間）で果たして行き着けるのかと疑問を抱いていた。

下田湊の船出は、朝の五ツ（午前八時）が定めである。

浦賀に奉行所と船番所が移されて以来、下田奉行所の所帯は大きく減じられた。役人が減ったことで、船出は明け六ツから五ツへと繰り下げられていた。

武州丸はいざとなれば、下田湊の明け六ツ船出には支障はなかった。

四賀が疑問を抱いたのは、下田から浦賀までの二十里（約八十キロ）の海路を、二刻で走り切れるのかということだった。

「下田から二刻で結ぶということは、半刻あたり五里（時速二十キロ）という猛烈な船足で

疾走する必要があります」

「まさにそうです」

善治郎に代わって、由之助が答えた。

「四賀様のご心配はもっともですが、いまの時季の江戸湾は強い風が吹いています」

天気に恵まれて風を満帆に捉えられれば、充分に二十里を二刻で走ることができると由之助は請け合った。

「武州丸の船乗りたちは、だれもが抜きん出た技量を持っています」

いまごろは湊近くの呑み屋小路で、つかの間の楽しみをむさぼっているが、船に戻ったあとは、全員が晴れ晴れとして船を操ること請け合いです……船乗りを束ねる親父役はきっぱりと告げた。

「浦賀湊を出たあとも同様です」

由之助は問われる前に話を進めた。

「浦賀を過ぎたあとは、日暮れまでに品川湊に行き着きたい船が群れをなしています」

江戸湾のありさまに通じているのだろう。四賀は深くうなずいた。

「そんななかでも武州丸の舵取り役は、満帆のままで操れます」

表仕の多市（たいち）と舵取りの洋兵（ようへい）の息遣いは、見事に合っている。このふたりに任せておけば、大型船で混み合っている神奈川沖でも、らくらく走ることができると続けた。

「ならば由之助殿」

四賀は話し相手を船頭から親父役に替えていた。

「明日の日暮れ時には武州丸は品川沖に着くと、いま一度江戸に報せてよろしいな？」

四賀が念押しをした。

江戸に届いた一報は、押上村の千里の酉蔵を通じて六蔵、吉兵衛に伝わる。

前回の伊万里からの伝書鳩伝言は、酉蔵が六蔵に伝えた。その直後に身柄を隠密に押さえられた。

いまの酉蔵は助命と引き替えに、御上の御用を手伝わされていた。

「つかの間、待っててくだせえ」

答えたのは善治郎である。

船頭と親父役のふたりは、ゆったりとした動きで蔵の外に出た。

蔵の内は二十匁ろうそく一本の明かりだ。

四ツ過ぎの陽光が降り注いでいる表に飛び出したりすれば、眩さで目を傷めるからだ。

善治郎と由之助は、四方の空を見回した。まさに快晴で、空のどこにも雲はない。

富士山も真っ白な雪をかぶった頂上まで、優雅な姿を見ることができた。

ふたりは念入りに空見を続けた。そして深くうなずき合ってから、蔵に戻った。

「下田湊までは、空模様を案ずることなく走れます」

明日の様子は、下田湊に行き着かなければ分からないと、由之助が空見を口にした。

「たとえ天気が崩れても、いまの時季の江戸湾は風が強くなるだけです」

もしも明日の夜明けが荒天に見舞われたとしても、それは船足を速めてくれて好都合だ、遅れは出ないと口調を強めた。

「うけたまわった」

船出までのつかの間、隠密たちは平松屋の板の間で過ごした。

六十九

二月十二日四ツどきの江戸は、清水湊同様に晴れ渡っていた。

上天気にもかかわらず、烽火の吉兵衛はすこぶる不機嫌だった。

ふうっ……。

吉兵衛は立て続けに四服の煙草を吸い、音を立てて吐き出した。煙は天井めがけて揺れもせず、ゆっくりと立ち上った。

吉兵衛が座している部屋には、わずかな風も流れ込んではいなかった。

ボコンッ。

鈍い音がしたのは、吉兵衛が灰吹きにキセルをぶつけたからだ。

長火鉢の前に座した若い者ふたりは、音を聞いて背筋をぶるるっと震わせた。

キセルのぶつかった音が、吉兵衛の不機嫌をあらわしていた。

無類の煙草好きの吉兵衛だが、いまは美味そうに吸っているわけではない。いやいやながら、吹かし続けているかに見えた。

それがあかしに五服目の刻み煙草を詰めていながら、両目は尖った光を帯びていた。

煙草を楽しんでいるときなら、吉兵衛の目は光を消して穏やかだった。

長火鉢の猫板には熱々の焙じ茶と、粒の大きな梅干し五粒が小鉢に盛られていた。

茶にも、大好物の紀州原乃屋(はらのや)から取り寄せた梅干しにも、手をつけてはいない。

吉兵衛の不機嫌は、相当に深かった。

五服目を吸い終えたあと、ようやくキセルを煙草盆に戻した。

「もういっぺんハナから、酉蔵の様子をなぞり返してみろ」

吉兵衛は箸を手に持つと、梅干しの身をほぐし始めた。

しかし機嫌が直ったわけではない。湯呑みから立ち上る湯気が、ゆらゆらと揺れた。

なぞり返しを始めようとした若い者の胸の内を、湯気の揺れが示していた。

押上村の酉蔵の顚末の、どこから話し直せばいいかと、若い者は考え込んだ。


六蔵は配下の儀三郎を押上村に差し向けて、伝書鳩の手配りをした。

六蔵も儀三郎も信用していない吉兵衛は、配下の者に言いつけて六蔵たちの見張りをさせた。

とはいえ六蔵も儀三郎も渡世人である。吉兵衛が見張りをつけることは、当然ながら織り込んでいた。

もとより承知の吉兵衛は、二重、三重の手立てを講じて六蔵・儀三郎の裏をかいた。

押上村の千里の酉蔵は、六蔵が隠し持ってきた裏伝書鳩の元締めだ。が、吉兵衛配下の若い者は、儀三郎に気づかれぬように酉蔵の隠れ家を突き止めた。

ただひとつ見抜けなかったのは、酉蔵が公儀隠密の手に落ちていたことである。

烽火の吉兵衛は、見張りに使う若い者には練達の忍びを師匠につけて稽古をさせた。

相手に気づかれぬようにあとをつける技。

姿・気配を消して、標的を見張る技。

これらの秘技を、若い者は特訓を経て体得していた。

しかし公儀隠密は、にわか修練の若い者が立ち向かえる相手ではなかった。

千里の酉蔵は我が身の無事と引き替えに、隠密から指図された通りを儀三郎に告げた。

酉蔵から伝書を受け取った儀三郎は、寄り道をせずに六蔵の元に駆け戻った。そののち間をおかずに、儀三郎は吉兵衛の宿まで出向いた。


「儀三郎も六蔵も、なにひとつおかしな動きはしておりやせん」

若い者はきっぱりと言い切った。

「ご苦労だった」

若い者をねぎらった吉兵衛は、儀三郎が届けてきた伝書を開いた。千里の酉蔵がしたためた伝書は、封筒が臘で封印されていた。

伊万里から押上村に届いた元の伝書は、細かな記号で書かれている。それを酉蔵が読める文書に書き直してから、封印をして儀三郎に手渡した。

封筒を開いていないのは、臘が証だった。

「黒色火薬は弁財船武州丸で江戸に運ばれる。二月三日に伊万里湊を出た船は、二月十三日に品川沖に着く」

酉蔵が書き起こした伝書は、江戸到着が二月十三日だと伝えていた。

儀三郎がこの伝書を届けてきたのは、二月六日の四ツ半（午前十一時）過ぎである。

この日の朝、儀三郎は押上村に出向いた。そして酉蔵から伝書を受け取り、四ツ半に吉兵衛の宿に駆けつけてきた。

一部始終を吉兵衛配下の若い者が追って確かめていた。

伝書を受け取った吉兵衛は、廻漕船に詳しい海坊主を呼び寄せた。

「伊万里と江戸とを行き来する武州丸のことを、船乗りはもとより、船板一枚にいたるまで聞き込んでくれ」

「承知しました」

海坊主はあたまも下げずに吉兵衛の前を離れた。

海坊主の素性は、大坂と江戸とを結ぶ樽廻船の船頭、深川生まれの権左衛門（ごんざえもん）である。五尺七寸（約百七十三センチ）、二十四貫（約九十キロ）の巨漢から、権左衛門は海坊主が通り名となった。

ある航海で指図に従わない舵取りを、海坊主は荒海に叩き込んだ。それを咎められて船からおりたあと、吉兵衛に使われていた。

廻漕船にかかわることなら、海坊主の耳に入らないことはない。

海坊主の船頭としての技量を、船乗り仲間は深く尊敬していた。廻漕問屋の手代の多くも、海坊主には一目おいていた。

海に叩き込まれた舵取りは、自業自得だというのが、多くの仲間の言い分である。

詰め腹を切らされた海坊主を気の毒に思い、なおかつ海の男として敬っていた。

船乗りも廻漕問屋の奉公人も、湊で働く仲仕たちも、知り得た限りを海坊主には話した。

「武州丸は、危ない船です」

夜明けから気持ちよく晴れた二月十二日の五ツ（午前八時）に、海坊主はこれを告げにあらわれた。

聞き終えたあとは、吉兵衛の顔が大きく歪んだ。

七十

「おめえらの言い分は、しっかり聞かせてもらった」

若い者の話を聞き終えたとき、吉兵衛はキセルを手にしてはいなかった。一服も吹かさぬまま、話を聞き取った。

「いつまでも気を張ってねえで、楽にしたらどうだ」

親分は正味で楽にしろと勧めていると、吉兵衛の物言いから感じ取ったらしい。

ふたりは息を漏らして、張っていた肩の力を抜いた。

酉蔵の見張りに、吉兵衛は新次郎（しんじろう）と嘉七（かしち）を張りつけていた。配下の若い者のなかで機転の利くふたりだと、吉兵衛は買っていた。

新次郎がおもに顛末をしゃべり、嘉七が言葉を補った。ふたりは二度、酉蔵の振舞いがどうであったかをなぞり返した。

吉兵衛に聞かせた話があやふやなものだったとバレたときは、どんな仕置きが待ち受けているか。

新次郎も嘉七も、その怖さは身体の芯に染み込んでいた。二度なぞり返しても、話には一語のぶれもなかった。

「おめえたちが見張っていた限り、酉蔵の鳩小屋に出入りする妙な人影はなかったと、そういうことだな？」

吉兵衛は新次郎に念押しをした。

「あっしの目だけじゃありやせん」

新次郎は隣の嘉七に目を向けた。

「新次郎の言う通りでさ」

犬一匹、妙な動きをするものは鳩小屋に出入りをしなかったと嘉七は請け合った。

「おいっ」

吉兵衛が小声を発した。

「分かりました」

ふすまの向こうから、艶のある声が返ってきた。「おいっ」のひと声で用を察した、吉兵衛の女の返事である。

女が立ち上がる気配を感じた新次郎と嘉七は、ひときわ顔つきをこわばらせた。

吉兵衛は箸を手に持ち、梅干しの実をほぐし始めた。

女は返事をしてからさほどに間をおかず、茶と菓子を運んできた。

流し場の火鉢には、常に湯気を吐く鉄瓶が載っている。手早くその湯で茶をいれたのだろう。

菓子は分厚く切った、浅草三筋町（みすじちょう）榮久堂（えいきゅうどう）のようかんである。

菓子皿には五分（約一・五センチ）ほども厚みのあるようかんが二切れずつ載っていた。

新次郎と嘉七はようかんを見て、心底安堵した顔つきになった。

「茶で喉を湿らせたらどうだ」

吉兵衛の物言いは穏やかだ。勧めたあと、吉兵衛は先に梅干しを口に含んだ。

「いただきやす」

二切れのようかんに安心したふたりは、湯呑みを手に持った。

配下の者の話を聞き終えたとき、吉兵衛は女に茶菓の支度を言いつけた。

茶は焙じ茶で、菓子はようかんが決まりだった。

このようかんがくせ者である。

聞き終えた話を吉兵衛は気に入っていないと察したとき、女は薄切り三切れを用意した。

三切れは身切れにつながるとして、料亭などでは忌み嫌った。刺身でも香の物でも、三切れを供することはない。

大の縁起担ぎの吉兵衛である。気に染まない話をした者には、わざと三切れのようかんを女に出させた。

ふすまの向こうに詰めている女は、吉兵衛が発する「おいっ」の調子だけで、二切れか三切れかを判じた。

新次郎と嘉七が、ともに厚切りのようかんを口に含んだとき。

「おめえたちふたりに、言い聞かせておくことがある」

物言いの調子を変えた吉兵衛は、箸を猫板に戻した。

ふたりは急ぎ、ようかんを呑み込もうとした。吉兵衛は若い者の様子には構わず、言いかけたことを続けた。

「酉蔵は御上（おかみ）におれを売っている」

低い声で断言した。

「えっ……」

新次郎と嘉七は、呑み込もうとしていたようかんが喉に詰まったような声を漏らした。

海坊主の調べは、常に隙がない。

二月十二日の朝、海坊主は武州丸の素性を吉兵衛に告げた。この調べにも、髪の毛一本の隙間もなかった。

「武州丸は善治郎という男が船頭で、親父は由之助です」

海坊主は親父がなにかの説明は省いた。

吉兵衛は表看板の青物卸で、はしけなどの荷物船を多く使っている。船乗りに吉兵衛が詳しいことを、海坊主は呑み込んでいた。

「船頭も親父もそうですが、水夫はもとより炊事役まで江戸者で固めています」

江戸者だけで五百石船を操る理由は、ただひとつしかない。公儀御船奉行配下の船であるあかしだと、海坊主は断じた。

「あんたの聞き込みに、わきから半端な口を挟む気はないが」

江戸者だけで船を操るというだけで、どうして御船奉行配下と断じられるのか。

吉兵衛はあえて口を挟んだ。

「真っ当な廻漕問屋なら自前の弁財船の船頭には、紀州者か芸州（広島）者を雇います。どちらの国も、大型船の操り方に手慣れた者が多いからです」

海坊主は顔色も変えずにわけを答えた。

船頭は紀州者と芸州者が多い……船には通じている吉兵衛も、このことは知らなかった。

海坊主の言い分には得心もいったが、まだ分からないことが幾つもあった。

吉兵衛が得心していないのを、海坊主も承知しているのだろう。

座り直して、さらに細かなことに言い及び始めた。

「武州丸を抱える廻漕問屋は、品川湊の品川屋です」

品川屋は、商いが繁盛している様子はなかった。

それでいながら店仕舞いをしたり、奉公人に暇を出したりする店は皆無だった。

「船乗りに限って取り扱う口入れ屋に、聞き込みをしました」

海坊主は口入れ屋にも太い管を持っていた。

「江戸の品川屋から船乗りの口入れを頼まれたことは一度もないそうです。品川屋は自分たちで、密かに人集めを行っています」

江戸者だけで船乗りを固めるのがいかに奇妙なことなのかを、海坊主は口入れ屋の手代にも確かめていた。

「二年前に重六という名の水夫が、ぷっつりと姿を見せなくなったそうです」

今戸が在所の重六は名越屋の持ち船に乗る水夫で、金離れのいい男だった。

ほぼ二ヵ月ごとに、重六は航海から戻った。そしてメシを食う間ももどかしげに、吾妻橋の賭場に足を運んだ。

二年前の夏の夜、重六は目が出ないまま七両も負けた。重六の金回りのよさは、賭場も分かっていた。

「五両なら駒を回しやすぜ」

賭場から融通を言われた重六を、周りの客は羨ましそうに見ていた。

大店の旦那衆は遊び客におらず、職人や農夫、漁師が客の賭場である。

五両の融通申し出は破格の扱いだった。

「いや、いらねえ」

重六はきっぱりと断った。

「明日、御船蔵で手間賃を貰ったら、また遊びにくるさ」

言い残して賭場を出たのを、多くの遊び客が見ていた。しかしその後の重六は、行方知れずとなったままである。

「重六が御船蔵とうっかり口にしたのを、何人もの客が聞いていました」

海坊主はもちろん、その夜の客三人から別々に裏を取っていた。

どんな手立てで、重六の話を仕入れたのか。

いかにして当夜の遊び客を見つけ出して、話の裏取りをしたのか。

仔細はひとことも明かさなかった。

しかし吉兵衛は、海坊主の話を了とした。

「武州丸にかかわることを調べるなら、御上を相手にする腹の括りが入り用です」

海坊主はいささかの迷いもなく、品川屋も武州丸も公儀にかかわりがあると断じた。

「酉蔵は間違いなく、御上に脅されてイヌに成り下がっている」

品川沖に着く武州丸が、いったいなにを運んでくるのか……吉兵衛は唇を舐めた。

「いままで一度も公儀とやり合ったことはねえが、さぞかし手強いだろうよ」

吉兵衛は背筋を伸ばして新次郎と嘉七に目を向けた。

「どれだけ手強くても、こっちには大きな強みがある」

公儀は吉兵衛を騙せた気でいる。筋書きにのっている限り、相手には油断が生ずる。

「騙し合いなら、こっちが上手だ」

青物卸という表看板にかけても、この勝負は負けられない……吉兵衛は力まずに言い切った。

新次郎と嘉七は固唾を呑んだ。

ごくんと喉が鳴った。

七十一

江戸は近いとはいえ、ここは駿河の清水湊だ。品川沖までは、まだまだ長い海路を残していた。

「下田湊まで行き着ければ、先に残るのは江戸湾だけだ。海が荒れても、高がしれたものさ」

江戸湾に入りさえすれば、嵐に出くわさない限りは穏やかな航海になると、舵取りの洋兵は先行きの見当を告げた。

「そうですか……そういうことなら、もうこの先は大丈夫ですね？」

揺れる船にげんなりしていた健太郎は、見立てを聞いて安堵顔を見せた。

「安心するのは、まだ早い」

清水湊から下田までは気が抜けない船路だと洋兵は付け加えた。

「伊豆の西海岸にぶつかる波は、やたら気性が荒っぽいからさ。たとえ空が晴れてて振り返ったら富士山が見えていても、石廊崎（いろうざき）を回るまでは気が抜けねえんだ」

そうは言っても、あとはもうひと踏ん張りだぜ……洋兵は健太郎の背中をドンッと叩いた。

船乗りは明るい口調で軽く言う。しかし健太郎の胸の奥底には、洋兵が口にしたことがどっしりと居座っていた。

清水湊を出た先に、まだ大揺れが待ち構えているとは、考えてもみなかった。もう大丈夫だと安心していただけに、大揺れを思うと、顔つきも気持ちも沈み加減になった。

うおおっ！

屈託を払いのけるつもりで、健太郎は甲板で身体に伸びをくれた。

陽を弾き返してうねる海原からは、尽きることのない強さが感じられた。

底知れないといえば、女の強さだ……。

船倉で見せつけられたおみつとおちえの強さを、健太郎は思い返していた。

「山城屋でお話をさせてもらった隠密のおひとりを、あたし、深く慕っています」

激しい縦揺れが続いていたとき、不意におみつがこれを切り出した。

揺れが激しかったが、それ以上に驚きのあまりに健太郎は尻を浮かせた。

「正気でそんなことを言ってるのか！」

船の軋む音に負けじとばかりに、健太郎は声を張り上げた。

「おまえは知っていたのか」

きつい口調で質されたおちえだが、知らぬ顔で舷側に身体を預けたままである。

「まったく、どうなってるんだ」

女ふたりに業を煮やした健太郎は、身体を動かしておみつと向き合った。

「隠密というのは、ただの武家じゃない。役目のためには命を惜しまない面々だぞ」

吉岡とのやり取りを通じて察した、隠密の過酷な任務の数々。

口調を尖らせて、おみつに聞かせた。

船倉にいるのは三人だけで、船乗りたちは全員が甲板で荒天と闘っていた。

「この船にも隠密衆は乗っている」

そうだと示さぬばかりに、船が上下に大揺れした。隠密も加わった船乗り全員が、甲板で命を賭して操船していた。

「しかしおみつ、荒海を奔ることなど、隠密には軽い仕事だ。陸では常に命のやり取りと背中合わせだぞ」

そんな男に想いを寄せて、おまえは先々の安泰を考えたことがあるのか！　と、ひときわ声を大きく張った。

おみつはしかし、まるで動ずる素振りを見せず、落ち着いた声で考えを口にした。

「まだ起きてもいないことをあれこれ心配して、苦労の先取りをするのは愚の骨頂です」

おみつは何と、笑みまで浮かべていた。

「難儀なことと向き合うのは、それが起きたときに初めて、思いっきり顔をしかめればいいんです」

おみつが言ったことを聞いて、おちえは笑顔でうなずいた。大揺れする船倉で、女ふたりのほうが、ドンッと肝が据わっていた。

健太郎はそれでも食い下がった。

「転ばぬ先の杖、という教えがあるぞ」

「知っていますけど」

切り返したのはおちえだった。

「一歩を踏み出さなければ転ぶこともありませんから、杖は無駄です」

おちえは言い切った。

「わたしもおみつと同じ思いで、皿山の山城屋に嫁いだのですから」

おちえの言い分におみつは手を叩いた。

先にはまだまだ難儀が待ち構えていると、洋兵から言われていた。しかしまだ難儀に出くわしたわけではなかった。

船が揺れてから、顔をしかめればいい。

おみつとおちえの様子を思い返したことで、肩から重石(おもし)がとれたような気分になった。

頭上を飛ぶカモメの啼き声を、健太郎はすっきりとした気分で聞いていた。

七十二

二月十三日の七ツ半（午後五時）に、武州丸は品川沖に到着した。

プオオーーッ。

舳先に立った表仕の多市が、高い音色でホラ貝を吹いた。湊に到着したことを、波止場の役人に報せるためのホラ貝だ。

多市が三度吹いたとき、波止場から半鐘が打ち返された。

ジャンジャンジャンジャン。

ジャンジャン。

三連打に続いて二連打が打たれた。この半鐘が二度鳴ったあと、武州丸からホラ貝が一度、返事として吹かれた。

波止場が打った三連打と二連打は到着承知、その場を動かずに吟味方役人を待て、という合図だ。

多市の一吹きは、指図承知を伝える打ち返しである。

武州丸は暴れる海に何度も嚙みつかれながら、無事に品川沖に戻ってきた。

伊万里から品川沖までの航海は、途方もなく長かった。そして難儀だった。

しかし武州丸にとっての航海は、先付に過ぎない。本番はこれからである。

品川沖に到着する手前の川崎沖で、武州丸は八丁櫓御用船と行き会った。

由之助はあごを引き締めて、川崎沖でのやり取りを思い返した。

永代橋東詰の公儀御船蔵には、常に三杯の八丁櫓御用船が控えていた。八人の漕ぎ手で疾走する御用船は、永代橋たもとから川崎までなら半刻（一時間）少々で行き着いた。

武州丸と行き会った御用船の舳先には、御庭番が控えの漕ぎ手に扮装して乗っていた。

八丁櫓が横付けされるなり、縄ばしごが武州丸から下ろされた。

川崎沖で行き会うことにしたのは、ふたつのわけがあった。

ひとつは永代橋から半刻で行き着ける近さだった。上方方面から川崎までくれば、弁財船終着の品川沖は目の前だ。

一刻でも早く着きたい船頭たちは、帆を一杯に張って全速前進した。ゆえに御用船と武州丸が行き会っていても、気に留める船は皆無だった。

もうひとつは、この周辺は上天気の日でも波が高いということだ。川崎周辺の漁師たちでさえ、この海域での操業は避けた。

たとえ大漁が得られても、大波に漁船が呑まれては元も子もないからだ。

武州丸に八丁櫓の漕ぎ手が乗り込んでも、気にする者はいない。それゆえに公儀はこの海域での行き会いを選んでいた。

武州丸に乗り込んできた御庭番は、まず伊万里から乗船している隠密と話をした。そのち舵取り以外の全員を集めた。

船頭も親仁も水夫たちも、そして健太郎たち三人も御庭番に呼び集められた。

「品川沖には、渡世人の手の者が二重になって武州丸を待ち構えている」

御庭番の説明は淀みなく続いた。

待ち構えているのは吉兵衛配下の者だ。

船足の速い大型の猪牙舟が二杯。いつ武州丸が到着してもいいように、すでに湊で待ち構えていた。

その猪牙舟一杯は、御庭番の監視下にあった。漁師に扮装した御庭番四名が、猪牙舟を見張っていた。

「渡世人は手強い相手です。てまえどもの漁船を見張っている大型の猪牙舟が、さらに一杯仕立てられていました」

吉兵衛は漁船に扮し、公儀の船を見張る船まで用意していた。

船端に立った由之助は、身体に大きな伸びをくれた。夕陽は西空を真っ赤に焼いて沈もうとしていた。

暮れゆく海に由之助は目を走らせた。はしけを見張る猪牙舟は、すぐに見つけられた。

それを見張る船と、漁船を見張るもう一杯は、どこに潜んでいるのか。

由之助は見つけられなかった。

七十三

「ことが渡世人始末では……」

御庭番同心多田栄助(ただえいすけ)が、小声で同僚に話しかけた。声がくぐもっているのは、船板に身体を伏せているからだ。

「我々に初仕事が回ってきたが、中身が小粒だという感じは否めない」

くぐもった声で、多田は不満げな物言いをした。

「ものは見方次第だ」

能勢真之介(のせしんのすけ)は短い言葉で応じ、多田の愚痴を抑えた。

夜目も遠目も利く多田と能勢である。なかでも多田は、江戸城詰めの御庭番七十二名のなかでも、闇夜の見張りの技量は図抜けて優れていた。

しかも太刀でも小太刀でも、また手裏剣投げにおいても、技は秀でていた。

「多田とやり合う相手には同情を禁じ得ないの」

御庭番仲間が陰でささやき声を交わすほどに、多田は腕が立った。

目が利いて武術の腕も抜群であるにもかかわらず、江戸城詰め頭領の多田評価は高くはなかった。

「ひとを妬み、無駄口が多い」

「無益な殺生が多い。一太刀で仕留められるところを、わざと手を抜き、生殺しを楽しんでいる節がある」

多田の性癖の歪みを、頭領は嫌った。それでもなお、多田は実戦の場では重宝された。

見張り技量の高さは、性癖の歪みを大きくしのいでいたからだ。

多田と能勢は、ともに二十八歳だ。歳だけではなく五尺三寸（約百六十一センチ）、十三貫（約五十キロ）という体付きも同じだった。

御庭番としては小柄だが、海事監視の役目にかなった体型である。

「このふたりをおいて他にはおらぬ」

頭領が選び出した精鋭が、多田と能勢だった。

田沼意次から松平定信への政権交代が完了したあと、寛政二（一七九〇）年から定信は海の監視を強化し始めた。

陸路の行き来にあっては、各所に設けた関所が大きく功を奏していた。

街道の整備は、大名の参勤交代がつつがなく運ぶことを目的に進めてきた。ゆえに道幅は大名行列の通過に支障なければよしとする広さに留めた。

「余りに街道の幅が広ければ、いつなんどき、江戸に攻め入ろうと考える不心得者を生み出すやもしれぬ」

道幅をあえて広げず、要所を流れる河川に意図的に架橋をしないのも、つまりは江戸の警護を万全にするための施策だった。

道幅を広げさせない代わりに、船による物資の輸送を奨励した。船一杯が運べる物資の量は、陸路を行く荷車より桁違いに大量である。

しかも道路整備に比べれば、波止場造りは費えが安くてすんだ。

江戸につながる海と河川の要所に船番所を設けておけば、海路の監視は万全にできる。

かつてこれを進言された家康は、江戸開府当初から「ひとは陸を。ものは水を」を推し進めた。

造船技術は年とともに大きく進歩した。船が大型化するにつれて、公儀の監視の目が行き届かなくなっていた。

「海事の万全なる監視こそ、公儀威信を維持する根幹である」

定信の大号令に基づき、さまざまな監視強化策が施行された。

御庭番のなかに海事監視部署が設けられたのも、定信の強い指図を受けてのことだ。

多田と能勢は、三年の訓練を経て海事監視の前線に配された精鋭である。

完璧なる監視を行うために、入り用な手立てはすべて講じてよし。

老中直々の決裁を得た海事監視部署は、見張り船を新造した。

黒塗りの小型船で、乗組員はふたり。

腹ばいのまま、別誂えされた大型の櫂(かい)を使って進む。

水音を立てぬように。しかも猪牙舟にも匹敵する速さを得られる櫂の使い方を、多田と能勢は一年もの間稽古してきた。

実戦の初仕事が、吉兵衛配下の殲滅指揮だった。

禁制品の黒色火薬が幕府お膝元の江戸に流入しようとしていた。

凄まじい破壊力を持つ火薬の取り締まりは、公儀の重要課題の一である。

多田は仕事が小粒だと不満を漏らした。しかし公儀にとっては、精鋭二名までも投ずるに値する大事だった。

「動き始めたぞ」

能勢は櫂を左手に持った。

見張り船には能勢が左、多田が右に腹ばいになっていた。ふたりが利き腕を使い、腹ばいのまま片手で櫂を使うのだ。

敵の動きは多田も見ていた。

小型船の舳先には、監視役が腹ばいのまま前方を見て取れるように小穴が空けられていた。小さな穴から見詰めることで、前方の焦点がひときわ鮮明になった。

元々、夜目も遠目も利く多田と能勢である。べったりとかぶさった闇のなかでも、見張りに抜かりはなかった。

武州丸から下船した健太郎たちと隠密たちは、はしけに乗り換えた。

そのはしけを、吉兵衛配下の手練れ者が見張っていた。

健太郎たちの乗るはしけが大川目指して動き始めたら、二十尋（約三十メートル）の隔たりを空けてあとを追い始めた。

船頭は濃紺の股引・半纏姿である。

並の船頭よりも着衣の色は濃かった。しかし不審な身なりだと咎められる恐れは皆無の色味だ。

吉兵衛配下の四人も同じで、濃い色味ながらも格別に咎められそうな装束ではない。

もしも先を行くはしけの隠密が猪牙舟に誰何をくれたとしても、船頭も渡世人も充分に言い逃れができる身なりだった。

抜かりのない吉兵衛は、かならずこの船には公儀の見張りがつくと読んでいた。

はしけは自分の手下を捕縛するための、公儀のおとりだと判じた。

公儀の漁船を見張るしんがりに、仔細を見極めたうえで、次の一手を打てと任せた。

吉兵衛は公儀の動きを読み切った気でいた。

ひとつだけ読み切れなかったのは、火薬に対する公儀の判断の重さだった。

吉兵衛は万事に抜かりのない、知恵のよく回る渡世人だ。

しかし本気になった公儀の敵ではなかった。

手立てを講じた吉兵衛が、してやったりと考えたのも無理はない。

吉兵衛には及びもつかなかっただろうが、公儀は特製の小型船と、選りすぐりの御庭番ふたりを、この一件解決のために投入していた。

その猪牙舟を追うようにして、二十尋後方に一杯の船がついていた。小型の漁船だが、四人が乗っていた。

いずれも永代橋東詰の公儀御船蔵で漕ぎ方の稽古を積んだ隠密である。

あたまから足元まで全身が黒装束で、全員が櫂を使って先を行く猪牙舟を追っていた。

素早い動きで櫂を使っており、小さな舟は猪牙舟に負けない速さを得ていた。

二月十三日の夜空には、本来なら大きな月がいるはずだ。しかし黒装束の隠密に味方をするかのように、晴れていた空には分厚い雲がかぶさっていた。

七十四

フウッ。フウッ。

調子の整った息遣いを続けて、しんがりにいる多田と能勢のふたりは小型船を進めていた。

空に月星の明かりがない闇夜である。周囲に明かりがない海上では、黒塗りの小型船は見事に闇に溶け込んでいた。

多田と能勢が追っているのは、十尋（約十五メートル）前方を行く猪牙舟だ。

見張りで追跡するには、十尋の隔たりは並の状況では近すぎた。

しかし多田と能勢は練達者だ。

武州丸が品川沖に着いたときは、夕焼けを背にした富士山が遠望できるほど美しく晴れていた。

腹立たしさを覚えるほどの晴天ぶりに、多田と能勢は思わず顔を見交わしたものだ。

夕方の晴れは、夜の星空を請け合ったも同然だったからだ。

満月ではないが、月は相当に大きい。

凍えた夜は、月の光を邪魔立てしない。見張りは相当やりにくくなる。

その難儀を思い、多田と能勢は顔を見交わしていた。

ところが幸いなことに、陽が落ちたあと、四半刻も経ずにいきなり分厚い雲が空にかぶさった。

夕暮れどきには北の空に見えていた一番星まで、雲は覆い隠してくれた。

好都合はさらに重なった。

空に雲がかぶさったあとも、風は止んだままを保った。

風がないゆえ、細波すら立たない。

大型の櫂で、互いの利き腕一本だけを使って小型船を進めるふたりだ。凪は願ってもない恵みだった。

多田と能勢は、小型船にふたりだけに通ずる船名をつけていた。

コンピラ丸である。

讃岐の金刀比羅宮は海運を司る神だ。小型船での見張りが上首尾に運ぶように、ふたりはコンピラ丸と名付けたのだ。

十尋の間合いを保てるように、ふたりは漕ぎ方を加減していた。ところが不意に間合いが詰まった。

たとえ闇夜のなかでも多田も能勢も、間合いの測り方を誤ったりする気遣いは皆無だ。

猪牙舟が船足を止めたからだ。

櫂を逆使いにして、コンピラ丸の船足を急ぎ止めた。

「なにが起きたのか、様子が分かるか」

能勢は声帯を使わず、口の動きだけで問いかけた。

「分からぬ」

多田の応えは短い。ふたりは櫂を握った利き腕を、船の内に引っ込めた。

小穴を覗く目に力をこめたまま、多田はなにが起きているのかを推し量った。


多田は、思案を巡らせ続けた。

先頭を行くはしけが止まったからだと、多田は断じた。

はしけからコンピラ丸まで、船は都合五杯が縦に並んでいた。

はしけ以外の四杯は、いずれも乗り手が息を詰めて前方の様子をうかがっているに違いない。


多田がさらに思案を巡らそうとしている、そのさなかに。

ズドンッ。

凄まじい破裂音が、前方で轟いた。

音に続いて火柱が立ち上った。

七十五

火柱が立ったのは健太郎たちと隠密が乗った、先頭を走っていたはしけだった。

武州丸からはしけに乗り換える前に、隠密ふたりは健太郎・おちえ・おみつにひとつの大事を念押しした。

「自分たちのあとを、かならず吉兵衛配下の者が追ってくるだろう。しかしなにも案ずることはない」

その連中を監視し、やがては取り押さえる手立てを講じてある。

追手の船を背後に見つけても、断じて声をあげてはならぬときつく指図された。

「分かりました」

「気づかないふりをします」

健太郎たち三人は、こわばった顔で隠密に答えた。

はしけが動き出したあと、健太郎は舳先に乗り、おちえとおみつは両舷に分かれて座っていた。品川沖を出て三千尋（約四・五キロ）ほど進んだところで、おみつは艫に移った。

船端でまともに浴びる風がいやで、風よけを求めて艫に移ったのだ。

後方に目を移したとき、さほどに離れていない場所に猪牙舟を見てしまった。

吉兵衛配下の船頭が、うっかり間合いを詰めていたのだ。急ぎ逆櫓を使って、はしけから離れようと焦っていたさなかだった。

思ってもみなかったほどの間近に猪牙舟を見たおみつは、驚きのあまり、隠密に注意されていたことがあたまから吹っ飛んだ。

「あっ……舟がいる！」

おみつのあげた不用意なひとことが、事態を大混乱に引きずり込んだ。

慌てた隠密がおみつに駆け寄り、口をふさごうとした。その動きが余計に騒ぎを大きくした。隠密もよほどに慌てたらしく、おみつの口を押さえようとした動きが大きかった。

「はしけに気づかれちまった」

「なんだとう！」

はしけを追う猪牙舟の船頭がうろたえた。

「ひとまずここは、はしけに手出しされる前にずらかるしかねえ」

はしけに公儀が同乗していることを、もちろん若い者たちは分かっていた。

二番手の猪牙舟に乗っていたのは、吉兵衛が名指しした、腕力と技に長けた者だった。

夜目も遠目も利いた。が、勝ち目なしと判じたときの逃げ足は速い面々だった。

「向きを変えろ」

大声の指図を受けた猪牙舟の船頭は、櫓を軋ませて舳先を反転させた。

「うわっ」

猪牙舟の舳先に乗っていた男が、悲鳴のような甲高い声を上げた。三番手の漁船に乗る隠密と、まともに鉢合わせをしたからだ。

もしも敵に気づかれたときは、逃すも殲滅するもその場の判断でよしと、隠密は上司から動きの自由を与えられていた。

自分たちの背後には、さらなる吉兵衛配下の見張りがいることも、さらにその配下を見張る能勢たちが詰めていることも、漁船の隠密は聞かされていた。

後詰めを案ずることなく、猪牙舟監視に専念する。これが三番手を行く隠密に課せられた使命だった。

ところが真正面から鉢合わせしたことで、吉兵衛配下の者たちは常軌を逸してしまった。

勝てぬ相手だと分かっていたのに……。

「おめおめと斬られてたまるか」

顔を引きつらせるなり、長ドスを抜いた。

「やっちまえ」

舳先の男が怒鳴ると、船頭は全力で隠密船に体当たりをかませた。

受ける隠密は手練れである。

追い詰められた者たちが、命を張って応じてくるやも知れぬことまで読んでいた。

怒声を発して突進してくる猪牙舟を、隠密は迎え撃とうと身構えた。

四番手の猪牙舟に乗っていたのは、腕と度胸に判断力のよさも備えた、粒選りの配下である。

「公儀なんぞに、手出しをされてたまるか」

「こっちが返り討ちにしてやらあ」

前方で生じた異変を目の当たりにした四番手の武闘派四人は、すぐさま長ドスを抜き身にした。

公儀に、命を捨てて立ち向かっていく根性を持った面々である。

「おめえら、こっちが相手だ」

四番手の猪牙舟は、船ごと体当たりを食わせた。

ここでまた、大きな手違いが生じた。

はしけに乗っていた隠密のひとりが、四番手のあげた怒声が、二番手の破れかぶれの声とは質が違うと判じた。

放っておいては味方が危ないと、断じた。

「渡世人ども始末する」

大声で断ずるなり、はしけのひとりが立ち上がった。

仲間を放ってはおけないと考えたのは、連れも同じである。

「おまえたちは艫に移れ」

健太郎とおちえに命じた。

闇のなかで、うろたえながら場所を移ろうとしたおちえは、種火の詰まった焼物を蹴飛ばしてしまった。転がり出た種火のかけらが、導火線の端に食らいついた。

万にひとつ、隠密が劣勢に立たされたときは黒色火薬を使う。

はしけの隠密ふたりは、こんな作戦までも立てていた。なにが生じても抜かりなく応戦するつもりの手立てのひとつだったが、いまはそれが裏目に出た。

ひとたび点火された導火線は、断ち切るしか消しようがない。しかし近くにいた健太郎もおちえも、導火線を切断する術がなかった。

「そこをどけい！」

小柄を手に持った隠密が、導火線に飛びつこうとした。が、もはや手遅れだった。

火柱を見て、コンピラ丸のふたりが櫂を握りしめた。

「行くぞ」

「おうっ」

多田と能勢の声がぶつかった。

小型の見張り船が、闇の川を走った。

七十六

火柱が上がったことで、隠密たちはもはやこれまでと即断した。

手違いが生じて秘匿しきれぬ事態を惹起したからには、現場に生き証人を残すな。

ことが外に漏れぬように、一件にかかわりのある敵全員の始末をつけるべし。

公儀隠密には、この対処策しか許されてはいなかった。

最後尾についていた多田と能勢も、もちろん隠密に課せられたこの掟は身体の芯に刻みつけられていた。

破れかぶれとなった渡世人たちは、全員が雄叫びをあげていた。

多田と能勢は、まずすぐ前の始末をつけるべしと断じた。

やすやすと闇に溶け込めるコンピラ丸は、火柱の赤い明かりのなかでも見えにくかった。

前に進む力の源は、多田と能勢が利き腕一本で漕ぐ櫂だけだ。鍛錬を重ねたふたりが操る櫂の推力は尋常ではなかった。

渡世人が発する怒鳴り声の方向を目指して、小型船は突進を始めた。

「ふざけんじゃねえ、かかってきやがれ」

四番手の武闘派四人は、声を限りに怒鳴り続けた。怒鳴ることで、公儀に立ち向かう気力を満たそうとしていたのだろう。

一度は逃げ出そうと考えた二番手の猪牙舟も、隠密と真正面から向き合ったことでいまは度胸が据わっていた。

二番手猪牙舟の船頭は、櫓さばきひとつで、舳先の向きを自在に変えられる、確かな技を持っていた。

御上を渡世人が見張る。

それは途方もない荒業だというわきまえが、吉兵衛にはあった。

水のうえで手違いが生じたときは、船頭の技量の差が成否を分ける鍵になると吉兵衛は考えていた。

それゆえに、尾行に使う二杯の猪牙舟には櫓さばきの達人ふたりを充てていた。

とりわけ、はしけの真後ろを追う二番手の船頭には、江戸でも櫓さばきの巧みさでは五本の指に入るという達人に任せていた。

吉兵衛の船頭選びの眼鏡に狂いはなかった。

二番手の猪牙舟は舳先をくるっと反対側に向けたあと、一度その場で力を溜めてから隠密船めがけて突っ込んだ。

猪のように尖った舳先で、漁船を壊す気らしい。

船頭は技に長けているだけではなく、敵に立ち向かう胆力にも富んでいた。

二杯の猪牙舟に挟み撃ちにされながらも、四人の隠密は自分の体勢を保っていた。足首を柔軟に動かすことで、揺れで身体の動きが崩れるのを防いでいた。

が、小さな漁船の揺れは激しい。姿勢を保つのが精一杯で、四人ともまだ抜刀はできず仕舞いだった。

大揺れの舟で太刀を抜こうものなら、同士討ちになりかねない。

一方の渡世人たちは全員が長ドスを抜いており、威勢がよかった。

「それでもおめえら、公儀か」

「揺れをやり過ごすんで精一杯とは、笑っちまうぜ」

渡世人が隠密に向かって罵声を浴びせているところに、コンピラ丸が四番手に体当たりを食らわせた。

小型船の攻め技の一つに体当たりも取り入れて、材質吟味で建造されたのだ。多田と能勢は四番手猪牙舟の脇腹めがけて、小型船の舳先をぶつけた。

ドスンッ。

激しい音が立ったが、墨色の小型船は姿が見えない。不意打ちを食らった渡世人と船頭は、なにが起きたのかも分からずにうろたえた。

二番手の猪牙舟も、驚きは同じだった。

まさか四番手の猪牙舟に後ろから体当たりする船があろうとは、考えてもいなかっただろう。

束の間だが渡世人と船頭はわけが分からず、目に焦りの色が浮かんだ。

敵が一瞬の隙さえ見せれば、隠密には充分である。漁船の四人は即座に背中合わせの態勢をとった。

この態勢をとったことで、事態は激変した。

四人の隠密が二番手猪牙舟の四人と、四番手猪牙舟の四人と向き合った。

四番手の渡世人を相手にする能勢と多田は、驚きの色を顔に張り付けた手練れを仕留めにかかった。

隠密の使う剣法は、敵を確実に斃すための必殺剣である。

隠密は二名とも斬りかかりはしなかった。太刀を振り下ろすこともせず、切っ先を渡世人の首めがけて突き出した。

手練れが繰り出した必殺の突きである。太刀は狙いを誤ることなく、首を突き抜けた。

喉を潰された渡世人ふたりは、悲鳴すらあげることができず、膝から落ちた。

櫓を握ったままの船頭の始末は、小型船から立ち上がった多田が担った。

多田もまた、他の二名の隠密同様に、必殺剣を振るった。しかし多田の仕留め方は大きく異なった。

船頭の身体は多田に対して正面に向いてはいなかった。

うむ。

短い気合いを発した多田は、船頭の脇腹に太刀を突き刺した。

ぎゃあっ。

悲鳴をあげた船頭は、脇腹に手を当てようとして多田のほうに顔を向けた。

その首に多田の小太刀が突き刺さった。

わずか瞬き三つをする間に、船頭と渡世人ふたりが始末された。

四番手猪牙舟の渡世人と向き合っていた隠密は、多田と能勢の出現に驚きを見せた。が、それは束の間のことだった。

隠密はどこにいようが、一瞬にして敵味方のにおいを嗅ぎ分ける。味方だと察するなり、ふたりは構えを解いた。

残るは二番手猪牙船の渡世人と船頭だ。

「ひとりは生け捕りにせよ」

能勢の声は、二番手の渡世人ふたりと向き合っていた四人の隠密の耳に届いた。

鏖殺せよの掟に背くことになる。が、生け捕りには格別の意味があると察したようだ。

能勢の声はしかし、猪牙舟の船頭にも聞こえた。

隠密船より早く、猪牙舟の船頭が動いた。

船頭が両手で櫓を強く握ると、腕に太い血筋が浮かんだ。

猪牙舟を一度隠密船にぶつけてから、船頭は櫓に力をくれて舳先を回した。

四番手の仲間と船頭が始末された凄惨なさまを見て、渡世人ふたりは棒立ちになっていた。

舳先を回された舟が大揺れしたことで、渡世人たちは我に返った。

「ずらかるぜ」

船頭の声で、若い者ふたりは舟にしゃがみ込んだ。

火柱は次第に細くなっている。猪牙舟の船頭は赤い明かりの届いていない闇に逃げ込もうとしていた。

多田と能勢は敏捷に応じた。小型船に伏せるなり、猛烈な勢いで櫂を使った。

四人の隠密も素早く動いた。櫓さばきに長けたひとりが猪牙舟を追って漕ぎ始めた。

漁船とコンピラ丸とが、競い合うようにして猪牙舟を追った。

船頭は到底逃げ切れないと判じたのだろう。もう一度舳先を小型船の方に向け直した。

追撃してくる小型船と真正面からぶつかり合う気なのだ。猪牙舟の尖った舳先をまともにぶつけられたら、頑丈な小型船といえども無事では済まない。

多田と能勢は、船頭の戦法を見抜いた。

片方は逆の櫂さばきをし、もう片方は漕ぎ方に一段と力を込めた。

小型船と猪牙舟は、半間（約九十センチ）の間合いですれ違った。

船頭も逆櫓を使い、もう一度舳先を回そうとした。が、真横から漁船の体当たりを食らい、舟は横転した。

伊万里から武州丸で江戸に向かってきたはしけの隠密二名は、泳ぎ達者である。猪牙舟が横転したのを見るなり、着衣を脱ぎ捨てた。

利き手に短剣を握った形で、凍えた水に飛び込んだ。カエルのような手足の動きで、たちまち水に落ちた渡世人ふたりに近寄った。

背後に回った隠密は渡世人を水中で羽交い締めにした。

むむ。

裂帛の気合いを発し、短剣を渡世人の心ノ臓に突き立てた。

ただ一撃で、隠密たちは渡世人を葬った。

船頭ひとりが生け捕りにされた。

着衣を脱ぎ捨てた隠密の動きを、火柱の明かりが照らし出した。はしけの艫でかたまりになっていた健太郎・おちえ・おみつの三人は、一部始終を目の当たりにした。

隠密の手先になって働くことの重さを、三人はいまさらながら思い知った。

七十七

公儀隠密たちは敏捷な動きで現場の後始末を始めた。健太郎・おちえ・おみつの三人にも手伝いが言いつけられた。

「火を消して闇を取り戻しなさい」

おちえとおみつに指図を与えたのは、多田栄助である。女が相手だけに、張り詰めた場にありながら物言いは穏やかだった。

歳はまだ二十八だが、多田と能勢は隠密を束ねる少尉頭領の格である。

鍔から先の刀身が二尺八寸（約八十五センチ）ある太刀を佩くことが、少尉頭領には許されていた。太刀の柄には、少尉の階級を示す桐紋が金糸で織り込まれている。

抜き身の太刀を構えただけで、多田と能勢の階級が分かった。

おちえにもおみつにも、隠密の階級など分かるはずもなかった。が、武家が発する格の違いには敏感である。

多田と能勢がこの場の頭領だと、おちえもおみつも察したのだろう。命じられた通りに、ふたりはすぐさま動いた。

船端に結わえられていた桶の細綱をほどき、汲み入れた水で火消しを始めた。

桶はほどほどの大きさである。女ふたりが五杯ずつ水を振り撒くと、火柱は小さくなった。

女に指図を与えると同時に、多田は健太郎にも手伝いを命じた。

「おまえは他の者について、死体を片付けよ」

健太郎には渡世人の死体片付けの手伝いが言いつけられた。

隠密たちは容赦なく太刀を振るい、船頭一名を除いて渡世人を斬殺していた。

手練れの太刀で斬り殺された死体は、猪牙舟に崩れ落ちたままである。凄まじい形相を目の当たりにした健太郎は、足が竦んで棒立ちになった。

おちえとおみつが火柱を小さくしたことで、死体は闇に溶け込み始めた。

「肩を入れて立ち上がらせよ」

隠密のひとりが健太郎に新たな指図を与えた。言われるがままに、健太郎は猪牙舟にしゃがみ込んだ。

死体に手を触れると、まだぬくもりが残っていた。

「身体の下に手を差し入れれば、立ち上がらせるのも容易だ」

口で教えるのみならず、隠密は死体に手を差し入れて立ち上がらせた。ほぼ闇が戻っていたが、目を凝らすまでもなく隠密の動きは見えた。

健太郎も真似をして、若い者の死体に手を差し入れた。太い血筋を断ち切られて絶命した渡世人は、血まみれである。着衣にもべったりと血が染みこんでいた。

これほど濃い血のにおいを、健太郎は嗅いだことがなかった。

「ううっ」

強いにおいに襲いかかられた健太郎は、死体に手を差し入れたまま、船端で吐いた。

「そんな暇はない。急げ」

げえっ、げえっと吐き気に襲われている健太郎に、冷たい声の指図が飛んだ。

「おまえまで始末されるぞ」

隠密の押し殺した声で、健太郎のきんたまが縮み上がった。身体の芯から湧き上がった怯えが、吐き気を抑えつけたらしい。

死体に差し入れていた手に力を込めて、健太郎はその場に立ち上がった。猪牙舟が大きく揺れた。

肩で抱きとめている死体もろとも、猪牙舟に倒れ込みそうになった。が、健太郎は足首で揺れを吸い込んで懸命にこらえた。

もしも猪牙舟に倒れ込んだりしたら、隠密の太刀で始末される……その恐れが健太郎を踏ん張らせた。

はしけの火柱が根元から消え失せたとき、渡世人の死体始末も終わっていた。

七十八

火柱が消えて元の闇が戻ったところで、隠密たち全員がはしけに集まった。

隠密の顔が揃ったのを確かめたあと、多田は健太郎・おちえ・おみつの三人を艫に呼び集めた。

古来、土壇場に臨んだときは女のほうが肝が据わっているという。

目の前で渡世人たちが斬殺されるのを、三人は図らずも見る羽目になった。

死体始末を手伝わされた健太郎は着衣が血まみれになり、肩で息をしていた。

身体に染みついた血のにおいに、いまも怯えを覚えているようだ。

おちえとおみつは死体始末の手伝いこそしていないが、尋常ならざるものを見た恐怖感は健太郎と同じはずだった。

桶の水で火柱を消し止めたいまは、肝が据わったらしい。

はしけの艫に集まれと多田に命じられても、おちえもおみつも息遣いを乱してはいなかった。

「そのほうらは目を凝らして、闇を見据えておれ」

もしも不審な船が近寄ってきたときは、ただちに報せよと多田はおみつに命じた。

おみつとおちえは同時にうなずいた。

健太郎はせわしない息遣いを続けるだけで、返事もうなずきもしなかった。

三人を艫の一ヵ所に集めてから、多田は隠密の前に戻った。

「おまえたちは直ちに御船蔵に向かってくれ」

三番手につけていた漁船の乗り手に、多田は短い指図を与えた。

御船蔵とは、永代橋東詰の公儀御船蔵のことだ。この場から向かうには、猪牙舟のほうがはるかに船足は速い。

船頭を後ろ手に縛り、うつぶせに転がしてから隠密のひとりは櫓を漕ぎ始めた。

船の扱いと剣術の双方に長けた者が、今夜は選り抜かれていた。猪牙舟は見る間に闇の中に溶け込んだ。

「わしらは佃島に向かう。おまえたちは御船蔵に向かってもらおう」

はしけの隠密二名はうなずきで応えた。返答を受け止めたあと、多田と能勢は自分たちの小型船に乗り移った。

急ぎ佃島に向かい、島の肝煎衆にきつい箝口令を申し渡すためである。そののちは石川島にも向かう段取りとしていた。

現場を知る無用の目は取り除いた。

日没後の品川沖から大川河口にかけての水路は、船の行き来が全面的に禁じられていた。

水路の途中には幕府直轄の御浜御殿（浜離宮）がある。明かりのない夜間に御浜御殿周辺を船で行き来されては、御殿警護に支障を来す。

ゆえに暮れ六ツから明け六ツまでの間、公儀の許可なき船はこの水路への立ち入りを禁じられていた。

唯一、佃島の漁師はその限りにあらずとされていた。

大川の一定区域内では、佃島漁師に白魚漁の独占権が与えられていた。他にも大川の自由通行権など、幾つもの特権が付与されていた。

夜目の利く漁師である。日が沈んでしばらく経てはいたが、まだ五ツ（午後八時）にも至ってはいなかった。

佃島には灯り屋があり、四ツ（午後十時）までは火の見番が四方の海を見張っていた。

佃島と隣り合わせの石川島にも、見張りやぐらが立っていた。

両方の島の見張りが、はしけの火柱を見届けたのは間違いない。多田と能勢は、火柱を見たことの口止めに向かおうとしていた。

幸いにも両島ともに、御船蔵ならば抑えの力が及んだ。

はしけに残った隠密二名は、現場に残された猪牙舟と隠密船の舫い綱を、艫に結わえ付けた。御船蔵まで曳航（えいこう）するためである。

猪牙舟には、渡世人の死体が積み重なっていた。

艫にしゃがみ込んでいる健太郎は、またもや口に手をあてた。血のにおいが迫ってきたからだ。

おちえとおみつは、能面のように表情を動かさなかった。

猪牙舟は闇に溶け込んでいて見えないが、ひどいにおいを漂わせている。

おみつは吐息を漏らした。が、眉はぴくりとも動かなかった。

七十九

永代橋東詰の公儀御船蔵は、二千五百坪の広大な敷地を抱えていた。

御船蔵敷地は役所の建家と船蔵に二分されている。平屋の建家部分はおよそ二百坪どまりだが、船蔵部分は二千坪を超えていた。

なかでも千坪の敷地を使っている船大工の仕事場は、御船蔵の主役である。

大川から引き入れた水路は、幅が十間（約十八メートル）で深さは三尋（約四・五メートル）もあった。

帆桁の幅が十八尺（約五・四メートル）もある大型船でも、この水路には引き入れることができた。

船大工が仕事をするのは朝の五ツ（午前八時）から七ツ（午後四時）までだ。その間は広大な仕事場から、板を叩く木の音がやむことはなかった。

御船蔵で働く船大工は五十人もいた。大工と呼んではいたが、大半が素人である。棟梁のほかは全員が無宿者だった。大工の人数が多いのは、腕の立つ本物の船大工がきわめて少なかったからだ。

多少なりとも道具が使える無宿者と、材木を運べる力のある無宿者とを、石川島人足寄場で徴用していた。

御船蔵で秘密仕事を進めるには、外部との行き来を絶たれた無宿者を使うのが好都合だった。

七ツの鐘とともに、五十人の無宿者は護送船で石川島人足寄場に帰された。

そののちは隠密たちが水路を使い、小型船での侵入稽古に励んだ。

二月の稽古は毎日、夜の五ツ（午後八時）まで続けられた。

五ツを過ぎると、いきなり水が冷たさを増してくる。いかに隠密といえども、凍えた水に長く浸かっていることはできなかった。

二月十三日四ツ（午後十時）過ぎ。

永代寺が撞いた四ツの鐘とともに、深川各町の町木戸と川木戸は一斉に閉じられた。翌朝の明け六ツ（午前六時）までは、不要不急の者の行き来ができなくなる仕組みだ。

動きが限られて不便にも思えるが、木戸を閉じることで盗人などの不埒な者が町に忍び込むのを防げるのだ。

夜の闇が深い、埋め立て地の深川である。町木戸と川木戸を閉じるのは、自分たちの手で夜を守るには効き目のある手立てだった。

「火の用心……火の用心……」

寝静まった夜に響くのは、夜回りの一行が打ち鳴らす拍子木と、引きずる金棒の音ぐらいだ。

十一月から一月までの真冬の三ヵ月は、夜回りは真夜中まで何度も町内を巡回した。

しかし寒さがゆるむ二月に入れば、四ツ過ぎに一度回るだけである。

四ツを四半刻ほど過ぎた町からは、すっかり物音が失せていた。

この夜はしかし、御船蔵の船大工仕事場奥の土蔵内は違っていた。

「かくなるうえは、即刻吉兵衛を引っ捕らえよ。吉兵衛も刃向かう態勢を組み立てるはずだ」

夜明け前に吉兵衛の宿に踏み込むよう、町奉行所に指図をいたせと多田は下知を与えた。

公儀御庭番は将軍直轄の組織である。御庭番の指図には町奉行所も従った。

「ただちに南町奉行所に向かいます」

若い隠密ふたりが蔵を出ようとした。

二月は南町奉行所が月番である。

「数寄屋橋までは船を使ってよい」

「うけたまわりました」

ふたりは多田に辞儀をして、水路に向かった。いつなんどきでも御用船が出せるように、水路の桟橋には二杯が舫われていた。

ここに至っては、もはや隠密行動ではなく、公の御用である。御船蔵小者が、四本の五十匁ロウソクに火を灯した。

朱塗り御用船の舳先と艫には、深紅の御用提灯が吊り下げられている。

艫と舳先の提灯四張りに火が入った。

御船蔵の川戸が開かれて、御用船が大川に出た。

船の行き来が途絶えた四ツ半（午後十一時）過ぎの大川を、御用提灯を灯した船が走り始めた。

空には相変わらず分厚い雲が張り付いている。月星の明かりのない闇を、赤い提灯が切り裂きながら進んでいた。

八十

二月十四日の真夜中。烽火の吉兵衛の宿は、船着き場も庭も建家の内も、気配が張り詰めていた。

吉兵衛が抱えている配下は二十二人だ。が、いま宿の内にいるのは十四人だけである。

丑三つ時（午前二時過ぎ）の深い闇を蹴散らさんばかりに、かがり火が焚かれていた。

民家の真夜中のかがり火は、きつい御法度である。それを承知で吉兵衛は命じていた。

大型の篝が六基で、焚かれているのは赤松の薪だ。脂をたっぷり含んだ赤松は、見事に闇を切り裂いていた。

しかし強い明かりは、宿を守る若い者が胸の奥に抱いている不安まで照らし出していた。

赤松の明かりを浴びた月代の青さが、痛々しく見えた。

建家の内では長火鉢の内側に座した吉兵衛が、三人の男と向き合っていた。

「尋常じゃあねえことが起きているのは、若い者のツラを見りゃあ分かりやす」

口を開いたのは錠ノ助だった。三十路にはまだ何年もあるほどに、歳は若い。ところが吉兵衛は錠ノ助を高く買っており、好きに口を開くことも許していた。

「しかし親分、かがり火の赤い明かりを浴びているのが、新次郎あにいと嘉七あにいのほかは、小僧も同然のツラばかりてえのは、どうしたわけなんで?」

気の利いた連中は、いったいどこに行ったのかと、錠ノ助は粘り着くような光を帯びた目を吉兵衛に向けた。

錠ノ助の脇に座っているいかずちの六蔵は、吐こうとした息を呑み込んだ。吉兵衛に向けた錠ノ助の不作法な目に驚いたからだ。

もしも他の者が同じような目を吉兵衛に向けたら、その場で成敗されるに決まっていた。

「こんな真夜中におめえたちを呼び集めたのは、そのわけを話すためだ」

吉兵衛は錠ノ助の目を見詰めて口を開いた。

「おめえが見抜いた通り、いま宿に残ってるのは青臭い小僧ばかりだ」

吉兵衛はキセルに煙草を詰めた。

いつもなら長火鉢の猫板には、徳利が載っている。いまは徳利もなかったし、銅壺には錫のチロリも浸かってはいなかった。

「まさか公儀が隠密を差し向けてくるとは……」

小声でこれだけ言ったあと、吉兵衛は一服を吸い込んだ。

「隠密とは、いったいなんの話なんで？」

錠ノ助の声が尖っていた。すこぶる察しのいい男だが、このたびの話は錠ノ助でも察しようがなかったらしい。

吸い殻を叩き落とした吉兵衛は、キセルを猫板に置いた。

「ことの始まりは、伊万里の半七とここで話し合ったことだった」

ひと息吸い込んでから、吉兵衛はここまでのあらましを話し始めた。


錠ノ助はあぐらを組み、吉兵衛の話に聞き入った。

吉兵衛の表向きの稼業は青物卸である。錠ノ助は高橋に「どろぼう八百屋」という、ひとを食った屋号の店を構えていた。

「相場よりも二割は安いのに、品物の新しさは図抜けている」

「どろぼう屋の若い衆は、身動きがいい。真冬の雪模様の日でも、天道の陽が地べたを焦がす真夏でも、重たい青物籠を板場まで運んできてくれる」

江戸市中の料亭や旅籠には、わずかな横持ち代（配送料）で青物を納めていた。

もちろん吉兵衛の了解を得ての商いである。

名の通った料亭や旅籠とは、商いのきっかけを持つのが困難至極だった。が、相場よりも安価で、しかも鮮度のいい青物を納めるということで、錠ノ助の稼業は多くの優良な得意先を得ていた。

「どろぼう八百屋」という屋号も、板場を預かる料理人には大いに受けた。

しかも錠ノ助は、板場頭や仲居頭には盆暮れの二度、割り戻しを握らせた。のみならず若い板前や女中、仲居たちにも折にふれて小遣いを渡していた。

表向きには堅実そうに見えても、老舗のまことの内証は分からない。それを確かに知っているのは、奉公人を差し向ける口入れ屋だというのが世間の評価だった。

しかし錠ノ助が板場と仲居から仕入れる内証には、口入れ屋が束になってかかっても太刀打ちできない確かさがあった。

錠ノ助は月に一度、吉兵衛に店ごとの格付けを報せた。

最上位は閻魔で、千両までなら融通してもいいと判じた。

次は恵比寿で五百両が限度。

三番目は布袋（ほてい）で三百両。

四位の毘沙門天（びしゃもんてん）、五位の大黒はいずれも貸し付けはできないと断じられた。

吉兵衛はこの格付けを一店につき一両で、江戸の金貸しに売りつけた。

錠ノ助の格付けには、その値に見合うだけの確かさがあった。

錠ノ助には天性のあたまのよさが備わっていた。が、それだけではない。

知恵が回ること以上に、むごい仕打ちを好む性癖が際立っていた。

吉兵衛が錠ノ助を買ってどろぼう八百屋の一切を任せているのも、つまりは酷薄さを評価してのことだった。

江戸の伊万里屋と、伊万里湊の半七の双方を抑えておけば、桁違いに大きな儲けを掌中に収められる……それを確信したがゆえに、伊万里の半七との付き合いを大事にしていた。

しかし吉兵衛は、この一件から錠ノ助を外していた。

伊万里の半七という男に、漠然とした危うさを感じていたからだ。

錠ノ助が作り上げたどろぼう八百屋の商いは、月に八十両の儲けを生み出していた。しかも格付けの確かな評判を聞いて、新たな顧客（金貸し）が毎月のように吉兵衛の宿を訪れていた。

うまく立ち回れば、伊万里焼はさらに大儲けができるだろう。しかしどろぼう八百屋のような、商いの確かさは感じられなかった。

どろぼう八百屋は切り離しておく。

これが吉兵衛の判断だった。

伊万里の半七は、吉兵衛ですら驚いた話を持ちかけてきた。

黒色火薬の密売である。

「烽火のが入り用なだけ、伊万里から回しやしょう」

半七からこう切り出されたとき、吉兵衛はめずらしく即答しなかった。

黒色火薬とは凄まじい力を秘めた破裂薬である。吉兵衛当人がこれを使うことはなくても、仲間内には欲しがる者が数知れずいる。大名家も格好の売り込み先だ。

半七から仕入れて横流しするだけで、途方もない儲けが手に入るのは間違いなかった。

だが、うかつに手出しをしたら、命取りになると吉兵衛の本能が告げていた。

危うさを承知で半七との繋ぎを持ったのは、吉兵衛に百戦連勝の貸元という強い自負があったからだ。

このたびも勝ち戦を確信し、万全の計略を考えた。そして選りすぐりの手練れを差し向けた。ところが隠密には歯が立たず、根絶やしにされた。

初めて味わう負け戦の激痛に、吉兵衛は身もだえしていた。

公儀隠密に始末されたと断じた吉兵衛は、錠ノ助と六蔵、儀三郎を呼びつけた。

丑三つ時に宿に呼び寄せるのは、危うさの極みだった。が、隠密が動き出した以上は、もはや一刻の猶予もなかった。

吉兵衛は、ことの仔細を六蔵と錠ノ助に聞かせた。

話の中で足りない部分は、錠ノ助なら補いながら聞くだろうと考えてのことだった。

「黒色火薬に手出しをするなんぞ、親分は正気ですかい？」

話を聞き終えた錠ノ助は、正味の物言いで吉兵衛をなじった。

公儀隠密を相手にするなどは、むごさが売り物の錠ノ助にも考えられなかったのだろう。

心底の驚きを見せたのは、六蔵も儀三郎も同じだった。

「なんだ、錠ノ助」

吉兵衛は煙草の詰まっていないキセルを錠ノ助に向けて突き出した。

「おれのやり方に、なにか言い分でもあるというのか」

大事にしている者に対する物言いではない。吉兵衛は、自分に刃向かう裏切り者と向き合っているかのような顔つきだった。

「言いてえことなら、山ほどありやすぜ」

あぐらを解いた錠ノ助は片膝を立てた。

長火鉢の間の気配が凍り付いた。


「おめえは何様のつもりで、そこに座ってるんだ」

吉兵衛の刺々しい声が儀三郎に投げつけられた。

「あいつがなにをしているのか、おれからいちいち指図されなくても見極めに立つのが、おめえの仕事だろう」

吉兵衛の目の端がひどく吊り上がっている。儀三郎は余計な言い返しはせず、急ぎ立ち上がった。

吉兵衛に断りも言わずに座を立った錠ノ助を追って、である。

「錠ノ助あにい……」

同い年の錠ノ助をあにい呼ばわりしながら、儀三郎は流し場に向かった。錠ノ助が向かった先の見当はついていたからだ。

軒下が三寸下がるといわれる丑三つ時だ。二月十四日の板の間は、吐く息が白く見えるほどに凍えていた。

深い闇に包まれた流し場の土間だが、一ヵ所だけ赤い火が見えた。

炭火の赤い光を下から浴びた錠ノ助が、火熾しをするために闇のなかでうちわを使っていた。

忙しなくあおがれているが、うちわは闇に溶けて見えない。音だけが儀三郎に聞こえた。

「断りもしねえで座を立ったんで、親分はひどくおかんむりですぜ」

顔だけ赤く浮かび上がっている錠ノ助に、儀三郎は話しかけた。

「見ての通り、火熾しをしてるんだ。向こうにけえって、そう言っときねえ」

錠ノ助の物言いはぞんざいである。吉兵衛に対する恐れも敬いも感じられなかった。

「そんな返事をぶら下げて、吉兵衛親分の前にはけえれねえ」

長火鉢の前に戻るのは錠ノ助と一緒だと、儀三郎の口調が告げていた。

「好きにすりゃあいいさ」

錠ノ助はそのまま火熾しを続けた。炭火に火が回り、七輪が放つ赤い光が強くなった。

水瓶の水を土瓶に注ぎ入れた錠ノ助は左手に七輪、右手に土瓶を提げて土間から板の間に上がった。

行くぞとも言わず、錠ノ助は吉兵衛の待つ部屋に向かって歩き始めた。錠ノ助のあとに間を空けず、儀三郎が続いた。

吉兵衛の前に戻った錠ノ助は、あぐら組みの足に七輪を挟み、土瓶を載せた。

土瓶のふちについていた水玉が落ち、炭火がじゅしゅっと鳴いた。

錠ノ助は口を閉じたまま、吉兵衛を見た。

長火鉢の五徳に載った鉄瓶は、強い湯気を噴き出している。吉兵衛に成り代わり、鉄瓶の湯気が激しい怒りを示していた。

「おれに断りもなしに七輪に火熾しをするとは、大した度胸だな」

吉兵衛は怒りのあまり口が渇いているようだ。舌が上あごにくっつくらしく、凄む言葉が途切れ気味になった。

「おめえに言い分があるなら、先に聞いておくぜ」

吉兵衛は長火鉢の引き出しを開けた。

なかには匕首が入っていた。不始末をしでかした配下の者を仕置きする道具である。

吉兵衛が引き出しを開けただけで、長火鉢の前に座らされた者は小便を漏らしたりもした。

しかしいまの錠ノ助は、眉すら動かさずに吉兵衛を見ていた。

「言い分なら山ほどありやすぜ」

錠ノ助は身体ごと吉兵衛のほうに向いた。

七輪の炭火は強く熾きている。載せた土瓶が弱い湯気を噴き出し始めていた。

「さっきも言いやしたが、黒色火薬に手を出すなんざ正気とは思えねえ了見違いだ」

公儀隠密を相手に戦うなど、身のほど知らずの愚か者の所業だ……錠ノ助は吉兵衛に向かって言葉を吐き捨てた。

「だれにモノを言ってるんだ」

吉兵衛のこめかみに血筋が浮かんでいた。

「あっしがだれに言ってるかも分からねえほど、耄碌しちまったのか」

見下した物言いをした錠ノ助は、もちろん烽火の吉兵衛に言ってるぜと付け加えた。

「やっこ！」

吉兵衛が怒鳴っても、若い者の返事はなかった。

「やっこ、ここに来い！」

怒鳴り声を三度重ねて、ようやくふたりの若い者が駆けつけた。

「おめえら、錠ノ助を締めろ」

相変わらず、口のなかが渇いているのだろう。吉兵衛の指図の声がもつれた。

「おめえも座ってるんじゃねえ」

吉兵衛は儀三郎にも声を投げたが、儀三郎は動こうともしなかった。

若い者ふたりは錠ノ助に近寄ろうとした。が、ひと睨みされただけで立ち竦んだ。

吉兵衛は五十五である。しかし歳を感じさせない素早い動きで匕首を手にした。息を詰めたまま鞘を抜き払った。

腰を浮かせて立ち上がろうとしたとき、錠ノ助が動いた。湯気を噴き出した土瓶を手に持つなり、吉兵衛目がけて投げた。

強面の元締めを張るのは、伊達ではなかった。吉兵衛は体をかわして土瓶をよけた。

素早く中腰になったあとは、錠ノ助の胸元を狙って匕首を突き出した。

ここまで幾つも修羅場をくぐってきた錠ノ助である。吉兵衛の突きをわずかな動きでかわした。

六蔵は目の前で騒動が起きても、腰ひとつ浮かさずに座していた。その背後に儀三郎も座っていた。

吉兵衛が突き出した右腕を摑んだ錠ノ助は、自分の右膝を台にしてへし折った。

「うぐっ」

くぐもった声が吉兵衛から漏れた。悲鳴を上げないのは、元締めの見栄かもしれない。

ぶらりと垂れ下がった右腕は、力を失っている。握っていた匕首が畳に落ちた。

腕をへし折っただけでは、ことを済まさなかった。力を失った腕を摑むと、渾身の力を込めてねじり回した。

折れた骨を支えていた筋がぶち切られた。激痛に襲いかかられた吉兵衛は、こらえきれずに悲鳴を漏らした。

錠ノ助は吉兵衛に足払いをくれて、尻から仰向けに落とした。

その吉兵衛に錠ノ助は馬乗りになった。

「いまのあんたが号令をかけても、駆けつけてくるのは小僧ばかりだ」

馬乗りになったまま、錠ノ助はふたりの若い者に目を向けた。

敷居を両足で踏んだまま、ふたりは身体を震わせていた。錠ノ助の荒事ぶりを目の当たりにした若い者は、震えることしかできなくなっていた。

「敷居を足で踏むような、不作法をするんじゃねえ」

ゆとりを示そうとしたのだろう。錠ノ助は緊迫した局面とはまるで場違いなたしなめを口にした。

若い者が敷居から飛び退いたところで、錠ノ助は吉兵衛に目を戻した。

「あんたひとりなら、烽火の吉兵衛も怖くもなんともねえ」

錠ノ助は畳に落ちている匕首を拾い上げた。常に研ぎをかけている刃は、行灯の薄い明りでもギラリと光った。

「さっきのあんたの話だと、隠密やら町方の連中が、ここに襲いかかってくるに違えねえ。それも明日だのあさってだのじゃねえ、今日の夜明け前には襲ってくるぜ」

荒事に長けているがゆえに、錠ノ助は町奉行所捕り方の力量も知っていた。

しかもこのたびは公儀隠密まで敵に回す羽目になっていた。

「おれには火薬も、伊万里焼も糞食らえだ。そんなものに手出しはしねえでも、いまの稼ぎで充分に食っていけるぜ」

馬乗りから下りた錠ノ助は、仰向けになった吉兵衛の鳩尾に拳を叩き込んだ。

「おめえの道連れなんぞ、まっぴらだ」

うめき声を漏らす吉兵衛に捨て台詞を投げつけた錠ノ助は、手に持っていた匕首を六蔵に手渡した。

「あんたも思うところがあるだろう」

錠ノ助は六蔵に謎かけをした。

吉兵衛から手ひどい目に遭わされたことを、錠ノ助は知っていた。

錠ノ助が廊下を歩き去ったのを見極めた。鼻の両脇をピクピクさせた六蔵は匕首を手にして吉兵衛に近寄った。

「烽火の吉兵衛もざまあねえぜ」

短く毒づいたあと、吉兵衛の心ノ臓目がけて匕首を突き立てた。

悲鳴を上げなかったのは、冥土(めいど)に旅立つ吉兵衛の最期の見栄だった。

若い者ふたりは腰を抜かして廊下にへたり込んでいた。

八十一

「おれに煙草盆を持ってこい」

六蔵は、低い声音で若い者に命じた。

血のにおいを放っている吉兵衛の死骸が、六蔵の隣に転がっていた。

指図をされたふたりとも、腰を抜かして立ち上がれなかった。

「これぐらいのことで座り込んでいたんじゃあ、隠密相手の修羅場はくぐれねえ」

大きな舌打ちをした六蔵は、儀三郎に目を移して煙草盆を持ってこいと命じた。

返事はしなかったが、儀三郎は指図に従い、長火鉢のわきにあった煙草盆を運んできた。

吉兵衛が使っていた煙草盆である。キセルを手に取った六蔵は、銀細工が施された火皿に刻み煙草を詰め始めた。

呆けたような目で、若い者ふたりは六蔵の手元を見詰めている。その目を意識したのか、六蔵はことさら落ち着いた手の動きで刻み煙草を詰めた。

親指の腹で、詰めた煙草を押していたら。

ぐわっ。

地獄の底で吠えるような声を発した吉兵衛が、身体を激しく引きつらせた。

うわっ！

腰が抜けているはずの若い者ふたりが、思いっきり上体をのけぞらせた。

六蔵は手に持っていたキセルを落とした。

儀三郎ただひとりが、顔色も変えずに吉兵衛の引きつりを見ていた。

六蔵は止めを刺したはずだったが、まだ吉兵衛の身体には命のかけらが残っていた。

そのすべてが燃え尽きた刹那、身体全体が引きつったのだ。

むごいことには、六蔵よりも儀三郎のほうが慣れていた。

キセルを拾い上げた六蔵は、苦々しさを宿した目で儀三郎を睨み付けた。

儀三郎は気にもとめない顔で、六蔵の睨みを受け止めていた。

六蔵はキセルを種火にくっつけた。儀三郎の前でキセルを落としたうろたえが、手の動きに出ているのだろう。種火にくっつけた火皿がわずかに揺れていた。

それでも煙草に火は付いた。

ふうっ。

一服を終えたことで、落ち着きが戻ったらしい。

いまだ身体の震えが止まっていない若い者に目を向けたときには、六蔵は目の光に凄みを取り戻していた。

「言うまでもねえことだが」

六蔵は吸い殻を灰吹きに吹き飛ばした。

「たったいまから、おめえたちのあたまはおれだ」

立ち上がった六蔵は、吉兵衛の亡骸（なきがら）を右足のつま先で蹴飛ばした。抑えきれない憎しみを抱いているのだろう。

若い者ふたりは両手を後ろにつき、身体を後ずさりさせた。ふたりとも、目には怯えの色が張り付いたままである。

六蔵が吉兵衛を蹴飛ばしたとき、儀三郎は顔を背けた。舌打ちはしなかったが、背けた顔が六蔵をなじっていた。

六蔵は儀三郎には構わず、若い者ふたりに詰め寄った。

「おれがあたまで、この儀三郎がおめえたちの代貸だ」

代貸だと言われた儀三郎は、六蔵から顔を背けたままである。

自分を見ようともしない儀三郎に、六蔵は強い怒りを覚えたらしい。

「おめえは代貸じゃあ不足だと言いてえのか、儀三郎」

六蔵は儀三郎に尖った目を向けた。

「もうひとつここに死骸が増えても、おれは構わねえぜ」

言うなり六蔵は、吉兵衛の亡骸にかがみ込んだ。そして抜き取った匕首を右手に持ち、座したままの儀三郎に歩を詰めた。

思いがけない展開となり、若い者ふたりは音を立てて息を呑んだ。

儀三郎は黙ったままで、動きもしなかった。が、六蔵がさらに詰め寄ってくれば、すかさず応じるつもりなのだろう。

座してはいても身体の構えはできていた。

「夜が明けるまでに、色々とケリをつけることがありそうだな、儀三郎」

六蔵の目が光の強さを増した。

儀三郎は座したまま、すぐにも応じられるように肩の力を抜いた。

「あんたらいったい、なにを始めたんでえ」

いつの間にか戻ってきた錠ノ助が、敷居の外で声を漏らした。つぶやきに近い小さな声だったが、六蔵の動きを止めたほどに強さがあった。

「おめえはおれに、あんたらと言ったのか」

六蔵は手に持った匕首の刃を、左の手のひらに打ち付けた。

「いきなり姿をくらましたおめえが、なにを始めたんでえとは、これまた言ってくれるじゃねえか」

格下の錠ノ助が口にしたことを、六蔵はなじった。儀三郎は錠ノ助には目を移さず、六蔵を見続けていた。

「そこで息が止まっているのは、吉兵衛親分に似てるが」

錠ノ助は肩を揺らして座敷に入ってきた。

「手を出したのはあんたか?」

錠ノ助はあんたに力を込めた。

「そうだとしたら、なにか言いてえか?」

六蔵は問いに問いで答えた。

「親殺しはよくねえな」

錠ノ助は両腕をだらりと垂らして六蔵を見た。黙したまま、錠ノ助はすり足で六蔵との間合いを詰めている。

匕首を手にした六蔵と、いつでもやり合える間合いまで詰めて足を止めた。

「散々に毒づいて、吉兵衛から先に離れて行ったのはおめえだぜ」

六蔵は吉兵衛を呼び捨てにした。

錠ノ助はふうっとため息をついた。

「離れるのと、親に手出しをするのとは同じ秤にはかけられねえ」

親殺しはこの稼業ではきつい御法度だと、錠ノ助は静かな口調で告げた。

「おせえてくれて、礼を言うぜ」

六蔵は息を詰めた。その息を吐き出すと同時に、錠ノ助めがけて匕首を突き出した。

六蔵・儀三郎・錠ノ助。三人のなかで、もっとも荒事に長けているのは錠ノ助で、次が儀三郎である。

格では六蔵が上だが、それが通用するのは尋常なときだ。

匕首を突き出す荒事では格の上下ではなく、腕がものを言う。

六蔵の突きをわずかな動きで躱（かわ）した錠ノ助は、相手の右腕を両手で摑んだ。

手首を捻られた六蔵は、痛みに我慢ができず匕首を握る力が失せた。

錠ノ助の目元がゆるんだ。

「慣れねえ突きは命取りだぜ」

膝を持ち上げて台にしたあと、錠ノ助は六蔵の右腕をへし折った。

ウギャッ。

くぐもった声が六蔵から漏れた。錠ノ助はぶらぶらになった相手の腕を摑んだまま、腰をかがめて匕首を拾った。

腕を放すと同時に、六蔵と正面から向き合った。息する間もおかず、匕首を六蔵の心ノ臓目がけて突き刺した。

荒事慣れした男が、狙いすまして突き出した匕首である。一撃で心ノ臓の真ん中に突き刺さった。

腕を折られたときに、悲鳴は出尽くしたのだろう。匕首を突き立てられても、六蔵はもはや悲鳴もあげなかった。

錠ノ助は素早く背後に回ると、六蔵のあたまを摑んだ。そして渾身の力を込めてあたまを捻った。

グキッ。

鈍い音を立てて頸の骨が折れた。

心ノ臓への一撃で、六蔵は絶命していたに違いない。それでも頸の骨を折るのが、錠ノ助のやり方だ。

むごさではひとに負けない気でいた儀三郎が、息を吞んで見詰めていた。

六蔵をその場に投げ捨てた錠ノ助は、敷居の辺りに目を移した。

身体が動かないのは無論のこと、口すら開けなくなっている若い者が座っている。

錠ノ助はすり足で近寄った。

背後に回ると、立て続けにふたりの背中にカツをくれた。

ぶわっと息を吐き出して、ふたりの背中がシャキッと伸びた。

「庭に出て、全員をここに呼び集めろ」

錠ノ助の指図を受けて、若い者のひとりが座敷から飛び出した。

「おめえはどうするんだ？」

「あにいについて行きやす」

儀三郎はきっぱりとした口調で、錠ノ助に応えた。

錠ノ助はうなずきで儀三郎の返事を受け入れた。

「ついてきても、それほど長い道は残ってねえだろうが」

錠ノ助の物言いが終わらぬうちに、庭に残っていた若い者たちが部屋に駆け込んできた。

転がっているふたりの死骸を見て、その場にへたり込んだ。

血のにおいが濃くなっていた。

八十二

吉兵衛と六蔵の亡骸を部屋の隅に移させてから、錠ノ助は長火鉢の前に座した。

儀三郎以下、宿に残っていた五人の若い者全員が長火鉢を挟んで錠ノ助と向き合った。

「隠密連中が押しかけてくるまでには、まだ一刻（二時間）はあるだろう」

互いの息遣いが聞こえる間合いに詰めさせてから、話を始めた。

「お釈迦様だか御祖師様だか、だれが言ったかおれは定かには知らねえが、この世は諸行無常だてえんだ」

ものはみな、常に動いている。ひとつとして同じところには止まらないと、錠ノ助は聞きかじったことを話した。

「吉兵衛さんも六蔵さんも、ついさっきまではてめえが命をなくす羽目になるとは思ってもいなかっただろうよ」

ところがいまは死骸となって転がっている。これが諸行無常だと錠ノ助は聞かせた。

「おれたちも、ここにへばりついてることはねえ。吉兵衛さんがでえじに蓄えていたお宝を山分けして、隠密が来るめえにずらかろうじゃねえか」

吉兵衛はカネをどこに仕舞っていたのかと若い者に問い質した。

諸行無常を持ち出したのは、つまりは吉兵衛のカネを横取りするための方便だった。

吉兵衛のカネを山分けにして逃げると聞いて、若い者の顔に血の気が戻った。

「親分は納屋のどこかに、隠し戸を造作していたはずでさ」

ひとりが言うと、他の者たちもその通りでさと口を揃えた。

「隠し戸を開く鍵はどこにあるんでえ？」

「いっつも首からぶら下げておりやした」

問いに答えた若い者は、部屋の隅に移した吉兵衛の亡骸に近寄った。すっかり怖さが失せた動きである。

「やっぱりそうでさ、首から鍵が一本、ぶら下がっておりやす」

「切り離して持ってこい」

錠ノ助の言いつけを受けた若い者は、さらしに挟んでいた匕首を取り出して紐を切った。

歯の溝が五本もある鉄の鍵である。隠し戸に設けた鍵穴の頑丈さがうかがえる造りだ。

「納屋におれを連れて行け」

鍵を受け取った錠ノ助は、長火鉢の前から立ち上がった。

若い者は手早く龕灯を用意した。盗賊の頭領吉兵衛の宿には、常から龕灯の支度に抜かりはなかった。

二十匁のロウソクを灯すと、強い明かりで正面を照らした。龕灯二基を持たせて、錠ノ助は庭に下りた。儀三郎も従った。

納屋は庭の外れに構えられていた。納屋というよりは蔵に近いしっかりした造作である。

入り口にも錠前がついていたが、出入りに便利なように外されっ放しである。龕灯を持った若い者に先導させて、錠ノ助と儀三郎は納屋に入った。

建坪は八坪で、土の床が広がっていた。

吉兵衛の表の顔を取り繕うためか、青物卸の道具が壁と棚に立てかけられていた。龕灯の鋭い明かりが納屋の壁を照らし出した。

壁のどこにも隠し戸は見当たらない。青物道具を立てかけた棚の裏側に回ると、出入りに使う長ドスだの槍だのが隠されていた。

「隠し戸なんぞは、どこにもねえじゃねえか」

錠ノ助が声を尖らせた。

「ゼニを蓄えるときの親分は、いつもひとりで納屋にへえって行きやした」

「かならずこの納屋のどこかに、隠し戸があるはずでやす」

錠ノ助の不機嫌を買いたくないのか、若い者たちはおもねる口調で強く言い張った。

「だったらおめえたちで探し出して、銭函(ぜにばこ)を運んでこい」

指図を与えた錠ノ助は、儀三郎を従えて長火鉢の前に戻った。

「若い者を連れて逃げたりしたら、隠密やら捕り方やらに見つけてくれと頼んでるようなもんですぜ」

「おめえが始末しろ」

錠ノ助には、ハナから若い者と山分けにする気はなかったらしい。

「始末に使う道具なら、そこらじゅうに転がってるぜ」

「そいつは分かってやすが」

儀三郎の目の光が強くなった。

「幾ら相手がヒヨッコでも、おれひとりで五人を相手にするのは骨でやす。あにいも助けてくんなせえ」

儀三郎は湯呑みの茶を飲み干してから、唇を舐めた。

「おめえも言うもんだぜ」

錠ノ助の濡れた瞳が燃え立ったとき、若い者五人が戻ってきた。ふたりがかりで、鋲(びょう)打ちされた木函を運んできた。

「親分は納屋の地べたに穴を掘って、これを埋めておりやした」

銭函を見つけた若い者が、自慢げな口調で錠ノ助に告げた。

吉兵衛は納屋の隅に上下一尺、幅二尺の大きさで、穴の入り口を掘っていた。

穴の深さはわずかに一尺だが、銭函を隠すにはこれだけで充分である。

穴の入り口には鉄の枠が嵌められており、分厚い隠し戸が設けられていた。

吉兵衛が常に首から下げていたのは、この隠し戸の鍵だった。

銭函にも頑丈な錠前がかかっていた。

「穴のなかを隅まで探しやしたが、どこにも銭函の鍵はありやせんでした」

鋲打ちの函と、隠し戸の鍵が長火鉢の猫板に載せられた。

ひと目見ただけで、錠ノ助は錠前の鍵と隠し戸の鍵が同じであることを見抜いた。

吉兵衛は鍵をふたつ持ち歩くのを嫌がったのだろう。

錠前に鍵を差し込んでから右に回した。

ガチャンと大きな音がして錠前が外れた。

部屋にいる若い者全員の目が銭函に釘付けになっている。

儀三郎はさらしに挟んでいた匕首を、鞘ごと取り出した。刃渡り六寸（約十八センチ）もある、特製の匕首である。

いつでも鞘が払えるように儀三郎は身構えていた。

錠ノ助はもったいぶった手つきで大きな錠前を取り外した。そしてさらに焦らす手つきで、じわじわと銭函のふたを開き始めた。

若い者五人はすっかり函に気を取られている。後ろ手で儀三郎が鞘を抜き払っても、だれも気づかなかった。

頃合いやよしと判じた錠ノ助は、一気にふたを開いた。

黄金色をした小判、一分金、一朱金などの金貨が銭函からこぼれ落ちそうなほどに詰まっていた。

うおおっ。

押し殺した声を若い者がもらしたとき、儀三郎は五人の背後に回った。

ガタンッと庭で音がした。が、若い者は銭函に気を取られており、振り返る者はいなかった。

儀三郎は違った。

隠密が押し込んできたと察した儀三郎は、一瞬のためらいも見せずに部屋から飛び出そうとした。

若い者の背中に足がぶつかった。

八十三

どこに出向いたときでも、真っ先に逃げ口を確かめておくのが儀三郎の流儀だ。

これまで吉兵衛の宿には、六蔵の供で何度も顔を出したことがあった。その都度、儀三郎は逃げ道を確かめていた。

吉兵衛の宿は厠奥の板塀に、堀につながる隠し戸が構えられていた。群れになって生えた笹が、巧みに戸を目隠ししていた。

隠し戸の場所は覚えていたが、儀三郎はおのれの記憶を鵜呑みにはしなかった。

吉兵衛の前に出るに際し、ひとりで逃げ道を確かめていた。いつもやることだが、今回はことさら念入りに逃げ道を確かめていた。

二月中旬でも、戸を隠す笹は幾重にも重なり合って生えていた。笹を分けて近寄った儀三郎は、胸の内で舌打ちをした。

戸には太い錠前が結ばれていた。

知らずにきたら慌てふためくところだったと、儀三郎は吐息を漏らした。

もしものときは戸に体当たりを食らわし、ぶち壊して逃げるしかねえ……。

胸に刻みつけて六蔵の元に戻った。

隠密と捕り方の襲撃だと察した儀三郎は、瞬時に部屋から飛び出した。が、そこは抜け目のない男だ。

銭函から溢れ出ていた金貨一摑み分を、素早く盗み出していた。

錠ノ助も若い者も、儀三郎の動きなど眼中にはなかった。

隠密を相手にする道具を、部屋の箪笥から取り出すことに追われていた。

儀三郎は厠に向かった。吉兵衛が斃れていた居間から厠までは、廊下で五間（約九メートル）もない。

未明の廊下は明かりもなく、凍えをはらんだ夜気が居座っていた。

儀三郎は足音を立てぬように気遣いながらそっと早足を進めた。

廊下に吉兵衛配下の若い者がいる気遣いはない。足音を忍ばせたのは、襲撃してきた隠密に気づかれぬためである。

厠前の濡れ縁から庭に下りた儀三郎は、笹のなかに身を隠した。そして耳を澄ました。

吉兵衛と六蔵の死骸がある部屋から、斬り結ぶ凄まじい音が流れてきた。

儀三郎は隠し戸に体当たりを食らわせるのを思いとどまった。居間から聞こえてくる音が、あまりにも近くに聞こえたからだ。

捕り方も控えていたが、錠ノ助には隠密が相手をしているようだ。

岡目八目（おかめはちもく）、音しか聞こえていないがゆえに、錠ノ助はまるで隠密の敵ではないことがよく分かった。

「てめえ、この野郎」

「なんでえ、その格好は」

聞こえてくるのは錠ノ助の怒鳴り声だけだ。隠密はひとことも発してはいなかった。

が、声は聞こえずとも、隠密がじわりと間合いを詰めているのは錠ノ助の声から察することができた。

「このおれに斬りかかってくるのか」

「上等じゃねえか、やってみろ」

怒鳴り声は切れ間なく続いたが、次第に声がうわずっていた。

儀三郎は、思わず目を閉じた。

壁際まで追い詰められた者が、最後のあがきを漏らしているとしか聞こえなかった。

「ウオオッ」

甲高い声を発したあと、錠ノ助は飛びかかったのだろう。それを隠密は、一太刀で仕留めたらしい。

ドタッ。

畳に倒れ込む音がした。それを境に、物音が途絶えた。

「これですべてか?」

隠密のひとりが問い質す声が聞こえてきた。問われたのは、吉兵衛配下の若い者らしい。

隠密も捕り方も、手向かわぬ者は斃さずに取り押さえたようだ。

「あとひとり、儀三郎がおりやしたが」

若い者が震え声で答えた。

「その者はどこだ」

質す声が、笹のなかに潜んだ儀三郎にまで届いた。

「いつの間にか、どこかにずらかりやがったようで……」

震え声は、答えに詰まった。

まさに儀三郎は早業で金貨を摑み、部屋から抜け出したのだ。

厠に行き当たるまでは、忍び足を続けた。駆けたわけではなかったが、錠ノ助はもとより、若い者のだれひとり儀三郎を見てはいなかった。

余計なことを言うんじゃねえぜと、笹に埋もれたまま儀三郎は念じた。

「その者も吉兵衛の配下であるのか」

「ちげえやす」

別の声が答えた。隠密は若い者たちを目の前に集めているようだ。

「六蔵親分の代貸でやす」

若い者の答えを聞いた隠密は、部屋に斃れている死骸がだれであるかの説明を求めた。

「包み隠さずに話せば、手荒なことはせぬ」

「これがあっしらの吉兵衛親分で、そこに斃れているのが六蔵親分でさ」

隠密に刃向かって斃されたのは吉兵衛配下の錠ノ助だと付け加えた。

なぜこの場に、吉兵衛と六蔵がふたりとも死んでいるのか。

隠密に刃向かった錠ノ助は、なにをしていたのか。

正直に話せば手荒なことはせぬ……隠密の言葉を信じた若い者は、つっかえることなく次第を話した。

話に嘘はないと判じたらしい。隠密は続いて儀三郎のことを問い質した。

「もうさっきも言いやしたが、儀三郎は六蔵親分の代貸でやす」

得体のしれない、抜け目のない男だから、斬り合うこともせずに逃げ出したに違いないと、若い者は儀三郎を悪し様に言った。

「あっ、そうだ！」

別の男が素っ頓狂な声を出した。

「なにか思い出したのか」

隠密が質すと、その男が前に出たのだろう。儀三郎に聞こえてくる声が大きくなった。

「あいつはずらかる前に、銭函に手を突っ込んでやした」

儀三郎が潜む笹から居間までは、庭伝いなら四、五間ほどしかない。隠密とその若い者が銭函のほうに動く物音が笹のなかにも伝わってきた。

だれも見ていないと思っていたが、儀三郎の早業を横目にしていた者がいた。

「これを手にして、儀三郎は逃亡を図ったということか」

「それに間違いありやせん」

男はきっぱりと請け合った。

「わしらの前をすり抜けて逃げた者はおらぬぞ」

隠密の声を聞くなり、儀三郎は笹から這い出した。身を低くしたまま、場所を移ろうと図ったのだ。

三歩進んだとき。

ビュウッ。

風切り音とともに、手裏剣が飛んできた。儀三郎には食らいつかず、ドンッと鈍い音を立てて板塀に突き刺さった。

儀三郎の身体が固まった。

儀三郎を狙って外れたのではない。最初から儀三郎の行く手を阻もうとして、板塀を狙って投げられた手裏剣である。

「次は急所を貫くぞ」

隠密の声が背後で響いた。


「夜明けまで、もはや半刻（一時間）もない」

顔を見交わした隠密たちは、奉行所捕り方の差配役を呼び寄せた。

「後始末はそなたに任せる」

死骸と吉兵衛配下の若い者の扱いすべてを、奉行所役人に委ねると隠密は申し渡した。

「うけたまわりました」

南町奉行所役人と公儀隠密とでは格が違う。一方的な隠密の言い分にも、役人は異を唱えず指図に従った。

八十四

いく日過ぎたか定かではない朝。

健太郎・おちえ・おみつの三人は、窓なしの十畳間で朝飯を食べ終えた。

大きめの茶碗によそわれた塩味のかゆと、たくわんが二切れずつ。

この部屋に押し込められてから、四度目の食事で、かゆはこれで二度目だった。

一筋の外の光も入らぬ造りの十畳間ゆえ、いまが朝なのか夜なのか、時の見当がつけられなかった。

この部屋で最初に口にしたのがかゆだった。その後、握り飯と汁が二度供されて、いままたかゆが出された。

あたかもこれ（かゆ）で、いまが朝だと察せよと言われているかのようだった。

話もせず、三人はかゆをすすった。

飯どきに限らず、三人は無言を続けていた。壁のどこに耳が潜んでいるか、分かったものではない。

その耳を恐れて、三人は口を閉じていた。

物音のない十畳間である。健太郎がたくわんを噛む音が、バリバリと響いた。

この先、どうなるのか。

なにも聞かされぬまま、時が流れていた。じっと座ったまま、運ばれてくる食事に箸をつけるだけだ。

重苦しい気分にまとわりつかれているのに、律儀に腹は減った。

女ふたりよりも先にかゆを平らげた健太郎は、湯呑みの番茶に口をつけた。

いれてから時が経ったのだろう。すっかり冷めた番茶だった。しかしいまある飲み物は、この番茶だけだ。

噛みしめるように味わいつつ、健太郎はここまでの出来事を振り返った。もう何度も何度も振り返ったことだが、ほかにすることがないのだ。

ゴクンと喉を鳴らして飲み込むと、女中のおみつと目が合った。

おみつも番茶に口をつけていた。


吉兵衛配下の者が隠密の手で斃され、騒動が収まりかけたとき。佃島の方角から一杯の船が近寄ってきた。闇に溶け込むように、この船も黒塗りだった。

四人の黒装束の隠密が、はしけに乗り移ってきた。なかのふたりが健太郎たちに詰め寄ってきた。

「逆らうと容赦せぬぞ」

二名は幅広い鉢巻きで、健太郎たちの目を塞いだ。

「なにをする……」

健太郎が声を荒らげると、鳩尾に当て身を食わされた。

うぐっ。

息の詰まった健太郎が、その場に崩れ落ちた。おちえが駆け寄ろうとすると、手首をもうひとりの隠密が捻り上げた。

おちえは健気にも悲鳴はあげず、痛みを嚙み殺した。

「容赦をせぬと申したのは、女人も同じだ」

動くなと言い置いてから、おちえの腕を放した。

闇の濃さを足し算するかのように、幅広の鉢巻きで目隠しをされている。なにも見えぬことに怯えたおみつは、立ったまま身体を震わせた。

気配で怯えを感じ取ったおちえは、大丈夫よとささやき、おみつの肩に手を回した。

おみつの身体が固まった。おちえは肩に回した手に力を込めた。

当て身を食わせた隠密は健太郎の脇の下に手を差し込み、手荒に立ち上がらせた。

「これより一切、口を利いてはならぬ」

短く言い置き、乱暴な手つきで健太郎の手を掴んだ。もうひとりの隠密はおちえの手を掴み、おみつにはおちえのたもとを掴ませた。

はしけから黒塗りの船に乗り移らせようとしながらも、隠密は三人の目隠しを外さなかった。

揺れるはしけと船との間に渡されたのは、幅一尺の板である。目を開いていても渡るのは難儀だろうに、鉢巻きで目隠しをしたままなのだ。

「最初はおまえが渡れ」

隠密はおちえのたもとを掴んでいるおみつを一番最初に渡らせようとした。板に足をのせるなり、船が揺れた。

込み上げた悲鳴はなんとか呑み込んだが、おみつの足が固まった。あたまを大きく揺らしたら、鉢巻きが緩んで鼻にずり落ちた。

船に先乗りしていた隠密は板に上がり、目隠しがとれたままのおみつを渡らせた。

怯えながらも渡りきったのを見た隠密は、健太郎とおちえにも目隠しを外させた。

燃え盛っていた炎も失せており、周囲は闇である。見せても都合のわるいものはないと判じたのだろう。

「素早く渡れ」

低い声で号令し、健太郎とおちえを船に移らせた。最後のおちえが船板を踏むなり、三人の顔に目隠しを結び直した。

髪の豊かな女人の目隠しは、髷が潰れるほどにきつくした。

「手を後ろに回せ」

言われるまま後ろに手を回した三人を、隠密は縄で縛った。

「この先も、ひとことも声を漏らすな。もしもひと声でも発したら、縛ったまま水に放り投げる」

きつく手を後ろで縛られた三人は、身体を寄せ合うことしかできなかった。

船の櫓は隠密のひとりが受け持った。巧みな漕ぎ方で、船は水面を滑り続けた。

荷物のように、艫の近くでひとかたまりになった三人は、息遣いの音すら漏らすまいとしていた。

四半刻を大きく過ぎたころ船足がゆるくなり、やがて止まった。水門が開くような音を聞いたあとは、棹を使って船は進んだ。

はるか後方で水門が閉じられた。船が桟橋に横付けされ、舫い綱が杭に巻き付けられた。

「立て」

隠密の一声で、三人はその場に立とうとした。が、後ろ手にきつく縛られたままだ。立ち上がるのは容易ではなかった。

舫われてはいても船は水の上である。三人がよろよろと立ち上がったことで、船は大きく揺れた。

声を漏らしそうになったおみつは、唇を噛んでこらえた。

なんとか桟橋に立った三人は、もう一度目隠しを結び直された。

「しっかりと両足を踏ん張って歩みなさい」

隠密の指図が命令口調ではなくなっていた。

声の主が変わったのだ。先刻までの声よりも、若さがあった。

敷き詰められた砂利が途切れたあとは、石畳を歩いた。その後、二度戸を開け閉めしてから部屋に入った。

「手をおろしなさい」

命じた男は刃物で健太郎の縄を断ち切った。

「目隠しをとってもよいぞ」

男の言葉が終わる前に、健太郎は目隠しを取り去った。部屋は真っ暗だが、長い目隠しで闇には慣れている。

黒装束の隠密がおちえの縄を切るさまを、健太郎は見ることができた。

おちえが自分で目隠しを取り去ったのは、健太郎が息を漏らしたそのときだった。

おちえの目も闇には慣れているのだろう。一度しばたたいたあと、おちえは暗い部屋に目を走らせ始めた。

健太郎はおちえのたもとを引き、おみつの縄を切ろうとしている隠密を示した。

「えっ……」

おちえも短い声を漏らした。

健太郎もおちえも、自分たちを連れてきたのは若い声のひとりだと思っていた。

ところがおみつの背後には、もうひとりの隠密が立っていた。その男がおみつの縄を切り、目隠しを取り去ってもよいと告げた。

三人を部屋に上げたあと、ひとりの隠密が行灯を灯した。わずか一度の火打ちで、見事に灯った。

ときと場所を忘れて、健太郎は巧みな火打ちに感心していた。

「ときがくるまで、この部屋に詰めていなさい。三度の飯はここに運んでくる」

部屋には一畳大の押し入れと、半畳の厠が設けられていた。

「今夜は寝んでも構わないが、許しなき限り横になってはならぬぞ」

黒装束のままで言い置き、隠密ふたりは連れだって部屋から出た。

ガチャン。

太い錠前がおろされる音がした。健太郎は足音を忍ばせて戸に近寄り、耳を押しつけた。

もう一度、戸から離れた場所でガチャンと音がした。

三人は車座に集まった。

「樫の戸が二重になっている」

健太郎は錠前がふたつかかったと話した。

「外の光が、一切入らぬようにこの建家を拵えているんだ」

一の戸で建家の内に入り、二の戸で部屋に入る。一の戸を閉じれば、部屋には光は届かない。

外光がじかに入るのを嫌う赤絵つけの仕事場も、同じ造りになっていた。

いったいなにが起きようとしているのか。まるで見当がつかぬまま、健太郎は板壁に寄りかかった。

凄まじい死闘を目の当たりにして、身体はくたびれ果てていた。

「許しがあったんだ、今夜は寝よう」

健太郎が自分で動き、三人分の床を延べた。おみつの役目だが、とても立ち働ける様子ではなかった。

横になるなり、三人はたちまち深い眠りに落ちた。

見当もつけられぬまま、ときが過ぎた。

「床をとってもいいぞ」

この許しで、一日が過ぎたのを察した。

朝がゆを食べ終わったころ、下男が器を下げに入ってきた。

健太郎の目が大きく見開かれた。下男の背後に、伊万里から一緒だった隠密が立っていたからだ。

おちえとおみつも目を見開いた。

「一緒に来てもらうが、その前に目隠しをしてもらうぞ」

手には黒くて分厚い鉢巻きを持っていた。

本数は一本だけだった。

一、二、三、四……。

砂利道を歩きながら、健太郎は胸の内で歩数を数えた。

どこに連れて行かれるのかは、見当もつかなかった。が、このうえさらに江戸城詰めの隠密たちの思うがままに扱われるのはまっぴらだと、強い怒りを覚えていた。

この得体の知れない屋敷の広さだけでも感じ取っておきたい……そう考えたことで、今後は連れて行かれる先々までの歩数を数えようと決めていた。

品川沖ではしけに乗り換えてからは、かつて一度も考えたこともなかった事態が次々に生じていた。

いま目隠しをされて歩かされているのも、想像だにしなかった出来事のひとつだ。

なぜ、こんな目に遭わされるのか。

おれたちは御公儀の手伝いのために皿山から呼び出されたはずだ。扱いはまるで咎人ではないか。

湧き上がった怒りのあまり、数える歩数があやふやになった。

いまは十七歩めだと自分に言い聞かせたことで、足が遅れた。

「なにをしておる。もっと速く歩け」

背後についている武家は、見知った隠密ではなかった。

相手の横柄な物言いに、健太郎はさらに怒りを覚えた。背中を押されても、歩みの調子を速めなかった。
十八、十九と、ゆっくり数えた。三十五まで数えたとき、前を行く隠密が足を止めた。そして健太郎の手を摑むと建家の内に引き入れた。
玉砂利が三和土（たたき）の踏み心地に変わった。

入るなり、背後の扉が閉じられた。軋む音はしなかったが、扉の大きさは閉じられる気配から察せられた。

「そこに座れ」

座したのは杉の長い腰掛けだった。

建家に入ったのだ。すぐに目隠しを外されるだろうと健太郎は先読みした。しかし一向に鉢巻きは取られる気配がない。

腰掛けの両側に、隠密が座した。ふたりとも健太郎を引き連れてきた武家だ。

鬢が放つ油の香りが同じだった。

ふたりは両側に座したまま、話しかけるでもなかった。

上司の訪れを待っているのだろうと、健太郎は察しをつけた。

ふううっ。

あからさまに大きなため息をついたあとで、健太郎は深呼吸を続けた。

息遣いが整い、気持ちが落ち着いた。

分厚い鉢巻きで、両目をきつく押さえつけられている。

今後の扱われ方次第では、二度と隠密の手伝いなどするものか。

胸の内で健太郎が強く言い切ったとき、扉が開かれた。

ギイイッ。

大きな軋み音を立てたのは、別の扉だった。

「入ってよろしい」

上司の声は、思わずこうべを垂れてしまいそうなほどに威厳に満ちていた。

目隠しのまま引き入れられたのは、水のにおいがする土間だった。ひときわ水が強くにおう場所で、立たされたまま健太郎は目隠しを外された。

うおっ。

思わず声が漏れた。

百目ロウソクが十本も灯された部屋は、異様に明るい。目隠しを外された直後の健太郎は、眩しさを覚えて目を細くした。

　眩さがつらくて、何度も目をしばたたかせた。目が慣れてきたら、連れ込まれた部屋の剣呑さが伝わってきた。

　水が強く匂ったのも道理で、部屋の一角を巨大な水風呂が占めていた。

「座りなさい」

　指図に従い、健太郎は腰掛けに座した。

「わしと入れ替わりに、おひとり入ってこられる」

　役人の口調から、やがて入り来る者の位の高さが察せられた。

「そのお方の許しがあるまで、微動だにするでないぞ」

　言い置いたときには、もはやその役人は健太郎に関心がなくなっていたらしい。一瞥もくれず、三和土敷きの土間から出て行った。

　背筋を一杯に伸ばしたまま、健太郎は部屋を見回した。わざと塗ったとしか思えない、血の色の土壁で部屋は取り囲まれていた。

　水風呂の中央部には差し渡し五尺（直径約一・五メートル）はありそうな、漆黒に塗られた水車が据え付けられていた。

　仔細を聞かされずとも、拷問道具の水責め水車だとわかった。見たのは初めてだが、絵草子では何度も目にしていた。

　おれをいたぶる道具なのか……。

土壁の血の色と水車の漆黒とが、不安を煽り立てた。しかし健太郎は深呼吸をして、怯えを追い払った。

おちえとおみつは、牢屋に押し込まれている。ふたりを思うと、怯えを感ずるぜいたくは許されなかった。

だれが入ってきても驚くものかと、健太郎は下腹を固くした。背筋も伸ばした。

猫背になっていては、姿勢からすでに負けたも同然だったからだ。

ところが時が過ぎても、だれも入ってくる気配がなかった。目一杯に伸ばしていた背筋がゆるみ、丹田に込めていた力もゆるんだ。

部屋の戸が開いたのは、まさに健太郎から力が抜けた、その刹那だった。

軋み音も立てずに戸が開き、武家がひとり入ってきた。その男は真っ直ぐに健太郎に近寄ってきた。

だれが来ようが驚いてたまるかと肚を括っていたのに、驚愕が健太郎の顔面に張り付いてしまった。

「そんな顔でわしを見るな」

隠密の頭領、吉岡だった。

驚きが引いたあとの健太郎は、身体の深いところから怒りが湧き上がってきた。

こんな理不尽な目に遭わせた源は、吉岡にあると思ったからだ。裏切られたという思いが、一気に込み上げてきた。

その怒りを全力で抑え込み、静かな声を発した。

「妙なところで再会ですね」

落ち着いた口調を聞いて、吉岡の口元がわずかにゆるんだかに見えた。

「業腹な思いも抱いたであろうが、すべては御公儀安寧と鍋島藩無事のためだ」

健太郎たちが受けた非道で不条理な扱いも、鍋島藩のためだと言わぬばかりの口調である。

「いまはまだ話せぬことが多々あるが、微塵も感じられなかった。

健太郎たちへの思いやりなど、微塵も感じられなかった。

「いまはまだ話せぬことが多々あるが、鍋島藩に対する疑義はすべて氷解した」

吉岡は強い口調でこれを言い切った。

「藩の安泰を願うおまえの思いは、御公儀にも通じておる」

今後は藩にもおまえにも、監視の手が伸びることはないとも断言した。

黙して聞いていた健太郎が、ここに至り怒りを爆発させた。一気に顔が上気した。

「なぜわたしたちがこんな目に」

語気を尖らせて迫ったが、吉岡はいささかも痛痒(つうよう)を感じている様子は見せなかった。

「わたしをこの部屋で、拷問にかけようとしたんでしょうが！」

怒りのつぶてを投げつけても、吉岡はまばたきすらせずにいた。健太郎が気を静めるべく口を閉じたら、吉岡の両目が光を帯びた。

「隠密とて一枚岩ではない。行き違いを正すのに手間取りはしたが、間に合ったぞ」

この上の文句には聞く耳を持たぬと、光る目が健太郎に通告していた。

温もりを感じさせない目の光である。健太郎の気負いが、吉岡の眼光で打ち砕かれた。静まったのを見極めて、吉岡は話を続けた。

「いま限り、おまえたち三人を放免する」

吉岡の言葉に安堵した健太郎は、両肩ががくっと下がった。

「監視の目は、この先もついて回るぞ」

いつまでとも教えずに立ち上がった吉岡は、三和土を踏んで部屋から出て行った。入れ替わるように、おちえとおみつが駆け込んできた。

「あなた……」

おちえが口にしたのは、この一語である。あとは言葉ではなく、強く抱きしめ合った。

おみつは口を固く閉じて、部屋の拷問道具を見詰めて、あのお方もこの道具を使うのだろうかと、あの隠密を思っているかのようだった。

八十五

日本橋駿河町に店を構える本両替は、どの店も地中深く掘った金庫を設けている。火事・地震・大水などに遭遇しても、地下なら災害をやり過ごせるからだ。

御船蔵も、本両替同様の地下金蔵を有していた。

多田と能勢は吉岡から貸与された金蔵出入り鑑札を御金蔵門番に提示した。

「公儀御庭番、多田栄助である」

「公儀御庭番、能勢真之介である」

多田と能勢の名乗りを了とした門番二名は、それぞれが持つ鍵で錠前を解いた。

埋め立て地の深川は地盤がゆるい。

大仁から切り出された石で補強された地下蔵は、深さ一丈（約三メートル）止まりである。

これ以上に深く掘ると川水が出た。

石段を下った先の金蔵内には、武芸に秀でた出納番が詰めていた。

「吉岡様よりのお指図で、押収金改めに参上いたした」

多田は公印の捺された書状を差し出した。角印を台帳に照らして吟味したのちに、出納番は金蔵入室を許した。

多田と能勢が確かめようとしたのは、吉兵衛の宿から掘り出し、没収したカネである。

隠匿場所から掘り出した総額は、二千五百七十三両二分三朱の大金だった。

御庭番が取り押さえた盗賊などから没収したカネは、御庭番が自在に使うことができた。

こうすることで公儀は、御庭番に大名監視に加えて盗賊などの退治も促していた。

多田と能勢は没収した金高を確かめた。

「二千五百七十三両二分三朱に間違いない」

互いに確認しあったあとで、出納番を呼び寄せた。

役人は太刀を手にして近寄ってきた。

「吉岡様のお指図により、吉兵衛より没収いたした全額を金蔵より引き出したい」

提示した証書は能勢が持参していた。

小型の燭台を運んできた出納番は、能勢が示した証書を吟味した。本物と判じたのちに、黒塗りの通い箱を運び出してきた。

金蔵から持ち出すカネは、この通い箱で運ぶのが定めだ。

「御船蔵公金箱」

黒塗り箱の側面には、この文字が焼印されていた。

出納番は、あらためて吉兵衛から没収した金高を確かめた。ひとりで大量の金貨を勘定するために、出納番は計量皿を使った。

一分金と一朱金が一度に百枚ずつ数えられる計量皿だ。

道具を使っても、二千五百余両を数え終わるには四半刻を要した。

「受領つかまつる」

証書に受領の署名をした能勢は、多田と通い箱を抱え持って金蔵を出た。

皿山に隠密を差し向けて探索を吉岡組に指令した根拠は、伊万里焼製品の海外横流しの疑惑にあった。

オランダ東印度会社閉鎖により、大量の伊万里焼が売り先を失った。それに目をつけた清の商人が、買い叩きの挙に出ると思われた。

「鍋島藩が裏で画策いたしておるやも知れぬ」

大目付の指示で探索を始めたが、事態は意外な展開となった。

禁制品中の禁制品、黒色火薬の密輸実態が判明したからだ。

吉岡は信頼に足る江戸組隠密の手を借りて、伊万里のしゃくなげの半七一味と、江戸の吉兵衛一味の殲滅を成し遂げた。

徹底して秘密裏に断行したのは、御公儀および大名諸家に傷をつけぬ配慮だった。

大目付の当初指令「鍋島藩監視」の結果、公儀への謀反兆候はなにもなしと判明した。

その代わり黒色火薬が伊万里湊から江戸に流出しようとしている実態をあぶり出した。こんな大事の看過が表面化した後では、長崎奉行を筆頭に多数の藩主が断罪されるのは必定だった。

半七一味は伊万里で殲滅できた。

江戸の受取人も特定はできていたが、吉兵衛一味の捕縛には、御船蔵隠密の手を借りざるを得なかった。

結果、健太郎・おちえ・おみつの身柄を御船番屋敷に押し込む手違いを引き起こした。

吉岡はしかし、健太郎たちの放免には動こうとしなかった。万にひとつ、火薬爆発が差配違いの奉行所に知れたときには、禁制品密輸の手先として、御船蔵捕り方に引き渡して決着させる腹づもりだった。

吉岡のあたまには公儀安泰しかなかった。御上に傷がつかなければ、畢竟それは御庭番の安泰に通ずる。

他に策なき場合の健太郎たちの扱いは、吉岡には使い捨ての駒に過ぎなかった。

御船蔵頭領と談判して三人の放免を決め得たのは、火柱騒動の隠蔽を成し遂げたあとのことだった。

「とりあえずは片付いたが、火薬流出の黒幕始末はいまだ完了してはおらぬ」

吉兵衛の没収金から、四百両の工作資金を多田・能勢両名に下し渡した。

「拙速は無用ぞ」

「御意のままに」

多田と能勢は短い返事で答えた。

燭台の明かりを浴びて、小判と一分金の山が黄金色を際立たせていた。

終章

寛政八（一七九六）年三月三日、正午過ぎ。健太郎とおちえは兵庫津から下関に向かう便船の右舷に並んでいた。

右舷前方七十尋（約百六メートル）には、瀬戸内海に浮かぶ小島のひとつが見えていた。棚田は田植え前で、土色である。

目を凝らすと乾いた田のあちこちに、桃色がちりばめられているのが見えた。散った山桜が乾いた田に桃色と土色のまだら模様を描き出していた。

江戸を出たとき、桜はまだつぼみだった。船を乗り継ぎ、兵庫津の湊で便船に乗船したときは、湊周辺の桜は五分咲きだった。

瀬戸内を走っている今、小島の山桜は満開を過ぎて散り始めていた。

「季節は西から東に移ろうのですね」

感慨を込めてつぶやいたおちえの横顔を見つつ、健太郎は兵庫津の湊を思い返した。

「荷物はてまえに持たせてください」

下関行きの弁財船に乗り込もうとしていた手代が、先を行くあるじ風の男の背に声を張り上げた。

「わたしのことを気遣うのは無用だ」

ぴしりと言い置いた男は、固い決意を秘めたような、引き締まった表情だった。

「うけたまわりました」

答えた手代が羽織っていたのは、屋号を染め抜いた半纏だった。海上で潮風を避けるには、厚手の印半纏が一番なのだ。

翌日に乗船を控えていた健太郎は、初めての湊の様子を確かめに来ていた。あるじに従う手代ふたりの半纏を見て、健太郎は喜びの吐息を漏らした。

江戸日本橋　伊万里屋

乗船していた三人は、伊万里屋のあるじと手代だったからだ。あるじ自ら伊万里に向かうのは、新柄の買い付けに違いない。

オランダ東印度会社が閉鎖されたいまとなっては、江戸こそが一番の大得意先なのだ。

「ようけ買うてな。だいでん（みんなが）待っとうけん」

在所の言葉でつぶやいた健太郎は、伊万里屋一行の船旅が息災であれと願っていた。

船端の真下に近寄ってきた物売り舟の婆さんが、いなり寿司をおちえに勧め始めた。

「小エビのでんぶがまぶしておるけん、うまいがは請け合いじゃ」

婆さんが強く勧める通り、小エビのでんぶが桜色に光っていた。

「幾つあるんですか?」

「心配せんでも、たっぷりあるが」

健太郎に婆さんは強い口調で答えた。

「そう言わずに教えてください」

なおも問いかけたら、婆さんは盤台を両手で抱え持った。

「この船が初じゃけん、まだ三十個あるがね」

「盤台ごと、全部買います」

「ほんまかいね!」

婆さんは声を裏返して驚いたし、おちえも目を見開いて健太郎を見た。

「おまえに言う折がなかったが……」

巾着の銭を数えながら、健太郎はおちえを見詰めた。

「皿山についてきてくれて、ありがとう」

正味の礼を言われたおちえは、両目の端を大きくゆるめた。

「三十個もどうするの?」

「水夫さんたちにも昼飯に、さ」

「いい思案だこと」

おちえも慈しみの色を宿した目で、健太郎を見ていた。

他の船客たちも昼食の買い物を終えたとき、船は畳んでいた帆を張った。追風に押されて、船足が速くなった。

帆を畳んだことでゆるんでいた水夫たちの動きが、一気に敏捷さを取り戻した。

「お昼を届けるのは、もう少し待ったほうがよさそうね」

小声だったが、風が健太郎の耳に運んだ。

「そうしよう」と答えるつもりで、健太郎はおちえを見た。

正午どきの陽が、おちえの真上にあった。五尺三寸もある大柄だが、甲板に描かれた影は寸詰まりのように短い。

まるでおちえそのものだと、短い影を見て健太郎は思わず吐息を漏らした。

あれほどの凄まじい荒事を、幾つも目の当たりにしてきたのに……。

「わたしも皿山に帰ります」

これを自分から言い出した。

おちえが身の内に秘めた肚の括りようは、しなやかな身体つきからは察しようもない。

身の丈よりも数倍も大きな女だと、いまの健太郎は思い知っていた。

大きなこころがぎっしりと詰まった、短い影。そんなおちえと一緒なら……。

胸の内の深いところで、おちえに感謝の想いを呟いた。

追風がいたずらごころを起こしたのかもしれない。風下に立つおちえに、健太郎の想いを届けてから吹き去って行った。

いつもの年なら皿山の桜は二月下旬が見頃である。今年は三月七日になっても、まだ散りそびれた桜が残っていた。

「ほんなこと、よか春ね」

「ほんま、よか春よ」

年配のおたみと、隣家に暮らす農夫の鍬蔵が、石段の踊り場で声を交わした。

今年の元日も、このふたりは石段を登りながら新年のあいさつを交わしていた。

季節は着実な足取りで移ろっている。

元日の朝、おたみはおろしたての綿入れを羽織っていた。いまは木綿のあわせ姿で、胸元をゆるくして着付けていた。

胸元をゆるめているのは社殿の前に立ったとき、余計な汗をかいていないようにとの工夫だった。

ふたりは踊り場から皿山の町を見渡した。

江戸の伊万里屋が大量の買い付けに出向いてくる……このうわさが皿山中に知れ渡っていた。

伊万里屋とは別船だか、山城屋も江戸から戻ってくるのもすでに聞こえていた。

「今日もまた、よか煙の上っとるばい」

おたみは山城屋の方角を指差した。

釜焚きの杢兵衛がこの数日、紅けむりを立ち上らせ続けていた。

縁起のいい煙を見て破顔したおたみの頭上で、つがいのヒバリが舞っていた。

*

一件落着から二年後、寛政十（一七九八）年三月六日。長崎出島で火災が起きた。カピタン部屋が火元で、出島の建家の大半を焼失した。

同年四月二十四日、江戸への参府途中だった蘭国商館長ヘイスベルト・ヘンミーが、掛川宿において胃痛を訴えて急死した。

火災原因、急死の真相ともに、確たる記述は残されていない。

本作品は二〇一四年四月、小社より単行本刊行されたものを
大幅に加筆修正して文庫化しました。

や-34-01

紅けむり

2017年7月16日　第1刷発行

【著者】
山本一力
やまもといちりき

【発行者】
稲垣潔
【発行所】
株式会社双葉社
〒162-8540 東京都新宿区東五軒町3番28号
［電話］03-5261-4818(営業)　03-5261-4840(編集)
www.futabasha.co.jp
(双葉社の書籍・コミックが買えます)
【印刷所】
大日本印刷株式会社
【製本所】
大日本印刷株式会社
【CTP】
株式会社ビーワークス

【表紙・扉絵】南伸坊
【フォーマット・デザイン】日下潤一
【フォーマットデジタル印字】恒和プロセス

落丁・乱丁の場合は送料双葉社負担でお取り替えいたします。
「製作部」宛にお送りください。
ただし、古書店で購入したものについてはお取り替えできません。
［電話］03-5261-4822(製作部)

ISBN978-4-575-52015-6 C0193
Printed in Japan